Julia Moss

Der Tag, als die Erde begann, sich zu wehren

Buch

Die Erde wird von Wetterkatastrophen ungeahnten Ausmaßes heimgesucht: Eine eigenartige, bedrohlich schwarze Wolkenwand im hohen Norden von Europa, erbarmungslose Hitze im Süden, Erhitzung der Meere mit tausenden von toten Fischen, Erdbeben und Vulkanausbrüchen.

Die Menschen wissen nicht, dass sich böse Kräfte eine Technologie zunutze gemacht haben, die das Ende der Welt bedeuten könnte. Ausgangspunkt sind der Machthunger und die Gier der Menschen nach Geld. Kann die Welt noch gerettet werden?

Intelligente Wesen aus einer uns sehr verbundenen Parallelwelt arbeiten mit den Regierungen der verschiedenen Erdteile zusammen und versuchen, die Erde vor der Zerstörung zu bewahren.

Die beiden Protagonistinnen: die 14jährige Anne aus Italien und Chaolina Chaosta aus dem Universum Fortuna durchleben gemeinsam viele Abenteuer, um den Untergang der Welt abzuwehren. Können sie das Blatt noch wenden?

Der Tag, als die Erde begann, sich zu wehren

Ein Roman
von
Julia Moss

Bibliographische Information der Deutschen Nationalbibliothek: Die Deutsche Nationalbibliothek verzeichnet diese Publikation in der Deutschen Nationalbibliographie, detaillierte bibliographische Daten sind im Internet über http://dnb.dnb.de.abrufbar.

Herstellung und Verlag: BoD – Books on Demand, Norderstedt

ISBN: 9783732244904

1. Kapitel

Ein leichter Wind wehte an diesem Morgen aus dem Tal hoch in die Berge von Nicolosi, einem kleinen Ort am Rande des Ätnas, und ließ das trockene Gras am Hause der kleinen Familie Svenson leise rascheln.

Die Luft war diesig und samtig. Das Meer spiegelte das frühe Morgenlicht der aufgehenden Sonne, als läge eine silberne Folie auf dem Wasser. Nur hin und wieder unterbrachen kleine Wellen diese trügerische Stimmung wie aufblitzende Kristalle.

Zarte Wolkenschlieren zogen über den wütenden Feuerball, der Sizilien in den letzten Tagen in einen Backofen verwandelt hatte.

Hier oben war es heißer als unten am Wasser, am Meer, wo die aufsteigende Thermik das Gefühl von Kühle vermittelte. Die Erde hier oben war dunkel, fast schwarz. Sie erhitzte sich während des Tages so stark, dass man Spiegeleier darauf braten konnte.

Anne und ihre Mutter Isabel Svenson genossen nebeneinandersitzend, im Schatten des überstehenden Daches des Hauses, angelehnt an die rückwärtige Hauswand, diese frühe, noch angenehme Stunde. Sie waren sich im Aussehen sehr ähnlich: blondes langes Haar, schmales Gesicht und schlanker Körperbau. Man konnte fast den Eindruck gewinnen, sie seien Schwestern, wenn da nicht diese Traurigkeit in dem Gesicht der Älteren gewesen wäre. Isabel lebte getrennt von Annes Vater, der als Wissenschaftler in Longyearbyen arbeitete.

Die Großmutter von Anne war Schwedin und hatte bei einem Besuch in Italien Annes Großvater kennengelernt und Monate später geheiratet. Er war ein waschechter Italiener mit kräftigem dunklem Haar und dunklen Augen. Aber gerade das hatte für ihre Großmutter eine besondere Anziehungskraft gehabt. Ihre Tochter Isabel erbte diesen wunderbaren Haarton, der an nördliche Sommer und helle Nächte erinnerte. Nach der Hochzeit war es selbstverständlich, dass die Großmutter ihrem Mann nach

Sizilien folgte, wo auch Isabel und ihre Schwester zur Welt kamen. Vor 15 Jahren lernte sie Sven Svenson kennen, der auf einer wissenschaftlichen Tagung in Sizilien war und folgte ihm nach Longyearbyen. Sie hielt es nicht lange dort oben in der kargen Landschaft aus und kam nach kurzer Zeit schwanger zurück. Jetzt wohnte sie mit ihrer Tochter Anne hier oben in den Bergen in der Nähe des Ätnas.

Anne und Isabel waren Hitze gewöhnt, aber diese Hitze in den letzten Wochen war anders als sonst in den vorherigen Jahren. Vereinzelt summten Bienen, die die letzten noch blühenden Pflanzen in den etwas geschützten schattigen Nischen umschwirrten.

Es war Anfang Juni, der Monat der Sommerwende, an dem der Tag der längste und die Nacht die kürzeste sein würde.

Sie erwarteten einen unerträglich heißen Tag, wie all die Tage in den vergangenen zwei Wochen. Tagsüber flirrte die Luft und ab Mittag hörten auch die letzten Heuschrecken mit ihrem Gezirpe auf.

Diese lähmende, brutofengleiche Hitze hatte sich wie ein Totentuch über die Insel gelegt. Kein Mensch traute sich tagsüber ohne wichtigen Grund noch nach draußen. Alle zogen sich in die verdunkelten Häuser zurück.

Durch die geschlossenen Klappläden, die die meisten hatten, drang nur wenig Licht hindurch. Abends ließ die Hitze etwas nach und dann erst konnten die dringenden und notwendigen Besorgungen erledigt werden.

Obwohl das Haus von Isabel und Anne mit dicken und wuchtigen Mauern gebaut worden war, war es auch dort so erdrückend schwül, dass nachts die Nachthemden nach kurzer Zeit am Körper klebten und die Kissen sich mit Schweiß vollsaugten. Die an der Decke angebrachten Ventilatoren arbeiteten auf vollen Touren, doch die Luft war nicht kühler als heißer Wüstenwind.

Es würde ihr letzter Tag hier sein. Morgen wollten sie zu ihrer Tante, der Schwester ihrer Mutter, runter ans Meer.

Für einen kurzen Moment hatte Anne an diesem Morgen das Gefühl, dass der Fußboden schwankte. Ihr Glas auf dem winzigen Tischchen neben ihr vibrierte leicht. Die trockenen Blätter an dem Busch neben dem Haus erzitterten und raschelten leise. Dann war alles wieder vorbei. Staub hatte sich vom Boden gelöst und schwebte tanzend wie ein Mückenschwarm nach oben.

Bereits in der Nacht hatte sie das Gefühl gehabt, sie sei auf schwankenden Schiffsbrettern bei auf- und abflauendem Wind. Normalerweise beunruhigten sie solche Aktionen überhaupt nicht.

Trotz ihrer 14 Jahre hatte sie sich schon ernsthaft mit Geologie beschäftigt. Sie hatte viel darüber gelesen und auf ihren langen Spaziergängen ihre Erkenntnisse über die Geschichte dieses Vulkans vertieft.

Der Ätna hatte im Jahre 2001 einen der stärksten Ausbrüche der vergangenen Jahrzehnte hervorgebracht. Fast drei Wochen lang hatte der Berg nur Rauch und Asche ausgestoßen. Die Lavamassen hatten sich weit ins Tal ergossen und erst 200 Meter vor dem Touristenzentrum am Fuße des Berges Halt gemacht. Feiner Ascheregen hatte sich in der oberen Region über die spärlichen Sträucher gelegt. Der Flughafen in Catania musste sogar vorübergehend geschlossen werden.

Es war nicht übertrieben, wenn man sagte, dass Anne diesen Vulkan kannte, da sie bis auf die letzten Jahre im Internat immer in seiner Nähe gelebt hatte. Jede Regung konnte sie einschätzen, jeden Ausbruch bis auf wenige Stunden vorhersagen. Sie brauchte keine Geräte wie die Vulkanologen, sie roch und fühlte es.

Aber dieses Mal war es anders. Es kam eigentlich ohne richtige Vorwarnung. Erneut erzitterte die Erde. Es war, als wollte sich ein eingesperrtes Tier mit Gewalt aus seinem Gefängnis befreien. Zwei grünbraune Eidechsen schlüpften wie der Blitz unter die nächsten Steine. Alles war so schnell wieder vorbei, dass sie es gar nicht richtig wahrnehmen konnte.

Ihre Mutter sprang auf und ging ins Haus. Anne hörte, wie sie die telefonische Auskunftsstation anrief, die für die Früherkennung der Ätna-Ausbrüche zuständig war. Durch die offene Tür sah sie, dass ihre Mutter nur zögerlich den

Hörer auflegte und sich ihre blonden Haare nach hinten strich. Dabei biss sie sich auf die Unterlippe und kratzte sich am Hals, was sie immer tat, wenn sie nachdenken musste.

Als sie nach draußen auf die Terrasse trat, wirkte sie etwas bedrückt.

„Und, was haben sie gesagt?“, fragte Anne.

„Wir müssen weg, runter ins Tal. Sie sagen, dass es noch schlimmer werden kann, der Vulkan könne jederzeit ausbrechen. Wenn ich an den Sommer vor einigen Jahren denke, wird mir jetzt noch ganz angst und bange.“

„Irgendetwas ist anders als sonst. Es kommt mir vor, als würde der Berg tief Luft holen. Lass uns am besten gleich fahren.“ Anne sprang auf und räumte schnell das Geschirr zusammen.

Anne hatte ihre eigene Theorie, was die Aktivität des Ätnas anging. Für sie war der Ätna wie eine leidenschaftliche Kreatur mit Rachegefühlen und Wutausbrüchen, aber auch mit sanftem und ruhigem Wesen. Vulkanologen, das waren ihrer Meinung nach reine Wissenschaftler, ohne Gefühl für die Seele des Berges.

Der Terrassenboden schwankte schon wieder und beide wichen voller Angst zurück. Nur weg vom Haus! Das Beben verstärkte sich, als würde ein riesenhaftes Wesen in der Tiefe aufstehen, wütend die Erde spalten und die Erdmassen auseinanderschieben. Ziegel rutschten vom Dach und zerbarsten laut auf der Erde.

Ein eigenartiges Geräusch war zu hören. Es klang erst wie eine einschmeichelnde Melodie. Dann ertönte ein stakkatohaftes, helles Hämmern, das immer lauter wurde. Es wurde aggressiver, die Impulse kamen dichter. Es ging über in ein Kreischen wie Metall auf Metall, dann ein orkanartiges Tosen wie ein sich nähernder pyroklastischer Sturm, eine Wolke aus Gas und Gestein. Das Tosen brach plötzlich in sich zusammen und es war nur noch ein leises Summen zu hören, sanft und einschmeichelnd.

Kurzzeitige Stille und erneut bebte die Erde. Die schwere Eingangstür fiel aus ihren Angeln und schlug auf den Weg. Staub wirbelte auf. Ein lauter Knall in der Ferne ließ beide zusammenfahren. Sie schauten in die Richtung, aus der der Knall gekommen war. Dort war der Zentralkrater. Sie sahen eine riesige dunkle Aschewolke, die weit hinauf in den Himmel stieg.

Isabel wollte ins Haus laufen.

„Mama, bleib hier“, rief Anne und lief hinter ihr her. „Du kannst jetzt nicht mehr ins Haus. Beim nächsten Beben fällt es zusammen. Wir müssen weg!“ Sie packte ihre Mutter am Arm und zog sie zum Auto. Der Lavastrom war zwar noch nie bis an ihr Haus gekommen, aber wenn es zu einer Riesenexplosion kommen und ein Teil des Berges weggesprengt würde, dann hätten sie keine Chance mehr, sicher aus diesem Gebiet herauszukommen. In kürzester Zeit wäre die gesamte Umgebung in Schutt und Asche gelegt und gewaltige Lavaströme würden aus allen Erdspalten zu Tale fließen.

Anne und ihre Mutter rannten zu ihrem Geländewagen. Der Motor sprang glücklicherweise ohne Murren an. Das alte Auto rumpelte über die ungeteerte, holprige Straße Richtung Tal. Immer wieder erschütterten heftige Beben die Erde. Sie wurden hin und her geschleudert und mussten sich im Auto festhalten, um sich nicht zu verletzen. Winzige brennende Gesteinsbrocken knallten auf das Dach und die Kühlerhaube. Das wenige, völlig ausgedorrte Gras neben der Straße fing sofort an zu brennen.

Wind kam auf und entfachte die kleinen Flammen zu einem breiten Flammenmeer. Es breitete sich aus wie ein gefräßiges wildes Tier, das seit Tagen nichts mehr zu fressen gefunden hatte. Die Flammen züngelten gierig an den niedrigen Sträuchern und verwandelten sie zu lichterloh brennenden Feuersäulen.

Eine Aschewolke aus verbranntem Gestein senkte sich nieder und hüllte alles in ein tödliches weißes Kleid. Man konnte kaum noch durch die Windschutzscheibe sehen. Als wären sie eingesponnen in einen sicheren Kokon. Aber da war dieses tierische, unsagbar laute Gebrüll, das erneut eingesetzt hatte und diese Illusion sofort zunichtemachte. Als wäre eine Horde von Löwen unterwegs.

Plötzlich kam ein starker Wind auf, der die Aschewolke von ihrem Auto wegtrieb. Isabel setzte die Waschanlage in Gang, aber sofort verschmierte die gesamte Scheibe und eine gelbe, nebelige Schicht versperrte die Sicht. Sie trat auf die Bremse, hielt an und wühlte mit zittrigen Händen und unverständlich gestammelten Worten in der Tasche auf ihrem Rücksitz. Endlich! Mit einem Tuch in der Hand stieg sie aus und versuchte, die Scheibe sauber zu wischen.

In diesem Augenblick erzitterte die Erde so sehr, dass sie sich am Auto festhalten musste. Größere Steinbrocken fielen auf das Dach des Autos und hinterließen Dellen, groß wie Taubeneier. Ein Wunder, dass sie nicht getroffen und verletzt wurden. Von neuem hörten sie dieses seltsame, unheimliche Singen. Als Anne in Richtung des Geräusches nach oben zum Berg schaute, sah sie, wie monströse Steinbrocken sich lösten und langsam den Hügel hinabrutschten. „Komm! Komm ins Auto!“, schrie sie. „Eine Steinlawine kommt!“

Isabel ließ das Tuch fallen, warf sich auf den Sitz und trat das Gaspedal durch. Die ersten Brocken erreichten das Heck des Autos und durchschlugen das Rückfenster. Ein heftiger Blitz erhellte die aschfahle Luft.

Anne hielt sich die Arme über den Kopf, um sich gegen die Steine und die Glassplitter zu schützen und drückte sich fest in den Sitz. Ein kleiner Stein, der durch das Autodach geflogen kam, traf ihre Brust, ohne dass sie etwas verspürte oder dass sie nur eine kleine Schramme davontrug. Für einen kurzen Moment hatte sie das Gefühl, jemand hätte ein schützendes Tuch über sie ausgebreitet.

Nach einer scharfen Kurve schrie Isabel vor Schreck laut auf, riss das Steuer nach rechts und bremste heftig. Vor ihnen öffnete sich eine gefährlich tief erscheinende Erdspalte. Fast wäre der Wagen dort hineingeschlittert. Doch er rutschte gegen die Felswand, schrammte kreischend mit dem Kotflügel und der Tür an den Steinen entlang und blieb dann ruckartig stehen. Der Motor heulte noch einmal kurz auf und war dann still.

„Alles in Ordnung?“, fragte ihre Mutter und schaute sie besorgt an.

Anne nickte.

„Wirklich?“

„Ja, mir geht es gut.“

Isabel trat die Kupplung und drehte den Schlüssel herum. Der Anlasser jaulte. Der Motor heulte auf, dann verstummte er wieder. Wieder drehte sie mit zittrigen Händen den Schlüssel. Der Motor gab einen Jauchzer von sich, verschluckte sich und verstummte. Dann schnaufte er leise, tuckerte ein bisschen, ermattete wieder und schraubte sich dann langsam hoch zu einem lauten, tiefen Brummen.

Rückwärtsgang rein, zurücksetzen. Sie trat das Gaspedal so heftig durch, dass der Wagen mit einem Satz nach hinten sprang. Erster Gang, Kupplung kommen lassen. Das Getriebe schrie gequält auf, als sie das Pedal durchtrat, das Steuer nach links zog und an der Erdspalte vorbeikurvte.

Für einen Augenblick hielt Anne die Luft an. Tiefe Angst breitete sich hinter ihrem Brustbein aus. Sie sah eben noch, wie sich eine Lavablase in dem Spalt nach oben wölbte, dann hatte sich der Wagen wieder gefangen und raste weiter. Der Berg spuckte seine heiße, glühende Lava in den Himmel, als wäre er wütend, dass er sie nicht erwischt hatte. Wie gerne wäre sie jetzt in einer anderen Welt!

Sie hatten so viel Fahrt drauf, dass sich die Räder bei der nächsten Kurve auf der einen Seite vom Boden lösten und der Wagen umzukippen drohte. Eine riesige Staubwolke blähte sich hinter ihnen auf.

„Aufregend, was?“, hörte sie plötzlich jemand auf dem Rücksitz sagen. „Immer aufs Neue aufregend und echt beeindruckend.“

Anne drehte sich erschrocken um, doch es war nichts zu sehen. Draußen schossen überall Fontänen aus dem Berg und spien Asche und Gas. Das Singen war immer noch da, es schwoll an und nahm dann wieder ab. Es hörte sich an wie das verstärkte Geräusch einer Hochspannungsleitung.

„Also, ich finde das spannend. Vor ein paar Jahren war es nicht so faszinierend. Hey, kannst du mich hören?“, fragte die Stimme.

Anne starrte in die Richtung, aus der die Stimme gekommen war. Sie konnte nichts erkennen.

„Siehst du mich jetzt endlich oder hast du keine Phantasie? In deinem Alter musst du mich doch noch sehen können. Nur Erwachsene haben Schwierigkeiten. Die sind völlig blind uns gegenüber.“

„Himmel, ich höre Stimmen. Was ist das?“, fragte Anne. Der Wagen holperte von Schlagloch zu Schlagloch, so dass sie hin und her geschleudert wurde und sich mit beiden Händen festhalten musste. Ihr Kopf folgte den Bewegungen des Wagens. Nur mit Mühe konnte sie nach hinten blicken. Sie konnte immer noch nichts erkennen.

„Hast wohl noch nie was von Engeln gehört, oder?“

„Engel, so was gibt's doch gar nicht!“ Jetzt rede ich schon mit meinen Stimmen im Kopf. Ich muss spinnen, dachte Anne.

„Du siehst doch, dass es welche gibt, oder siehst du mich immer noch nicht?“

Anne guckte noch intensiver auf die Stelle, von der es sprach. Das Einzige, was sie sah, waren Glassplitter und Gesteinsbrocken.

Auf einmal schälte sich eine Figur aus dem Nichts und wurde von Sekunde zu Sekunde klarer. Anne sah ein Streifenhemd, das bis zu den Knien über eine wadenlange Hose reichte und aussah wie frisch gebügelt. Schwarze, gelockte Haare lugten unter einer einfachen nachtfarbenen Mütze hervor. Ein pausbäckiges Gesicht strahlte sie verschmitzt an.

„Ich denke, Engel haben Flügel. Ich sehe aber keine an dir.“

„Meinst du, wir sehen so aus, wie ihr uns gerne hättet? Flügel – sind wir vielleicht Vögel? Und die hätte ich dann auch noch so rumhängen? Da würde ich ja dauernd anstoßen und mir womöglich die Federn ausreißen.“

„Und einen Engel mit Streifenhemd habe ich auch noch nie gesehen. Ich denke, ihr tragt weiße Kleider und würdet hin und her schwirren?"

„Was ihr so Engel nennt, gibt es überhaupt nicht. Ihr seid Menschen auf der Erde und wir genau das Gleiche auf der Fortuna."

„Mensch von Fortuna? Wieso sagst du denn, dass du ein Engel seist? Was ist das denn für ein Käse? Wie willst denn du in unser Auto gekommen sein, wenn du kein Engel bist?"

„Also nochmal: Ihr nennt uns Engel, aber in Wirklichkeit sind wir keine Engel, sondern sind einfach eine Gattung, die euch sehr ähnlich ist und doch völlig anders. Wir sind schon sehr alt. Wir kommen aus dem Calabi-Yau-Raum. Und wir können ziemlich viel, auf alle Fälle mehr als ihr."

„Das scheint mir alles sehr kompliziert zu sein. Eure Welt scheint ziemlich klein zu sein, wenn du hier in unserem Auto sitzen musst."

„Quatsch, ich bin hier, weil ich auf dich aufpassen soll. Und weil ich dich mitbringen soll." Seine dunklen Augen blitzten und strahlten und ein breites stolzes Grinsen ging über beide Wangen.

„Anne, warum sprichst du mit dir selbst? Ich kann mich ja kaum auf die Straße konzentrieren", beschwerte sich Isabel.

„Ja, hörst du denn nichts? Hinten im Wagen sitzt jemand und redet mit mir", antwortete Anne und drehte sich um.

„Ich sehe niemanden", sagte ihre Mutter. Dabei warf sie einen kurzen, besorgten Blick in den Rückspiegel. In diesem unbedachten Augenblick krachte und knirschte es. Der Wagen fuhr direkt in die Krone eines umgestürzten Baumes. Schließlich blieb er stecken, den Kühler im Dickicht der Äste gefangen, und rührte sich nicht mehr. Die Zweige umhüllten das Auto, als wollten sie es gegen jegliche Unbill schützen.

„O Gott, auch das noch", flüsterte Isabel. Sie umklammerte das Lenkrad, als könnte sie daran Halt finden.

„Bist du verletzt“, fragte sie und wandte ihren Kopf Anne zu.

Annes Herz klopfte bis zum Hals. „Nein“, sagte sie. Sie lehnte sich zurück und schloss die Augen. *Wenn das alles doch nur ein Traum wäre. Ein Engel soll das sein, ein Engel, der mich beschützen soll?* Wut stieg in ihr auf. Da saß er immer noch, dieser angebliche Engel, der kein Engel sein wollte, so, als wäre alles in Ordnung. „Wieso bist du eigentlich hier in unserem Auto, wenn du uns noch nicht einmal vor dem Baum warnst?“, raunzte sie ihn an.

„Ich weiß gar nicht, was du hast. Bist du unverletzt oder nicht?“

Isabel hatte sich wieder gefangen. Sie schaukelte das Auto durch sanftes Vorwärts- und Rückwärtsfahren aus dem Bett der Äste. Die dünnen Zweige brachen unter dem Gewicht des Autos und gaben es schließlich widerwillig frei.

„Wieso kann ich dich sehen und Mamma nicht“, fragte Anne.

„Du stellst Fragen! Du sollst mich sehen und du siehst mich, basta.“

Ihre Mutter warf dem umgefallenen Baum noch einmal einen finsteren Blick zu, bevor der Wagen weiterholperte. Anne seufzte erleichtert auf, als sie den Baum hinter sich gelassen hatten.

„Wenn wir da vorn auf die geteerte Straße kommen, wird es besser“, sagte Isabel. Sie fuhr mit geringer Geschwindigkeit über die vielen Gesteinsbrocken, die auf dem Weg lagen. „Und hör endlich auf, mit dir selbst zu reden!“

Die Gestalt auf dem Rücksitz hüpfte auf und ab wie eine Feder über einem Luftschacht, während Isabel versuchte, um die Hindernisse zu kurven.

„Da siehst du, was du angerichtet hast. Wahrscheinlich denkt sie, ich wäre verrückt“, flüsterte Anne nach hinten. Sie fühlte, dass ihre Mutter sehr angespannt war. Sie starrte geradeaus, als könnte sie alles mit ihren Augen aus dem Weg räumen.

„Und wie machst du das, dass ich dich sehen kann, aber sie nicht?“

„Wie, wie? Einfach so. Wir können das eben. Ich kann dir keine Erklärung dafür geben. Da müsstest du unsere Ministerin fragen.“

Ein glühender Gesteinsbrocken krachte mit weithin hörbarem Getöse auf ihre Motorhaube. Anne fasste nach Isabels Arm, die vor Schreck laut den Atem einzog. Sie glaubte, ihr Herz würde vor Angst aufhören zu schlagen.

Endlich erreichten sie die geteerte Straße und kamen ab da rascher voran.

„Also irgendetwas Mächtiges bist du sicher nicht, das steht fest“, schnaubte Anne verächtlich.

„Hast du schon mal davon gehört, dass Schüler genauso viel wissen wie ihr Meister? Ich und alles wissen! Ich bin froh, wenn ich überhaupt durchblicke, bei dem, was unsere Regierung so gerade tut.“

Anne wollte nicht so recht glauben, was sie da hörte. Da war so eine seltsame Figur plötzlich in ihrem Auto, war kein Engel und hatte etwas mit einer Regierung zu tun.

„Wir sind wie ihr und doch ganz anders. Wir sind viel friedfertiger als ihr und wenn ihr so weitermacht, dann kommen wir nie von eurer Welt los und müssen immer hier mit euch verbunden bleiben. Was übrigens nicht viel Spaß macht. Wir können uns nur dann von euch trennen, wenn ihr weiterhin bestehen bleibt. Bei dem Zusammenstoß vor vielen, vielen Jahren sind leider auch niederträchtige Kreaturen von unserer Welt mit zu euch gekommen und die haben nur eines im Sinn: eure Welt zu zerstören!“

„Und was haben wir mit euren üblen Kreaturen zu tun?“

„Das Böse lebt vom Bösen“, flüsterte er.

Anne wusste nicht so recht, was sie von diesen Aussagen halten sollte. Sie wusste, dass es viel Unrecht gab. Im Internat, in dem sie in den letzten Jahren war, wurde regelmäßig über Politik und Sozialwissenschaften diskutiert.

„Und wie kommt es, dass du so etwas wie ein Engel bist?“

„Ihr habt uns im Laufe der Jahrhunderte diesen Namen gegeben. Wir hatten beschlossen, euch auf einen guten Weg zu bringen, was übrigens sehr schwierig ist, wenn ich dir das mal so sagen darf."

„Aber ihr seid doch niemals offiziell hier bei uns in Erscheinung getreten, oder?".

„Nein, da wir aus einer anderen Dimension sind, sind wir für euch nur sichtbar, wenn wir wollen. Ich sagte doch, dass wir mehr Fähigkeiten haben als ihr."

„Und was hast du da von einer Ministerin erzählt?"

„Jeder Einzelne von uns arbeitet für eine bestimmte Abteilung und die sind wieder einem Minister unterstellt, und alle sind wir unserem Präsidenten unterstellt."

Wieder schwollen das Donnern und Brüllen am Berg an und alle drei im Auto zuckten zusammen, duckten sich und machten sich klein.

„Jetzt ist aber richtig was los da draußen", sagte der Engel, der keiner sein wollte.

„Was wird denn dort gearbeitet, in euren Abteilungen?", fragte Anne.

„Na, alles Mögliche. Schließlich gibt es sogenannte Engel auf der ganzen Welt. Das muss ja alles irgendwie organisiert werden. Jetzt guck' nach vorne und sag deiner Mutter, sie soll die linke Straße nehmen. Die rechte Straße wird nämlich gleich im Erdboden versinken."

Anne drehte sich wieder in die Fahrtrichtung und sah, wie ihre Mutter an einer Abzweigung auf die rechte Gabelung zuhielt.

„Fahr nach links, nach links!", rief Anne.

„Wieso links? Wir fahren hier immer rechts."

„Nun mach schon, fahr links!"

Annes Mutter zog schnaubend das Steuer nach links. In diesem Augenblick zerbrach mit gewaltigem Getöse die rechts abgehende Straße in wuchtige Schollen und die Bruchenden wölbten sich schwerfällig nach oben.

„Gut gemacht", hörte Anne auf dem Rücksitz. Als sie sich umdrehte, war der Rücksitz leer.

2. Kapitel

Die Arbeit eines Holzfällers ist hoch gefährlich, manche meinen sogar, sie ist nur etwas für harte, mutige Jungs, die mit Männern in der Einsamkeit klarkommen, ohne gleich einen Egokoller oder Hormonstau zu bekommen. Sie müssen hoch konzentriert ihre Arbeit machen, denn jeder Fehler könnte zu schweren Verletzungen oder sogar zum Tod führen: Die Kettensäge könnte reißen oder feststecken, das Holz vom Truck fallen oder sie könnten von wilden Tieren angefallen werden. Und dann das Feuer, das im Sommer jederzeit durch Selbstentzündung oder unachtsames Verhalten entfacht werden kann.

Eine Gruppe von Holzfällern einer der größten Firmen Schwedens war in unwegsamem Gelände unterwegs. Normalerweise fuhren sie mit Skogsmaskins in den Wald, ganz speziellen Abholzmaschinen, was hier aber nicht machbar war. Deswegen mussten Kettensägen eingesetzt werden.

Seit Wochen zeigte sich in Schweden keine einzige Regenwolke. Die Böden waren staubtrocken. Es würde ein Funken genügen, um einen Brand auszulösen. Sie waren morgens noch einmal eindringlich von Lars, ihrem Vorarbeiter, gewarnt worden. „Eric, du bist heute für die Feuerwarnung zuständig. Das heißt nicht, dass die anderen nicht darauf achten müssen. Haltet Augen und Nase offen und bei dem kleinsten Hinweis gebt eine Warnung! Ihr wisst, wie schnell das gehen kann. Und seid nicht so verrückt, Jungs, und glaubt, wir könnten es selbst löschen. Wenn ihr Rauch seht, heißt das für uns: Abhauen. Denkt dran!"

Den ganzen Tag über ließ Eric Nillson seine Augen immer wieder über die Wipfel schweifen, ob irgendeine Rauchfahne zu sehen war. In diesem Teil des Waldes gab es kein verzweigtes Straßensystem, auf dem sie schnell fliehen könnten. Umso wichtiger war es, rechtzeitig zu reagieren. Bei Feuer hatten sie wenig Möglichkeiten auszuweichen.

Die Lage hatte sich in den vergangenen Tagen zugespitzt, die Temperatur lag weit über 30 Grad, Entwarnung war nicht in Sicht. Umso gefährlicher wurde es. Eric schaute immer wieder hoch, ob irgendetwas Ungewöhnliches auszumachen war. Aufmerksam achtete er auf den Wind und den Geruch. Es gab immer noch einige Idioten, die unbedingt ihr Fleisch auf einem Lagerfeuer im Wald grillen wollten.

Der Morgen verlief ohne Zwischenfälle. Kurz nach der Mittagspause machte sich Eric an die Fällung einer großen Tanne. Er sägte den Fallschnitt und kontrollierte noch einmal den Gefahrenbereich. „Achtung, Baum fällt!“, schrie er und durchtrennte dann schnell das Sicherheitsband, das den Baum noch stabilisierte. Dann wich er zurück und beobachtete den Kronenraum der Bäume in der Fallrichtung.

In diesem Augenblick hatte er plötzlich den Geruch von brennendem Holz in der Nase und sah weißliche, fast transparente Rauchfahnen über den Spitzen der Tannen. „Feuer“, schrie er und hob die Arme zur Warnung, „Feuer! Feuer!“. Er drückte auf die Sirene, die einen durchdringend lauten Ton von sich gab. Die Männer stoppten sofort in ihrer Bewegung und schauten prüfend nach oben.

Der Schrei und der Sirenenton hallten noch zwischen den Bäumen, als weißer Qualm über die Gipfel zog.

„Alle Mann zurück“, brüllte Lars. „Feuer bei 12 Uhr, alle Mann in den Truck.“

Sofort ließen alle Männer ihr Werkzeug fallen und rannten auf die Trucks zu. Eric stolperte über am Boden liegende große Äste und fiel hin, mitten hinein in die abgesägten Kieferäste mit ihren spitzen Nadeln. Ein heller Schmerz erreichte sein Gehirn, als die Kniescheibe auf einem Stein zerbrach. Er schrie laut auf und musste gegen die aufkommende Bewusstlosigkeit ankämpfen. Dann spürte er einen Griff an seinem Arm, der ihn mit aller Macht hochzog. Torsten war dicht hinter ihm und griff ihm unter die Achsel. „Halt dich an mir fest! Ich bring dich zum Truck, egal wie. Los!“

Als er sich hochwuchtete, zerriss es ihn fast, so höllisch war der Schmerz. Torsten nahm keine Rücksicht darauf und schleifte ihn mit sich fort.

Der Qualm wurde stärker und die ersten Schwaden zogen langsam in ihre Richtung. Es ging so schnell, dass die ersten schon heftig husten mussten, so beißend war der Rauch.

„Rein in den Truck, los, macht schon oder wollt ihr euch eure Ärsche verbrennen“, schrie Lars. „Ich mach‘ die Nachhut und pass auf, dass keiner hier verloren geht.“

Das Gelände war mit tiefen Furchen durchsetzt und das Wenden des Trucks musste langsam durchgeführt werden. Sie fuhren mehrfach vor und wieder zurück. Die ersten Flammen und Funken waren zu sehen. Die Reifen gruben sich ein, Erde wurde hochgeschleudert. Der Truck saß fest. Lars hatte gerade über das Funkgerät die Zentralstelle erreicht: „Wir sind 10 km von Ljusdal entfernt, 61° 50′ N, 16° 6′ O. Wir sitzen fest. Wir brauchen dringend Hilfe! Wir werden es von hier aus zu Fuß versuchen. Wir haben einen Verletzten bei uns!“

„Bleibt in der Schneise, dann können wir euch am besten sehen.“

„Wo auch sonst, du Witzbold. Beeilt euch!“

Das war das Letzte, was von ihnen zu hören war.

3. Kapitel

Riesige Feuerwände arbeiteten sich wie Tsunamis in einer ungeheuren Geschwindigkeit durch die Industriewälder in den Gegenden Gävleborg, Jämtland und Dalarna. Das gewaltigste Feuer brannte auf einer Fläche, die 60-mal so groß war wie der Central Park von New York. So eine gigantische Feuersbrunst hatte es bisher noch niemals in Schweden gegeben. Ein Jahrhundertfeuer.

Das war doch klar, dass irgendwann so etwas passieren musste, dachte Chaosta. Welche Ausmaße diese Katastrophe hatte, konnte sie nur aus der Nähe beurteilen. Also musste sie hin, so nah wie es irgendwie ging.

Chaolina Chaosta fungierte als Beraterin der europäischen Regierung, wenn es um besonders heikle Dinge ging, unerklärliche Dinge, die sich ein politisch korrekter Mensch nicht vorstellen konnte oder wollte. Und so orderte sie einen Spezialhubschrauber und flog in die Nähe dieser Feuerwand, so nah dran, dass man das Grauen nicht nur sehen, sondern sogar schon riechen konnte. Dichte weiß-graue Rauchfahnen in einer kilometerlangen Grenzlinie folgten dem Wind. Die Feuer waren völlig außer Kontrolle. Chaosta hörte über Funk, dass viele der Häuser erst im letzten Augenblick geräumt werden konnten. Länder wie Norwegen und Italien hatten Löschflugzeuge geschickt, da Schweden selbst über keine verfügte. Die Feuerwehrleute waren in vollem Einsatz.

„Das ist die Folge, wenn Profit über Naturschutz geht“, sagte sie zu dem Piloten über Kopfhörer. „Sie machen nicht nur den Waldboden mit ihrem Industriewald kaputt und zerstören die Mikrokultur, sondern bringen auch die Menschen in Gefahr. Sie lernen nichts aus ihren Fehlern.“

„Auch meine Meinung. Sie holzen sogar unsere uralten Urwälder ab und für was? Für Klopapier und Taschentücher“, antwortete der Pilot. „Bäume, die tausend Jahre und älter sind. Einfach ratsch und weg. Unsere besten und stärksten Kohlendioxidspeicher und unsere Sauerstoffgeber. Alte Laubwälder tragen auch zu einer Kühlung der

Umgebung bei, was der Plantagenwald nicht kann. Und wenn Bäume und Insekten sterben, sterben auch wir."

„Wie recht Sie haben. Die Art und Weise, wie die Landschaft genutzt wird, trägt ganz sicherlich dazu bei, wie schnell diese Klimaveränderung vonstattengeht. Je mehr Fläche versiegelt wird, um so heißer wird es und wenn der Wald nur noch Plantagenwirtschaft ist, dann braucht man sich nicht zu wundern. Jeder Baum, der gefällt wird, gibt gewaltige Mengen von CO2 ab, genau wie die Braunkohle", sagte Chaosta. „Viel Zeit haben die Regierungen nicht mehr, um alles wieder ins Lot zu bringen. Meiner Meinung nach wird es ihnen nicht gelingen, die Sucht nach Macht und Geld ist zu groß."

Beide schwiegen danach und jeder ging ihren unguten und traurigen Gedanken nach.

Chaosta kannte keine „political correctness" und hatte keine gedanklichen Grenzen und so sprach sie aus, was sie dachte. Sie kam von einem anderen Planeten, einem Universum aus einer anderen Dimension, und war nicht nur deutlich intelligenter und wissender, sondern auch vorausschauender und analytischer als die Menschen hier auf der Erde.

Ministerin für Katastrophen und außergewöhnliche Ereignisse des Paralleluniversums Fortuna – ein Titel, mit dem die hier Regierenden nicht viel anfangen konnten. Sie hatten aber schnell gemerkt, dass diese von ihr angebotene Hilfe für sie ausgesprochen wertvoll war. Seit sich beide Welten auf ihren zugehörigen Branen aufgrund einer Laune der Natur seit einigen Jahrhunderten nicht mehr voneinander lösen konnten und sich gegenseitig umkreisten, war Fortuna zu einer Art Lehrer und Betreuer der hiesigen Welt geworden. Die Bewohner von Fortuna hatten einen sehr fortschrittlichen Entwicklungsstand und konnten nicht mit ansehen, wie diese Welt die Natur und sich selbst zunehmend zerstörte. Sie übernahmen Beraterfunktionen in den verschiedenen Ländern und hofften, sie könnten die Menschen damit auf einen besseren Weg bringen. Niemand außer den Regierungsmitgliedern wusste Bescheid, dass sie von einem anderen Planeten kamen.

Ungeheure Wut und Trauer stieg in Chaosta auf. Obwohl sie sich bemühte, klare und emotionslose Gedanken zu fassen, konnte sie sich dieser Regung nicht entziehen. *Welch eine Zeitverschwendung, die Bewohner dieser Welt eines Besseren belehren zu wollen. Es wird nicht mehr lange dauern, dann haben sie diese wunderbare Welt zerstört - eine Welt, die Millionen über Millionen Jahre gebraucht hat, um diesen Zustand zu erreichen. Diese Welt, die so einmalig ist. In wenigen Generationen wird sie verloren sein. Wir sollten uns von ihren uneinsichtigen Bewohnern endlich trennen*, dachte Chaosta.

Der Hubschrauber kam dem Feuer immer näher. Mit jeder ihrer Fasern spürte Chaosta das letzte Aufbäumen der Natur. Sie sah, wie Hirsche voller Panik flohen, das Fell versengt von der Feuersbrunst, noch brennendes Geäst in ihren Geweihen.

Der Pilot setzte sie auf einer Anhöhe in der Nähe des Brandes ab. Dort war das Gras immer noch hoch und grün. „Geben Sie mir ein Zeichen, ich hole Sie dann sofort wieder raus“, rief er ihr zu und stieg wieder auf.

Sie hockte sich mitten in das dichte Gras und die Halme umschlossen sie wie eine Schutzmauer. So saß sie ganz ruhig da und versuchte, alle Schwingungen der Pflanzen in sich aufzunehmen. Stille umgab sie wie ein weicher Mantel, in den man sich bei Kälte hineinkuschelte. Nur ein leichtes Raunen des Windes war in den Kronen der alten Bäume und der Büsche zu vernehmen.

Auf einmal kam ein Rauschen auf, ein Wispern und Zischen, ein Glucksen und Klatschen, das immer lauter wurde. Sie lauschte. Der Wind bewegte ihre Haare zart und leicht. Sie fröstelte. Er wurde mächtiger, schwoll an wie ein stärker werdendes Ungetüm, und trotzdem fühlte sie, wie auf einmal eine angenehme Wärme von den Füßen und Händen aufstieg und von ihrem Körper Besitz ergriff. In diesem Augenblick konnte sie verstehen, zuerst einzelne Worte, dann immer mehr.

Eine alte Fichte in ihrer Nähe ächzte und stöhnte. Sie verstand „starke, stehende Gewitter, Salven von Blitzen, immer und immer wieder."

Inzwischen war die Feuersbrunst ganz nah herangekommen. Sie hatte sich so konzentriert, dass sie es kaum wahrgenommen hatte. Am Rande der Lichtung züngelten die Flammen am Boden, wanderten unruhig weiter und schlängelten sich dann an den dicken Baumstämmen empor. Trockene kleinere Äste zerplatzten mit einem lauten Knall. Es knisterte und zischte. Funken sprangen in die Luft und tanzten eine Zeitlang. Der Wind trieb die Flammen hoch in die Gipfel der alten Bäume. Die Hitze wurde unerträglich. Sie musste sofort weg von hier. Wo jedoch vorher noch lange grüne Halme und Gräser wucherten, schwelte jetzt die unbarmherzige Glut. Der Weg zu ihrem Hubschrauber war plötzlich versperrt.

Als sie versuchen wollte, das Feuer in einem Bogen zu umgehen, war auch das nicht mehr möglich. Von allen Seiten kamen die Flammen plötzlich in einem geschlossenen Ring auf sie zu. Der beißende Rauch und die Hitze nahmen ihr die Luft zum Atmen und zwangen sie auf den Boden. Ihr Herz klopfte wild und sie spürte, wie ihr heiß wurde und Schweiß auf ihre Stirn trat. Ein großer Baum, dicht in ihrer Nähe, brannte wie eine lebende Fackel und drohte jeden Augenblick umzufallen. Angst ergriff sie und sie musste sich zwingen, nicht panisch zu werden.

Sie tastete nach dem kleinen silbernen Notfallsäckchen an ihrem Gürtel, griff hinein. Sofort wurde sie ruhiger. Da waren sie, die Notfallsterne, Sterne, die ein eigenwilliges Leben hatten, ganz besondere Fähigkeiten. Mit letzter Kraft holte sie sie heraus und warf sie mit weit ausholender Bewegung nach oben. Sie schwebten aus ihrer Hand und breiteten sich über ihr aus wie ein riesiges Zelt. Das Zelt wurde größer und größer und füllte schließlich die gesamte Lichtung aus. Alles Feuer erstarb darunter sofort, die Halme und Gräser regten sich und bekamen ihre alte Farbe zurück, und sogar die kleinen Wiesenblumen streckten sich aus dem Boden und öffneten ihre Blüten.

Das Flammenmeer war gebannt. Der große Baum hatte jedoch schon so viel seiner stabilisierenden Substanz verloren, dass er sich nicht mehr aufrecht halten konnte. Erst schwankte er leicht, als ob er sich über die Richtung noch nicht im Klaren sei, dann neigte er sich zu Chaostas Seite und begann seinen tödlichen Fall. Als er mit Wucht auf dem Boden aufschlug, wurden Funken und brennende Äste in die Höhe katapultiert. Im letzten Augenblick erkannte Chaosta die Gefahr und brachte sich mit einem beherzten Sprung zur Seite in Sicherheit. Keine Sekunde zu früh. Als die hochgeschleuderten Äste wieder auf den Boden krachten, setzten sie alles dort sofort in Flammen.

Noch leicht benommen brauchte sie eine Weile, bis sie dem Piloten das vereinbarte Zeichen geben konnte. Als sie über den verbrannten Boden wieder zum Hubschrauber zurückging, wirbelten ihre Gedanken durcheinander. *Starke Gewitter, die nicht wegziehen wollen. Wie kann das Wetter unverändert an einem Ort bleiben. Es gibt Winde, Temperaturunterschiede, alles ist veränderlich. Aber stehende Gewitter?*

4. Kapitel

Verzweifelt klammerte er sich an die spärlichen stacheligen Sträucher, die dort wuchsen, doch die Zweige glitten ihm aus den Händen und gaben ihm keinen Halt. Eine unsichtbare Kraft zog ihn an seinen Füßen erbarmungslos hinter sich her. Der Krater kam näher, näher ... Schon ragten seine Füße in den Abgrund hinein. Seine Finger gruben sich in den festen Grund, als könnten sie die Bewegung damit stoppen. Die Nägel brachen unter dem Druck und doch wurde er weiter gezerrt. Er schmeckte die Erde und roch erloschenes Feuer. Steine lösten sich und fielen in die Tiefe und dann stürzte er ...

Es war dunkel und er spürte, wie sich seine Brust durch einen unerträglichen Druck zusammenzog. *Wo bin ich?* Die ihm vertrauten Lichtstreifen der Mitternachtssonne an der gegenüberliegenden Wand seines Schlafzimmers – sie waren verschwunden. Irgendetwas war anders.

In der Ferne hörte er das Klingeln eines Telefons und es riss ihn endgültig aus seinem Alptraum. Der Druck auf der Brust ließ langsam nach. Als er seine Arme unter die Decke schob, fühlte er, dass sein Schlafanzug klatschnass war.

Das Klingeln hatte aufgehört.

Allmählich beruhigte er sich wieder. Er schaute auf den Wecker neben dem Bett - kurz nach 6.00 Uhr morgens. Ziemlich dunkel für diese Uhrzeit, dachte er. Muss wohl schlechtes Wetter draußen sein. Er gähnte und rollte sich aufs Neue zusammen. Bis 7.00 Uhr hatte er noch Zeit und so grub er sich in die dicken Kissen und zog die Decke weit über den Kopf. Minuten später war er wieder eingeschlafen. Und schon wieder weckte ihn dieses unerbittliche Klingeln. Er öffnete die Augen und tastete nach dem Hörer. „Hallo?“

„Sven, hier ist Fiete. Du musst sofort kommen. Hier ist der Teufel los. Du wirst gebraucht.“

Sven schaute auf den Wecker. „Ich habe heute keinen Dienst, dass weißt du doch.“

„Es geht nicht um das normale Programm. Etwas Unerklärliches passiert gerade. Beeil dich und komm ins Institut! Und sei vorsichtig unterwegs.“

Sven Svenson arbeitete seit einigen Jahren als Wissenschaftler am *University Centre* in Svalbard, in einer Gegend, die karg und nicht gerade einladend war. Longyearbyen, die Hauptstadt von Spitzbergen, hatte gerade mal 2100 Einwohner und das nur 1100 Kilometer vom Nordpol entfernt. Die kälteste Stadt Europas.

Seine herausragenden Kenntnisse auf dem Gebiet der Geophysik und der Meteorologie wurden hier gut bezahlt und die Arbeit machte ihm Spaß. Er beschäftigte sich mit der Bedeutung der Kohlendioxidentwicklung der vergangenen Erdzeiten. Gab es wirklich wissenschaftliche Beweise für die Erderwärmung und dass der Kohlendioxidgehalt etwas damit zu tun hatte? Die Beweise waren zum Teil sehr widersprüchlich und genügten noch nicht den wissenschaftlichen Anforderungen. Sein Fazit war, dass das Klima in seinen Facetten bisher überhaupt noch nicht richtig verstanden wird.

Was meinte Fiete mit den Worten, es würde etwas Unerklärliches passieren? Heftig schlug er die Decke nach hinten und schwang die Beine aus dem Bett. Dann erhob er sich rasch, sank aber sofort wieder mit schmerzverzerrtem Gesicht zurück. Jeder Muskel tat ihm weh. Er fühlte sich steif, als hätte er in der Nacht Schwerstarbeit geleistet. Er versuchte es noch einmal, indem er sich mit den Händen abstützte und dann langsam nach oben drückte. Er stand.

Als er im Bad seinen immer noch klammen Schlafanzug auszog, sah er leichte dunkle Verfärbungen am Schienbein. Hatte er sich gestern, ohne dass er es gemerkt hatte, gestoßen? Er hatte keinen Funken Erinnerung. Nach der Dusche fühlte er sich etwas besser. Er trank noch schnell eine Tasse Kaffee im Stehen und schlang ein Brötchen hinunter.

Seitdem er vor vielen Jahren geschieden worden und seine Frau Isabel wieder zurück nach Italien in ihre Heimat Sizilien gegangen war, lebte er wieder wie zu seinen alten studentischen Zeiten. Hauptsache, kein Aufwand. Erst später hatte er erfahren, dass sie schwanger gewesen war und ein Mädchen zur Welt gebracht hatte - Anne.

Das Leben der kleinen Familie ging in Sizilien weiter, ohne ihn. Sven Svenson war nicht mehr gefragt. Hin und wieder telefonierten sie, wobei er immer noch eine leichte Sehnsucht verspürte, wenn er mit ihr sprach. Er hatte sie nie ganz vergessen und ahnte nicht, dass es ihr ähnlich erging.

Es hatte lange gedauert, bis er sich an seine Einsamkeit gewöhnt hatte. Langeweile gab es nicht, er hatte viel zu tun. Aber seitdem er allein lebte, fühlte er eine innere Leere. Er kniete sich voll in seine Arbeit und arbeitete meist bis spät in die Nacht - aber die Leere blieb.

Svenson suchte eilig seine Papiere zusammen, mit denen er sich gestern Abend noch beschäftigt hatte, zog sich eine Windjacke über und ging nach draußen zu seinem Wagen. Es war kalt und trübe, viel zu dämmrig für diese Uhrzeit und für diese Jahreszeit, dachte er. Es war schließlich kurz vor Sommerbeginn. Er blieb stehen und schloss die obersten Knöpfe seiner Jacke. *Hätte ich nur einen Schal mitgenommen*, ging ihm durch den Kopf.

Dieses fade Licht machte ihn stutzig. Er hatte gestern keinerlei Messungen von großräumig aufsteigenden Luftbewegungen in der unteren Atmosphäre auf den Tisch bekommen. Denn das hätte zu Luftdruckabfall über dem Gebiet führen können und damit zu einem Anstieg der relativen Luftfeuchte. Dann hätte er es vielleicht erklären können. Aber so?

Zugegeben, im Sommer herrschte oft Nebel in dieser Gegend. Der warme Atlantikstrom war der Grund dafür. Er konnte ziemlich plötzlich auftauchen. Schon in den vergangenen Tagen hatte es Nebelschleier gegeben, die aber immer wieder verschwanden. Und trotzdem, der Nebel war immer dichter geworden, von Tag zu Tag. Sein Arbeitskollege hatte schon mehrfach darüber berichtet. Jetzt war es eine außergewöhnlich dicke Suppe, durch die man kaum noch etwas wahrnehmen konnte. Es war äußerst ungewöhnlich, wie der Nebel sich ausbreitete. Er war langsam, aber stetig nach Süden vorgerückt.

Die Temperatur war sicher gerade mal einige Grade über Null. Er blickte nach oben und sah in tiefe Dunkelheit. Er stieg in sein Auto und drehte die Heizung auf. Nach wenigen Metern spürte er, wie es langsam wohlig warm wurde. Die Straße ging leicht bergan. An der höchsten Stelle sah er plötzlich den Himmel klar und strahlend blau. An beiden Straßenrändern parkten Autos, eines hinter dem anderen, wie an einer Perlenschnur. Die Fahrer standen davor und daneben und alle starrten in die Richtung, aus der er kam.

Neugierig blickte er in den Rückspiegel. Er konnte nichts erkennen, nur tiefe Schwärze. Er hielt seinen Wagen an, parkte in einer kleinen Lücke und stieg aus. Dann sah er es.

Mein Gott, was ist das?

Eine dicke, undurchdringliche, düstere Wolkenwand türmte sich hinter ihm auf und erstreckte sich über den ganzen Horizont, als hätte jemand einen schwarzen Vorhang hinuntergelassen, dessen Anfang weit in die Atmosphäre reichte. Er konnte kein einziges Detail innerhalb der Schwärze ausmachen. Die geheimnisvolle Wand hatte alle Häuser der Stadt verschluckt.

Erneut spürte er den Druck auf der Brust, den er schon während der Nacht gespürt hatte, und es fröstelte ihn. *Ist das das Ende der Welt*, fragte er sich, verwarf den Gedanken aber sofort wieder. *Dummes Zeug*, sagte er sich. *Irgendeine natürliche Erklärung wird es schon geben*. Er setzte seinen Weg zum Büro fort. Ein leichtes Unwohlsein aber blieb.

Er machte das Radio an. Gerade kamen die 8-Uhr-Nachrichten: Heute Morgen sei von Bewohnern der Stadt eine tief stehende, schwarze Wolkenwand gemeldet worden, die im Süden abrupt endet. Dadurch war es zu einigen Auffahrunfällen gekommen. Bei der Polizei seien zahlreiche Anrufe eingegangen. Es wurden extrem helle Blitze im Inneren dieser Wolkenwand gemeldet. Mehrere Bewohner seien wegen starker Übelkeit und Druck auf der Brust ins

Stadtkrankenhaus eingewiesen worden. Das Institut für Klimaforschung hatte hierzu bisher keine Erklärung abgegeben. Nach Angaben von offiziellen Stellen bestehe für die Bevölkerung keine Gefahr.

Die Straßen waren leerer als sonst. Die wenigen Autos, die unterwegs waren, fuhren sehr langsam, wie in Zeitlupe. Nach wenigen Minuten hatte Svenson sein Büro erreicht. Es lag in geringer Entfernung von seiner Wohnung und diese undurchdringliche Wand war von dort deutlich zu sehen. Er hatte das Gefühl, dass sie ihm folgte.

Als er sein Büro betrat, hielten sich schon alle Kollegen dort auf. Sie standen herum oder saßen auf den wenigen Stühlen. Aufgeregte Stimmen kamen ihm entgegen. McGuire, sein Kollege aus Boston, war deutlich herauszuhören. Lundquist, ebenfalls aus Schweden und Hofmann aus Deutschland. Sie waren ein internationales Team.

„Ich kann euch sagen, so etwas habe ich noch nie gesehen. Zuerst dachte ich, irgendein Großbrand ist ausgebrochen und es ist deswegen so dunkel. Unterwegs im Auto sind sogar mehrere kleine Steine auf mein Auto geflogen. Eine Explosion vielleicht, dachte ich. Aber ich hab' keinen Knall gehört. Aber irgendwie war mir nicht wohl dabei“, erzählte McGuire. „Meine Windschutzscheibe war derart dick verschmiert, dass ich anhalten musste. Ich hab‘ sie erst mal kräftig mit einem Tuch bearbeitet und ...“

„Bei mir war's genauso“, unterbrach ihn Hofmann. „Der Belag auf meiner Scheibe war so dick, dass ich gar nicht losfahren konnte. Ein dunkelgrauer, schmieriger Film.“

„Leute, es gibt keinen Großbrand. Wie soll denn in dieser Gegend ein Großbrand entstehen? Bei den wenigen Häusern? Das hätten wir auch gehört. Es wäre zumindest im Radio gekommen. Der Sand und die Steine müssen über Stürme aus irgendeinem Vulkangebiet hergetrieben worden sein. Saharasand war es jedenfalls nicht. Nach meinen Windmessungen gibt es aber im Augenblick in keiner atmosphärischen Schicht derartige Luftbewegungen, die dazu imstande sein könnten“, sagte Lundquist.

Svenson wollte gerade von seinen Erfahrungen an diesem Morgen berichten, da wurde die Tür mit Schwung geöffnet. Brodin, sein Kollege, wie McGuire ebenfalls aus Boston, der gerade zu Besuch war, stürmte herein. Sofort verstummten alle Stimmen. Er trug einen dicken Stapel Papier im Arm und warf ihn auf den Konferenztisch.

„Schaut euch mal diese Zahlen an! Ihr wisst doch, dass ich die letzten Tage mehrfach einen eigenartigen Nebel erwähnt habe. Und jetzt das: Aus dem Nebel ist eine gewitterwandähnliche Front geworden, die bis zum Boden reicht“, sagte er und deutete nach draußen auf die dichte Wolkenwand, die vom Fenster aus zu sehen war. „Und alles in wenigen Stunden. Ich jedenfalls kann mir das nicht erklären“.

Er kratzte sich hinter dem rechten Ohr, hinter dem normalerweise sein alter, abgekauter Bleistift steckte.

„Ja, wir haben es alle gesehen. Hast du die wichtigsten Daten dabei?“, wollte Svenson wissen.

Brodin klappte seinen Laptop auf und zog einen Stuhl heran. Dabei rutschte ihm sein kariertes Hemd hinten aus der ausgebeulten Hose.

„Hier, sieh‘ doch mal“, sagte er und tippte mit dem Zeigefinger auf die Linie, während er mit der anderen Hand versuchte, das Hemd wieder in die Hose zu stopfen. „Der Luftdruck ist in den letzten Stunden massiv gefallen. Und wenn ich mir die Informationen der Wetterballons ansehe, dann finde ich das Ganze zunehmend merkwürdig. Und wenn ich dir sage, was die Satelliten melden, wirst du es kaum glauben. Gleißendes Licht gibt es oberhalb dieser Wolkenwand, als würde ein Blitz nach dem anderen in die Atmosphäre schießen. Und dazu stehen diese Wolken fast auf einem Fleck, sie bewegen sich extrem langsam. Als gäbe es da oben nur ein laues Lüftchen. Vielleicht ist das der Grund, warum ich in den letzten Tagen so schlecht geschlafen habe.“

„Mir ging es ähnlich. Ich hatte regelrechte Albträume. Morgens wusste ich gar nicht mehr so richtig, wo ich war. Was hier gerade passiert, kann ich nicht erklären“, sagte Svenson. „Akutes Auftreten von Nebel, Steine, die vom

Himmel fallen, eine scharfe Grenzlinie der dunklen Wand und die langsame Ausbreitung des Nebelschleiers. Und alles ohne irgendwelche Vorzeichen."

Brodin tippte auf den Bildschirm seines Laptops: „Wie ich schon gesagt habe, der Luftdruck ist in den letzten Stunden massiv gefallen und innerhalb des Phänomens ist es deutlich kälter als draußen im Hellen. Innen scheint es auch Winde zu geben, ganz im Gegensatz zur gesamten Wand, die sich nur langsam nach Süden schiebt. Aber trotzdem können wir nicht erkennen, dass das Ganze über bestimmte Windströmungen zustande kommt. All unser Wissen erklärt das Ganze nicht im Entferntesten. Leute, ich bin mit meiner Weisheit am Ende, es passt einfach nichts zusammen", fügte er hinzu und warf sich auf den neben ihm stehenden Stuhl, der gefährlich ächzte.

Und wieder redeten alle durcheinander.

„Vielleicht hängt das alles mit diesem extremen Wetter im Süden von Europa zusammen. Seit Wochen kein Regen und immer neue Höchsttemperaturen. Denen brennt jeder Wassertropfen weg", sagte Hofmann.

„Es gab auch schon Hitzetote. Es ist so heiß, wie es dort in den letzten fünfzig Jahren nicht war", sagte Brodin.

„Weißt du, welche Gebiete im Süden besonders betroffen sind?", fragte Svenson.

„Vor allem Sizilien hat es erwischt. Aber auch die Gegend um Rom ist gebeutelt", antwortete Brodin.

Als Svenson Sizilien hörte, wurde ihm flau zumute. Er musste versuchen, seine Frau zu erreichen. Vielleicht brauchte sie Hilfe. Er versuchte sich zusammenzureißen. „Ich schlage vor, dass wir die Infos an alle Forschungsstationen der Welt geben und noch einmal alle Daten durchgehen, die wir haben. Vielleicht findet irgendjemand ja doch einen Anhaltspunkt für eine Erklärung", schlug er vor. „Wir treffen uns in einer Stunde wieder in meinem Büro. Bis dahin versucht weiter herauszufinden, was sich hier abspielt."

5. Kapitel

An eben jenem ruhigen, windstillen Morgen saß Alessandro di Mariano di Filipepi auf seiner Terrasse und genoss die Umgebung. Seit Tagen war das Thermometer nicht mehr unter 40 Grad gefallen. Der schwere, süße Duft von unzähligen Blumen und blühenden Sträuchern stieg zu ihm auf. Hier am Freisitz war der Blick frei auf die tiefer liegende, seit Wochen ausgedorrte Landschaft und die aufgehende Sonne, die bereits in einem gleißenden Halbkreis am Horizont zu sehen war. Das Meer breitete sich wie ein ruhiger glänzender Teppich vor ihm aus.

Sein Garten dagegen zeigte saftiges Grün und alle Farben, die man sich nur erträumen konnte. Da standen weiße Sonnenröschen neben gelber Zypressenwolfsmilch, das rot-violette Löwenmaul schmiegte sich an das hellblaue Taubenkropf-Leimkraut und das rote Waldvöglein wuchs zusammen mit dem blutroten Storchschnabel. Als Fortunabewohner hatte er spezielle Fähigkeiten, die er gerne einsetzte, wenn es um Verschönerung seiner direkten Umgebung ging. Alles folgte seinen geistigen Vorstellungen und nur das Beste war gut genug für ihn. Wozu schlechter leben, wenn er es anders konnte.

Di Filipepi ruhte auf dem hohen Rückenkissen seines weiß bezogenen Sessels, der Kopf war leicht zur Seite geneigt. Die Nacht war wie immer kurz gewesen. Er war es gewohnt, nur einige Stunden zu schlafen, und er stand meist schon vor Sonnenaufgang auf. Ein kleines Lächeln umspielte seinen Mund, denn er dachte gerade an seine großen Erfolge in den letzten Wochen. Es machte ihn stolz, was er bewegt hatte. Noch nie in der Geschichte des Wetters gab es einen solch massiven Eingriff. Nicht, dass er alles alleine geschafft hätte, es gab immer genug Helfer für delikate Dinge, aber es mussten viele Dinge bedacht werden, damit diese Wetteränderung erfolgreich werden würde. Und das hatte er nicht allein in der Hand.

Er nutzte gerne diese frühen Stunden, um sich alle möglichen Szenarien auszumalen, die bei diesem Prozess eine Rolle spielen könnten. Er hatte den intellektuellen Part bei dem gerade verfolgten Projekt. Diese Überlegenheit drückte er in allen Gesten aus. Sein Auftreten war glamourös, seine Kleidung modern und stylisch. Obwohl seine sandfarbene Leinenhose etwas weiter geschnitten war, ließ sie jedoch die Ahnung zu, dass er muskulös und athletisch gebaut war. Auch das farblich dazu passende Hemd, ebenfalls aus feinstem Leinen, das er offen trug, unterstrich diesen Eindruck.

Neben ihm auf einem kleinen runden Tischchen stand ein Cognacschwenker, den er jetzt bedächtig in die Höhlung seiner feingliedrigen Hand nahm. Er erwärmte den Inhalt einen Moment und schwenkte das Glas dann mit einer kreisförmigen Bewegung. Dann hielt er es an die Nase und sog den Duft genießerisch mit geschlossenen Augen und leicht geblähten Nüstern ein. Er liebte Cognac in der Frühe. *Welch eine Qualität, welch eine wundervolle, dunkelgelbe Farbe*, dachte er.

An diesem jetzt schon drückend schwülen Sommermorgen, am Rande der Hügel, die hinter den Hochhäusern von Monaco begannen, klopfte es kurz nach acht Uhr an seiner Tür. Als er öffnete, blickte er auf zwei dunkle Gestalten. Er kannte sie. Es waren Rossini und Flaubert, zwei Regierungsmitglieder der europäischen Regierung, die ihn oft bei sensiblen Projekten unterstützten. Gegen Bezahlung und andere Vorteile natürlich.

Er bat sie durch eine einladende Handbewegung herein. Sie blickten sich nach allen Seiten um, bevor sie durch die Eingangstür traten. Der eine trug einen weiten schwarzen Mantel und langes dunkles Haar, der andere einen dunklen Anzug. Beides nicht unbedingt geeignet für diese hochsommerlichen Temperaturen.

Di Filipepi ging nach einer kurzen und knappen Begrüßung voraus auf die Terrasse, wo sie alle in tiefen Sesseln im Schatten Platz nahmen.

„Schön hast du's hier“, sagte Rossini, „schattig und kühl.“ Er kramte in einer seiner Sakkotaschen und holte ein weißes Taschentuch heraus und säuberte damit sein schweißnasses Gesicht. Dann lehnte er sich breit grinsend zurück und räkelte sich im Sessel.

Di Filipepi hatte inzwischen aus einer geschliffenen Glaskaraffe Cognac ausgeschenkt, erhob das Glas und nickte ihnen zu. „Ihr könnt das auch alles haben, wenn dann unser Projekt erfolgreich beendet wurde Das hatte ich euch doch schon zugesagt. Aber jetzt erholt euch erst einmal von den Strapazen und genießt den Cognac."

Flaubert ließ sich das nicht zweimal sagen. Er schlürfte und schmatzte, als gälte es, eine Bewertung vorzunehmen. Dann schaute er auf und sagte schließlich: „Rossini hat recht. Diese Farben in deinem Garten, das türkisfarbene Meer, der wunderschöne blaue Himmel. Ich meine, wenn wir mal von der Wüste dort unten absehen. Es macht immer wieder Spaß, dich zu besuchen. Bei uns gibt es nur Arbeit und Hektik."

Rossini hatte sich wohl inzwischen etwas von der Anstrengung erholt. Er nickte bei den Worten von Flaubert kräftig mit dem Kopf und fingerte mit der einen Hand eine dicke Zigarre aus einer Tasche seines Anzugs heraus, hielt sie unter seine auffallend große Nase, die eher dem Schnabel eines stolzen Adlers ähnelte, und schnüffelte daran. Mit der anderen Hand kramte er in einer weiteren Tasche herum und holte schließlich ein langes Streichholz hervor. Er strich damit so lange über seine Schuhsohle, bis eine Flamme aufflackerte, die er an die Zigarre hielt. Mit kräftigen Saugbewegungen entfachte er am Ende der Zigarre eine gewaltige Glut. „Ja, sehr schön hier. Du hast die richtige Wahl getroffen. Bei uns ist es öde und es herrscht Korruption, Gier, Neid und Hass."

Di Filipepi wusste nur zu genau, wovon der Besucher sprach. Er selbst konnte die meiste Zeit im Luxus leben, mit allen Möglichkeiten der Ablenkung, mit Festen und schönen Frauen. Aber die beiden hier mussten quasi unter Tage arbeiten. Die europäische Regierung hatte ihre Wissenschaftler und die Regierungsangestellten seit vielen Jahren in einen riesigen unterirdischen Bunker verfrachtet. Sie hatten Angst vor terroristischen Attacken, die in der Vergangenheit schon zu großen Verlusten in der Bevölkerung geführt hatten. Es gab dort nichts, gar nichts.

Der Bunker lag tief im Erdinneren, ein gigantischer, zweistöckiger Betonkomplex, der mehr als 10.000 Leute aufnehmen konnte. Das fast 50 Kilometer lange, hermetisch abschließbare Tunnelsystem war so gebaut, dass es neben den Arbeitsräumen und den Versorgungssystemen sogar einen OP-Raum und ein Fernsehstudio gab, ebenso eine Bäckerei für die Frühstücksbrötchen. Es gab zwar Fitnessräume und ein Schwimmbad, aber sonst keinerlei Möglichkeiten der Entspannung. Es war eine reine Arbeitsstätte.

Wie schön hatte er es dagegen. Er war derjenige, der die Fäden hier oben in der Hand hielt. Er kannte all die Schwächen der wichtigsten Personen im Haifischbecken der Politik. Und gerade hier in Monte Carlo tummelten sich die Reichen und die Berühmten und die, die es gerne wären und dafür Informationen verkauften. Er schmeichelte sich ein, er bestach, er übte Druck aus und er tötete, wenn es nicht anders ging. Er, di Filipepi, der große Stratege, der Planer. Er gefiel sich gut in seiner Rolle als Vermittler zwischen den Staaten und den Interessengemeinschaften.

„Gut, dass du deinen Hauptwohnsitz hier unten im Süden hast, di Filipepi. Im Norden wäre es jetzt nicht so gemütlich", sagte Rossini schmunzelnd. „Gute Arbeit, gute Arbeit, da oben. Ohne deine Unterstützung hätten wir das so nie hinbekommen. Und erst die Situation ganz unten im Süden von Europa, südlich von Rom. Dort hat die große Hitze schon die ersten Erfolge gezeigt. Es ist noch viel heißer als hier. Panikkäufe von Wasserflaschen, wer kann, der flüchtet in nördlichere Gebiete ..."

„Ja, die Dunkelheit im Norden war schon eine sehr gute Idee, und diese Hitze hier im Süden wird richtig einschlagen", unterbrach ihn di Filipepi. „Das Kompliment muss ich aber auch an euch weitergeben. Ihr seid diejenigen, die das technische Know-how und die Instrumente dazu haben. Nur die Idee allein hätte nichts bewirkt." Danach schwieg er eine Zeitlang und grübelte. „Der erste Schritt zur Machtübernahme ist somit getan!“

„Und wir werden auch so schnell nicht aufhören, weder im Norden noch im Süden. Die Wetterveränderungen machen mürbe und verbreiten Angst und Schrecken. Wenn die Menschen nicht mehr genug Wasser haben, werden sie die Sonne und den Planeten verfluchen. Und dann kommen wir“, sagte Rossini.

Di Filipepi wusste, was dann passieren würde. Tableau, sein Auftraggeber, ebenfalls von Fortuna, der gerne im Hintergrund blieb, würde dann seine Forderungen auf den Tisch legen. Er strebte eine Unterwerfung aller Staaten von Europa an, mit ihm selbst an der Spitze. Um diese Position zu erreichen, ließ er sich von di Filipepi unterstützen. Im Klartext: Di Filipepi machte die Drecksarbeit.

Nein, als Erpressung ließe er es nicht aussehen. Lösung der jetzigen Wetterprobleme und dafür als Gegenleistung die Macht erhalten, das war für ihn keine Erpressung, sondern ein guter Deal. Er würde es zumindest so aussehen lassen.

Es gab schon immer ein Konsortium hinter all den Regierungen, das nach vorne den Schein wahren musste. Fünf mächtige Männer standen dahinter, jeder hatte einen Erdteil unter sich. Fünf Mächtige, die bestimmten, wer Präsident in den verschiedenen Staaten wurde, die Krisen und Kriege initiierten und die dadurch unglaublich reich geworden waren.

Auch auf Fortuna gab es die Außerhalb-der-Gesellschaft-Lebenden, die die Gelegenheit nutzten, zur Erde zu wechseln, um dort ihren Vorteil zu suchen. Tableau gehörte dazu, di Filipepi dagegen schwankte noch zwischen Gut und Böse. Beide verstanden es aber ausgezeichnet, sich auf der Erde einzurichten. Es fiel ihnen ausgesprochen leicht, Reichtum anzuhäufen, und damit bekamen sie Macht. Das Internet erleichterte solche Geschäftsabläufe immens. Und schließlich musste ihre Intelligenz doch für irgendetwas nütze sein.

Geld war nicht der Hauptmotor, es war das gottähnliche Allmachtgefühl, das sich streichelnde Ego, die Sucht nach immer mehr Macht und Einfluss. Und er, di Filipepi, arbeitete für den, der nun auch einen Teil des Kuchens davon abhaben wollte.

Und die Zwei, die jetzt bei ihm zu Besuch waren, unterstützten ihn darin, diesem Ziel näherzukommen. Europa sollte einen neuen Obersten bekommen.

„Wie hoch schätzt du eigentlich die Chance einer Machtübernahme in der nächsten Zeit ein, di Filipepi?“, fragte Flaubert. „Es wäre nicht schlecht, wenn wir das Sagen bald übernehmen würden. Wir gehen davon aus, dass du natürlich nach der Übernahme an uns denken wirst. Aber im Augenblick stockt unsere Lobbyarbeit etwas. Die Leute wollen zu viel Gegenleistung.“ Er machte eine kleine Pause, in der er wieder an seinem Cognac nippte.

Ja, das stimmt, dachte di Filipepi. *Früher konnte man die Menschen mit weniger kaufen. In den letzten Jahren hat eine unerträgliche Gier um sich gegriffen, eine Gier, die durch alle Schichten der Gesellschaft geht.* „Von meiner Seite ist alles zur Machtübernahme getan. Was die andere Seite angeht, da musst du unseren Freund hier fragen“, antwortete di Filipepi und nickte Rossini zu.

„Es ist alles vorbereitet“, sagte dieser. „Wobei es im Augenblick eine kleine Schwierigkeit gibt. Wir haben eine Neue, die für Katastrophen zuständig ist. Sie arbeitet für die Regierung in eigener Verantwortung und muss in keinerlei Hinsicht erst um Zustimmung bei Aktionen bitten. Eigenartige Person. Irgendetwas stimmt nicht mit ihr. Manchmal habe ich das Gefühl, sie kommt von einem anderen Stern.“

„Wie kommst du darauf“, fragte Flaubert. „Lässt sie sich nicht von deinen plumpen Annäherungsversuchen rumkriegen?“

Rossini lachte. „Nein, das ist es nicht. Ich käme nie auf die Idee, es bei ihr zu versuchen. Sie ist so völlig anders als die Anderen. Sie ist so …“, er zögerte einen Augenblick, „sie ist so integer.“

„Wie heißt denn deine Samariterin?“, fragte di Filipepi.

„Chaolina, Chaolina Chaosta“, sagte Rossini.

Di Filipepi fühlte bei der Nennung dieses Namens einen kleinen Stich im Herzen. Er kannte ihn nur zu gut.

"Gegen das, was jetzt kommt, wird auch sie nichts mehr ausrichten können", unterbrach ihn Rossini in seinen Gedanken.

Di Filipepi sah, wie er über seinen Anzug strich, wo er ein paar Tabakkrümel wegwischte. Dabei fiel die vordere Spitze der Aschestange zu Boden. Er bückte sich und di Filipepi glaubte, an seinem Strumpf ein strahlendes Auge über einer Pyramide blitzen zu sehen. Dann wurde das Bein wieder von der schwarzen Hose bedeckt. Er wollte Rossini später darauf ansprechen, denn es rief ein ungutes Gefühl in ihm hervor. Es war das Zeichen einer Geheimorganisation, von der er nur zu genau wusste, wer dahintersteckte.

„Sie ist klug, ausgesprochen klug", murmelte di Filipepi stattdessen. „Sie ist eine ernst zu nehmende Gegnerin." Er hatte schon mit ihr zu tun gehabt, auffällig oft, wenn er richtig überlegte.

„Kennst du sie?", fragte Rossini und schaute ihn von der Seite an.

„Ich hatte vor sehr langer Zeit schon einmal mit ihr zu tun", antwortete di Filipepi ausweichend. „Aber es würde jetzt zu weit führen, euch über diese kleine Geschichte aufzuklären."

Rossini gab sich damit zufrieden und bohrte nicht weiter. Di Filipepi war es nur recht, denn wenn sie erfahren würden, was er wirklich über sie wusste, würde er nicht kontrollierbare Reaktionen bei den beiden hervorrufen. Und er musste sie bei Laune halten.

Diese Welt war wie geschaffen für Tableau und ihn. Gerade in den Vereinigten Staaten hatten sie eine grandiose Zusammenarbeit hingelegt. Der amtierende Präsident fraß ihnen aus der Hand. Er war eitel und nutzte die Dummheit und Ängste der Menschen aus, um sie nach seinen Vorstellungen zu modellieren. Demokratie war gestern. Aber gerade jetzt, wo sie sich mit der europäischen Regierung beschäftigen mussten, tanzte er aus der Reihe.

In der Vergangenheit hatte er mehrfach dafür gesorgt, dass sich Regierungen von Abmachungen verabschiedeten. Verträge wurden nur so lange eingehalten, wie sie zum eigenen Vorteil waren. Wenn es nicht um die eigene Haut ging, entpuppten sich die meisten als skrupellos. Macht und Geld galten als die stärksten Anreize. Jeder von denen dachte, die Folgen ihrer Verbrechen würden sie niemals einholen.

Sie, Chaosta, hatte ihm in der Vergangenheit oft bei der Verfolgung seiner Ziele, die nicht immer ethisch astrein gewesen waren, dazwischengefunkt. Er wusste, für wen sie arbeitete und woher sie kam. Das machte die Sache etwas diffizil. *Vielleicht waren ihre eigenen Ziele seinen gar nicht so fern*, fragte er sich.

Im Augenblick wäre sie ihm eher im Wege, denn er musste zuerst seinen Auftrag für Tableau ausführen. Dann könnte man weitersehen. Aber er hasste sie nicht dafür, sondern in der Tiefe seiner Niedertracht schwelte eine kleine Spur von Bewunderung und Achtung.

„Am besten wäre es, sie vollständig aus dem Verkehr zu ziehen. Wenn jemand anderes das Amt innehätte, würde es weniger Schwierigkeiten geben. Wir könnten wahrscheinlich unser Ziel rascher erreichen“, wandte Flaubert ein.

„Ich habe versucht, etwas über ihre Schwächen zu erfahren. Sie muss doch einen schwachen Punkt haben. Es gibt da so ein Gerücht“, sagte Rossini. „Bisher sind aber alle Versuche gescheitert, an dieses Geheimnis zu kommen. Und mal ehrlich – es kann uns doch auch völlig egal sein. Unser Projekt ist so gigantisch. Wer sollte uns noch stoppen?“

Was passierte, war mehr als gigantisch. Di Filipepi wusste, dass im Norden von Alaska, mitten in der Wildnis nordöstlich von Anchorage, in der Nähe der Ortschaft Gakona, die daran beteiligten Leute sehr zufrieden mit dem Ergebnis dieses Unternehmens waren. Diese geheimnisvolle, beängstigende Dunkelheit im Norden und die Bruthitze im Süden verursachten mehr Panik als erwartet. Bis jetzt war es schon ein recht gelungenes Projekt.

Alles lief im Geheimen, ohne Zustimmung irgendeines Senats oder einer Regierung im Speziellen. Der Geheimdienst der USA hatte sich mit ihnen zusammengetan. Man musste sie natürlich am Erfolg beteiligen. Posten wurden vorab vergeben, Millionen auf ausländische Konten gezahlt. Es gab immer einige Töpfe, aus denen heraus solche Projekte finanziert werden konnten. Gelder, deren Ursprung nicht nachvollziehbar war, flossen dort hinein und gingen an die Wissenschaftler, die einfach nur arbeiteten, ohne nachzufragen.

Vor einigen Jahren hatte man begonnen, Hunderte von Antennen und Sendern zur Abgabe von Hochfrequenzstrahlungen zu installieren. Die Gesamtleistung war schwindelerregend.

Di Filipepi wusste, dass diese Anlage das modernste, leistungsfähigste und flexibelste elektromagnetische System war, das jemals auf der Erde existiert hatte.

Dieser leistungsstarke Hochfrequenzstrahler war in der Lage, bestimmte Teile der Ionosphäre aufzuheizen und die Ionosphäre somit selbst zu einer Sendeantenne umzufunktionieren. Es entstanden Wellen mit sehr niedriger Frequenz, die zur Erde zurückgestrahlt wurden. Der Strahl wurde punktgenau konzentriert und gebündelt in die Ionosphäre geschossen. Damit war man sogar in der Lage, eine bestimmte Fläche herauszuschneiden. Eine kleine Gefahr existierte jedoch: Wenn der Strahl über mehrere Minuten in die Ionosphäre gerichtet wurde, konnte sich möglicherweise ein Riss in der dünnen elektrischen Membran bilden. Der Schutz der Erde vor dem kontinuierlichen Beschuss mit kosmischen Teilchen könnte darunter leiden. Und wenn es dazu kommen sollte, wäre es der Super-Gau.

Was sie hier taten, war nur wenigen bekannt, und kaum einer verstand es einzuschätzen, *wie* gefährlich es war. Nicht einmal er, di Filipepi, konnte alle Folgen voraussehen.

Indem sie die positiv und die negativ geladenen Teilchen in der Ionosphäre änderten, waren sie in der Lage, das Wetter zu ändern. Denn diese Teilchen waren für den

Jetstream zuständig. Dieser wirkte wie eine Schleifenantenne, über die großräumige elektromagnetische Wellen rund um die Erde geleitet wurden. Er bildete außerdem eine Bahn, an der entlang sich die Tiefdruckgebiete bewegen konnten.

In der Vergangenheit produzierten sie Hurrikane, Taifune und riesige Flutwellen. Di Filipepi erinnerte sich noch gut an die letzte große Welle in St. Louis.

In den letzten Tagen hatten sie die Windmuster geändert und so ein ungeheures Tiefdruckgebiet im Norden von Europa geschaffen.

Di Filipepi wusste, dass schon seit vielen Jahren versucht wurde, das Wetter zu optimieren. Und nicht nur das, die gesamte Umwelt wurde mit zweifelhaften Techniken manipuliert, ohne auch nur im Geringsten über die Folgen nachzudenken, wie sich solch ein Geo-Engineering auf lebende Organismen auswirken könnte. Die echten Auswirkungen würde man sicherlich erst in den nächsten Jahrzehnten sehen, dann, wenn es zu spät sein würde.

Das alles war aber harmlos im Vergleich zu dem Projekt, was sie gerade verfolgten.

Was di Filipepi aber nicht wusste, war, dass durch diesen Riss Mächte geweckt wurden, die sehr viel mächtiger waren als alles bisher Dagewesene.

6. Kapitel

Svenson starrte aus dem Fenster in die undurchdringliche Dunkelheit, die immer weiter herangerückt und jetzt nur noch wenige Meter von ihrer Station entfernt war. Unerbittlich näherte sie sich. Jeden Augenblick konnte diese geheimnisvolle Finsternis sie verschlucken.

Hinter sich hörte er, wie ein Stuhl umfiel und wie die Kollegen zum Fenster drängten.

Kleine Steine knallten gegen die Scheiben – tack, tack.

Plötzlich zitterten seine Knie. Er fühlte sich ausgeliefert wie ein Tier auf dem Schlachthof. Er lehnte sich erschöpft zurück und schloss einen Moment die Augen. Das Tack-Tack wurde lauter, fordernder. Als er seine Augen wieder öffnete, hatte die Schwärze ihr Fenster erreicht.

„So eine Scheiße“, platzte es aus Brodin heraus, der ganz vorne stand. „Ich glaub‘, hier sind andere Abteilungen als wir Geophysiker und Meteorologen gefragt.“

„Wie meinst du das?“, fragte Svenson.

„Ihr könnt mir erzählen, was ihr wollt. Das hat nichts mit natürlichen Phänomenen zu tun. Das ist selbstverschuldet.“

„So ein Blödsinn“, sagte Hofmann. „Die Regierungen machen ja viel Mist, aber was hätten sie denn hiervon?“

„Vielleicht haben sie null davon. Aber wer weiß, ob das hier so gewollt war. Diese Gesteinsbrocken, die runterkommen, solche Steine werden höchstens vom Boden hochgewirbelt. Auf gar keinen Fall werden solche Gesteinsstücke über große Entfernungen so einfach transportiert. Das würde einen riesigen Tornado voraussetzen und den haben wir nicht gesehen, richtig?“

Svenson fühlte sich sichtlich unbehaglich und schaute betreten unter sich, obwohl er sich keiner
Schuld bewusst sein musste. Schweißtropfen sammelten sich in Höhe seiner Schläfen. Plötzlich sah dieser massige Mann, der eher als gutmütiger Bär rüberkam, aus wie ein Kind, das bei einer schlimmen Tat erwischt worden war.

Alle starrten ihn an und warteten auf eine Erklärung. Schließlich war er der Chef, derjenige, der für gewöhnlich alles im Griff hatte. Aber auch er wusste nicht weiter. Und doch beschlich ihn das Gefühl, er wäre dafür verantwortlich, was ja de facto nicht stimmte. Er war kein Wettergott. Warum also dieses seltsame Schuldgefühl?

„Wenn das hier die Vorboten einer riesigen Katastrophe sind, wird kein Mensch hier mehr wegkommen", sagte Brodin. „Ich kann mir nicht vorstellen, dass der Flughafen noch offen ist. Und dann geht es nur noch per Schiff."

Er griff zum Telefonhörer. „Ich ruf mal an und frag nach, wie es aussieht." Er wählte und wartete. Er wählte nochmals, lauschte. Dann sagte er mit erstauntem Gesicht: „Die Leitung ist tot, nichts zu hören. Nur ein leises Rauschen im Hintergrund."

7. Kapitel

Irgendetwas lag in der Luft. Chaosta spürte es bis in die Fingerspitzen, ein dauerndes Kribbeln, als würden kleine Ameisen unter der Haut laufen. Es bedeutete Gefahr.

In der Feuersbrunst von Schweden war ihr klargeworden, dass hier jemand oder etwas das Wetter manipulierte. Diese Wetterveränderungen waren gewollt, um die Bevölkerung in Angst und Schrecken zu versetzen. Aber was hatte das für einen Sinn? Was wurde damit bezweckt? Und vor allem, wer war das? Wer hatte hier seine Hand im Spiel?

Nach außen wirkte sie beherrscht und entspannt. Ihre Hände ruhten neben ihr auf den Armlehnen des Airbus von Oslo nach Paris. In wenigen Stunden würde das Treffen mit ihren Amtskollegen der fünf Erdteile stattfinden. Die Zusammenkünfte fanden regelmäßig statt, dieses Mal jedoch gab es einen sehr ernsthaften Anlass. Ihr Assistent Jasper Muggental hatte viel Papier für dieses Treffen erarbeitet. Sie hoffte, dass sie ihre Amtskollegen in ihrer Sensibilität schärfen konnte. Sie mussten auf die regierenden Oberhäupter Einfluss nehmen.

Tatsache war, dass die Naturkatastrophen zunahmen. Dass dies die ersten Vorboten einer drastischen Klimaveränderung sein konnten, war nur ein Teil der Wahrheit. Die Wissenschaftler waren sich darüber nicht einig. Vieles sprach dafür, aber eben doch nicht alles. Und man brauchte wissenschaftlich fundierte Fakten und keine Panikmache.

In der Vergangenheit gab es immer mal wieder Zeiten mit Hungersnöten aufgrund von Ernteverlusten wegen Hitze, Kälte oder Dauerregen. Im Jahr 1158 zum Beispiel fingen die Bäume schon im Januar an zu blühen und im Februar brüteten die Waldvögel. Natürlich trugen die Menschen zu einer Klimaänderung bei, allein schon wegen der Abholzung in großen Teilen der Welt. Da das Wasser nicht mehr gebunden werden konnte, änderten sich die darüber liegenden Winde. Es regnete an anderer Stelle oder gar nicht. Aber es gab unabhängig davon schon immer Warm- und Kaltphasen, deren Auftreten von völlig anderen Faktoren abhängig war.

Diese unnatürlich starke Hitze und Trockenheit im Süden von Sizilien konnte ein Hinweis für einen Klimawandel sein. Aber die immer größer werdende Dunkelheit im Norden? Die Ursachen dafür mussten dringend ausfindig gemacht werden.

Das größte Problem stellte die Zusammenarbeit mit der Erde bzw. den Regierungsmitgliedern der einzelnen Länder der Erde dar. In den vergangenen Jahren war es schwieriger geworden, sie von dem Vorteil einer gerechten Politik zu überzeugen. Bei einer Finanzkrise, oder wenn eine Wahl der Parteien bevorstand, knickten sie alle ein. Da zählten die alten Werte nicht mehr. Da wurde nur noch geäußert, was die meisten Stimmen einbrachte.

Auch jetzt gab es angeblich wieder wichtigere Dinge als das Überleben ethischen Denkens. Es herrschte eine Gleichgültigkeit gegenüber dem anderen und der Natur, dass es nicht verwunderte, wenn Naturschutzgebiete dem Kommerz zum Opfer fielen, alte Wälder abgeholzt wurden, um Platz zu machen für die Herstellung von Biobenzin und Viehzucht und die Meere nur noch große Kloaken waren, ganz zu schweigen vom Niedergang der Kleinstlebewesen, der Insekten.

Die Politiker hatten keine Lösung. Sie ahnten, welche Ursachen die Auslöser waren, taten jedoch nichts dagegen. Ganz im Gegenteil. Mit den fadenscheinigsten Argumenten unterstützten sie diejenigen, die es verursachten. Dabei war bewiesen, wenn diese winzigen Wächter und Helfer der Natur nicht mehr ausreichend existierten, hätte es unvorstellbare Auswirkungen auf den Menschen und das ganze Erdsystem. Trotz all dieser Erkenntnisse taten die Regierungen nichts. Der Lebensraum der Tiere und Pflanzen wurde immer kleiner, damit wurde der natürliche Kreislauf gestört. Ein katastrophales Versagen. Sie beschäftigten sich mit Scheinproblemen, um über die eigentlichen Probleme hinwegzutäuschen. Damit waren letztlich die Regierungen für die Zerstörung der Erde verantwortlich. Chaosta versuchte sich zusammenzureißen und die Wut und Verzweiflung, die in ihr aufstiegen zu unterdrücken. Sie würde bei ihrem Treffen in Oslo noch genug Gelegenheiten haben, ihre Meinung kundzutun, aber sie musste diplomatisch vorgehen. Sie mussten überzeugt werden und ganz ohne Zwang entscheiden.

Sie war eine große, schlanke, rothaarige Frau, die durch ihr auffallendes Äußeres die Blicke der um sie sitzenden Männer auf sich zog. Ihre langen Locken umhüllten ihr energisches Gesicht und milderten ihre Härte. Ihr eng geschnittenes Kostüm mit dem leicht über die Knie reichenden Rock betonte ihre Weiblichkeit, zeigte aber auch ihre athletische Figur.

Auf dem Sitz neben ihr saß steif und gerade ihr Assistent Muggental, der in seinem lilafarbenen Anzug, seinem rot gestreiften Hemd und seiner lilafarbenen Fliege mit Sicherheit auf die Anwesenden im Flugzeug einen seltsamen Eindruck machte.

Sie war beunruhigt und spürte Gefahr, direkt hier im Flugzeug. Sie sah sonst keine Gespenster, aber irgendetwas bahnte sich hier an. Vielleicht lag es nur an der Art und Weise der Wetterveränderung in den letzten Tagen, vielleicht überreagierte sie. Oder es war allein die Tatsache, dass keiner, auch sie selbst nicht, so recht wusste, was dahintersteckte?

Sie und ihr Volk von Fortuna lebten ursprünglich auf einem anderen Zweig in dem mehrdimensionalen Raum- und Zeitgefüge des Universums, aber durch einen unglücklichen Umstand gab es zwischen der Welt der Menschen und ihrer Welt vor vielen Jahrhunderten eine Verknotung. Seitdem konnten die Fortunabewohner zwischen diesen beiden Welten hin- und herpendeln. Leider konnten nicht nur die guten Wesen, sondern auch die bösen die Welten wechseln.

Ihr Volk versuchte die hiesige Welt über die Folgen ihres Handelns, was die Verletzlichkeit der Erde angeht, aufzuklären und beriet die Regierungen, wo immer es möglich war. Ganz schnell kam das Gerücht auf, Engel seien unterwegs, also echte Engel, Wesen, die einem bestimmten Glauben entsprachen. Was sie natürlich nicht taten. Sie waren nur technologisch sehr viel weiter als die Völker auf der Erde, sie konnten vieles mit reiner Gedankenenergie erreichen, aber sie waren trotzdem ganz normale Lebewesen. Sie wurden jedoch sehr viel älter.

Chaosta fühlte sich zunehmend unwohl. Sie drehte sich zu Muggental. „Hier stimmt etwas nicht“, flüsterte sie ihm zu.

Muggental blickte verstohlen um sich. Als er sie wieder ansah, hob er leicht die Schultern. Er schien nichts wahrzunehmen. Keiner der Passagiere fiel aus dem Rahmen. Und doch. Da war etwas, etwas ganz in ihrer Nähe. Die Atmosphäre der Luft war elektrisch aufgeladen und wartete auf den erlösenden Knall.

Ihre Haare im Nacken stellten sich auf, was immer ein Zeichen von Gefahr war. Sie musterte die zwei Passagiere, die vor ihr saßen. Eigenartige, lange schwarze Mäntel, dachte sie noch. Etwas altmodisch und verstaubt, vertraut irgendwie ...

Plötzlich war ein lautes Krachen zu hören. Chaosta blickte durch das seitliche Fenster. Draußen war es dunkel, obwohl es mitten am Tag war. Nur grelle Blitze erhellten die Finsternis in kurzen Abständen. Es sah nach einer mächtigen Gewitterfront aus.

In diesem Augenblick änderte sich das Turbinengeräusch im Flugzeug und Chaosta wurde in ihrem Gedankengang jäh unterbrochen. Es wurde heller, schriller, hochfrequenter. Die Stewardess, die Getränke ausschenkte, hielt inne und lauschte mit leicht geneigtem Kopf. Röte schoss ihr ins Gesicht. Mit gequältem Lächeln lief sie nach vorne zum Cockpit.

„Verdammt noch mal, was ist das?“, flüsterte Chaosta.

Einige der Passagiere richteten sich in ihren Sitzen auf, horchten ebenfalls und blickten um sich. Unruhe breitete sich aus. Manche drückten ihre Nasen an die Fenster, gegen die der Regen unaufhörlich peitschte, und versuchten vergeblich, einen Grund dafür zu finden.

Die Stewardess kam gerade aus der Pilotenkanzel heraus, mit noch röterem Kopf als zuvor und ergriff den

Telefonhörer für die Lautsprecher: „Meine Damen und Herren, schnallen Sie sich bitte wieder an und klappen Sie die Tische vor sich nach oben. Wir sind mitten in einem plötzlich aufgezogenen Unwetter. Der Kapitän wird auf eine andere Höhe gehen, um dem Gewitter auszuweichen. Hier drin sind wir sicher. Das Flugzeug stellt einen Faraday'schen Käfig dar. Die Blitze werden abgeleitet. Versuchen Sie bitte, Ruhe zu bewahren. Der Kapitän hat alles unter Kontrolle."

Sie hatte ihren Satz noch nicht beendet, als das Flugzeug heftig hin und her schwankte. Es bewegte sich wie ein wild gewordenes Pferd. Plötzlich sackte es nach unten, so als hätte jemand den Boden darunter weggezogen. Passagiere schrien vor Schreck laut auf. Chaosta sah, dass ihre Nachbarin sich an den Kopf griff. Als sie ihre Hand von ihren Haaren wieder löste, war sie voller Blut.

In diesem Augenblick machte das Flugzeug einen sehr scharfen Schwenk nach rechts und ging über in einen leichten Sinkflug. Nur noch leichte Turbulenzen waren zu spüren, bis das Flugzeug plötzlich erneut ein Stück nach unten durchsackte. Die Klappen für den Stauraum des Bordgepäcks öffneten sich mit einem lauten Knall, Gepäckstücke fielen heraus, schwere Taschen plumpsten auf Köpfe und Schultern, Getränkedosen rollten durch den Gang.

Das Schreien der Passagiere verband sich mit dem der Turbinen zu einem unwirklichen Grundgeräusch. Ein Passagier, der im Gang stand, wurde brutal an die Decke geschleudert, schlug beim Herabfallen auf die Armlehne auf und wurde gegen den Servierwagen katapultiert. Er blieb regungslos eingeklemmt zwischen den Sitzen liegen.

Eine dicke Frau erschrak sich so sehr, dass sie für eine Sekunde ihr kleines Kind auf ihrem Schoß losließ. Es bäumte sich auf, strampelte, schrie und entschlüpfte den fleischigen, klammernden Armen der Mutter, fiel über die Rückenlehne des vorderen Sitzes und dann in den Gang.

Kreischende Triebwerke!

Die Sauerstoffmasken fielen von der Decke und baumelten wild hin und her. Chaosta spürte, dass das

Flugzeug seine Nase wieder leicht anhob. Ein Aufatmen ging durch die Reihen. Nach wenigen Sekunden senkte sich die Nase jedoch wieder ohne Vorwarnung und steuerte unerbittlich auf die Erde zu. Ihr Magen begann zu revoltieren; eine Klammer legte sich um ihr Herz.

Die zwei Männer mit den schwarzen Mänteln, die sie vorher bereits bemerkt hatte, sprangen auf und stellten sich breitbeinig in den Mittelgang. Chaosta wunderte sich noch, dass sie in dieser Haltung so einfach stehen konnten, ohne sich irgendwo festhalten zu müssen, als der Ältere bereits nach ihr griff. Er zerrte sie aus dem Sitz hoch und riss sie an der Schulter herum. Dann drückte er sie an seine Brust und hielt sie mit kräftigen Armen von hinten fest. Die Beklemmung der Brust, die sie noch vor wenigen Sekunden gespürt hatte, jetzt war sie wie weggeblasen.

Chaosta sah lange schwarze Haare aus dem Anzugsärmel hervorquellen. Hatte ihr Gefühl sie doch nicht getäuscht! Hier war die Gefahr. Langer schwarzer Mantel, dicke schwarze Haare - Krähen aus der Unterwelt. Das waren keine Terroristen der normalen Welt. Das waren Kriminelle aus ihrer eigenen Welt. Sie wusste, dass diese Wesen immer wieder die Erde heimsuchten. Doch nun begegnete sie ihnen persönlich.

Der Jüngere packte das immer noch am Boden liegende, leicht benommene Kind an den Haaren und zog es daran hoch. Es jaulte vor Qual laut auf.

„Bleibt sitzen“, befahl der Ältere, der Chaosta an den Schultern gepackt hatte. „Wenn einer von euch aufsteht, werde ich diese Frau und dann euch töten.“

Er schrie diesen Befehl laut heraus. Kleine Tröpfchen seines Speichels spritzten aus seinem Mund und brannten auf der Haut der Getroffenen punktförmige, runde, bräunliche Herde ein. Übelster Gestank nach faulen Eiern breitete sich im Flugzeug aus.

Chaosta versuchte ruhig zu bleiben und ihn nicht noch mehr zu reizen. Der Geruch nach faulen Eiern, der ätzende Speichel - jetzt war sie sich ganz sicher: Es waren Kriminelle von Fortuna.

Ihre Gedanken überschlugen sich. Das, was sich da draußen abspielte, war mehr als bloß ein einfaches Unwetter. Die Blitze hüllten das Flugzeug ein und brachten es zum Glühen. Die Turbulenzen wurden immer massiver und ließen das Flugzeug einen hemmungslosen Hexentanz aufführen, auf dem Weg nach unten ins sichere Verderben.

Der Jüngere der beiden zog wild gestikulierend eine golfballgroße Glaskugel mit einem gelblichen Inhalt aus seiner Tasche. Die Schräglage des Flugzeugs behinderte auch ihn nicht im Geringsten. „In dieser Kugel ist ein tödliches Gift“, spuckte er aus. „Wenn einer von euch es wagt mich anzugreifen, lasse ich die Kugel sofort fallen. Nur ein Atemzug und ihr seid alle tot. Bleibt also ruhig sitzen. Es wird euch nichts passieren, wenn ihr unseren Befehlen folgt.“

Sofort herrschte absolute Ruhe unter den Passagieren. Was für eine Farce, wie sollte denn bei dieser Schräglage des Flugzeuges irgendjemand angreifen? Und trotzdem, sofort waren keine ängstlichen Schreie, war kein Seufzen, sondern nur noch das hochfrequente Turbinengeräusch zu hören, immer wieder durch lautes Krachen und Donnern unterbrochen.

Draußen hatte sich der Regen in Hagel verwandelt. Die eisigen Körner prasselten wütend auf das Metall ein, als wollten sie das Flugzeug in die Knie zwingen und den Absturz noch beschleunigen.

Der Sinkflug wurde steiler. Das Flugzeug ruckelte und vibrierte, als würden die Schweißstellen und Nieten gleich zerbersten. Der Schwarzbemantelte drückte seinen Körper noch fester gegen Chaosta und ließ ihr kaum Luft zum Atmen. Er stand breitbeinig im Gang hinter ihr und presste sie so dicht an das Polster, dass sie schmerzhaft ihre Rippen spürte und ihr fast die Atmung versagte.

Die Passagiere saßen steif, wie erstarrt in ihren Sitzen. Keiner wagte es zu reden. Chaosta sah die weit aufgerissenen Augen, in denen Angst und Entsetzen die Pupillen erweitert hatten. Schweiß perlte von der Stirn der dicken Frau, die nun wieder krampfhaft ihr Kind umklammerte.

Muggental saß angegurtet in seinem Sitz, hatte die Beine hochgenommen und sich mit den Füßen am Vordersitz abgestützt, so dass er trotz der starken Neigung des Flugzeuges nicht nach vorne rutschte.

Chaosta versuchte, ein klein wenig den Griff ihres Angreifers zu lockern, um an den pinkfarbenen Topas ihres üppigen, goldenen Ringes zu kommen. Der Gestank, den der Angreifer ausströmte, war mittlerweile unerträglich geworden.

Jetzt hatte sie es geschafft. Ihr Zeigefinger konnte gerade den Topas erreichen und ihn leicht gegen den Uhrzeigersinn drehen, so dass sich eine winzige Vertiefung darunter öffnete. Grünliches Pulver fiel heraus und blieb in Gestalt einer kleinen Wolke in der Luft.

Die Passagiere in der Nähe konnten noch das Pulver herausfallen sehen, dann änderten sich die Geräusche abrupt und wichen einem gleichmäßigen Rauschen. Niemand konnte sich mehr bewegen.

Diese Fähigkeit des Pulvers, die Zeit anzuhalten, hatte Chaosta schon oft das Leben gerettet. Es war eine ihrer wirksamsten Waffen, die speziell für den Kampf gegen das Böse entwickelt worden war, der einzige Kampf, den es in ihrer Welt noch gab.

Das Prasseln an den Fenstern hatte ebenfalls aufgehört. Chaosta sah noch die Splitter der platzenden Hagelkörner wie Diamanten in dem stehenden Blitz glitzern.

Sie wand sich gleich einer Schlangenkünstlerin aus ihrer harten Umarmung. Dann drehte sie ihrem Angreifer die Glaskugel aus den wulstigen Fingern.

In diesem Augenblick hörte sie es erneut, das laute Prasseln der Hagelkörner auf die Außenhaut des Flugzeuges. Es hatte ein weiteres Mal eingesetzt und klang gefährlicher als vorher.

„Da draußen ist noch etwas anderes“, sagte Chaosta zu Muggental. „Etwas, das sich nicht so ohne weiteres in die Schranken weisen lässt. Ein plötzlich aus dem Nichts auftauchender heftiger Sturm. Es muss mächtig sein, vielleicht mächtiger als wir.“

Muggental saß immer noch völlig erstarrt in seinem Sitz und konnte nur mühsam antworten: „Da haben Sie völlig recht, es muss etwas sehr, sehr Mächtiges sein."

Wir sollten jetzt erst einmal herausfinden, was diesen Sinkflug bewirkt. Vielleicht wissen wir dann, ob diese Schakale dafür verantwortlich sind, dachte sie.

Chaosta öffnete ihre Unterarmtasche und aktivierte damit einen Scanner im Handtaschenüberwurf. Sie war mit den modernsten Technologien ihrer Regierung ausgestattet, Technologien, die es auf der Erde so nicht gab und vielleicht auch erst in tausend Jahren geben würde. Alles, was nicht den normalen Prozessabläufen entsprach, erkannte der Scanner und analysierte es.

Kaskaden von Zahlen liefen in atemberaubender Geschwindigkeit von oben nach unten über den Bildschirm. Dann zeigte sich eine Übersicht des Flugzeuges und eine Zahlenkombination neben einer Stelle in der Verschalung.

Chaosta wusste sofort, was das zu bedeuten hatte. *Na, sieh mal an, Fremdmaterial ist der Übeltäter. Es ist mit dem Computersystem des Flugzeugs verbunden und simuliert den Absturz*, dachte Chaosta und zu Muggenthal sagte sie: „Wir lassen mal besser die Spezialisten an die Entschärfung. Sicher ist sicher". Sie gab eine kurze Anweisung in ihr einem Mobiltelefon sehr ähnlichen Gerät an ihrem rechten Handgelenk.

„Ministerin Chaosta, was können wir für Sie tun?", fragte eine Stimme.

„Wir haben irgendein Material an Bord, das zu einer Veränderung der Computersteuerung führt. Ein Material, das mir völlig unbekannt ist. Wir sind auf dem Weg nach unten und kurz vor dem Point-of-no-Return. Wir haben also nicht mehr viel Zeit", sagte Chaosta hastig.

„Nur keine Hektik", antwortete die Stimme am anderen Ende. „Die neueste Version der unterschiedlichen Teilchendetektoren wird uns die Zusammensetzung verraten."

„Das ist doch nicht die Technologie, die letztes Mal so jämmerlich versagt hat?", fragte Chaosta scharf. „Du willst mir doch wohl nicht sagen, dass das jetzt unsere Rettung sein wird!"

Es kam vor, dass sich plötzlich Motoren von den Flugzeugen lösten und unbrauchbar wurden. So war es beim letzten Mal gewesen. Ihre Leute hatten dann versucht, mit diesem System den Fehler zu finden. Leider ohne Erfolg. Das neue Verfahren war noch nicht ausgereift genug.

„John“, rief sie verzweifelt in ihr Kommunikationsgerät. „Wie weit seid ihr? Es hat sich bisher nichts geändert.“

„Ich habe alles getrennt, was notwendig war“, hörte sie ihn leicht schnaufend sagen. „Es kann keine Verbindung mehr geben. Es müsste jetzt alles in Ordnung sein.“

Chaosta blickte nach draußen. Nichts war in Ordnung. Der zeitliche Stillstand war aufgehoben, das Flugzeug raste erneut nach unten, Richtung Erde. Sie mussten raus hier.

Im nächsten Augenblick krachte die Maschine auf die Erde und ging in einem ohrenbetäubenden Knall in Flammen auf.

8. Kapitel

Jedem ist klar, dass es Helligkeit nur gibt, weil die Dunkelheit existiert.

Alessandro di Mariano di Filipepi arbeitete seit einiger Zeit mit einem Partner namens Tableau zusammen, der wie er von einem Planeten aus der anderen Dimension kam, von Fortuna. Dieser hatte sehr schnell herausgefunden, wie man sich am besten die Vorteile der beiden Welten zunutze macht. Darin ähnelte er ihm sehr.

Di Filipepi sollte ihm bei der Machtübernahme von Europa helfen, was er auch gerne tat. Es sprang dabei viel für ihn heraus. Die Vergangenheit hatte gezeigt, wie erfolgreich er mit Intrigen, Bestechungen und Erpressungen umgehen konnte. Die Erde war die beste Plattform für solche Tätigkeiten.

Auf Fortuna waren sie erst einmal nicht mehr so gern gesehen. Sich an Gesetze zu halten, fiel beiden schwer, und so siedelten sie kurzerhand nach der Branenkopplung auf die Erde um. Sie waren in der Lage hin- und herzupendeln, fanden es aber auf der Erde sehr viel angenehmer. Ab sofort galten sie auf Fortuna als Gefallene.

Das augenblickliche gemeinsame Wetterprojekt als Vorstufe der Machtübernahme lief hervorragend. Umso positiver konnte di Filipepi einem Treffen entgegensehen. An diesem Tag sollte er Tableau in einem Zuhause in New York besuchen.

Di Filipepi betrat den Fahrstuhl im Trump Tower von New York. Im vorletzten Stockwerk stieg er aus und wechselte zu einem anderen Fahrstuhl, der direkt gegenüber lag. An der schwarzglänzenden Fahrstuhltür gab er einen 10-stelligen Zahlencode in eine Spiegeltastatur ein. Die Tür öffnete sich nach einem Bruchteil einer Sekunde und er blickte in ein strukturloses Weiß. Weder Wände noch Boden waren sichtbar.

Er stieg ein. Die Tür schloss sich geräuschlos hinter ihm und er fühlte einen kurzen Ruck. Wie aus dem Nichts tauchte eine tiefdunkelrote Tür auf und öffnete sich. Di

Filipepi trat in einen luxuriös ausgestatteten Vorraum, in dem dicke Teppiche jedes Geräusch verschluckten.

Er blieb stehen und ließ seinen Blick umherwandern. Ja, Tableau verstand es durchaus, sich mit schönen Dingen zu umgeben, dachte er.

Di Filipepi hatte Tableau vor einigen Jahren nach langer Zeit wieder getroffen. Plötzlich hatte er neben ihm in einer Bar in Monte Carlo gesessen und ihn gefragt, ob er einen Auftrag für ihn durchführen könnte. Er hatte ihm eine riesige Summe Geld angeboten. Sein Auftrag bestand darin, ihn mit wichtigen Leuten bekannt zu machen und dafür zu sorgen, dass er sie manipulieren konnte.

Alle, die er seitdem an Tableau vermittelt hatte, wurden sehr reich, sehr erfolgreich, aber irgendwie veränderten sie auch ihre Persönlichkeit.

Wer weiß, was er heute von ihm wollte. Wahrscheinlich ging es wie immer um die Machtübernahme in Europa.

Oder gab es etwas so Außergewöhnliches, dass Tableau ihn in seinem eigenen Heim sehen wollte? War es ein Vertrauensbeweis? Normalerweise trafen sie sich in einem teuren Restaurant in einer der großen Städte der neuen Welt. Tableau liebte es, den Lebemann zu spielen und mit Geld nur so um sich zu werfen.

Seine Gedanken wurden von dem Anblick des ausgefallenen Interieurs unterbrochen. Die mit edlem Holz getäfelten Wände zeigten aufwendigste Schnitzereien und Intarsien. Er nahm winzige, zum Teil vergoldete Blütenblätter wahr, aus denen kleine Kobolde herausschauten.

Täuschte er sich, oder grinsten ihn diese tatsächlich an?

Dazwischen lagen in Intarsien herausgearbeitete blühende Gräser, zwischen denen sich allerhand kleines Getier tummelte. Die Wand schien irgendwie ein eigenes Leben zu haben.

Sehr ausgefallen und gut gemacht, dachte di Filipepi. *Ich muss ihn unbedingt nach dem Designer fragen*. Seine Hand griff gerade nach einem kleinen Käfer, der dick und fett auf einem der breiten Grashalme hockte.

In diesem Augenblick erschien eine hoch gewachsene junge Frau und begrüßte ihn mit einem Lächeln. Ihr kurzes Kleid war so intensiv rot, dass er geblendet die Augen schließen musste. Mit einer kleinen Handbewegung forderte sie ihn auf, ihr zu folgen.

Ein großer, sonnendurchfluteter Raum empfing ihn, der mit Ausnahme einer Wand nur aus Fenstern bestand, die bis zum Boden reichten. Der Ausblick gefiel ihm - ganz Manhattan lag unter ihnen, auch der Central Park war von hier aus zu bewundern. Er konnte die Schlangen der Autos in der 5th Avenue erkennen und hörte ihr ungeduldiges Hupen. Es drang aus den Schluchten der Häuser bis zu ihm herauf. Das Dach des Chrysler-Buildings glänzte in der Sonne. Er konnte sogar die Freiheitsstatue in der Ferne erkennen. Ein Sonnenstrahl hatte die goldbeschichtete Flamme der Fackel eingefangen und ließ sie strahlend leuchten.

Auch hier dämpften dicke Teppiche in zartem Gelb alle Geräusche. Die Farben der Vorhänge an den Seiten der großen Fenster waren in zartem Hellblau gehalten, in die schwarze Engel eingewebt waren.

Di Filipepi ging neugierig im Raum umher und betrachtete die vielen Skulpturen vor den Fenstern. Plötzlich hörte er ein leises Räuspern hinter sich und drehte sich um. Tableau kam ihm mit ausgestreckten Armen entgegen. Er trug einen tadellos sitzenden, anthrazitfarbenen Anzug und eine rote Krawatte zu einem hellen Hemd. Seine langen schwarzen Haare waren als Zopf am Hinterkopf zusammengebunden.

„Mein lieber Freund Alessandro! Ich freue mich so sehr, Sie wieder zu sehen, und das in guter Verfassung. Ich bin beglückt, dass Sie sich bereit erklärt habt, mich hier in meinem bescheidenen Heim zu besuchen. Um ehrlich zu sein, ich hatte überhaupt keine Lust auf Europa. So gerne ich auch nach Monaco komme“, sagte Tableau und grinste. „Aber im Augenblick erscheint mir dies nicht sehr erstrebenswert.“ Und nach einer kurzen Pause: „Wie kommen Sie mit unserem Projekt der Machtübernahme von Europa voran?“

„Monsieur Tableau, unser gemeinsames Projekt läuft ganz vorzüglich. Ich glaube aber, es bedarf jetzt, mit Ihrer Zustimmung natürlich, einer kleinen Änderung. Da gibt es eine kleine Person, die zunehmend Schwierigkeiten macht. Sie heißt Chaolina Chaosta und arbeitet in der Abteilung für innere Angelegenheiten."

Tableau stutzte, als di Filipepi ihren Namen nannte und seine Nasenspitze verfärbte sich. Sie wurde blaurot, als wäre es plötzlich ganz kalt geworden.

„Wiederholt den Namen noch einmal", stieß er leise hervor.

„Es handelt sich um Chaolina Chaosta. Haben Sie schon einmal von ihr gehört?"

„Und ob! Sie muss vernichtet werden. Sie gefährdet unser Projekt."

„Was kann sie schon tun", sagte di Filipepi. „Sie kann stören, aber gefährden?"

„Tun Sie, was ich Ihnen sage! Sie muss aus dem Verkehr gezogen werden. Das Orakel sagt, dass sie mich tötet, wenn ich sie nicht vorher erledige."

Wie oft hatte Tableau schon von diesem Orakel gesprochen? Di Filipepi glaubte an solchen Unsinn nicht, aber Tableau wurde bei der Schilderung immer sehr ernst. Seine Großmäuligkeit verschwand und übrig blieb ein ängstlicher alter Mann.

„Ich weiß, Sie hören den Namen des Präsidenten unserer Fortunaregierung überhaupt nicht mehr gerne, aber denken Sie doch einmal an die Zeit zurück, als Sie noch gut mit Präsident Jawa befreundet waren, Sie bei ihm noch ein und aus gingen und Jawa und Sie sich dauernd trafen."

Ja, vor vielen, vielen Jahren, als Fortuna und die Erde noch getrennt waren, gab es keine Machtkämpfe unter ihnen, dachte di Filipepi. Alle waren eins und alle arbeiteten zusammen. Es gab nur ein Volk, alle gehörten zusammen. Es waren schöne Zeiten damals, so erzählte man.

Aber es gibt immer einige wenige, die mehr sein wollen als die anderen und bestimmen wollen. Einige von ihnen wollten irgendwann die Macht auf Fortuna übernehmen.

Als es ans Tageslicht kam, jagte sie die damalige Regierung in den Untergrund. Ab diesem Augenblick galten sie als Gefallene.

„Wenn wir unser augenblickliches Projekt weiter verfolgen, werden wir einen Gegenschlag von Jawa zu erwarten haben, der unser Ende bedeuten könnte. Er könnte Sie gänzlich vernichten oder verbannen. Vielleicht könnten wir die Machtübernahme ja ohne die jetzige Zerstörung von Europa durchführen.“

Tableaus Augen traten leicht aus den Höhlen hervor und seine Finger fuhren fahrig und zittrig vor Wut durch sein spärliches Haar. Di Filipepi wusste genau, dass Ta

bleau Kritik überhaupt nicht vertragen konnte, schon gar nicht, wenn man ihn zur Mäßigung aufrief. Schon allein die Nennung des Namens Jawa brachte sein Blut in Wallung und trieb ihm die Röte, die seine Haut ohnehin schon ziemlich prägte, noch mehr ins Gesicht. Er hasste den Präsidenten von Fortuna, der seine Pläne schon mehrfach durchkreuzt hatte. Seine Zornesfalte auf der Stirn war jetzt noch tiefer als sonst.

„Monseniore, wie oft habe ich Sie gebeten, diesen Namen nicht mehr in meiner Gegenwart zu nennen?“, presste Tableau zwischen den Zähnen hervor. „Es stimmt, wir waren enge Freunde vor vielen Jahren, aber jetzt, und das ist nicht meine Schuld, glauben Sie mir, sind wir erbitterte Feinde. Mit diesem letzten Coup aber werde ich zu einer göttlichen Größe aufsteigen und er wird endlich vor mir im Staub kriechen müssen und um sein kleinliches, peinliches Erbarmen winseln!“

„Hört, hört! Natürlich, Sie haben ja völlig recht. Sollte Ihnen dieser Coup gelingen, wäret Ihr Eurer Idee, das gesamte Universum zu beherrschen, schon wieder etwas nähergekommen. Aber je mehr Ihr hier verändert, umso schwerer wird es für uns sein, Erde und Fortuna wieder trennen zu können. Und das könnte einen Einfluss auf die anderen Welten haben, den wir im Augenblick noch gar nicht abschätzen können“, wandte di Filipepi ein. „War es nicht schön damals, als Ihr noch zusammengearbeitet habt? War es nicht viel lustiger als jetzt? Wir hatten den ganzen Tag Spaß, haben viel gelacht und hatten eine gute Beziehung zu allen. Wollen Sie auf all das in der Zukunft denn für immer verzichten?“

„Papperlapapp. Genies sind immer einsam. Egomane, Narziss und Genie in einem zu sein, heißt natürlich auch, Verzicht üben zu müssen, und davon nicht zu wenig.“

Di Filipepi musste mit seinen Argumenten sehr vorsichtig sein, um Tableau nicht völlig die Laune zu verderben.

„Nun, ich gebe ja nur zu bedenken, dass die anderen Welten vielleicht nicht ganz so lustig sind. Wenn Sie diese Welt hier vernichten, werden Sie sich eine andere suchen müssen. Denken Sie doch nur einmal an den Mars. Kalt ist es dort, es gibt keine Parties, keine Börsenspekulationen, es können keine Hochhäuser gebaut werden, von denen man mal eben runterspringen kann. All das, was Ihnen Spaß macht, gibt es dort nicht. Und mal ehrlich, der amerikanische Präsident ist doch ein guter Freund von Ihnen. Die Kriegsspielereien mit ihm waren doch Ihr bestes Geschäft. Damit haben Sie doch das meiste Geld verdient. Und, vor allem ...“

„Schluss jetzt, Schluss damit! Wer erzählt denn von einer Vernichtung dieser Welt? Ich will sie doch nur *etwas* verändern. Berichten Sie mir lieber vom Fortgang unseres Projektes!“ Tableau winkte mit seiner Hand ab.

„Eines muss ich noch einwenden. Frauen, wie es sie hier gibt, gibt es woanders auch nicht. Ich finde, dass dies Grund genug ist, die ganze Angelegenheit doch noch einmal zu überdenken“, sagte di Filipepi und dachte dabei an die junge Frau, die ihn soeben empfangen hatte.

Inzwischen hatte es sich Tableau auf einem der ausladenden Sessel bequem gemacht und schlürfte eine heiße Schokolade, was wohl beruhigend auf ihn wirkte, denn die Röte seines Gesichtes ließ allmählich nach.

„Wer sagt hier, dass es früher viel spaßiger war? All diese Menschen hier unten in der Stadt liegen mir zu Füßen. Dafür gebe ich ihnen Geld und nochmals Geld und noch viel mehr Geld, und damit massenhaft Erfolg. Die,

die nicht mitmachen wollen, lasse ich hingegen leiden. Kommt doch einfach mal mit mir mit!“

Tableau ging mit di Filipepi zu einem der großen Fenster. „Schauen Sie jetzt aufmerksam auf den Himmel!“ Er deutete mit seinem langen, dünnen Finger in Richtung Himmel.

Es war einer jener Sommertage, an denen die Schwüle schon morgens bleiern über New York lag und der Himmel, obwohl wolkenlos, doch nur milchig-weiß war. Wie aus dem Nichts tauchten auf einmal schwarze Wolken auf, die sich mehr und mehr verdichteten.

So, als würde sich eine Hand durch die Wolken strecken, bildete sich urplötzlich ein gewaltiger Tornado mit einem mächtigen Trichter, der in Richtung Central Park tänzelte und dort spielerisch den Boden berührte. Bäume wurden mit ihren Wurzeln hochgerissen, das Wasser des großen Teiches wirbelte in einem Sog in die Atmosphäre.

„Ist das nicht spaßig? Früher, als ich noch kein Gefallener war und noch nicht der Anführer aller Gefallenen, waren mir solche Eingriffe in das Wetter von Fortuna nicht erlaubt. Nur die Gemeinschaft durfte entscheiden, ob in besonderen Fällen das Wetter beeinflusst werden durfte. Jetzt kann ich hier auf der Erde all das tun, was mir Spaß macht. Und das soll nicht lustig sein?“

Tableau lachte und schnipste dann mit den Fingern. Di Filipepi sah, wie die vom Wind hochgerissenen Gegenstände mit Wucht auf die Erde krachten. Eine Schneise der Verwüstung hatte den Central Park auseinandergerissen.

Morgen wird *Er* wieder die Schlagzeilen aller Tageszeitungen füllen: *Unerklärliches Wetterereignis erschüttert New York*, dachte di Filipepi.

„Lassen Sie uns jetzt endlich von unserem Projekt der Machtübernahme von Europa reden“, sagte Tableau ungeduldig und thronte schon wieder in seinem Sessel. Während sein rechter Fuß nervös auf und nieder wippte, beugte er sich ganz dicht zu di Filipepi hinüber. Dieser bemerkte dabei, wie lange, schwarze Haare am Knöchel des wippenden Fußes aus der schwarzen Hose hervorquollen.

Alle Gefallenen trugen ein dichtes Haarkleid am ganzen Körper, zumindest die, die sich eindeutig für die Seite des Bösen entschieden hatten. Dadurch waren sie für die anderen erkennbar.

„Alles geht genau seinen Gang“, sagte di Filipepi. Wir haben die Büchse der Pandora geöffnet. Die Dunkelheit beginnt sich langsam von Norden nach Süden auszubreiten. Wenn die Menschen fliehen wollen, bleibt ihnen nur der Süden. Und dort wartet die Hitze – eine erbarmungslose Hitze. Sie werden voller Angst sein, sie werden nicht mehr ein noch aus wissen. Und dann kommen wir. Wir werden das Heil und die Erlösung versprechen, wenn nicht ...“. Di Filipepi stockte.

„Was heißt, wenn nicht?“, fragte Tableau.

„Nun, haben Ihnen Rossini und Flaubert noch nicht davon berichtet, dass sich in der Dunkelheit im Norden unerklärliche Dinge abspielen?“

„Von was reden Sie?“, fragte Tableau ungeduldig.

„Im Norden haben wir nicht einfach einen dunklen Himmel, sondern es scheint Leben darin zu sein. Blitze gehen nach allen Richtungen weg, ein eigenartiges Singen soll man dort hören. Wenn da mal nicht eine fremde Macht dahintersteckt. Vielleicht sogar die dunkle Macht, die wir alle fürchten! Sie könnte uns einen Strich durch die Rechnung machen. Oder waren Sie es und haben vergessen, mir davon zu berichten?“

„Fremde Macht? Es gibt keinen, der mächtiger ist als ich, nicht mal Jawa. Wovon reden Sie, werter Freund?“

„Sie wissen, dass bei der Verknotung der beiden Welten schon einmal auch eine mächtige Kreatur geweckt wurde und damals auf Fortuna wie auch auf der Erde verheerende Epidemien ausgelöst hat, die Tausende von Menschen und auch Fortunabewohnern das Leben gekostet hat. Diese Lebensform war außergewöhnlich mächtig, mächtiger als wir. Wir hatten sie damals nur mit vereinten Kräften zurückdrängen können, und das auch nur unter großen Verlusten. Zumindest glaubten wir, wir hätten seine Macht so geschwächt, dass sie uns in der Verbannung tief unter der Erde nicht mehr gefährlich werden könne, niemals mehr. So wie es jetzt aussieht, könnte es ein Trugschluss gewesen sein. Alles deutet darauf hin, dass sie überlebt hat. Diese Kreatur scheint wieder einen Weg zur Oberfläche der Erde gefunden zu haben. Der Einsatz unseres Hochfrequenzstrahlers könnte vielleicht dazu beigetragen haben." Er schwieg einen Augenblick. „Sie haben wirklich nichts davon gehört? Wenn es wirklich die Kreatur ist, die Fortuna vor vielen Jahren schon einmal so sehr in Bedrängnis gebracht hat und auf der Erde die spanische Grippe mit Millionen Toten ausgelöst hat, dann haben wir bald nichts mehr zu lachen."

Di Filipepi dachte mit Schrecken an diese Zeit. Damals stand Fortuna kurz vor einer Vernichtung. Sie hatten sich gewehrt, viele starben einen qualvollen Tod.

In den letzten Jahren glaubten einige auf Fortuna, die Schreckenskreatur könnte wiederaufgetaucht sein, da es unerklärliche Vorkommnisse gegeben hatte – das Versiegen ihrer Quelle zum Beispiel, ihre Grundlage für ihr langes Leben und ihrer Kraft.

Und dann jetzt auch noch diese eigentümlichen Blitze in der von ihnen produzierten Wolkenwand. Stehende Wetterfronten zu erzeugen, wie jetzt im hohen Norden, war kein Hexenwerk. Um es glaubhaft zu gestalten, musste es für die Menschen nur nachvollziehbar sein.

Alles, was man für diese Wetterfront brauchte, war ein künstlicher Ionosphärenspiegel aus einer schwenkbaren Plasmaschicht. Die Technologie, die dabei angewendet wurde, war ein Ionosphärenheizer. Mit einer vom Boden abgestrahlten, sehr energiereichen Hochfrequenzwelle wurden Teile der Ionosphäre, also der Schicht der Atmosphäre, die ab einer Höhe von 80 Kilometern beginnt, aufgeheizt und angehoben. Gemäß dem Gesetz von „Einfallswinkel ist gleich Ausfallswinkel" konnte diese Hochfrequenzwelle dann an jeden beliebigen Platz der Erde gelenkt werden. Damit hatte man ein unermessliches Energiepotential.

Wenn die positiv und negativ geladenen Teilchen der Ionosphäre geändert wurden, änderte man damit aber auch das Wetter, denn es sind gerade die Ladungen dieser

Teilchen, die den wetterbestimmenden Jet-Luftstrom erzeugen.

Und das hatten sie hier getan. Es gab nur wenige Orte auf der Neuen Welt, an denen man die Technologie installieren konnte.

Tableau runzelte die Stirn und stierte ins Leere.

„Die von uns erzeugte Wetterfront entwickelt sich anders als geplant“, fuhr di Filipepi fort. „Das könnte ein Beleg dafür sein, dass der Feind wieder auferstanden ist, der jetzt vielleicht mächtiger ist als je zuvor.“

„Sind Sie denn wirklich sicher, dass es Anzeichen für diese Lebensform, dieser dunklen Macht, hier auf der Erde gibt?“

„Sicher nicht. Aber wenn ich daran denke, was sich angeblich im Inneren der dunklen Wolkenwand abspielt.“

„Sie mögen recht haben“, murmelte Tableau und kratzte sich in seinen Haaren. Sein Blick zeigte ein leichtes, verärgertes Flattern.

„Kümmern Sie sich darum“, zischte er und stand auf. „Ich habe keine Lust, mir eine neue Welt zu suchen. So bequem wie hier hatte ich es noch nie. Wir haben schließlich lang genug dafür gearbeitet. Zuckerbrot und Peitsche, alles schön in der Waage. Und gerade in New York macht es besonders viel Spaß.“

Tableau klopfte di Filipepi auf die Schulter und gab ihm damit unmissverständlich zu verstehen, dass die Audienz zu Ende war.

Er begleitete ihn zur Eingangstür. Dort wandte er sich abrupt um und schaute de Filipepi direkt in die Augen.

„Gefällt Ihnen die Ministerin Chaosta?«, fragte er schmunzelnd und kniff das linke Auge kumpelhaft zu.

„Warum fragen Sie? Ich hatte bisher nur flüchtigen Kontakt zu ihr.“

„So, so. Hatten Sie. Nur flüchtigen Kontakt“, antwortete Tableau und schaute ihn prüfend an. „Es wäre nicht schlecht, wenn ich sie einmal näher kennen lernen würde. Meinen Sie, das ließe sich arrangieren?“

9. Kapitel

Dichte schwarze und gelbe Schwaden hatten sich vom Zentrum des Ausbruchs des Ätnas bis nach unten an die Küste ausgebreitet. Die Erde erbebte zu den schmerzvollen Geburtswehen des Berges. Immer wieder stieß der Vulkan heißes Lavagestein aus seinem tiefsten Inneren und umhüllte die kärglichen Pflanzen mit einem grauen Mantel. Es stank nach Schwefel und verbranntem Holz. Flüssige rotschwarze Lava wälzte sich träge und gierig in einem breiten Fluss talwärts. An den Rändern fraß dieses Ungetüm jeden Ast, jedes noch vorhandene Hälmchen und ließ sie in Flammen aufgehen.

Anne und ihre Mutter kämpften sich über Seitenstraßen mit Hunderten von Schlaglöchern und zwischen Herden von verängstigten Ziegen nach unten an die Küste. Den schwierigsten und gefährlichsten Teil hatten sie hinter sich. Ohne den Engel, der eigentlich keiner war, auf ihrem Rücksitz wäre es nicht so glimpflich ausgegangen. Anne musste zugeben: Er hatte sie sicher durch die Gefahr gebracht und sie waren unverletzt.

An der Küste wohnte Margarita, die Schwester von Annes Mutter Isabel. Anne ahnte schon, was bei ihrer Ankunft passieren würde. Mit Vorwürfen würden sie überhäuft werden. Margarita hatte überhaupt kein Verständnis dafür, dass ihre Mutter unbedingt mit ihr, Anne, oben in den Bergen wohnen wollte, wo sie doch genug Platz in ihrem Haus an der Küste hätten.

Seitdem Isabel aus dem hohen Norwegen zurückgekommen war, lebte sie dort oben in dem einsamen Haus in der Nähe des Vulkans. Sie wollte allein sein, nachdenken, zumal sie kurz nach ihrer Ankunft erfahren musste, dass sie schwanger war.

Sie hatte ihren Mann verlassen. Schon nach kurzer Zeit war sie sich nicht mehr sicher gewesen, ob es die richtige Entscheidung war. Hatte sie nicht die Pflicht gehabt, ihrem Mann mitzuteilen, dass sie schwanger war? Schließlich war er der Vater ihres Kindes. Vielleicht wäre es auch besser gewesen, unter diesen Umständen zurückzukehren.

Irgendwann hatte sie sich dagegen entschieden. Sie wollte es ihrem Mann nicht noch schwerer machen und hatte ihm auch deswegen nichts von ihrer Schwangerschaft erzählt. Zumindest am Anfang. Sie war diejenige, die sich dort oben im Norden nicht wohl gefühlt hatte. Das Sonnenlicht, die warmen Nächte und die starken Düfte der Natur hatten ihr sehr gefehlt.

Irgendwann hatte sie es nicht mehr ausgehalten und war Hals über Kopf geflohen. Hätte sie mit ihm gesprochen, wäre sie sicherlich dageblieben. Er hätte ihr in die Augen geschaut und sie gefragt, ob sie ihn denn nicht mehr liebe. Natürlich liebte sie ihn, sie liebte ihn heute wie damals. Sie liebte ihn über alles, aber sie konnte es in der langen Dunkelheit des Winters oberhalb des Polarkreises nicht aushalten.

Anne wusste bis vor kurzem nichts über die Gründe, warum ihre Mutter sich von ihrem Vater getrennt hatte. Ihre Mutter sprach niemals darüber. Als Anne nach neun Monaten zur Welt kam, lebte Isabel mit ihr erst eine Zeitlang bei ihrer Schwester an der Küste, zog dann aber wieder in ihr kleines Haus, oberhalb von Nicolosi.

Anne kannte das alles nur aus Erzählungen. Sie hätte ihren Vater gerne kennen gelernt, aber immer wenn sie nachfragte, wich Isabel aus.

Irgendwann hatte sie aufgehört zu fragen. Auch bei ihrer Tante kam sie nicht weiter. Aber Anne ließ nicht locker. Irgendwann quälte sie ihre Mutter so lange, bis sie endlich vor einigen Monaten mit ihr darüber sprach. Danach fühlte sich Anne irgendwie erleichtert. Es gab keinen Hass zwischen ihrer Mutter und ihrem Vater. Beide schienen sich noch zu lieben und das gab ihr Hoffnung, dass vielleicht alles gut werden könnte. Ihre Mutter hatte ihr versprochen, dafür zu sorgen, dass sie ihren Vater treffen könnte.

Endlich hatten sie das Haus ihrer Tante erreicht, müde und von oben bis unten grau vor Schmutz. Es kam ihr vor wie das sicherste Schloss der Welt.

Tante Margarita, eine dunkelhaarige Frau mit ausladender Brust und kräftigem Bauch, kam aus dem Haus gelaufen, als sie ihr altes Auto auf den schmalen Hof fuhren. Bevor sie verschnaufen konnten, hatte Margarita schon die Autotür aufgerissen.

„Warum seid ihr nicht schon früher gekommen? Es ist viel zu gefährlich dort oben. Ihr wisst doch, dass mein Haus immer offen für euch ist. Ach Isabel, ich versteh dich nicht."

Sie packte Anne, umarmte sie und drückte sie dabei kräftig an sich. Anne bekam kaum noch Luft. „Hilfe, ich ersticke", presste sie hervor.

„Mein kleines Engelchen du, mein kleines armes Schäfchen." Sie küsste sie auf beide Wangen.

„Dass deine Mutter dich aber auch so in Gefahr bringen muss. Hab' ich ihr nicht schon immer gesagt, dass ihr bei mir viel besser aufgehoben wärt? Aber nein, aber nein. Dickköpfig ist sie. Musste ja unbedingt in eurem alten Haus am Berg wohnen. Aber jetzt bist du ja hier. Und was sehe ich? Du bist ja immer noch so dünn. Und gewachsen bist du auch nicht."

„Lass gut sein, Tante Margarita. Es ist alles in Ordnung. Sogar unser alter Wagen hat durchgehalten". Anne schob Margarita lachend von sich und richtete sich auf.

Was Tante Margarita wohl immer hatte, dachte sie. Sie und dünn. Wenn es nach ihr ginge, wäre sie kugelrund. Und dann würde sie vielleicht genauso aussehen wie sie.

„Und euer Auto. Völlig verbeult ist es. Dass der überhaupt noch fahren kann, wundert mich", sagte Tante Margarita. „Jetzt kommt erst mal rein und setzt euch. Eine Zitronenlimonade ist jetzt genau das richtige für euch." Sie fasste Anne an den Schultern und schob sie in Richtung Eingangstür des Hauses.

In der Ferne war lautes Brummen und Grummeln zu hören. Leichte Beben des Vulkans waren bis an die Küste zu spüren.

Innen war das Haus kühl und dämmrig. Die geschlossenen Jalousien ließen spärlich Licht herein, so dass man den wuchtigen Holzschrank und die vielen alten Bilder an den Wänden in der Küche kaum erkennen konnte. Anne und ihre Mutter Isabel ließen sich, dreckig und ausgelaugt, auf die Küchenstühle fallen. Sie stanken nach Schwefel und verkohltem Holz. Ihre langen Haare klebten glanzlos an ihren Köpfen.

„Geht euch erst mal duschen. Gesund ist diese Asche nicht", sagte ihre Tante und schickte Anne ins Badezimmer.

Nachdem sie geduscht hatte, ging es Anne schon viel besser. Sie kuschelte sich in einem gestreiften Bademantel ihrer Tante, in dem sie aussah wie eine kleine zierliche Puppe, auf das Sofa im Wohnzimmer und trank ihren Eistee. Margarita hatte ihr inzwischen auch einen Teller mit frischen Pfirsichstreifen und Apfelhälften hingestellt.

Draußen in der Küche unterhielten sich ihre Mutter und ihre Tante. Sie hörte noch, wie ihre Mutter sagte: „Und da tat sich ein riesiges Loch auf und ich sah Lava hochkommen. Es sah so schrecklich aus. Wenn ich nicht hätte bremsen können, wäre es mit uns vorbei gewesen. Die Hölle kann nicht weit sein von da aus. Ich habe so sehr am Steuer gerissen, dass ..."

Und dann schlief Anne erschöpft ein.

10. Kapitel

Etwas zupfte an ihrer Nase. „Wach auf. Ich muss mit dir reden!"

Anne öffnete schlaftrunken die Augen und sah dunkle, lange Wimpern in einem pausbäckigen Gesicht dicht vor sich. Sie fuhr erschreckt hoch. Im ersten Augenblick wusste sie gar nicht so recht, wo sie war. Dann kamen die Erinnerungen zurück. Der Ausbruch des Vulkans, das Feuer, die dramatische Flucht aus dem Inferno. Und dann sah sie ihn, den Jungen mit dem Streifenhemd und der schwarzen Mütze auf seinen schwarzen Locken, der schon auf dem Rücksitz ihres Autos gesessen hatte.

„Mann, du schon wieder", sagte sie und schloss die Augen. „Kann man dich denn gar nicht loswerden? Und was willst du dieses Mal?"

„Du stellst Fragen. Ich hab' dir doch gesagt, dass ich aus einer anderen Welt bin, in der die Bewohner ein bisschen mehr können als ihr hier. Ich soll auf dich aufpassen. Und jetzt wach endlich auf!"

Er zog Anne an ihren blonden Haaren, bis sie die Augen erneut aufmachte und sich erst einmal räkelte und streckte.

„Wie heißt du eigentlich?"

„Marcello." Anne kicherte.

„Marcello wie Marcello Mastroianni?"

„Ja, genauso. Da gibt es gar nichts zu kichern. Das war ein super Typ."

„Meine Mutter kannte ihn", sagte Anne. „Er war ihr Jungmädchenschwarm. Sie hat ihn mal in Modena bei einer Veranstaltung getroffen und fand ihn ziemlich cool. Aber du? Du kannst ihn doch gar nicht kennen, wo du doch angeblich von einer anderen Welt kommst."

Sie schwieg eine Zeitlang, setzte sich dann auf, schaute Marcello prüfend an und sagte: „Wieso hast du in unserem Auto gesessen?"

„Das ist eine lange Geschichte. Es hat etwas damit zu tun, dass sich unsere Welten miteinander verknotet haben und sich umkreisen. Wir gleiten langsam in eure Welt und können nichts dagegen tun."

„Du behauptest also noch immer, dass du ein Bewohner von einer anderen Welt bist? Krass!"

„Ja, aber es ist viel komplizierter, als es sich auf den ersten Blick anhört."

„Noch komplizierter? Ich versteh's ja jetzt schon nicht."

„Wenn du mal zuhören würdest, könnte ich es dir erklären. Wir sind von einer völlig anderen Dimension. Wir, also unsere beiden Welten, Fortuna und eure Welt, leben nebeneinander und können uns trotzdem weder sehen noch greifen. Aber aus irgendeinem Grund schwingen wir plötzlich miteinander im gleichen Rhythmus. Wir sind aber auch Wesen wie ihr, nur viel weiter entwickelt."

„Wie konnte das passieren, dass wir plötzlich eins mit euch sind?", fragte Anne.

„Alles, was getan wird, verändert die Welt. Der Flügelschlag eines Schmetterlings in San Francisco hat Einfluss auf das Wetter in Singapur. Wusstest du das denn nicht?"

„Du willst damit sagen, wenn ich Antonio eine runterhaue, verändert das die Welt?"

„Irgendwie schon. Antonio könnte dadurch lernen, dass er Schwächere nicht ärgern darf, oder er wäre dadurch einige Sekunden später an einem Ort und würde, wenn er früher dort gewesen wäre, von einem Auto überfahren werden. Nichts, was du tust, ist letztlich ohne Folge für irgendetwas oder irgendjemanden."

Anne schwieg und betrachtete Marcello mit leicht geneigtem Kopf, die Stirn in Falten gelegt.

„Aha", sagte Anne schließlich. Die Falte zwischen den Augenbrauen glättete sich etwas. Etwas war ihr noch nicht klar. „Und warum kann ich dich dann hören und sehen und Mama nicht?"

„Du hast eine ganz besondere Begabung, nicht nur deine Welt zu sehen. Du siehst, dass es nicht nur die eine Realität gibt. Du siehst das ineinander Verwobene der unterschiedlichen Welten. Die meisten Kinder und Jugendlichen können uns sehen, wenn man sie denn lässt und ihnen nicht die Sicht verstellt. Du kannst es aber besonders gut. Deswegen bist du sehr wichtig für uns."

„Was meinst du damit, sehr wichtig für uns? Für wen bin ich wichtig?" Anne richtete sich ganz gerade auf, die Augen weit geöffnet.

„Du bist wichtig für uns Fortunabewohner, für unsere Regierung, für deine Welt. Das Orakel hat gesagt, dass du uns retten könntest".

„Ich bin doch fast noch ein Kind. Kinder können doch die Welt nicht retten! Und, von welchem Orakel redest du? Bei uns gibt's kein Orakel."

Jetzt spinnt er aber, dachte sie. *Ich und eine Bedeutung für irgendeine Regierung und dann noch für eine andere Welt in einer anderen Dimension. Ich versteh' nicht mal, was das sein soll.*

„Es kann ja sein, dass ich etwas falsch verstanden habe. Ich bin mir aber fast ganz sicher, dass du die Welt irgendwie retten kannst".

„Du bist mir ein Dummkopf. Ich und die Welt retten. Jetzt muss ich aber lachen. Und dann noch „irgendwie". Kannst du nicht etwas genauer werden? Und überhaupt ..." Anne warf einen gelangweilten Blick auf ihre immer noch nicht ganz sauberen Fingernägel.

Marcello senkte die Stimme, als er erneut zu sprechen begann. „Ich versuch's mal. Alle Dinge der Welt, und damit meine ich nicht nur Dinge von dieser Welt, sondern das gesamte, unendliche Universum, sind eine Schöpfung von jemandem, den ich nicht persönlich kenne. Man munkelt unter uns, dass es sich hier um einen Gott handelt. Genaues weiß ich aber nicht. Es muss wohl aber so etwas wie einen göttlichen Plan geben. Jasper, das ist der persönliche Assistent unserer Ministerin, hat mir mal gesagt, dass der göttliche Plan im ewigen Wandel besteht ... Erklären kann ich dir das aber nicht. Wandel, was heißt Wandel? Hm, hm, ... Aufbau, dann Zerstörung, dann wieder Aufbau ...?"

Marcello stockte, er suchte nach Worten und schaute dabei etwas hilflos nach oben. Annes Blick fixierte ihn, als könnte sie ihm bei der Suche nach dem Sinn helfen. Als Marcello immer noch nicht weitersprach, winkte sie ab.

„Das würde ja bedeuten, dass all die Kriege auch zu diesem göttlichen Plan gehören. Ich kann mir nicht vorstellen, dass der Schöpfer das damit gemeint hat."

Marcello kratzte sich in seinen Locken.

„Hm ..., irgendwie doch. Der Mensch hat die Freiheit, es zu tun. Der Schöpfer hat allen die Intelligenz, aber auch die Dummheit gegeben. Ihr könnt damit machen, was ihr wollt."

„Aber er bestraft uns doch, wenn wir etwas verkehrt machen."

„Wieso soll er euch für etwas bestrafen, was er euch gegeben hat? Zwei Parteien, die Krieg führen. Jede Partei betet vor dem Kampf zu Gott. Wen soll er denn nun unterstützen? Den, der mehr betet? Oder lauter? Das wäre dann aber wirklich zu einfach."

Im Süden gab es schon Hitzetode, diese Worte brannten sich in Svensons Gehirn. Die Vorstellung, dass Isabel, seine Frau, allein dort oben am Berg war, zusammen mit seiner Tochter, die er noch nie persönlich getroffen hatte, machte ihm Angst. Obwohl seine Frau nur selten mit ihm sprach, wusste er doch genau, in welchen Verhältnissen sie lebte. Ihre Schwester Margarita telefonierte oft mit ihm, hinter dem Rücken von Isabel, die es niemals erlaubt hätte. Margarita konnte es aber nicht mitanhören, wie er litt, und rief ihn mindestens einmal im Monat an. Nur deswegen konnte er das Leben der kleinen Familie mitverfolgen.

„Sag mir, wie geht es meiner Tochter und wie geht es Isabel?", waren immer seine ersten Worte, mit denen er das Gespräch eröffnete, wenn er Margaritas Nummer im Display des Telefons sah. Zu Hause hatte er in allen Zimmern Bilder von den beiden, die er oft mit Trauer, aber auch mit Freude betrachtete.

Er rief im Internet die neuesten Nachrichten von Sizilien auf. Er sah Bilder von Asche und Rauch, die aus dem Krater des Ätnas aufstiegen. „Schaut euch das mal an, es ist nicht nur heiß dort unten im Süden, sondern die Erde scheint sich da aufzutun. Riesige Eruptionen am Ätna", teilte er seinen Kollegen im Institut mit.

„Ist dir aufgefallen, dass der Ätna und Longyearbyen fast auf demselben Längengrad liegen?", fragte Peter Hofmann. Der Blick auf die Weltkugel und die Angaben der Längen- und Breitengrade im Internet ließ Sven Svenson etwas verdutzt dreinschauen. „Seltsamer Zufall, beide liegen auf dem 15. Längengrad. Irgendetwas breitet sich hier aus und das kann nichts Gutes sein. Du weißt doch, dass meine Frau und meine Tochter in Sizilien wohnen, und das ganz in der Nähe vom Ätna. Ich muss wissen, wie es ihnen geht. Vielleicht geht doch noch ein Flug."

„Du hast null Chancen, einen Flug zu bekommen. Schau doch mal raus – da kommen Steine vom Himmel. Meinst du, dass irgendeiner so verrückt ist, bei diesem Beschuss eine Maschine in die Höhe zu bringen? Gar nicht daran zu denken, das Risiko ist viel zu groß. Und auch wenn es aufhören würde in den nächsten Stunden, es kann jederzeit wieder einsetzen. Solange die Sicherheitsbehörde diese Situation nicht eindeutig einschätzen kann, wird gar nichts passieren. Und auf dem Wasser gibt es auch nur die Kreuzfahrtschiffe. Und die werden schon längst die Order bekommen haben, sich Spitzbergen bis auf weiteres nicht zu nähern."

„Du hast sicherlich recht. Aber irgendetwas muss ich doch tun! Ich kann doch die beiden nicht ohne Beistand lassen. Sie haben doch nur meine Schwägerin, und die wohnt am Meer."

„Vielleicht sind sie schon längst unten am Meer. Hast du es schon mit dem Satellitentelefon versucht?"

11. Kapitel

Marcello erzählte und erzählte. Irgendwann schlief Anne ein. Als sie wieder erwachte, war ihr kalt. Langsam kamen die Erinnerungen. War da nicht Marcello, dieser Junge mit dem Streifenhemd aus dem Auto, gewesen? Tolle, unglaubliche Geschichten hatte er ihr erzählt. Er sei von einer anderen Welt, die sich Fortuna nennt und die sich aus irgendwelchen Gründen mit ihrer Welt hier verknotet hätte.

Und was hatte es mit diesem unheimlichen Traum auf sich, den sie gerade geträumt hatte? Sie konnte sich noch an einen tiefen Abgrund erinnern, in den irgendetwas sie hineinziehen wollte. Welch seltsamer Traum!

Als sie vom Sofa aufspringen wollte, um sich anzuziehen, durchzuckte plötzlich ein starker Schmerz ihre Beine. Sie tastete die schmerzenden Bereiche ab und sah schwarze Stellen an ihren Unterschenkeln, die sich ganz hart anfühlten, als seien Steine unter der Haut. Als sie die Verfärbungen näher untersuchte, wurde ihre Hand heiß und ein enger Ring legte sich um ihre Brust. Sie bekam auf einmal weiche Knie und musste sich setzen.

„Tief durchatmen“, sagte sie sich. Sie zwang sich, tief ein- und auszuatmen. Ihr Brustkorb dehnte sich und sie spürte, wie sie sich nach und nach entspannte. Nach einiger Zeit fühlte sie sich etwas besser.

Sie zog sich im Badezimmer frische Wäsche, Jeans und T-Shirt an, die noch von früheren Besuchen bei ihrer Tante im Hause waren. Als sie fertig war und sich zur Tür wandte, zuckte sie erschreckt zurück. Eine rothaarige, nicht mehr ganz junge Frau in weißer Latzhose und Turnschuhen saß auf dem Badezimmerhocker neben der Badewanne. Sie hatte ein Bein hochgezogen, mit den Armen umfasst und musterte sie neugierig von oben bis unten.

„Also du bist Anne“, sagte die Frau.

Anne schnaufte und war sprachlos. Sie hatte an diesem Tag schon viel erlebt und ihr Bedarf an Sensationen war gedeckt. Ein Vulkanausbruch, ein Junge auf der Rückbank des Autos, der ein Engel und doch keiner war, und jetzt noch eine fremde Frau im Bad!

Die Frau saß ruhig auf dem Hocker und schaute sie mit großem Interesse an.

„Und wer bist du“, fragte Anne.

„Ihr nennt uns Engel, in Wirklichkeit komme ich aber von Fortuna.“

„Das hatten wir heute schon einmal“, sagte Anne und setzte sich auf den Rand der Badewanne. Seltsam, sie fühlte überhaupt keine Furcht. „Und wieso soll ich dir das glauben?“

„Die Tür war zu und ich bin hier im Badezimmer.“

„Du könntest dich hinter meinem Rücken hereingeschlichen haben.“

„Warum soll ich mich reingeschlichen haben?“, fragte die Fremde. „Glaubst du, ich bin eine gewöhnliche Diebin?“. Sie lachte laut.

„Hm“, brummelte Anne und betrachtete den rothaarigen Eindringling nun ebenfalls von oben bis unten. Diese weiße Hose sah so sauber aus, als sei sie gerade aus der Wäsche gekommen. Darunter ein weißes Shirt, das mit kleinen Diamanten übersät war. Und dazu diese blütenweißen Turnschuhe. So sahen ihre nur aus, wenn sie ganz neu waren.

„Du siehst nicht aus wie ein Dieb.“

„Also, glaubst du mir nun, oder muss ich es dir beweisen?“

„Würdest du dir denn an meiner Stelle glauben? Ich meine, jemand aus einer anderen Welt zu treffen, ist doch nicht normal, oder?“

Die Fremde schwieg und schaute Anne dabei prüfend an.

„Du hast recht. Einfach auftauchen und behaupten, man sei aus einer anderen Welt, ist nicht sehr überzeugend“, sagte die rothaarige Frau, „aber ich könnte verschwinden und kurz danach wiederauftauchen!“ Plötzlich war sie weg. „Siehst du mich noch?“

Anne blickte um sich und schaute auch hinter den Duschvorhang. Nichts. „Nicht schlecht“, antwortete sie, „aber das können Zauberer auch.“

„Würde ich dich überzeugen, wenn ich dir von deinem Traum, den du gerade hattest, erzähle?“, fragte sie und saß wieder sichtbar auf dem Hocker.

„Vielleicht“, antwortete Anne zögernd.

„Du bist in deinem Traum von einer unsichtbaren Kraft über die Erde geschleift worden. Daher hast du auch deine blauen Flecken an deinen Unterschenkeln. Und wenn du nicht wach geworden wärst, wärst du in ein sehr tiefes Loch hineingezogen worden. Erinnerst du dich noch an die fallenden Steine, deren Aufprall du erst ganz spät gehört hast? Hast du nicht auch einen Druck auf deiner Brust verspürt?“

Das Lächeln war verschwunden und die Fremde schaute Anne ganz ernst an. „Das ist auch der Grund, warum ich hier bin. Mein Name ist übrigens Chaolina. Chaolina Chaosta, Ministerin in der Fortuna-Regierung“.

Annes Gedanken überschlugen sich. Sie wusste nicht mehr, wo ihr der Kopf stand. Dass diese Frau kein gewöhnlicher Mensch war, das war ihr jetzt klar. Niemand anderes konnte von ihrem Traum und ihren blauen Flecken gewusst haben.

„Weswegen bist du denn hier?“, fragte Anne. Sie fühlte, wie sich eine unerklärliche Erregung in ihrem Körper ausbreitete. Auf der einen Seite war sie neugierig und sehr gespannt, auf der anderen Seite hatte sie auf einmal Angst vor dem Unbekannten. All ihre Flapsigkeit war aus ihrer Stimme verschwunden und ein Hauch von leiser Furcht schwang nun doch mit.

„Ich will dir keine Angst machen, aber ... “ Chaosta zögerte und fuhr dann fort: „Wir glauben, du bist in großer Gefahr. Und nicht nur du, sondern deine ganze Familie.“

„Ich glaube nicht, dass die Lavamasse bis hierherkommt“, antwortete Anne.

„Das meine ich nicht“, sagte Chaosta. „Unser Orakel sagt - und wir haben ein wirklich gutes Orakel – es sagt, dass eure Welt von einer sehr mächtigen Kreatur vernichtet werden würde, wenn wir nicht ein Mädchen finden, das am 21. Juni um Mitternacht einen Tropfen ihres Blutes in unsere Quelle der Stärke und der Regeneration fallen lassen würde. Damit würden wir so stark werden, dass wir diese Macht vernichten und unsere Welten sich wieder trennen können. Denn, wenn ihr vernichtet werdet, werden auch wir vernichtet. Wir kleben an euch. Und dieses Mädchen, das das alles verhindern soll, wäre blond und würde auf einem feuerspeienden Berg wohnen."

„Aha", sagte Anne. „Eine machtvolle Kreatur – ein Orakel, hast du noch mehr solcher Märchen?"

Da erzählte Chaosta ihr die Geschichte von den Gefallenen und von dem Bösen, das tief im Erdinneren von Fortuna wohnen würde. Sie hätten es immer in Schach gehalten, zumindest in den letzten Jahrhunderten. Aber jetzt sei das Böse wieder ausgebrochen und wollte sich die Erde und Fortuna einverleiben.

Anne lauschte Chaosta, skeptisch zurückgelehnt.

War diese Chaosta vielleicht aus einer Nervenheilanstalt geflohen, fragte sie sich. Diese Welt, die Chaosta schilderte, war ihr fremd. Nicht einmal im Entferntesten hätte sie je an solche Dinge gedacht. Und doch, irgendetwas musste echt sein an dieser Frau und an dieser Geschichte. Sie wusste über so viele Dinge Bescheid, die niemand anderes wissen konnte. Nur ein sehr fähiges Wesen konnte dieses Wissen haben.

„Ich brauche einen Beweis", beharrte sie. „Du sagst, ihr hättet Super-Fähigkeiten. Zeig sie mir doch mal!"

„Gut. Ich werde dir eine letzte Hilfestellung geben, da es wirklich wichtig ist, dass du mir glaubst. Ich werde dir deine Mutter in der Küche zeigen, obwohl wir beide hierbleiben".

Plötzlich bildete sich Nebel über der Badewanne. Er wurde so dicht, dass Anne Chaosta kaum noch erkennen konnte. Der Nebel lichtete sich in der Mitte, als würde man ein beschlagenes Fenster mit der Hand klarwischen. Und dann sah Anne ihre Mutter mit ihrer Tante in der Küche nebenan, so, als wäre sie bei ihnen.

„Hallo, Mama!", rief Anne.

„Sie kann dich nicht hören“, sagte Chaosta, „du siehst sie, aber du bist nicht bei ihr. Glaubst du mir jetzt?“

„Also gut, ich glaube dir. Aber trotzdem verstehe ich immer noch nicht, warum ihr mit euren Fähigkeiten solche Wesen nicht im Griff habt? Ihr seid doch so viel stärker als wir. Du tauchst hier einfach auf, kannst wieder verschwinden, all das können wir nicht.“

„Nun, das ist zwar richtig. Unsere Stärke kommt von unserer besonderen Quelle der Stärke und der Regeneration. Nichtsdestotrotz sterben auch wir. Seit einiger Zeit fließt diese Quelle aber sehr unbeständig und spärlicher. Keiner weiß, warum. Wesen der Unterwelt könnten uns töten, wenn wir schwach sind. Das Orakel sagt, dass durch dich die Quelle wieder richtig fließen wird. Somit bist du unsere Rettung. Wir gewinnen unsere alten Kräfte wieder und können endlich das Böse besiegen. Nur dann. Das ist der Grund, warum wir schon lange nach dir suchen.“

„Du willst mir sagen, dass ich die Rettung für euch sein könnte? Ich wollte es Marcello schon nicht glauben.“

12. Kapitel

Schließlich hatte Chaosta Anne fast überzeugt und der Gedanke, dass sie die Rettung der Welt sein könnte, machte ihr nicht mehr gar so viel Angst.

„Du musst unbedingt unseren Planeten und meine Regierungskollegen kennenlernen“, schlug Chaosta vor. „Dann wirst du endgültig zustimmen. Ich nehme dich am besten gleich mit.“

„Du willst mich mit zu dir nach Hause nehmen? Da bin ich aber gespannt.“

„Wart's nur ab und vertrau mir“, sagte Chaosta, „mach die Augen zu und lass einfach alles geschehen.“

Anne machte gehorsam die Augen zu und spürte auf einmal, wie sie in etwas Unerklärliches hineingezogen wurde.

Sie glitt durch einen dunklen, langen und engen Tunnel. Fortuna war nah, aber auch irgendwie weit entfernt. Doch nach kurzer Zeit wurde es wieder hell und sie stand auf einem dicken, sonnigen Rasenteppich vor einem stattlichen, weiß getünchten Bauwerk.

„Das ist unser Headquarter“, stellte Chaosta fest, „hier findet heute die Konferenz der Minister von Fortuna statt. Da kannst du hören, was los ist.“

Das Gebäude lag prachtvoll und einladend vor Anne. Die fast weißen Marmorplatten glänzten in der Sonne und die übergroßen Fenster ließen sicher viel Licht ins Innere. Die Büsche vor dem Haus trugen leuchtende dotter- und maisgelbe Blüten, und die Blumen in den Beeten davor blühten in Erika und Lavendel.

Anne schaute sich um und sah in der Nähe ein zweites stattliches Gebäude, das sie schon oft im Fernsehen und in Zeitschriften gesehen hatte.

„Ist das nicht das Weiße Haus in Washington?“, fragte sie.

„Freut mich, dass du es wiedererkennst“, antwortete Chaosta und spazierte auf die breite Eingangstür des Headquarters zu.

„Die Leute dort können uns natürlich nicht sehen, weil wir in einer anderen Dimension sind. Wir könnten auch im Weißen Haus sein und wären doch auf Fortuna. Vielleicht etwas schwierig für dich, das alles zu verstehen. Wir sind so stark miteinander verwoben, dass wir eins und doch zwei sind. Der Platz vor dem Weißen Haus hat uns aber gut gefallen. Er ist so mittendrin im Geschehen", sagte Chaosta und grinste, „jetzt lass uns gehen. Ich muss die anderen Minister heute davon überzeugen, dass eure Welt gerade dabei ist, ihre Stabilität endgültig zu verlieren. Die Verknotung hat schon viel Negatives bei euch angerichtet."

„Und was ist mit mir?"

„Du begleitest mich. Übrigens, das hier ist mein Assistent Jasper." Chaosta deutete auf einen kleinen Mann mit langem Streifenhemd, der genau solche dunklen Locken wie Marcello trug und gerade in diesem Augenblick aus dem Gebäude kam.

„Marcello wirst du auch gleich sehen."

Als der Trupp die Eingangshalle betrat, die mit weißem Granit ausgelegt war, kam ihnen mit schnellen Schritten ein Mann mit langen silbergrauen Haaren entgegen. Schon von weitem winkte er mit beiden Armen und rief: „Ministerin, wir werden heute auf der Konferenz über die Vermüllung der Meere sprechen müssen. Die Menschen essen ihr eigenes Plastik, indem sie die Fische essen, die das kleingeriebene Plastik verzehrt haben. Es wird sie unfruchtbar machen. Sie werden aussterben. Seid ihr darüber schon unterrichtet worden?"

Direkt vor ihnen blieb er stehen und schaute Chaosta fragend an. Dabei rutschte seine Brille, die er auf seinem Kopf trug, gefährlich nach hinten. Er kam ihr mit seiner spitzen Nase ziemlich nahe.

Chaosta wich etwas zurück. „*Jonathan Berger*, du sollst dir endlich deine Brille auf die Nase setzen!" Sie schob ihn sacht zurück. „Jasper hat mir schon von dieser schrecklichen Geschichte erzählt. Wir haben die Menschen schon seit langem gewarnt, was passieren wird. Sie produzieren billig und wenig nachhaltig. Jedes kleine Kind kann sich ausrechnen, welche Folgen diese Einstellung haben wird."

„Ja, so ist es. Keine Veränderung auf der Welt bleibt ohne Folgen, und sei sie auch noch so klein", sagte Berger. „Das mit dem Wetter gefällt mir überhaupt nicht."

„Mir auch nicht, aber lass' uns jetzt erst einmal die Konferenz aufsuchen", sagte Chaosta ungeduldig, „die Situation ist sehr ernst, sehr viel ernster, als wir vermutet haben."

Jonathan zog die Stirn zu kräftigen Falten zusammen und blickte sie sorgenvoll an.

Sie gingen diskutierend weiter. Anne fühlte sich etwas hilflos in dieser fremden Welt. Sie versuchte, dicht bei Jasper zu bleiben.

Da rauschte ein fülliger, winziger Mann mit leicht derangiertem Haar und kariertem Jackett heran.

„Das ist der *Minister für Kinder und Moral, Mr. Marvin*", flüsterte Jasper ihr zu.

„Meine liebe Kollegin Chaosta! Was geht in diesen Menschen vor? Nicht einmal Kinder sind ihnen mehr heilig. Sie lassen die Kinder arbeiten. Könnt ihr euch das vorstellen? Kinder, nicht älter als 8 Jahre, arbeiten in Kellern wie die Maulwürfe und stellen billige Kleidung her.

Im Kongo werden sie bei der Gewinnung von Kobalt eingesetzt. Sie brauchen es beim Bau von Elektroautos. Können Sie sich das vorstellen? Kinder sind doch die Zukunft unserer Welt. Wir sind verpflichtet, sie zu schützen."

Chaosta drängte weiter. Anne spürte, dass sie der Diskussion aus dem Weg gehen wollte.

Marvin stand angespannt auf den Fußballen, als plante er, jeden Augenblick loszulaufen. Doch die Ministerin ließ sich nicht unterbrechen und so tippelte er mit kleinen Schritten hinter ihnen her.

Da kam aus einem Seitengang eine weitere Person.

„Da kommt der *Sekretär des Ministers für Klima und Umwelt, Mr. Silent*", informierte Jasper sie.

Sie blieben stehen, um auch ihn zu begrüßen. Glitzernde Wassertropfen lösten sich aus seinem dunkelblauen Sakko und lagen als kleine Sterne am Boden. Er nestelte nervös an seiner silbernen Krawatte.

„Meiner Meinung nach werden wir heute eine Entscheidung treffen müssen, was getan werden muss. Das, was sich da im Norden abspielt, ist sehr eigenartig. Ich weiß noch nicht, was es zu bedeuten hat. Ich bin mir sicher, dass diese Wetterveränderung keine natürliche Ursache hat."

Silents Stirn wurde immer krauser. Inzwischen breitete sich ein riesiger Sternenhimmel auf dem Boden aus.

„Er hat völlig recht", unterstützte ihn Marvin.

„Sie sollten Ihre Leute unbedingt Tag und Nacht den Himmel in der Tiefe beobachten lassen", wandte Silent sich an die Ministerin. „Wie weit sind wir denn mit der Weiterentwicklung unseres Frühwarnsystems?"

Was meinen die wohl mit Frühwarnsystem, fragte sich Anne. Sie sah, dass sich bei Chaosta auf ihrer Stirn starke Falten bildeten und sie ziemlich barsch antwortete: „Seit Wochen sollte es fertig sein. Heute Morgen gab es eine Flugzeugkatastrophe, bei der ich es hätte gut gebrauchen können. Es ist nicht zu akzeptieren, dass uns niemand rechtzeitig das Auftreten der `dunklen Gestalten´ meldet. Im Augenblick habe ich jedenfalls keinen Zugriff auf das Frühwarnsystem. Man fragt sich, ob die Abteilung der Technologie schläft oder ob die die Ernsthaftigkeit der Situation nicht wahrhaben wollen."

Während sie im Gang des Regierungsgebäudes zusammenstanden und schon einmal die Neuigkeiten austauschten, huschte immer wieder ein blütenweißer Feudel um sie herum und wischte die herunterrieselnden Wassersterne von Mr. Silent auf. Mit jeder neuen Entrüstung von ihm purzelten mehr heraus. Je mehr Sterne zu Boden fielen, umso häufiger gab der Wischlappen spitze, kurze Laute von sich. Als Mr. Silent seine Arme hochhob und wütend zu irgendwelchen imaginären Angreifern gestikulierte, wickelten sich kompakte dicke Fäden des Feudels um eines seiner Beine und zogen daran. Anne musste lachen. Jasper schubste sie und flüsterte ihr ins Ohr. „Lach nicht, unsere hoch emotionalisierten Computer nehmen alles sehr ernst. Er würde sich in seiner Ehre gekränkt sehen."

Mr. Silent sah nach unten. „Oh, Entschuldigung, ich vergaß mich." Er bückte sich und hob die letzten kleinen Wassersternchen selbst mit der Hand auf. „Lasst uns den Präsidenten aufsuchen, wir müssen ganz neue Strategien entwickeln." Er stürmte davon.

Sie näherten sich einer überdimensionierten Tür. Aufgeregte, tumultartige Stimmen drangen nach außen. Die gläserne Flügeltür, in die Hunderte von Schmetterlingen eingraviert waren, öffnete sich lautlos und sie traten ein. Anne stand mindestens 50 Personen gegenüber, die sich bei ihrem Eintritt erhoben und auf die Ankommenden starrten. Alle Gespräche verstummten und es wurde totenstill.

Sie fühlte die Blicke auf ihrem Körper wie die Saugnäpfe eines Tintenfisches. *Ach, wäre ich doch wieder zu Hause bei Mamma und Tante*, dachte sie und schloss die Augen.

„Lass dich ja nicht hängen", flüsterte eine Stimme dicht an ihrem Ohr. „Du kannst das."

Sie spürte eine warme Hand auf der rechten Schulter. Als sie sich umdrehte, erkannte sie das runde, verschmitzte Gesicht von Marcello.

„Gab es da nicht ein kleines Mädchen, das sehr mutig war?", fragte er grinsend und gab ihr einen kaum spürbaren Schubs.

„Du wirst gleich alle Minister kennenlernen, neben vielen anderen Bewohnern unserer Welt", bereitete Chaosta Anne vor und lächelte. „Sie haben aus deinem Besuch einen richtigen Staatsakt gemacht."

Anne hatte heute schon so viele seltsame Dinge erlebt, aber das hier war mehr als ungewöhnlich. Sie konnte kaum glauben, was sie sah. Keiner der Minister war mit den Ministern ihrer Welt auch nur im Entferntesten zu vergleichen.

Ein Mann von imposanter Fülle, etwas klein geraten, aber sehr agil, kam auf die Gruppe zu und küsste Chaostas Hand. „Meine Verehrung, Madame Chaosta. Ich schätze,

Sie und diese junge Dame hier sind heute die Hauptpersonen." Er nahm Annes Hand in seine und schaute sie prüfend an. „Du bist also Anne. Wir freuen uns, dass du uns dabei unterstützen willst, unsere Quelle der Regeneration wieder zum Laufen zu bringen", begrüßte er sie, „setz' dich am besten an die rechte Seite von Ministerin Chaosta."

„Marcello, wer ist das?", flüsterte Anne und hielt sich an dessen Arm fest.

„Das ist unser Präsident, Präsident Jawa", antwortete Marcello.

Präsident Jawa verneigte sich und begleitete Chaosta mit kleinen Schritten zu ihrem Platz an dem riesigen gläsernen Tisch in der Mitte des Raumes. Sein schwarzer Frack wehte dabei leicht hinter ihm her, genauso wie seine weißen Haare, die aussahen wie gedrehte Watte.

Alle nahmen Platz, nur Präsident Jawa blieb stehen. „Ich werde dir jetzt alle Minister in dieser Runde vorstellen: *Chaolina Chaosta, unsere Ministerin für Katastrophen und außergewöhnlichen Ereignisse*, kennst du ja schon. Und das hier sind: *Dr. Müller, der Minister für Klima und Umwelt*", sagte er zu Anne.

Müller stand auf und verbeugte sich. Dabei purzelten winzige gefrorene Wassertröpfchen aus seinen Haaren.

Er trug einen wasserblauen Anzug, durch den kleine Krebse und Fische schwammen. Die Knöpfe seines Anzugs strahlten wie Mittagsonnen. Seine halblangen Haare waren dunkelgrün und erinnerten sie an feuchten Seetang, der oft am Strand angeschwemmt wurde.

„Er hat immer einen großen See um sich, wenn er sich heftig bewegt", flüsterte Chaosta ihr zu. »Wie sein Sekretär Mr. Silent«.

Direkt neben ihm saß *Dr. Bruzella, die Ministerin für Tiere.* Sie trug einen prächtigen Pfauenschmuck, der sich hinter ihrem Rücken wie ein Fächer öffnete und in allen Regenbogenfarben schimmerte.

„Immer, wenn sie sich aufregt, verändert sich die Farbe ihrer Pfauenfedern. Du musst sie mal erleben, wenn sie wütend ist. Dann schießt knallrote Farbe in die Spitzen der Federn. Und schau dir erst mal ihr zartgelbes Kleid an! Es besteht aus lauter Rosenblättern. Niemand weiß, warum sie niemals welken. Sie sehen immer wie frisch gepflückt aus", flüsterte ihr Marcello zu. „Sie hat eine ganz enge Beziehung zu Professor Schön, unserem Minister für Information und Informationsweitergabe. Sie behauptet zwar, alles sei nur aus beruflichen Gründen, aber ich glaube das nicht so recht."

„Und das ist *Madame Diora, die Ministerin für Wissen und Wissenserhaltung*", fuhr Präsident Jawa fort.

Diora war eine sehr elegant gekleidete Frau, deren schwarzes Haar kurz und streng geschnitten war. Sie trug einen weißen Hosenanzug mit kurzer Jacke und weit geschnittener Hose. Kein Lächeln umspielte ihren Mund, der kräftig rot geschminkt war. Sie nickte Anne kurz zu und setzte sich dann wieder hin.

Jawa stellte auch die anderen Minister und Ministerinnen vor:

Madame Fortunore, die Ministerin für Glück und Liebe,

Dr. Klein, Ministerin für Astrologie,

Professor Schön, Minister für Informationserfassung und –weitergabe, und seine rechte Hand Professorin Ragos.

Dr. Basel, Minister für Geld und Wohlstand,

Mister Marvin, Minister für Kinder und Moral, den sie schon gesehen hatte.

Professorin Smith, Ministerin für Konflikte, und

Professorin Haas, Ministerin für biologisches Verhalten und Kommunikation und

Dr. Sangos, Minister für Gesundheit und Wohlergehen.

Anne konnte sich die vielen Namen und Ämter und die dazugehörigen Gesichter überhaupt nicht merken.

„Liebe Freunde", begann Jawa. „Unsere Quelle der Stärke und Regeneration ist aus unerklärlichen Gründen vor langer Zeit schon schwächer geworden. Das bedeutet, dass wir schneller altern und bei Krankheit nicht mehr richtig gesund werden können. Wir haben die Vermutung, dass jemand oder etwas dieses mit Absicht herbeigeführt hat. Wie sie wissen, hat das Orakel uns vorhergesagt, dass nur ein Mensch von der Erde die Quelle wieder zum Sprudeln bringen kann. Es hat diesen Menschen genau beschrieben. Wir haben darauf intensiv nach diesem Retter gesucht.

Als der Ätna vor einigen Tagen auf der Erde ausbrach, wurde uns klar, wer es sein könnte: Anne. Ihr Blut muss etwas in sich tragen, was den Fluss der Quelle wieder verstärkt. Jeder von uns weiß, was eine starke Quelle für unsere beiden Welten bedeutet. Nur, wenn wir selbst voll leistungsfähig sind, haben wir die Kraft für eine Trennung der Welten. Und dann können wir diese üble Kreatur wieder in die Unterwelt zurückschicken."

Chaosta erhob sich. Ein Raunen ging durch den Raum. Obwohl die Lage äußerst ernsthaft war, reckten die Jüngeren die Köpfe.

Chaosta schmunzelte und Marcello raunte Anne zu: „Morgen wird wieder eine genaue Beschreibung ihrer weißen Trägerhose und ihrer Diamanten auf dem T-Shirt im Tagesspiegel zu finden sein. Es ist aber auch wunderschön. Alle sind ganz verrückt nach ihrem Designer."

„Diese junge Dame hier ist Anne", begann Chaosta, „ihre Familie ist uns inzwischen wohlbekannt. Wir haben in den letzten Tagen versucht, alles über sie herauszufinden. Mein abschließendes Urteil: Sie hat große Fähigkeiten und ist voller Mut und Tapferkeit."

Und dann erklärte sie, zuerst zurückhaltend und bedachtsam, dann mit immer klareren und leidenschaftlicheren Worten, alles würde darauf hindeuten, dass der Dämon aller Dämonen, diese hochintelligente alte Kreatur aus der Tiefe der Erde wieder aufgetaucht sei. Sie berichtete über die letzten Wochen, wie sie immer misstrauischer wurde und sehr schnell vermutete, dass ihr alter Feind wieder da sei. Es war nicht das erste Mal, dass er Fortuna zerstören wollte.

Chaosta gab einen kurzen Rückblick auf die Vergangenheit. Die Kollision der Welten, die Verknotung würde sich in Abständen immer wieder zeigen. Das würde sich aus den Gesetzen des Universums ergeben. Dieses Mal wäre es aber anders. Schon seit vielen, vielen Jahren kämen sie nicht mehr voneinander los, ohne dass sie eingreifen könnten. Ohne das Stimulans ihrer Quelle würden sie bald auf das Niveau der Erdenbürger zurückfallen.

Krankheiten kämen äußerst selten vor und so hätten sie ein sehr langes Leben. Keiner würde dem anderen etwas neiden. Alle konnten sich das erschaffen, was sie zu ihrem Glück brauchten, da alles eine Frage der Interpretation und der Wahrnehmung sei. Damit wären sie selbst die Schöpfer ihres Glücks.

„Aber direkt nach der jetzigen Verstrickung der Welten fing es an. Wie es das Orakel schon vor vielen, vielen Jahren vorhergesagt hatte. Das Dunkle würde wiederkommen und uns ins Verderben stürzen. Es würde sich so lange in einem Versteck aufhalten, wo Schatten und Zeiten das Gleiche seien, bis es wieder stark genug sei. Keiner wusste so recht, was damit anzufangen ist. Es prophezeite aber auch, dass ein junges Mädchen von der Erde kommen würde und die Welten retten würde“, führte Chaosta aus. „Anne wird diejenige sein, die um Mitternacht am Ende des 21. Junitages einen Tropfen ihres Blutes in die Quelle des Ewigen Lebens fallen lassen wird“, verkündete sie, so, wie es das Orakel vorhergesagt hat.“

Alle Minister klatschten Beifall. Anne wurde ganz verlegen und senkte den Blick. Wer war sie, dass sie diese Welt retten sollte? Sie spielte die Selbstbewusste, aber es gab oft genug Augenblicke, in denen sie froh war, dass sie eine Mutter hatte, die sie fragen konnte. Auch jetzt hatte sie Angst. Trotzdem stieg langsam ein kleines Gefühl des Stolzes auf.

„Diese bösartige Kreatur hat bereits versucht, Anne zu töten, denn sie weiß, dass sie unsere Rettung sein kann. Marcello hat uns davon berichtet.“

Anne erschrak. Der Vulkanausbruch. *War er nicht eigenartig gewesen, ganz anders als sonst*, fragte sie sich. War es vielleicht kein echter Ausbruch gewesen? Und die braunen Flecke an ihren Unterschenkeln? Ihr wurde ganz mulmig zumute.

Chaosta schwieg und schaute in die betroffene Runde. „Präsident Jawa hat recht. Der Dämon wird versuchen, die Menschen mit außergewöhnlichen und zerstörerischen Katastrophen zu verunsichern.“ Sie erzählte die Geschichte, die sie in den Wäldern von Norwegen erlebt hatte. „Und nicht nur in Norwegen brennt es. Griechenland, Spanien, Kanada und Kalifornien – überall toben Wald- und Buschbrände. Die Brände tauchen doch nicht einfach aus dem Nichts auf. Die meisten davon müssen Brandstiftungen sein. Diese barbarische Trockenheit ist der beste Nährboden dafür. Irgendjemand muss sie anstiften, da bin ich mir ganz sicher. Die Gier nach Geld ist stark, sehr stark.“

Eine der Ministerinnen, es musste Fortunore sein, konnte ihre Tränen nicht länger zurückhalten. Sie liefen leise und anklagend wie kleine Perlen ihre Wangen hinunter. „Die Welt wird leer, es wird keine Blume mehr geben, die ein Liebster seiner Liebsten schenken kann, kein zarter Wind, der Worte der Liebe davontragen kann. Es wird nur noch Sturm und Dunkelheit geben.“ Sie drückte sich ein Spitzentaschentuch auf beide Augen und schluchzte leise vor sich hin. Ihr kleiner Körper wurde so sehr geschüttelt, dass die Lehne ihres Stuhles knackte.

„Unser Sitzungsraum wird nicht ohne Grund der Raum des Unendlichen Wissens genannt. Viele unserer Mitarbeiter sind bekannte Wissenschaftler. Es wird sicher jemanden darunter geben, der uns diese Frage beantworten kann. Ist es möglich, dass jemand so etwas Grundsätzliches wie das Wetter komplett verändern kann?“, fragte der Präsident.

„Ich denke da an Monsieur Noir“, sagte Mister Silent, „er ist Physiker und Meteorologe und kann das Phänomen des Wetters und der Wetterveränderung sicher am ehesten erklären.“

Präsident Jawa nickte zustimmend und hob noch einmal den scharfen Intellekt und das Wissen von Monsieur Noir hervor.

Marcello beugte sich zu Chaosta hinunter und flüsterte: „Seine scharfe Zunge lässt aber auch keine Gelegenheit aus, auf seine exzellente Daseinsform hinzuweisen. Er ist nicht ohne Überheblichkeit. Aber mir soll es recht sein."

Noir erschien umgehend im Sitzungsraum. Sein zurückgekämmtes schwarzes Haar, das durch eine schwarz-weiß gestreifte Schleife zu einem Pferdeschwanz zusammengebunden war, glänzte, als sei es mit Pomade überzogen. Er stand hoch aufgerichtet in der Runde und hatte dabei das Kinn leicht angehoben.

„Monsieur Noir, erklären Sie uns doch bitte, wie man das Wetter verändern könnte", bat der Präsident.

Noir strich über seinen dunkelroten Frack und antwortete: „Die obere Schicht der Erdatmosphäre, die Ionosphäre, ist sehr reich an elektrisch geladenen Teilchen. Diese elektrisch positiv geladene Ionosphäre bildet den Gegenpol zur negativ geladenen Erdoberfläche, so dass zwischen beiden ständig elektrische Spannung herrscht, die sich immer wieder in Gewittern entlädt. Wir haben es hier mit einem Hohlraumresonator zu tun."

Noir schloss die Augen und sprach weiter: „Mit jedem Blitz werden auch Radiowellen extrem niedriger Frequenz ausgestrahlt, die nahezu widerstandslos in die Erde ein- und durch sie hindurch dringen können. Radiowellen in diesem niedrigen Frequenzbereich könnten rund um die Erde herum riesige stehende Wellenpakete bilden, die über einen langen Zeitraum stationär sind. Auf diese Weise können Hoch- und Tiefdruckgebiete über eine geraume Weile manchmal ortsfest bleiben."

„Und wenn es häufig blitzt, begünstigt das Wellenpakete. So bliebe es zum Beispiel lange Zeit extrem trocken oder es regnet dauernd.

„Aber niemals so lange, wie es jetzt schon besteht. Das ist nicht normal", flüsterte Chaosta.

„Er tut so, als müsste ihm die Welt dankbar sein, dass er uns etwas erklärt, findet Ihr nicht auch?", zischte Marcello in Chaostas Ohr.

Monsieur Noir fuhr mit seinen Ausführungen fort. „Bei Gewitter kommt es zu einer Energieentladung durch Blitzschlag."

Er redete und redete. Radiowellen, Wellen im Gehirn, mentale Beeinflussung der Menschen, immer wieder Blitze. Anne verstand gar nichts mehr.

„Heißt das, dass es irgendwo eine Macht gibt, die die Säulen der Erde verändert und sie womöglich noch umstößt?“, warf Silent, der Sekretär des Ministers für Klima und Umwelt ein.

Basel, Minister für Geld und Wohlstand, ein kleiner, dicker Mann mit längeren Locken und einem lilafarbenen Samtmantel, der übersät war mit goldenen Ornamenten, die aussahen wie kleine Geldrollen, sprang erregt auf. „Warum irgendeine Macht, die wir nicht kennen, womöglich ein Dämon, mit dem unsere Welt es schon vor Jahrhunderten zu tun hatte? Wer sagt denn, dass es nicht Tableau sein kann? Er ist doch schließlich für alle Bösartigkeiten zu ständig. Und wir wissen, dass er gewisse Kräfte auf der Erde unterstützt und sich schon längst in die Machtpolitik der Erde einmischt. Er unterstützt die Reichen. Und das nur, um noch mehr Macht zu bekommen“, presste er wütend aus sich heraus und drehte dabei eines der Ornamente seiner Jacke ab und warf es achtlos neben sich.

„Eines kann ich euch sagen“, erklärte ein anderer, dessen Namen Anne nicht mehr wusste, „ich sag euch, der Präsident der Vereinigten Staaten steht eindeutig mit diesem Wesen in Verbindung. Warum sonst hält sich Amerika aus allen Naturschutzvereinbarungen heraus und tut so, als wäre es Gott und könnte jederzeit alles wieder rückgängig machen? Für mich steht fest, dass auch dieser Mann schon mit Tableau zusammenarbeitet. Nur so ergibt alles einen Sinn.“

Das war der Zeitpunkt, an dem sich Berger, den sie schon vor dem Sitzungsraum getroffen hatten, einschaltete. Er sprach von verringerten Sonnenflecken und von einer bevorstehenden kleinen Eiszeit.

„Aus der Analyse von Seesedimenten aus dem Pazifik wissen wir, dass die Temperaturen in der Tiefsee schon 1300 Jahre vor einer nachweisbar höheren CO2-Konzentration in der Atmosphäre um etwa zwei Grad angestiegen waren. Eine Wasserströmung aus der Region der

Antarktis war dafür verantwortlich mit einer wärmenden Wirkung, vergleichbar mit der des Golfstroms heute. Der Golfstrom wird jetzt wieder abreißen und wir bekommen eine nie dagewesene Abkühlung. Und dieser arrogante Mensch in den Staaten sitzt immer noch da und tut so, als sei alles in Ordnung? Schon jetzt überfluten Hurrikane sein eigenes Land an der Küste jedes Jahr in einem riesigen Ausmaß. Wenn er so weitermacht, werden die Betroffenen auf die Straße gehen und die Anarchie wird Einzug halten."

„Wer auch immer dafür verantwortlich ist, es sind jedenfalls keine natürlichen Vorgänge. Es war nicht einfach ein Vulkanausbruch in Sizilien. Marcello hat berichtet, dass dauernd ein eigenartiger Ton zu hören war", sagte Chaosta. „Kurz bevor ich hier eintraf, war ich mittendrin in so einer Katastrophe. Trotz all unserer Bemühungen war ich nicht imstande, den Tod von 180 Passagieren zu verhindern.

Die angebliche Ursache der Fehlfunktion hatten wir, laut unserer Diagnoseinstrumente, ausgeschaltet und trotzdem stürzte das Flugzeug ab. Natürlich könnte es Tableau gewesen sein. Ich glaube es aber nicht. Das Flugzeug zerschellte trotz unseres Eingreifens. Ich vermute, dass jemand anderes dahintersteckte als Tableau."

„Wieso konnten Sie dieses Debakel nicht verhindern?", fragte der Präsident.

„Wir hätten dafür unsere volle Kraft gebraucht und die haben wir im Augenblick nicht. Leider. Wenn unsere Quelle nicht bald wieder richtig fließt, werden wir gar nichts mehr verhindern oder verändern können", stellte Chaosta fest, „ich vermute, dass es sich um einen außergewöhnlich starken Dämon handelt. Und deswegen glaube ich auch, dass es wieder der ist, vor dem wir uns alle fürchten."

Alle hatten plötzlich weite, erschreckte Augen und verstummten. Schreckliche Erinnerungen kamen wieder hoch.

Ihr Nachbar schaute völlig verängstigt zu Anne und machte gerade den Mund auf, als wolle er etwas sagen, als

Chaosta das Flugzeugunglück visualisierte und sich alles wirklichkeitstreu noch einmal vor ihren Augen abspielte.

Als der faulige Eiergestank der zwei Angreifer sich im gesamten Raum ausbreitete, hielten sich einige Minister ein Taschentuch vor die Nase und drehten sich angewidert weg. Einige der jüngeren Fortunabewohner wurden ohnmächtig. Auch Anne fing an zu würgen.

„Wenn wirklich dieser Dämon aller Dämonen dahinter steckt, wie können wir uns schützen? Er mag mitten unter uns sein und wir merken es nicht", sagte einer der Minister.

„Wir sind uns ja bisher noch nicht einmal sicher, ob es wirklich der Dämon aller Dämonen ist. Aber es spricht sehr vieles dafür."

„Sollte es jemand aus der dunklen Welt sein", unterbrach Jawa sie, „könnten wir doch mit unserem Weltenenergiescanner mindestens seinen Lebensort und damit sein negatives Energiefeld aufspüren. Oder liege ich damit falsch? Lassen Sie uns gleich damit anfangen!"

„Was meint er damit?", fragte Anne Marcello.

„Wir haben viele Technologien, um das Böse aufzuspüren. Das Böse kann sich tarnen, aber es kann sich niemals vollständig verstecken. Sein Energiefeld ist schwarz und nicht neutral. Das versuchen wir aufzuspüren", antwortete er. „Schau genau hin."

Die Wände fingen an, ihre Farbe zu ändern. Sie wandelte sich zuerst in Gelb, dann in Türkis. Sie drehten sich um Anne, immer schneller, als wollten sie gleich abheben. Dann verschwand die Farbe, der Tisch, die Stühle, alles. Über ihnen tat sich eine Kuppel auf und gab den Blick frei in den Sternenhimmel.

Auf einmal hatte Anne das Gefühl, sie würde mitten in den Himmel hineingetragen, als säße sie in einem Satelliten und schaute die Welt von oben an. Die Erdteile kamen näher. Die ganze Welt ordnete sich in eine riesengroße Landkarte, so, als sei sie gar keine Kugel, sondern eine große, flache Scheibe.

„Achtet auf Veränderungen bei den elektrischen Frequenzen", hörte sie den Präsidenten sagen.

Es blinkte an vielen Stellen. Anne erkannte Europa, das immer großflächiger wurde. Und dann über Frankreich, es musste Paris sein, funkelte es, als hätte jemand einen Haufen glänzender Diamanten ausgeschüttet.

Da sah sie, wie der Körper von Madame Fortunore leicht zuckte und ihre blonden, langen, seidigen Haare wie elektrisiert von ihrem Kopf abstanden.

„Das Böse ist in Paris. Meine Haare laden sich auf. Das ist ein untrügliches Zeichen!“, flüsterte sie.

„Lasst uns den Weltenscanner noch einmal über die letzten Breitengrade fahren“, schlug der Präsident vor.

Als der Scanner wieder auf der Höhe von Paris war, rief Fortunore: „Das ist es. Es muss hier sein. Ich spüre, wie die Schwingungen dort versuchen, meine Nervenimpulse zu steuern. Es ist die Macht der Finsternis“, schrie sie heraus. Ihre Haarspitzen brachen klirrend ab wie Glas und fielen zu Boden.

In diesem Augenblick wurde die Tür aufgerissen. Ein Mann stürmte herein. Er trug nur einen glänzenden schwarzen Schuh. Seine eine Hand umklammerte eine schwarze Kappe, die andere hielt krampfhaft ein Bild fest.

„Dr. Müller, Präsident Jawa, der Himmel ist inzwischen dunkel vom Nordpol bis Nordengland, am Rande verfärbt er sich blutrot. Ihr müsst euch das ansehen!“

Er eilte zu dem Platz von Präsident Jawa und knallte das Bild auf den Tisch. „Hier, hier, seht nur! Unsere Leute, die das Wetter der Erde beobachten, haben uns das gerade reingegeben.“ Dann stand er schwer atmend und erschöpft daneben. Sein Streifenhemd zeigte kleine feuchte Stellen an seiner Brust.

Jawa machte eine Bewegung mit dem rechten Arm, als würde er eine Scheibe reinigen. Auf einmal tauchten die Umrisse von Nordeuropa auf. Die Orte kamen näher, Häuser und Straßen schälten sich aus dem Dunst heraus. Und dann zeigte sich das Inferno: Der Himmel war leuchtend dunkelrot, durchsetzt mit gelben Fetzen, die das Rot noch verstärkten. In der Tiefe das Dunkel, nicht gräulich wie bei schlechtem Wetter, sondern tiefschwarz, ohne auch nur den Pinselstrich einer anderen Farbe. Das weit aufgerissene Maul eines Ungetüms, in dessen Schlund die Welt jeden Moment gezogen werden könnte.

Das mussten sie sich persönlich ansehen, dringend! Und Chaosta bat Anne mitzukommen. Wenn die Macht der Finsternis, der Damon aller Dämonen, wirklich etwas damit zu tun hätte, würde er sich vielleicht in irgendeiner Art und Weise zeigen, wenn sie dabei wäre. Anne wäre der Lockvogel. Würde sie sich dafür entscheiden, würde sie sich der Gefahr aussetzen?

13. Kapitel

Bin ich der Sache gewachsen?, fragte sich Anne. Schließlich konnte es sehr gefährlich für sie werden. Und wenn es stimmte, was Chaosta ihr gesagt hatte, dann konnte es lebensgefährlich werden.

Sie war sich auf einmal gar nicht mehr sicher, ob sie die richtige Entscheidung getroffen hatte. Und ihre Mutter musste auch zustimmen. Sie konnte nicht einfach von zu Hause weggehen und ihrer Mutter von all dem nichts sagen. Und Mutter würde nicht zustimmen, da war sie sich ganz sicher.

Chaosta brachte sie wieder zurück nach Hause. Anne war voller Eindrücke, die sie erst einmal verarbeiten musste.

„Bist du dir immer noch sicher, dass du uns helfen willst?", frage Chaosta.

„Ich habe Angst, richtig Angst."

„Ich verstehe dich gut, aber wir haben keine andere Wahl. Mit dir haben wir alle eine Chance, ohne dich haben wir gar keine. Wir werden verglühen wie alle untergehenden Sterne. Wir werden bei dir sein und dich beschützen. Denk noch einmal darüber nach!"

„Wenn wir alle keine Chance ohne mich haben, ist eine kleine Chance mit mir immer noch besser, oder? Du musst aber noch mit meiner Mutter reden. Ich kann nicht einfach mit dir gehen und sie weiß nicht, wo ich bin."

„Du bist also einverstanden?"

„Ja, ich werde euch helfen."

„Und ich werde jetzt mit Isabel reden. Bleib hier und warte. Es ist besser, wenn ich mir ihr alleine spreche."

Anne wusste nicht, mit welchen Argumenten Chaosta ihre Mutter überzeugen konnte, aber sie tat es. Als beide wieder aus dem Zimmer kamen, in das sie sich zur Besprechung zurückgezogen hatten, hatte ihre Mutter verweinte Augen und nahm Anne fest in den Arm. Sie sah bedrückt aus und zitterte leicht. „Es ist alles so schrecklich, was Ministerin Chaosta mir erzählt hat. „Schrecklich und unwirklich. Ich weiß gar nicht, was ich dazu sagen soll. Vielleicht sehe ich dich nie wieder."

„Heißt das, du stimmst zu?", fragte Anne und schaute erwartungsvoll ihre Mutter an. Insgesamt hatte sie die winzige Hoffnung, dass ihre Mutter ablehnen würde und sie sich nicht entscheiden musste. Aber so hing alles nur von ihr allein ab.

„Ja", erwiderte ihre Mutter. „Ministerin Chaosta hat mich von der Ernsthaftigkeit und der Ausweglosigkeit unserer Situation überzeugt, wenn du es nicht wenigstens versuchst. Ich weiß, du bist sehr tapfer, und ich vertraue dir. Aber alle hätten auch Verständnis dafür, wenn du nicht mitmachst. Vielleicht gibt es ja doch noch eine andere Lösung. Aber wenn du dich dafür entscheidest – sie hat mir fest versprochen, dass alle dann auf dich aufpassen werden."

Ihre Mutter drückte Anne erneut fest und lange an sich. „Aber wenn du es willst, dann bin ich einverstanden."

Anne hatte ihre Entscheidung getroffen, trotz aller Zweifel und Ängste. Es hing viel zu viel davon ab. Sie wollte dabei sein.

Und so begleitete sie Chaosta und ihre Assistenten auf der Reise in den Norden zur bedrohlichen Wolkenwand, die inzwischen von Spitzbergen weiter nach Süden gewandert war und die Lofoten erreicht hatte.

Auch auf dieser Reise hatte sie das Gefühl, durch einen dunklen Tunnel zu gleiten. Nach einer Zeit, die so lange wie drei Wimpernschläge dauerte, stand sie plötzlich neben Chaosta und den anderen auf den grasbewachsenen Hügeln in Bodo, in der Provinz Nordland in Norwegen, in Sichtweite der dicken schwarzen Wolkenwand.

Diese eigenartige Wetterveränderung, sah sie nicht aus wie eine riesige Öffnung zur Hölle?

Ein Sturm tobte über das Land und schüttelte alle durch und durch. Er wütete so scharf, dass Annes Augen in Tränen schwammen. Sie konnte sich kaum auf den Beinen halten, so sehr zerrte der Wind an ihr.

Graue Wolken ließen nur fahles Licht hindurch und nahmen den sonst sattgrünen Hügeln ihre Lebendigkeit.

Regen prasselte auf sie ein. Blitze zuckten, als wollten sie den Himmel und die Erde spalten. Ein eigentümlicher Geruch nach Schwefel war in der Luft. Alles wirkte müde, als würde der Tod kurz bevorstehen. Die Grashalme bogen sich bis auf die Erde, und die Wiesenblumen sahen aus, als seien sie Überreste aus dem letzten Jahr.

Sie mussten in der Nähe des Meeres sein. Ein paar einsame Möwen versuchten vergeblich, auf den Luftströmen zu reiten und stießen vorwurfsvolle Schreie aus.

Und da war sie, die Öffnung zur Finsternis!

Die Wolkenwand türmte sich vor ihnen auf, nur wenige Hügel von ihnen getrennt. Sie hatte etwas Kompaktes, Gewaltiges und gleichzeitig Bedrohliches. Sie türmte sich so hoch auf, dass Anne das Gefühl hatte, sie würde gleich auf sie niederfallen und sie verschlingen. Immer wieder bildeten sich kleine Strudel, die sich tief nach innen stülpten, breiter wurden und dann wieder in sich zusammenfielen. Einer der Strudel wirkte wie ein Schlund, der gerade dabei war, etwas aus sich herauszuwürgen.

Ein dunkler Punkt wurde aus der Tiefe des größten Strudels herausgespuckt, löste sich von der Wand und wanderte auf sie zu. Anne konnte ihn erst kaum ausmachen, so wenig hob er sich vom Hintergrund ab. Er hielt direkt auf sie zu. Je näher er kam, umso mehr veränderte sich der Punkt.

Bald konnte sie drei Männer erkennen, alle mit schwarzen, bodenlangen Mänteln, die der Sturm aufblähte wie Blister von großen Segelschiffen. Bei dem einen konnte man immer wieder etwas Weißes aufblitzen sehen. Dann verdeckte der Mantel sofort alles wieder. Der Regen drosch auf sie ein, doch es schien ihnen überhaupt nichts auszumachen.

Sie drehten nach rechts ab und einer der Männer wandte den Kopf zur Seite und schaute sie direkt an. Er war so nah, dass sie seine Gesichtszüge wahrnehmen konnte.

Ihre Blicke trafen sich und sie schaute in die Tiefe von strahlenden azurblauen Augen.

Anne war erstaunt, dass sie aus dieser Entfernung die Farbe der Augen erkennen konnte. Ein Gefühl der Wärme und Geborgenheit stieg in ihr auf, das ganz plötzlich einer eigenartigen Kälte wich.

Dann wanderten seine Augen weiter und trafen auf Chaosta. Sie erstarrte, als sich ihre Blicke trafen, als würde sie etwas sehen, das bestimmte Erinnerungen in ihr wachrief.

„Die sehen ja aus, als kämen sie direkt aus der Hölle“, murmelte Jasper. „Fehlt nur noch der schwarze Hengst und der Totenschädel.“

Der Sturm ließ gerade etwas nach und Anne konnte deutlich seine Worte hören.

Marcello stieß Jasper in die Seite. „Sei still“, flüsterte er.

Da setzte erneut der Wind ein. „Der eine ... bekannt ...“, hörte sie Jasper „... erinnert ... bei uns ... Headquarter ...“. Sie konnte ihn kaum verstehen, so schnell trug der Wind seine Worte davon.

Plötzlich ein lauter Donner, ein greller Blitz durchschnitt waagerecht die schwarze Wand. Chaosta zuckte zusammen und schwankte leicht.

„Ministerin, was ist mit Ihnen?“, fragte Jasper besorgt und fasste Chaostas Arm.

„Ach, nichts, gar nichts. Ich dachte nur, ich hätte ...“ Chaosta ließ den Satz unvollendet, atmete tief durch und ihr Körper straffte sich wieder. Ein leichter Geruch von frisch erblühtem Jasmin wehte plötzlich zu ihnen herüber. „Jasper, wir müssen sehen, was da oben los ist. Wir müssen hoch, und zwar sofort“, rief Chaosta Jasper zu. „Ich lass uns einen Transporter vom Headquarter kommen.“

Jasper hob den Arm und sprach in sein Gerät am Handgelenk, das wie eine Armbanduhr aussah. „Er ist gleich da“, berichtete er.

Sie folgten ihm mit tief gebeugtem Kopf zu dem nächsten Hügel, wo gerade etwas landete, das aussah wie eine sehr, sehr dicke Hummel.

Anne musste sich immer wieder über die Augen wischen, so stark schüttete der Himmel sein Wasser aus.

Als sie einsteigen wollten, zögerte Marcello. „Hättet ihr was dagegen, wenn ich unten bleibe und hier nach dem Rechten sehen würde“, wisperte er. Seine Nasenspitze war ganz weiß und seine Hände zitterten.

Auch Anne hatte auf einmal Angst, als sie Marcello so sah. Die Situation hier unten war schlimm genug. Wie musste es erst da oben aussehen?

„Marcello, du brauchst keine Angst zu haben. Unsere Maschine ist sicher“, beruhigte in Jasper.

Murrend, mit eingezogenem Kopf, gab Marcello nach und stieg mit in die dicke Hummel, die im Sturm hin und her schwankte und leise vor sich hin summte. Dann starteten sie direkt vom kargen Weideland aus senkrecht nach oben wie ein Hubschrauber und sein leise Summen wandelte sich zu einem ohrenbetäubenden Brüllen. Die Kiste trotzte dem Sturm, stieg unbeschadet auf und näherte sich langsam der dunklen Wand. Anne konnte in der Ferne das windgepeitschte Meer sehen, das sich mit dem Horizont vereinte und in der Unendlichkeit verschwand.

Sie wurden auf ihren Sitzen kräftig hin und her geschüttelt. Anne hing in ihren Gurten und bereute schon ihren Entschluss, mitgekommen zu sein. Ihr war übel, ihr Magen revoltierte und sie hatte das Gefühl, sich jeden Augenblick übergeben zu müssen.

Der Regen bearbeitete das Flugzeug, als wolle er jeden Winkel, jede kleine Ecke von Schmutz und Staub befreien.

Die Sonne kam gerade durch einen kleinen Spalt der Wolken, als sei ein Scheinwerfer angeknipst worden. Die Strahlen brachen sich in den tausenden und abertausenden Regentropfen und verwandelten das trübe Licht in ein gleißendes, milchiges Weiß.

Und da stand diese Wolkenwand wie ein Monolith, abgeschottet nach außen, undurchdringlich.

„Himmel aber auch. Schaut euch das an“, sagte Chaosta, „das sind doch nicht nur einfache Wolken!“

„Ich kenne jedenfalls kein Aerosol, das dermaßen abrupt an einer Linie endet“, sagte Jasper.

„Richtig“, fügte Marcello hinzu. „Auch wenn jemand Kohlenstaub zur künstlichen Wolkenbildung eingesetzt hätte, würde das Ganze anders aussehen. Wir sollten uns mal in den oberen atmosphärischen Bereichen umsehen."

Sie flogen sehr dicht an der dunklen Wolkenwand entlang, wie ein Surfer am Wellenkamm, langsam weiter an Höhe gewinnend.

Dunkle Wolkenfetzen jagten an ihnen vorbei.

Dann hörten sie es plötzlich: Es klang, als würden Hagelkörner auf die Außenwand prallen. Erst wenige, wie ein Klopfen und Pochen an der Tür, dann knallte es immer häufiger, bis es maschinengewehrartig auf das Flugzeug prasselte, als wollte jemand mit Gewalt Einlass erzwingen. An manchen Stellen bog sich die Metallhaut wie große Pickel nach innen.

Anne starrte aus dem Fenster und sah in einen Sturm aus Kieselsteinen. Überall Steine, die hin und her rasten. Sie prallten aufeinander und aneinander, zerbarsten und fügten sich zu noch größeren Steinen zusammen. Je höher der Flug ging, umso mehr vermischten die Steine sich mit einer graubraunen schlammigen Masse.

Da!

Gerade riss der Vorhang auseinander und sie konnte in die Höllenbrut hineinsehen. Schlammige, schleimige, wurmartige Gebilde, ineinander verschlungen und verknäult, wälzten sich auf und ab. Grünliches Licht drang aus der Tiefe hervor. So stellte sie sich den Traum eines Wahnsinnigen vor.

„Was ich da hinten sehe, gefällt mir gar nicht. Es sieht mir eher aus wie ein flüssiges Agglomerat. Wir sollten nicht ins Zentrum fliegen. Das Risiko ist viel zu groß", sagte Chaosta.

In diesem Augenblick stieß ein schlangenartiger Arm aus der Mitte heraus. Wie ein Tintenfischtentakel schlug er auf und nieder. Er griff nach der rechten Tragfläche und umschlang sie wie ein hungriger Python.

Die Maschine kam von ihrem Kurs ab und änderte abrupt die Richtung. Der rechte Flügel sackte nach unten. Unerbittlich zog der Wurm das Flugzeug in das Zentrum. Dann ließ das Ungeheuer los. Der Pilot steuerte dagegen, aber die Wand schien magnetische Anziehungskraft zu haben und zog das Flugzeug immer weiter in sich hinein. Die Tragflächen begannen zu scheppern und sich nach oben durchzubiegen. Dicke Steine krachten auf die Scheiben und bildeten kleine Risse, die aussahen wie Spinnennetze.

Ein gleißender Blitz erhellte die Umgebung. Überall rasten Steine wie kleine Asteroiden an ihnen vorbei.

Dann, ein Knirschen, das nicht aufhören wollte. Eines der Seitenfenster wölbte sich nach innen und barst mit einem ohrenbetäubenden Knall. Die Explosion schleuderte Anne zu Boden. Ein Heer von scharfkantigen Steinen und Schlamm wurde hereingepresst und prallte auf ihren Körper.

Plötzlich setzte ein Gebrüll ein, dass Anne sich die Ohren zuhalten musste. Es schien aus der Tiefe der Wolke zu kommen. Sie glaubte, ihre Trommelfelle zerplatzten.

„Ich, der gewaltigste Dämon der Dunkelheit, werde euch Tod und Verderben bringen. Ich werde diese Welt mit einem Panzer aus Schlamm und Steinen umhüllen und die Menschen werden sterben. Ich werde verhindern, dass die Prophezeiung wahr wird. Das Blut eures Menschleins wird euch nichts mehr nützen. Wenn dieses System zerstört ist, dann geht auch ihr zugrunde. Nur die Mächte der Dunkelheit sind unabhängig. Ihr werdet alle krepieren."

In diesem Augenblick sichteten sie die brüllende Kreatur. Steine und Schlamm hatten sich zu einem maskenhaften Gesicht geformt. Das riesige Maul stand offen, die Augen waren mit glühender Lava gefüllt.

Das war er also, der Dämon aller Dämonen, der auf Fortuna geboren wurde und sich zu einem Superwesen entwickelt hatte.

Auf Chaosta prasselten die Steine herunter, dass sie nach kurzer Zeit bewusstlos zusammenbrach und ihre offenen, blutenden Wunden von Schlamm bedeckt waren.

Anne konnte noch ihr schmerzverzerrtes Gesicht erkennen, als sie selbst von einem Stein an der Schläfe getroffen wurde. Verwundert sah sie auf ihre Hände, auf die das Blut tropfte. Sie spürte keinen Schmerz. Es war, als wäre die Zeit stehengeblieben. Sie sah die weit aufgerissenen Augen von Chaosta, fühlte Arme, die sie hinter einen Sitz zogen, und dann ...

Dunkelheit, schwarze, undurchdringliche Finsternis.

14. Kapitel

Immer wieder hörte Isabel in den frühen Morgenstunden ihre Schwester husten, als sei sie dabei, etwas Schweres, Zähes aus ihrem Körper herauszuwürgen. Zuerst dachte sie, Margarita hätte sich verschluckt und hastete in ihr Zimmer. Als sie eintrat, sah sie sie mit hochrotem Gesicht aufrecht sitzen und nach Atem ringen. Sie klopfte ihr auf den Rücken, um ihr das Atmen zu erleichtern. Es wurde etwas besser. Als der Hustenanfall irgendwann endlich aufhörte, fiel sie ermattet in die Kissen.

Isabel fühlte besorgt mit dem Handrücken die Temperatur der Stirn und der Wangen. Das Fieberthermometer, das sie aus der Nachttischschublade hervorholte, bestätigte schließlich ihren Verdacht. Es zeigte etwas über vierzig Grad.

„Du hast dir eine Grippe geholt“, sagte sie zu Margarita. „Du trinkst jetzt erst einmal eine heiße Zitrone und nimmst ein Aspirin. Ein paar Tage im Bett, und dann wird es dir wieder besser gehen.“

Margarita hustete wieder. Es war ein quälender Husten. Es hörte sich an wie das Bellen einer Hyäne. Ihre Augen blickten Isabel angstvoll an. All ihre Frische und Lebendigkeit waren verflogen und Isabel blickte in glasige Höhlen.

Sie packte Margarita warm ein und versorgte sie mit heißen Getränken und Medizin. Dann setzte sie sich neben sie.

Ihre starke große Schwester.

War sie jemals richtig krank gewesen? Isabel konnte sich nicht erinnern. Als sie damals wieder aus dem hohen Norden zurückkam und auch noch schwanger war, machte ihre Schwester ihr keine Vorwürfe. Sie fragte nicht lange, sondern nahm sie auf, als sei sie ihre Tochter.

Isabel hatte lange Zeit ein schlechtes Gewissen gehabt. Sie hatte damals ihren Mann fast über Nacht verlassen und ihm von ihrem gemeinsamen Kind erst viel später erzählt. Im Nachhinein war ihr nicht mehr ganz klar, warum sie ihn verlassen hatte. War es wirklich die langanhaltende Dunkelheit in den Wintermonaten, die bei ihr zu einer tiefen Depression geführt hatte? Waren es seine langen Arbeitszeiten, seine Versprechungen, die er dann doch nicht einhalten konnte?

Eines Tages wollte sie wieder die Luft der Berge von Sizilien und das Meer riechen. Die Sonne und das Licht von Italien sehen. Hals über Kopf hatte sie einen Flug genommen und bis auf wenige Dinge alles dagelassen.

Isabel dachte oft an ihren Mann, Sven Svenson. An seine jugendliche, spitzbübische Art. Seine Tochter war genauso wissbegierig wie er. Sie hatte seine weißblonden Haare und seine Ernsthaftigkeit. Isabel hatte ihrer Tochter nicht viel von ihrem Vater erzählt.

Die Gründe, warum sie ihren Vater nicht sehen konnte, gingen ihr langsam aus. Sie und Sven hatten einige Male telefoniert, ohne Groll aufeinander. Langsam kamen die alten, warmen Gefühle wieder in ihr hoch. Die Bitterkeit verschwand. Vielleicht kam der Tag, da würde sie ihn fragen, ob er sie und seine Tochter sehen wollte.

Wie es Anne wohl ging? Seitdem sie mit dieser eigenartigen Ministerin von einem anderen Universum gesprochen hatte, hatte sich ihr Weltbild völlig verändert - Parallelwelt, Untergang der Erde, Tod! War alles ein Traum oder hatte hier vor ihr wirklich eine Bewohnerin von Fortuna gesessen und sie überzeugt, dass ihre Tochter die Rettung von zwei Welten wäre – die einzige Rettung?

Margarita stöhnte. Sie warf sich unruhig hin und her. Isabel maß wieder ihre Temperatur – sie war noch immer über vierzig Grad. Das Medikament zur Fiebersenkung hatte nichts genützt.

Sie sollte einen Doktor rufen. Aber im Augenblick hatte dieser sicher Besseres zu tun, als jemandem mit einer Grippe zur Hilfe zu eilen.

Margarita hustete wieder und spuckte dabei rötliche Flüssigkeit aus. Dann atmete sie tief und hastig. Bei jedem Ausatmen kam ein Stöhnen aus ihrer Brust.

„Hast du Schmerzen?“, fragte sie Margarita und fasste sie an der Schulter an. „Tut dir irgendetwas weh?“

Margarita öffnete die Augen und schaute sie an. Sie waren stumpf und grau. Kein Lidschlag war zu sehen. Plötzlich richtete sie sich auf und stierte in die Ferne. Dann ließ sie sich wieder niedersinken, die Augen immer noch offen.

Ein angstvolles Gefühl kroch in Isabel hoch. *Übersah sie etwas*, fragte sie sich, *hatte sie die falsche Arznei gegeben?* Das konnte keine einfache Grippe sein.

Zitternd suchte sie im Telefonbuch nach der Nummer des Hausarztes. Nach unendlich lang erscheinendem Klingeln meldete sich eine weibliche Stimme. Der Doktor sei zu einem Verletzten gerufen worden. Nein, sie könne nicht sagen, wann er wiederkommen würde. Er würde sich aber sofort melden, wenn er wieder da wäre. Ja, sie solle alles so weitermachen wie bisher. Wahrscheinlich sei es eine starke Grippe. Viele andere hätten ähnliche Symptome. Es müsse eine Grippe sein.

Als sie wieder in das Krankenzimmer zurückkam, lag Margarita auf dem Rücken und atmete ganz flach. Die Augen standen offen und die Pupillen wanderten zu ihr, als sie sich zu ihr hinunter beugte.

„Der Doktor kommt bald“, sagte Isabel zu ihrer Schwester und schob ihr ein großes Kissen unter den Oberkörper. Plötzlich floss ihr schaumiges Sekret aus dem linken Mundwinkel, was Isabel ihr angstvoll abtupfte.

O Gott, was konnte sie nur tun?

Die Atmung wurde immer flacher. Sie nahm Margaritas Hand und drückte sie.

„Halt' durch“, flehte sie. „In ein paar Tagen bist du wieder auf dem Damm.“ Doch insgeheim zweifelte sie daran. Der fehlende Lidschlag, die flache Atmung, es musste etwas ganz Lebensbedrohliches sein!

Margarita drückte auch ihre Hand und schaute sie an, die Augen stumpf. Dann setzte die Atmung aus, erst nur für wenige Sekunden, dann immer länger.

„Halt' durch, Margarita. Du kannst uns jetzt nicht verlassen. Denk an Anne! Sie braucht dich doch. Und ich brauche dich auch!“

Margarita wurde immer schwächer. Was hatte die Helferin in der Praxis gesagt? Viele hätten diese Symptome. Demnach musste es eine sehr schwere Erkrankung sein.

Und so war es auch, denn zur gleichen Zeit füllten sich die Krankenhäuser in Europa mit Patienten, die ebenfalls an starker Atemnot und Fieber litten. Isabel hörte die Nachricht im Radio. Zuerst maß man dieser Häufung noch keine Bedeutung bei und dachte an eine Sommergrippe in etwas größerem Ausmaß als sonst.

Isabel ließ das Radio eingeschaltet. Vielleicht konnte sie darüber erfahren, was sie noch tun konnte, bis der Doktor endlich kam.

Die Todesfälle häuften sich und man bildete ein Expertengremium mit hochrangigen Wissenschaftlern. Schnell wurde klar, dass es sich hier um eine außergewöhnliche Viruserkrankung handelte, der Erreger selbst war bisher allerdings nicht bekannt.

Auch auf Fortuna verursachte diese Entwicklung extreme Sorge und Einsatz aller zur Verfügung stehenden Wissenschaftler. Sie hatten Blut und Auswurf der Patienten untersucht und alle weiteren Daten, die sie aus den Kliniken geliefert bekamen. Sie hatten überall Kontaktpersonen auf der Erde, mit denen sie zusammenarbeiteten.

Wenn sich das weiter ausbreitet, ist es das Ende der Welt, dachte Dr. Sangos, der Minister für Gesundheit und Wohlergehen. Sangos' lange weiße Haare hatten an diesem Tag noch keinen Kamm gesehen. Einzelne Strähnen hatten sich aus dem Pferdeschwanz gelöst und fielen ihm immer wieder ins Gesicht. Seine Hautfarbe näherte sich dem schmutzig-grauen Hautton eines alten Elefanten. Runzelig und zerfurcht war sie geworden. Seine Schürze, die er immer im Labor trug, war übersät mit Flecken von den unterschiedlichsten Chemikalien. Seine Augen brannten vor lauter Müdigkeit.

Er war sonst genial in der Entschlüsselung von fremdartigen Lebewesen, aber hier, in diesem Fall, war er über eine Hypothese nicht hinausgekommen. Alle Daten, die sie in ihre hochentwickelten Computersysteme einfließen

ließen, ergaben bisher keinerlei Zusammenhang mit ihnen bekannten Lebensformen. Es musste etwas völlig anderes sein - eine fremde, völlig andere Lebensform. Etwas bisher nie Dagewesenes. Und so suchte er weiter, bis er schließlich erste Befunde hatte.

Als er die anderen Minister im Konferenzraum traf, wollte er ihnen eigentlich mitteilen, er vermute, dass es sich hier um ein außergewöhnliches Virus handeln würde. Die Information, die er jetzt in der Hand hatte, sagte ihm aber, dass es das Tor der Hölle war. Er gab sich keinen Illusionen hin, es war nicht nur die Hölle, sondern das Ende der Menschheit.

„Hat man schon herausgefunden, um welchen Virus es sich handelt?“, wollte Präsident Jawa wissen.

Sangos legte den gerade erhaltenen Befund beiseite und erklärte: „Ich will es kurz machen: Soweit wir bisher in Erfahrung bringen konnten, ist dieser Erreger vor mehr als zweitausend Jahren erstmalig aufgetaucht. Er vernichtete fast die gesamte menschliche Kultur. Es überlebte fast niemand“, berichtete Sangos. „Wissenschaftler konnten damals Gewebe von Toten isolieren und damit den Erreger fixieren und konservieren. Sie nannten es `H66N6`, da man bis zu diesem Zeitpunkt nie etwas von ihm gehört hatten“, fuhr er fort.

„Was führte zu den Erkrankungen, ein Virus, ein Pilz? Welcher Art war dieser Erreger?“, fragte Minister Schön.

„Und die Symptome, wie sahen die Symptome aus?“, unterbrach Jawa und nestelte an seinem Jackett.

Und Sangos erzählte von den Symptomen, die diesem entsetzlichen Tod vorausgingen. „Die Erkrankung sah aus wie eine heftige Grippe, mit Fieber, Husten und Angina. Aber schon nach einem Tag kam stärkste Atemnot hinzu. Der Tod trat nach zwei Tagen ein. Die Ansteckung erfolgte über die Luft, die Patienten husteten und steckten so die nächsten an.“

„Warum konnten wir nichts tun, warum mussten so viele Menschen sterben? Sogar auf Fortuna gab es Tausende von Toten, trotz unserer damals noch fließenden Quelle der Regeneration“, fragte Professor Schön,

Minister für Informationserfassung und -weitergabe. „Gab es Probleme bei der Zusammenführung der Erkenntnisse?"

„Um Ihre Frage zu beantworten, warum wir damals nichts tun konnten: Wie gesagt, wir hatten so etwas noch nicht gesehen. Es war eine unvollständige Zellformation, die mit etwas Großem dahinter gekoppelt zu sein schien."

„Wie können wir das verstehen? `Etwas Großes steckt dahinter´? Soll das heißen, es besteht eine Art von Kommunikation zwischen diesen Zellformationen und einem Befehlsgeber dahinter?", fragte Madame Diora.

„Ja, so ähnlich. Wir wissen, dass Bakterien miteinander kommunizieren. Denken Sie zum Beispiel an das Bakterium Clostridium botulinum, das das stärkste bekannte Gift der Erde produziert. Es vermehrt sich nur unter ganz bestimmten Bedingungen. Wenn nur ein Bakterium diese geeigneten Bedingungen hat, gibt es über bisher unbekannte Kommunikationswege diese Informationen an die anderen weiter, und siehe da, alle vermehren sich und geben dabei auch dieses Gift ab. Es gibt auch schlafende Bakterien, die plötzlich geweckt werden, ohne dass wir wissen, wodurch. Als würde etwas dahinterstehen, was alles lenkt und leitet."

„Das ist ja alles schön und gut, das sind Prozesse, die uns bekannt sind, aber wie kommen Sie darauf, dass irgendetwas anderes dahinter die Befehle gibt?", fragte Professorin Haas, die Ministern für biologisches Verhalten und Kommunikation. „Wir wissen zwar, dass Bäume und Pilze miteinander kommunizieren und sich gegenseitig unterstützen. Mutterbäume achten auch darauf, dass ihre Abkömmlinge, ihre Samen unter den besten Bedingungen aufwachsen. Es gibt sehr viele Arten von Kommunikation, nicht nur die Formen, die die Menschen der Erde für wahrscheinlich halten. Von welcher Art der Kommunikation sprechen Sie hier?"

„Wer steckt denn hinter all diesen Naturphänomenen, die wir gerade erleben. Ist es wirklich der Schöpfer, der Vater aller Väter oder der Dämon aller Dämonen, oder vielleicht doch etwas anderes, das zumindest hier auf der Erde ein Gegengewicht zu den Menschen darstellt? Ist die Menschheit vielleicht doch nicht die Spitze der Schöpfung?“, warf Professorin Smith ein. „Denkt einmal, wie destruktiv die Menschheit sich benimmt. Wie sie die Natur quält, ausbeutet und zerstört. Vielleicht ist das die Antwort auf ihr Verhalten: Vermüllung der Meere, Zerstörung des Bodens und der Luft, Eingriff in die natürlichen Abläufe!“

Jetzt schaltete sich Jawa ein. „Es ist überhaupt kein dummer Gedanke, ganz im Gegenteil. Auch mir kam schon der Gedanke. Spinnen wir doch einmal den Gedanken weiter: eine Lebensform, die mit den Pflanzen und vielleicht sogar den Tieren oder auch noch mit anderen Formen wie Bakterien, Viren verbunden ist. Wer sagt, dass diese Entwicklung einer intelligenten Lebensform nicht möglich ist? Das Reich der Pflanzen und der Tiere ist riesengroß, demnach könnte dies eine eigene Welt sein, deren Mitglieder miteinander in Verbindung stehen. Vielleicht haben die Menschen die Grenze der Verträglichkeit überschritten und die Natur schlägt zurück, mit Macht und Gewalt.“

„Wir hatten damals schon das Gefühl, dass diese Kreatur viel Unterstützung gefunden hat. Nach außen sah es wie Zufall aus, aber es hätte auch ein sehr ausgeklügelter Plan gewesen sein können. Die Kraft der Natur ist mächtig, wenn nicht sogar allmächtig. Und dazu gehören auch die Erreger. Was oder wer es auch ist, die Macht, die dahintersteckt, tarnte sich schon damals sehr gut. Sie tarnte sich so gut, dass man das gesamte Ausmaß der Gefahr erst erkannt hatte, als es zu spät war“, erklärte Sangos weiter.

Er machte eine kleine Pause und starrte auf das Papier in seinen Händen. „Es sieht so aus, dass der Erreger in unserem neuen Fall dieselbe Quelle hat. Aber etwas ist anders. Der Erreger ist zwar sehr ähnlich, aber er trägt auch winzige Mengen von Pflanzen-DNA. Präsident Jawa, Sie könnten recht haben mit dem Gedanken einer übergeordneten Lebensform.“

Jawa wurde kreidebleich in seinem Gesicht. Seine Gesichtsmuskeln zitterten. Er ließ seinen Blick umher wandern. „Dann sind wir am Ende!“

15. Kapitel

Der ebenfalls schwer verletzte Jasper hatte den Dämon mit einem breiten, gleißenden Strahl voller Mentalenergie solange zurückgedrängt, bis Chaosta aus der Bewusstlosigkeit aufwachte und er sie von dem Geröll und Schlamm befreien konnte. Sie war so geschwächt, dass sie ihn nur wenig unterstützen konnte. Trotzdem gelang es beiden zusammen, die steinerne Maske zu zertrümmern und den Dämon erst einmal auf Abstand zu halten.

Als sie wieder sicher mit dem völlig zerbeulten Spezialhubschrauber am Boden gelandet waren, fielen sie erschöpft in das nasse Gras.

Jasper orderte sofort einen Anschlusshubschrauber, der sie nach Paris bringen sollte.

Die erste Schlacht hatten sie geschlagen in Nordengland, wenn sie auch mit großen Wunden aus dem Kampf hervorgegangen waren.

Mit Schaudern erinnerte Anne sich an das durch und durch gehende Schreien des Dämons, aber auch an die unbändige Kraft von Jasper, während er einen breiten, gleißenden Strahl voll Energie gegen ihn richtete.

Chaosta – nie hätte sie gedacht, dass ein Mensch so bluten konnte. Ihr Kleid war durchtränkt von Blut. Und trotzdem hatte sich ihr geschundener Körper wiederaufgerichtet.

Anne spürte voller Schmerz ihre eigenen Prellungen und Schnittwunden am Körper. Sie waren tiefrot und brannten, als seien sie mit Feuerquallen in Kontakt gekommen. Immer wieder trat eine gelbliche Flüssigkeit aus. Und trotzdem, sie mussten nach Paris. Schließlich hatte dort der Scanner die höchste Ansammlung von Negativ-Energie angezeigt. In ihrem hummelartigen Flieger versuchten alle, das gerade Erlebte richtig einzuordnen.

„Es kann nicht sein, dass eine steinerne Maske schreit und brüllt“, sagte Chaosta. Das geht technisch gar nicht. Diese Erscheinung muss direkt Kontakt mit unserem Gehirn aufgenommen haben, nur so ergibt es einen Sinn. So wie wir im Traum eine Stimme laut und deutlich hören, so haben wir auch dieses Geschrei nicht in Wirklichkeit gehört, sondern nur die Information in unseren Neuronen gehabt. Das würde auch seine ungeheure Macht erklären. Er kann uns direkt steuern und wir können Wirklichkeit nicht zwischen echter und gefühlter Wirklichkeit unterscheiden. Es existiert alles nur in unserer Vorstellung!"

„Das würde auch dieses unheimliche Singen am Ätna erklären", sagte Marcello. Wenn es nicht nur ein Dämon ist, dann ist es etwas noch Mächtigeres, etwas, das weit über uns allen steht. Dann sind wir dieser Macht ausgeliefert, mit oder ohne unsere Quelle der Regeneration."

„Mach uns keine Angst! Nur wer ohne Hoffnung ist, hat verloren. Aber wir haben immer noch Anne. Das Orakel hat gesagt, sie wird uns helfen. Und das Orakel hat noch nie gefehlt. Die Zukunft wird es uns zeigen", erwiderte Chaosta und lächelte Anne an.

In diesem Augenblick meldete sich die Zentrale: „Wir verbinden Sie mit Professor Schön und Professor Haas. Bleiben Sie dran!"

„Kollegin Chaosta. Wir müssen Ihnen eine Mitteilung machen. Wo sind Sie jetzt?"

„Wir haben gerade unsere Erkundung dieser eigenartigen Wetterveränderung hinter aus. Mit Mühe sind wir lebend wieder rausgekommen. Das kann nicht allein das Werk eines Dämons sein. Es muss noch etwas völlig anderes sein, etwas sehr Mächtiges."

„Das stimmt mit unseren Erkenntnissen überein. Wir haben die ersten Ergebnisse der Blutuntersuchung der Kranken von Nordeuropa. Der eigentliche Krankheitsauslöser ist eine virusähnliche Formation, ähnlich dem H66N6. Sie hat aber auch Ähnlichkeit mit einer Pflanze. Aber das allein reicht noch nicht. Wir vermuten eine außergewöhnliche, übergeordnete Lebensform dahinter, die diese Zellformation steuert. Wir stehen völlig im Dunkeln."

Diese Information erschütterte Chaosta so sehr, dass sie im ersten Augenblick erstarrte. *Hat es jetzt überhaupt noch Sinn, nach Paris zu fahren?,* fragte sie sich und an die anderen gewandt: „Es ist viel schlimmer, als wir dachten. Es scheint ein Wesen mitverantwortlich zu sein, mit dem wir vor Tausenden von Jahren schon einmal Kontakt hatten. Schon damals gab es unerklärliche Ereignisse, die vielen den Tod brachten. Ich frage euch: Sollen wir trotzdem nach Paris fahren?“

„Ich habe mir nicht umsonst die Wunden schlagen lassen. Dämon oder Nichtdämon, ich bin dafür, dass wir nachschauen“, äußerte Jasper.

„Ist diese Lebensform nicht doch ein Dämon?“, fragte Anne.

„Dämonen sind zwar mächtig, aber das, was wir dort sahen und erlebt haben, spricht für etwas sehr Mächtiges. Warum will es dich töten, warum will es uns alle auslöschen?“, fragte Chaosta.

„Vielleicht liegen wir alle falsch und es ist überhaupt nicht persönlich gemeint“, überlegte Jasper, „wir müssen Kontakt mit ihm aufnehmen.“

Die anderen nickten zustimmend. Damit ging die Jagd weiter.

Paris empfing sie mit einer herrlichen Luft, die nach Vergnügen und Sommer roch. Die Straßen waren voller Leben, die Cafés und Parks übervoll. Kein Zeichen dafür, wie schlecht es um die Erde stand. Es wäre schön gewesen, sich von der Atmosphäre verzaubern zu lassen. Aber deswegen waren sie nicht nach Paris gekommen. Und so wie sie aussahen, wären sie auch unangenehm aufgefallen. Das, was sie zerstören wollte, musste gefunden werden, und Anne war der Lockvogel.

So schlichen sie sich über Nebenstraßen in Richtung Eiffelturm. Am *Place Jacques Rueff* klappte Chaosta ihre Handtasche auf. Ein Mini-Plasma-Flachbildschirm öffnete sich und schaltete die Satellitenverbindung ein. Sofort war die Energieübersicht von Paris da. Es gab sehr viele kleine Punkte, die blitzten und blinkten. Es gab aber nur einen einzigen großen grünen Punkt: der Eiffelturm.

„Aha“, sagte Chaosta. „Dieser dicke fette grüne Punkt, das könnte sein Plasma sein.“

Wahrscheinlich benutzt dieses Etwas den Eifelturm als Antenne und Empfänger, dachte Anne. Aber wo versteckt es sich selbst?

„Wir müssen die gesamte Gegend um den Eiffelturm mit dem Scanner absuchen. Irgendwo muss die Energie doch besonders stark sein", sagte Chaosta.

Sie liefen nach Südwesten, bogen in die *Avenue Charles Floquet* ein und dann rechts ab in die *Avenue Octave Gréard*. Die Seitenstraßen waren kaum belebt und so fielen sie nicht weiter auf. Überall dort, wo sie die Energie maßen, fanden sich nur kleinste Mengen, aber nirgendwo eine zentrale Stelle, so als hätte der Dämon sich aufgeteilt.

„Es kann doch nicht unter ganz Paris sein", sagte Jasper. Anne sah es an seiner gebeugten Haltung, dass er langsam die Geduld verlor. Er hatte wohl auch Schmerzen in den Füßen, denn er schlurfte leicht und rieb immer wieder seine Schulter. Ihre eigenen Wunden hatten inzwischen aufgehört, Sekret abzusondern, und so fühlte sie sich körperlich etwas besser.

In diesem Augenblick flog ein großer schwarzer Rabe auf einen der Lichtmasten und tänzelte schwankend auf dem ausladenden Lampenbogen. Der Kopf mit dem beigefarbenen spitzen Schnabel war etwas zur Seite geneigt, und das Auge fixierte die kleine Gruppe.

„Ob das verwandeltes Plasma ist?", fragte Jasper leise und blieb stehen. Der Rabe hob wippend den Schwanz und ließ seine Exkremente platschend auf den Asphalt fallen. Dann kreischte er laut und hob sich mit seinen großen Schwingen gemächlich in die Lüfte. Er kreiste ein paar Mal über ihren Köpfen und drehte dann ab.

Anne sah, wie er sich in einem der Bäume niederließ. „Der Rabe ist das Tor zur Dunkelheit", murmelte sie, „er kann eine Verbindung schaffen, sagt man."

„Mir wird ganz mulmig zumute", wisperte Marcello und zog seinen Kopf tief zwischen die Schultern. „Wahrscheinlich ist das Etwas in den Katakomben und schickt uns jetzt seine Späher."

„Marcello, du bist ein Genie. Natürlich! Völlig klar! Jetzt ergibt dies alles hier ein Bild“, rief Chaosta.

„Da passt er gut hin, zwischen all die Gebeine der Toten“, sagte Marcello.

Jasper schaute Chaosta mit weit geöffneten Augen an. „Katakomben, du meinst diesen unendlich großen unterirdischen Friedhof?“

„Ja, Marcello könnte recht haben. Im Untergrund von Paris verbirgt sich ein weit verzweigtes Netz von Gängen und Krypten, Reste von ausgedienten Kalksteinbrüchen, wo die Gebeine von Millionen Toten liegen. Zu einer Zeit, als die Friedhöfe übervoll waren, hat man die Toten einfach über einen Schacht in die Tiefe gestürzt. Platz gab es dort unten genug, das Gangsystem reicht über mehrere hundert Kilometer“, erwiderte Chaosta.

„Dann lass uns mal hinabsteigen zu den verblichenen Knochen. Vielleicht versteckt er sich ja wirklich dort. Und dann Gnade ihm Gott“, antwortete Marcello.

Chaosta visualisierte einen Plan mit allen Eingängen zu den Katakomben. Die meisten Zugänge waren versteckt und verschlossen. Es musste ein Zugang sein, der nicht der Öffentlichkeit zur Verfügung stand, am besten einer, der vergessen worden war und den sie öffnen konnten. Es gab nur wenige, über die man die unterirdischen Gänge erreichen konnte. In einer Seitenstraße in der Nähe des Eiffelturms, der *Avenue de Suffren*, gab es einen dieser Einlässe, in einem früheren Keller.

Hier musste wohl lange schon niemand mehr gewesen sein. Dicke Spinnenweben bewegten sich im Schein ihrer Taschenlampe. Der Boden war übersät mit ausgedienten verknüllten Zeitungen und schmutzigen Lappen. Es raschelte. Anne sah kleine Schatten davonhuschen. Ratten!

Hinter einer Tür aus Brettern mit einer bejahrten, rostigen Kette und einem verbeulten Vorhängeschloss lag der Zugang. Als Jasper das Schloss näher untersuchte, öffnete es sich von allein und die Kettenenden sprangen auseinander. Einige Sekunden ertönte nur das gedämpfte Klirren der Metallglieder. Dann zog er an dem Bretterverschlag. Die verrosteten Türangeln quietschten hell und zornig, als wehrten sie sich. Modriger Geruch schlug ihnen entgegen. Das Licht der Lampe erhellte einen kleinen Raum mit nackten Wänden, die vor Feuchtigkeit glänzten. Anne fasste nach Marcellos Hand. Sie spürte eine vertrauenserweckende Wärme.

In der Mitte des Raumes war ein Gullydeckel im Boden eingelassen. Unrat bedeckte ihn, so dass er kaum vom übrigen Erdreich des Kellerbodens zu unterscheiden war. An jeweils zwei Seiten ragten versenkbare Griffe heraus.

Jasper und Marcello bückten sich und lösten die Griffe aus den Vertiefungen. Sie umklammerten sie und versuchten gemeinsam die Platte anzuheben. Ihre Gesichter röteten sich unter der starken Anstrengung.

Sie zerrten an dem Eisengriff, spannten ihre Muskeln so heftig an, dass man die Verdickung durch die Hemden sehen konnte und pressten in kurzen Stößen die Luft aus ihren Lungen. Die Platte ließ sich gerade mal einen Fingerbreit hochheben. Sie probierten es immer wieder. Nach kurzer Zeit klebte ihnen die Kleidung am Körper.

Dann endlich hatten sie die Platte so hochgewuchtet, dass man sie hätte zur Seite ziehen können. Da ließ Jasper mit einem Stöhnen los. Mit einem lauten Rumms knallte sie wieder zurück in ihre Ausganglage. Es war, als würde jemand auf der anderen Seite mit aller Kraft daran ziehen.

„Habt ihr schon mal erlebt, dass wir so etwas nicht heben können?“, fragte Chaosta erstaunt.

Anne schaute um sich. Vielleicht gab es irgendwo etwas, was das Ganze leichter machen würde. In der Ecke des Kellers sah sie eine dicke, flache Eisenstange liegen. Vielleicht war das die Lösung.

„Hier, ich habe etwas gefunden. Wenn ihr die Platte hochhebt, kann ich vielleicht die Stange in den Spalt schieben und ihr könnt dann die Platte wegdrücken“, sagte sie.

Jasper und Marcello packten die Haltegriffe und hoben ächzend und stöhnend erneut die Platte eine Handbreit hoch. Anne ergriff die Eisenstange und schob sie schnell in den sich öffnenden Spalt.

Endlich! Es knirschte, als wolle die Eisenstange jeden Augenblick brechen. Aber sie hielt.

Als sei damit ein Schlüssel in ein unsichtbares Schloss gesteckt worden, ließ sich jetzt die Platte mit einfachen ruckelnden Bewegungen wegziehen.

Ein schwarzes, gähnendes Loch öffnete sich. Fauliger Geruch stieg aus der Tiefe auf, als hätten sie den Sargdeckel einer uralten Grabstätte geöffnet. Sie sahen das obere Ende einer alten, rostigen Eisenleiter, die in die Finsternis hinunter ging. Nur wenige Verstrebungen verankerten sie in dem Kalkstein an der Rückseite. Dunkle, reglose Stille dort unten in der Tiefe. Nur vereinzelt war tröpfelndes Wasser zu hören.

Chaosta warf einen Leuchtstab in die Tiefe. Es zischte, als der Stab auf dem Boden aufkam. Das rotgelbe Licht zauberte unruhige, tanzende Schatten auf die grob behauenen, unebenen Wände des Schachtes. Wasser lief in kleinen Bächen hinunter.

„Ich gehe als erste. Anne als vorletzte“, entschied Chaosta und hatte schon den Fuß vorsichtig auf die erste Sprosse gesetzt. Anne hörte das metallische Geräusch der Sprossen, als Chaosta Stufe auf Stufe nahm. Ruhig und gleichmäßig. Dann schien sie unten angekommen zu sein. Für einen kurzen Moment war gar nichts zu hören. Dann rief sie ihnen von unten zu, dass alles in Ordnung sei.

Als Anne an der Reihe war, überkam sie plötzlich ein starkes Schwindelgefühl. Sie musste sich an den Rand des Einstiegs setzen. Jasper hielt ihre Hand und sie tastete sich nach kurzer Pause mit ihren Füßen auf die erste Sprosse. Mit der anderen Hand stützte sie sich auf dem schmutzigen Boden ab. Dann stemmte sie sich hoch, nahm allen Mut zusammen und folgte den anderen.

Dong, dong - das Echo ihrer Schritte klang dumpf und hohl. Die feuchten, schlickigen Höhlenwände schluckten die hellen Töne mit ihrem Moder der vergangenen Jahrhunderte. Ihre Hände fühlten glitschigen Belag auf den Sprossen. An manchen Stufen lösten sich kleine Brocken und zerbröselten, wenn die Hände sie wieder losließen. Was war, wenn sie durchgerostet waren und unter ihrem Gewicht nachgaben?

Hör auf, darüber nachzudenken, sagte sich Anne und ging tapfer weiter. Je tiefer sie in die alten Gemäuer hinabstieg, umso kälter und muffiger wurde die Luft. Über sich hörte sie einen tiefen Seufzer von Jasper, der sich gerade in die Öffnung zwängte.

Immer wieder blieb sie stehen und schielte nach unten. Im nächsten Augenblick hatte sie festen Boden unter den Füßen.

Chaosta leuchtete mit einer starken Stablampe den Boden und die Wände ab. Die Schatten sprangen hoch und runter, als seien sie an Marionettenfäden aufgehängt. Wohin sie auch blickte, überall gähnten sie die Öffnungen von weiteren Gängen an. Sie waren gerade so hoch, dass sie aufrecht gehen konnten.

Da erreichte auch Jasper den Höhlenboden.

Chaosta war mit einem Gerät beschäftigt, das gerade zu blinken anfing. Sie tippte mit ihrem Finger auf irgendwelche leuchtenden Punkte.

„Hier! Plasmaenergie. Wir sind richtig. Und hier", sie tippte auf eine andere Stelle, „ist die Energie besonders stark. Und hier, Richtung Südosten fließt sie zusammen. Das Etwas scheint sich wieder zu formieren, Freunde. Dachte ich es mir doch. Es kann sich teilen und überall sein."

Plötzlich hörten sie aus der Tiefe des Stollensystems ein schrilles, fast hysterisches Kreischen. Es ging über in ein jämmerliches, kehliges Jaulen. Dann jähe Stille. Ein eiskalter Windhauch strömte aus einem der Gänge.

„Jesus und Maria, was war das?", fragte Jasper mit zittriger Stimme.

Anne fühlte eine plötzliche vorübergehende Starre in ihrem Körper. Ihre Hände waren auf einmal eiskalt und zitterten. Alle lauschten. Außer dem tropfenden Wasser war nichts zu hören.

„Reißen wir uns zusammen. Das wird von oben gekommen sein, oder es war Zugluft. Irgendwo wird es Spalten geben, und wenn dann der Wind hindurch weht, gibt es Geräusche", sagte Chaosta.

Sie folgten dem Scanner Richtung Südosten. Ihre Schatten begleiteten sie, als würden sie von den Seelen der hier Begrabenen begleitet.

Anne hielt sich dicht hinter Chaosta. Der Weg ging an dunklen Seitennischen vorbei. Als Chaosta mit ihrer Stablampe in eine Nische hineinleuchtete, fuhr Anne erschreckt zusammen. Knochen und hohle Schädel stapelten sich dort übereinander. Einige der langen Knochen ragten oben heraus, als hätte sich jemand von oben auf den Haufen gestürzt und sei dort verendet. Ein Schaudern überlief sie und sie schaute schnell weg.

Marcello schob sie weiter und legte besänftigend seine Hand auf ihre Schulter. Die Angst jedoch blieb. Die Angst, dass einer dieser Toten auferstehen würde und sie von hinten packen würde. Hatten auch diese Toten hier Angst gehabt?

Anne verlor jegliches Zeitgefühl. Sie fühlte sich, als sei sie schon seit Stunden unterwegs. Das Stollensystem kam ihr vor wie ein ausgefeiltes Labyrinth, ein Labyrinth ohne Ausgang.

Chaosta ging energisch voran. „Das hier ist ein idealer Ort. Ganz Paris liegt darüber. Die Menschen liegen in ihren Betten und werden nachts von seinen Plasmafüßen umflossen. In ihren Träumen sind sie dieser dämonischen Lebensform hilflos ausgeliefert. Jede Nacht lullt es sie ein und flüstert ihnen Befehle zu“, wisperte Chaosta.

Sie folgten den Energietropfen, die sie auf dem Scanner sahen und drangen dabei immer tiefer in das Gangsystem vor. Sie kamen an aufgehäuften alten Schädeln mit kräftigen Gebissen vorbei, die zu grinsen schienen.

Die Knochen der früheren Körper schmiegten sich ineinander, lagen aufgeschichtet darunter oder daneben, zum Teil wie zu Ornamenten verbunden. Bilder, die ihre Geschichte erzählten, die Anne aber nicht verstand. Die Schatten ihrer eigenen Körper verschmolzen mit den Toten und hauchten ihnen neues Leben ein. Die Augenhöhlen schienen ihren Bewegungen zu folgen und fielen dann wieder in den Todesschlaf.

Annes Beine schmerzten. Sie wurde müde und fiel unbemerkt leicht hinter den anderen zurück. Sie blieb stehen. Nur eine Minute verschnaufen, nur eine einzige Minute. Die anderen gingen weiter.

Plötzlich hörte sie hinter sich einen Laut, einen kehligen, fast hilflos wirkenden Laut, kaum wahrnehmbar. Sie glaubte erst, sie hätte sich verhört. Eine Sinnestäuschung. Dann war es wieder da. Es schien, als käme es aus dem Seitengang. Jetzt war es ein tiefes, unwirkliches Grunzen - es wurde kontinuierlich deutlicher.

Es kam näher.

Anne erstarrte, ihr Atem wurde immer gehetzter. Furcht kroch ihr den Rücken bis in die Haarspitzen hinauf. Sie konnte keinen klaren Gedanken mehr fassen. Ein breiter Stahlring legte sich um ihren Brustkorb. Sie wollte fliehen, doch ihre Beine waren wie gelähmt. Sie wollte schreien, aber die Stimme versagte. Sie presste ihren Rücken gegen die kalte Wand und starrte verzweifelt in die Dunkelheit. Da spürte sie eine Hand auf ihrer Schulter.

„Wo bleibst du denn? Du wirst dich noch verlaufen", sagte Marcello hinter ihr und riss sie aus ihrer Starre.

„Ich habe etwas gehört, dort in dem Seitengang. Es kam auf mich zu", wisperte sie und sank in sich zusammen auf den Boden.

„Jetzt schnauf erst einmal durch und dann machen wir, dass wir wieder zu den anderen kommen. Du wirst Ratten gehört haben." Er leuchtete mit seiner Stablampe in den Gang hinein. Da huschte ein kleines Tier in den Lichtkegel und verschwand kurz darauf wieder in die Dunkelheit.

„Siehst du!"

Marcello half Anne hoch. In diesem Moment hörte Anne wieder diese grunzenden Geräusche.

„Da ist jemand ", flüsterte sie. „Hörst du das nicht?"

Marcello hielt inne und lauschte. „Lass uns schnell gehen", sagte er eindringlich. Und schon fasste er ihre Hand, rannte los und zog Anne mit sich. Sie stolperte keuchend hinter ihm her und wäre fast hingefallen. Erst als sie an einer Gabelung standen, an der drei Gänge abgingen, blieb Marcello stehen. Er starrte auf den Boden. Wusste er, welcher der richtige Weg zu den anderen war? Marcello bückte sich und untersuchte die Erde, um irgendwelche Spuren zu finden.

„Was ist los, Marcello. Siehst du irgendetwas?“

„Ich sehe nichts, das ist es ja. Ich habe keine Ahnung, wo die anderen lang gegangen sind.“

In diesem Augenblick tauchte ein großer, unförmiger Schatten aus dem Dunkel eines Ganges auf. Er tanzte an der Wand auf und ab und wurde unaufhaltsam größer. Anne schrie erschrocken auf, drehte sich um und stürzte in die entgegengesetzte Richtung an Marcello vorbei. Sie sah gerade noch, wie Marcello wie angewurzelt stehen blieb, als hätte ihn der Anblick des Schattens vor Entsetzen gelähmt.

Nicht nachdenken, nur noch weg von hier. Sie stolperte, ihre Füße rannten nur nicht so schnell, wie sie diesen Ort gerne verlassen hätte. Sie fing sich und spurtete davon. Nur weg hier!

Anne flüchtete in einen der Nebengänge. Schädel, überall Schädel. Hunderte leerer Augenhöhlen blickten ihr entgegen. Auf der anderen Seite langröhrige Knochen, die sich wie vereinsamt aneinanderklammerten.

Der Gang machte eine Biegung. Dann wurde es dunkel. Plötzlich trat sie auf etwas Festes und fiel der Länge nach hin. Ein scharfer, durchdringender Schmerz durchfuhr ihren rechten Knöchel und ließ fast ihre Sinne schwinden.

Einige Atemzüge lang lag sie auf dem modrigen Boden, der nach Rattenkot roch. Sie schmeckte Blut. Trotz des Schmerzes richtete sie sich langsam auf und versuchte, die Dunkelheit zu durchdringen. Ihre Hände suchten den Boden rechts und links neben sich ab. Sie berührten etwas Hartes, Längliches. Es hatte eine glatte Oberfläche und rundliche Verdickungen an beiden Enden – ein menschlicher Knochen!

Voller Ekel schleuderte sie ihn weit von sich. Er knallte irgendwo gegen und löste ein lautes, hohles Knacken und dumpfes Krachen aus. Etwas Rundes rollte ihr direkt vor die Füße. *O Gott, die Wand mit den Schädeln ist zusammengefallen*, dachte sie. Sie kam wieder hoch und machte einige vorsichtige Schritte. Da stolperte sie über einen der Knochen und fiel erneut hin. Wieder schepperte es und noch mehr Knochen rollten über sie hinweg. Es gab nur den einen Weg: zurück, und das bedeutete, dass sie über diese entsetzlichen menschlichen Überreste hinwegkriechen musste.

So robbte Anne weiter vor. Es wurde heller. Ein Lichtschein kroch hinter der Wand aus zusammengefallenen Knochen hervor. Sie wollte schon rufen. Ich bin hier! Da begann das Licht zu flackern. Ein Schatten bewegte sich direkt auf sie zu und richtete sich bedrohlich auf ...

Als Anne erwachte, hörte sie den Straßenlärm von Autos, klingelnden Fahrrädern und hupenden Motorrädern. Eine leichte Brise streichelte ihr Gesicht. Sie fühlte kühles Gras unter ihren Händen und sah den Eiffelturm und die Sonne über sich.

Erinnerungen tauchten auf. Hatte sie nur geträumt? Sie sah sich in einem brennenden Scheiterhaufen, die Flammen züngelten hoch an ihrem Körper, sie spürte immer noch die Hitze, Panik überkam sie. Sie versuchte, sich an schöne Dinge zu erinnern, an die Morgen mit ihrer Mutter vor dem Haus, wie sie gemütlich zusammen die frische Luft erlebten, an ihre erste Liebe, wie Tonio sie das erste Mal küssen wollte, als der Mond aufging. Es lief vorbei, als hätte jemand einen Film eingelegt.

Anne setzte sich auf und versuchte aufzustehen. Sie schwankte leicht. Ermattet ließ sie sich wieder auf dem Boden nieder. Kälteschauer liefen durch ihren Körper, sie fühlte sich krank und elend. Sie begann zu zittern und zu frieren. Dann wurde ihr ganz heiß und fiebrig, Schweißperlen bildeten sich auf ihrem Gesicht.

Gott, verlass' mich jetzt nicht, dachte sie. Dann wurde sie bewusstlos.

Als sie wieder zu sich kam, spürte sie, dass sie in einem Bett lag. Sie schwitzte stark, ihre blonden Haare klebten an ihrem Kopf. Dann fror sie. Sie fror so stark, dass sie zitterte und die Zähne hörbar aufeinanderschlugen. Sie spürte, wie sie in dicke Decken gepackt wurde. Doch es wurde nicht besser.

Irgendwann war es dann doch vorbei. Sie fühlte, wie ihre Lebensgeister zurückkamen. Als sie die Augen öffnete, blickte sie auf Marcello. Er saß mit zerknittertem Streifenhemd und ungekämmten Locken unten am Fußende ihres Bettes.

„Was war los?“, fragte sie mit immer noch geschwächter Stimme.

„Du warst durch die dämonische Energie vergiftet, zumindest durch etwas, was wir bisher so bezeichnet haben. Du hattest seine Energie an deinen Schuhen.“

„Das heißt, er war bei mir.“

„Ja, er war bei dir. Aber was diese Lebensform angeht, da verhält es sich völlig anders, als wir bisher dachten.“

„Wie meinst du das?“

„Du erinnerst dich doch daran, dass unsere Wissenschaftler inzwischen herausgefunden haben, dass es sich nicht nur einfach um einen Dämon handelt, sondern mit großer Wahrscheinlichkeit auch eine eigene Lebensform noch eine Rolle spielt, die deutlich mächtiger ist als alles bisher auf der Erde. Es scheint ein hochentwickelter, hochintelligenter Gegenpol zu der Menschheit zu sein, nämlich so etwas wie die Seele der Natur.“

„Seele der Natur?“

„Ja, so würde ich es interpretieren. Es ist überall: in der Erde, in der Atmosphäre, vielleicht sogar im Meer. ‚Überall sein‘ könnte bedeuten, dass es das Innere ist, das, was alles ausmacht – die Seele eben. Aber lass uns später darüber sprechen. Hauptsache, du wirst erst einmal wieder gesund.“

„Wie habt ihr mich gefunden?“

„Du hast so laut geschrien, dass wir nur deiner Stimme folgen mussten, zumindest am Anfang. Wir konnten dich kaum finden, da du unter einer Lage Knochen gesteckt hast und besinnungslos warst. Dann haben wir dich rausgeschleppt. Und dann hast du Krämpfe und Schüttelfrost bekommen.“

„Da waren Schädel und dann die Knochen! Das Letzte, an das ich mich erinnere, war ein riesiger Schatten, der auf mich zukam“, flüsterte Anne angstvoll. Ihr Gesicht wurde noch blasser und die Augen mit den dunklen Augenringen schauten aus tiefen Höhlen und ließen Anne noch verletzlicher aussehen. Da war sie wieder, das kleine Mädchen!

„Das können nur wir gewesen sein. Als du davongerannt bist, hatten mich Chaosta und Jasper gerade gefunden. Du hättest also ruhig bleiben können."

„Ich dachte doch, dass es der Dämon ist, nach dem, was ich vorher erlebt habe. Und warum bin ich jetzt hier im Bett?"

Sie hatte immer noch nicht richtig verstanden, was Marcello ihr sagte – die Seele der Natur. Anne schaute Marcello fragend an.

„Wir haben dich in das Regierungsgebäude in Washington gebracht. Chaosta hat festgestellt, dass dein Körper zwar gesund ist, aber dass deine Gehirnwellen Krankheit vorgaukeln. Die Seele war in dein Gehirn geschlüpft. Du warst nicht mehr du selbst. Er hat bei dir gespeicherte Informationen von ihren Gefühlen abgekoppelt und mit neuen Gefühlen verknüpft. Du hast damit, glaube ich wenigstens, Teile deines Lebens verloren."

„Was meinst du damit, Teile meines Lebens verloren?"

„Du wirst dich an Vieles nicht mehr in der gleichen Art und Weise erinnern, wie du es erlebt hast. Du wirst andere Gefühle bei diesem Erlebten erinnern."

„Heißt das, ich werde vielleicht an meine Mutter mit Hass denken?"

„Wir wissen noch nicht, was davon betroffen ist und ob es anhält. Aber so ähnlich könnte es sein. Vor allem wissen wir nicht, ob du noch auf unserer Seite stehst oder ob du vereinnahmt wurdest."

16. Kapitel

Die Radiosender in Berlin berichteten: Die Verdunklung hatte inzwischen den nördlichsten Teil Dänemark und den südlichen Teil von Norwegen erfasst. Der Londoner Flughafen war überlastet. Die Regierung von Großbritannien hatte den Notstand ausgerufen.

Die Nachrichten überschlugen sich. Das seltsame Wetterphänomen war nicht mehr weit von Berlin entfernt.

Chaosta war dorthin geflogen, denn hier, im *Alten Museum von Berlin*, sah sie die einzige Chance, um etwas Licht ins Dunkel zu bringen. Als sie von ihrem Ausflug in Südnorwegen zurückgekommen waren, hatte sie Professor Davidovits das Material, das durch die Explosion des fremden Wesens in das Flugzeuginnere geschleudert worden war, zur Untersuchung gegeben.

Professor Davidovits war Chemiker und durch seine außergewöhnliche Theorie zur Cheops-Pyramide bekannt geworden. Er vertrat die These, dass die Steine der Pyramide gegossen seien und zu einem sehr großen Anteil aus Naturkalk und einem Bindemittel bestehen würden. Seit mehr als drei Jahrzehnten vertrat er diese These, wurde jedoch von allen anderen Fachleuten angefeindet.

Chaosta war das Gespräch von damals noch gut in Erinnerung, denn Davidovits war bei der ersten Untersuchung sehr erstaunt gewesen über das vorläufige Ergebnis seiner Analyse.

„Es ist eindeutig Nilschlamm."

„Nilschlamm?", fragte Chaosta, „wir waren in Norwegen und nicht in Afrika."

„Das Ergebnis der Analyse lässt keine andere Schlussfolgerung zu. Es ist ein Agglomerat aus Diorit-Splittern und Nilschlamm sowie aus natürlichem ägyptischen Salz und Natron. Der Nilschlamm hat eine ganz besondere Zusammensetzung, die man nirgendwo sonst auf der Welt findet. Was mich nur wundert, ist, dass der Brei noch weich war und nicht durchgehärtet. Übrigens handelt es sich hier um die gleiche Substanz, aus der der Sarkophag in der Königskammer in der *Großen Pyramide* angefertigt ist."

„Kann man aus der Zusammensetzung erkennen, aus welchem Gebiet in Ägypten dieser Schlamm stammt?"

„Nicht eindeutig", sagte Davidovits, „aber es ist ziemlich wahrscheinlich, dass er aus dem Gebiet um die Große *Pyramide* kommt."

Bei den weiteren Untersuchungen sollten Elektronenmikroskop und Plasmalampen herangezogen werden und Chaosta wollte jetzt Details dazu erfahren.

Die *Große Pyramide*, eines der geheimnisvollsten Gebäude des Alten Ägypten und der gesamten Menschheit. Der Ort, an dem die Menschen Erleuchtung erfuhren und durch den sie zu Gott aufsteigen konnten. Es rankten sich unglaublich viele Legenden um dieses Gebäude.

Chaosta wusste zu wenig von dieser Zeit, um einen Zusammenhang zu ihren Problemen herstellen zu können. Vielleicht ließen sich aber in den alten Schriften Hinweise finden. Und da war das Altägyptische Museum der beste Platz. Deswegen war sie hier.

Als sie vom Adlon zu diesem monumentalen Schinkelbau in der *Bodestraße* spazierte, sah sie die Menschen mit übervollen Taschen mit Lebensmitteln hektisch die Läden verlassen. Sie richteten sich auf den drohenden Notstand ein. Noch schien in Berlin die Sonne, als sei alles so wie immer.

Die Dunkelheit breitet sich schneller aus, als wir erwartet hatten, dachte Chaosta und schaute auf die Tafel in der Eingangshalle des Alten Museums, auf der alle Abteilungen aufgeführt waren.

Auf einmal hatte sie das Gefühl, jemand beobachtete sie. Sie drehte sich um, konnte aber niemanden entdecken.

„Erlauben Sie mir, dass ich Ihnen helfe?", fragte plötzlich ein Mann hinter ihr.

Erstaunt drehte sie sich zu dem Fragenden um. Sie sah einen groß gewachsenen Mann, schlank, muskulös, mit einem kantigen Gesicht.

„Suchen Sie eine spezielle Abteilung?"

Sein dunkles, glattes Haar glänzte auffällig. Als sie ihm in die Augen schaute, hatte sie den Eindruck, als hätte sie diese ausdruckstarken Augen schon einmal gesehen. Dieses kräftige Blau, bei dem man das Gefühl hat, dass Sonnenlicht durch Meerwasser auf weißen, sandigen Untergrund fällt.

Er wartete aber gar nicht eine Antwort von ihr ab, sondern sagte kurz danach: „Sie haben hier sehr viel über die Pyramiden zusammengestellt. Es lohnt sich hineinzugehen." Er machte eine längere Pause und musterte sie. „Finden Sie nicht auch, dass es sich lohnen würde, Atlantis zu finden?"

„Wie kommen Sie denn jetzt auf Atlantis?"

Der Mann hielt ihr einen Artikel aus einer Zeitschrift hin. „Man glaubt, dass die Pyramiden von Abtrünnigen von Atlantis gebaut wurden, mit Hilfe einer bisher unbekannten Macht. Halten Sie das für wahrscheinlich?"

Was will dieser Mensch mit Atlantis, fragte sich Chaosta und war selbst erstaunt über sich. Sie fühlte sich auf einmal unsicher und musste nach einer Antwort suchen. Nach einer ewig erscheinenden Zeit antwortete sie: „Das sagenumwobene Atlantis. Es versank an einem Tag und in einer Nacht. Gewaltige Erdbeben und Sturmfluten waren dafür verantwortlich."

„War es ein Zufall der Natur oder war es eine Strafe, weil die Menschen böse und verrucht waren?"

„Ein interessanter Gedanke: eine Macht, die bestraft, lenkt und leitet. Wie kommen Sie darauf?"

„Die Menschen können ohne Androhung einer Strafe nicht existieren. Nur die Angst davor leitet ihre Handlungen", sagte der Mann.

„Der Gedanke an eine göttliche Macht hat die Menschheit schon immer beschäftigt. Aber muss es unbedingt eine Macht sein, die bestraft? Wenn sie leitet, warum muss sie dann auch gleich bestrafen?", fragte Chaosta.

„Anders geht es nicht", sagte der Fremde.

„Das klingt nach alten kirchlichen, fast schon steinzeitlichen Überlieferungen. Ich glaube an einen Gott oder eine göttliche Macht, die alles akzeptiert, was der Mensch macht, denn er hat ihm schließlich all diese Möglichkeiten gegeben. Nach dem gelebten Leben wird dieser Mensch jedoch die Seiten wechseln und die Situationen erleben, die der von ihm Gepeinigte mit ihm erlebt hat", sagte Chaosta.

„Glauben Sie denn nicht an das Böse im Menschen?", fragte der Mann und schaute sie intensiv an, den Kopf nach vorne geschoben, die Augen leicht verengt.

„Man sollte das Leben miteinander nach dem Prinzip des Funktionierens betrachten. Solange das Miteinander funktioniert und keiner mehr Vorteile hat als die anderen, ist es in Ordnung. Jede Zeit hat ihre eigenen moralischen Gesetze und jede Situation hat ebenfalls ihre eigenen."

Der Mann wich etwas zurück und streckte sich. „Vielleicht haben Sie das Böse bisher noch nicht kennengelernt?"

Chaosta stutzte. Hat dieser Mann vielleicht etwa eine Verbindung zu meiner Welt?

Von irgendwoher tauchte auf einmal der Wunsch in ihr auf, er möge sie fragen, ob man sich in Berlin sehen könnte.

„Entschuldigen Sie bitte! Ich habe mich noch gar nicht vorgestellt. Mein Name ist Alessandro di Mariano di Filipepi. Würden Sie mir erlauben, Sie gelegentlich zu einem Kaffee einzuladen? Vielleicht schon nachher um fünf im Adlon? Dann könnten wir diese Fragen dort en détail erörtern."

Sie ging langsam durch die Eingangshalle zur Bar im Adlon und wunderte sich, dass sie der Aufforderung von di Filipepi so schnell zugestimmt hatte. Ihre innere Stimme sagte ihr, dass alles gut sei. Irgendetwas in seiner Art und Weise zu sprechen hatte sie überzeugt.

Als di Filipepi sie im Adlon wahrnahm, ging er ihr mit einem Lächeln entgegen. Sein Gesicht war leicht gebräunt und eine Strähne seines schwarzen Haares hing ihm verwegen ins Gesicht. In seiner Nähe roch sie den Duft von Bergamotte, Mandarinen und Grapefruit, den Duft des Meeres. Wie gern hätte sie sich an ihn gelehnt und einfach nur mit geschlossenen Augen das Gefühl der Zweisamkeit genossen. *Was ist nur mit mir los*, fragte sie sich entsetzt. Für eine Sekunde wollte sie auf dem Absatz kehrtmachen und die ganze Sache vergessen. Dann sah sie ein Flackern in seinem Blick. Und plötzlich stieg ein undefinierbares Gefühl zwischen Vertrautheit und lauernder Gefahr in ihr auf.

Er bestellte Kaffee für beide. Als der Kellner die Tassen auf den Tisch stellte, fragte er sie: „Glauben Sie, dass es neben Gott auch einen Teufel gibt?"

Chaosta stutzte einen Augenblick. Worauf wollte er hinaus? Sie versuchte sich zu konzentrieren. Alles verschwamm in einem Nebel. Und trotzdem hörte sie sich mechanisch sagen: „Nun, die meisten Menschen glauben an eine Macht, die größer ist als sie selbst, und fast in allen Religionen ist die Annehme verankert, dass bestimmte Dinge getan werden müssen, um diese Macht zu besänftigen. Wenn der Mensch es dann nicht tut, kommt er in die Hölle."

„Glauben Sie das auch?"

Chaosta lehnte sich zurück und betrachtete ihn. War da nicht eine Spannung in seinem Blick, ein Anflug von Schweiß auf seiner Stirn? Sah er nicht aus wie eine Raubkatze vor dem Sprung? Oder täuschte sie sich, und alles war nur die Regung eines Mannes, der an einer Frau sehr interessiert war?

„Nein, meiner Meinung nach sind all diese Lehren völliger Unsinn. Menschen haben diese in die Welt getragen, weil sie selbst all diese negativen Eigenschaften besitzen. Menschen, die sich ausmalten, dass Gott kleinkariert, pingelig, mäkelig und ausgrenzend ist, da sie eben selbst kleinkariert, pingelig, mäkelig und ausgrenzend waren. Hat ihn je einer gesehen oder gesprochen? Wenn ja, würde er solche Anmaßungen überhaupt nicht vorbringen. Diese Vorstellungen entspringen einem kranken Gehirn."

Und wieder hatte sie das Gefühl, di Filipepi wüsste mehr. Ein Anflug von Zustimmung huschte über sein Gesicht, während sie sprach.

„Die Welt kann nur mit Belohnung und Bestrafung regiert werden", wiederholte di Filipepi.

Der Eindruck, mit ihrem Gegenüber ein nettes Kaffeegespräch zu führen, verflog. Welcher Mensch interessierte sich schon für Belohnung und Bestrafung der ganzen Welt? Belohnung und Bestrafung im speziellen Fall, ja, aber für alle? Vielleicht war er streng katholisch, dachte sie.

„Nein, Belohnung und Bestrafung sind gesellschaftliche Konventionen der Menschen, die nichts mit dem Göttlichen zu tun haben. Sie entsprechen überhaupt nicht der göttlichen Vorstellung, sondern sind schlicht und einfach eine menschliche Erfindung“, sagte sie.

„Es steht aber in der Bibel oder auch im Koran: Du kommst in die Hölle, wenn du nicht den Geboten Gottes folgst.“

„Das ist einer der schlimmsten Irrtümer der Menschheit überhaupt, egal welche Religion sie wählt. Gott hat nichts nötig. Gott braucht nichts, um glücklich zu sein. Gott ist die Glückseligkeit selbst, weshalb er auch von nichts und niemandem im Universum irgendetwas verlangt. Ja, ich glaube an Gott, denn Gott ist in uns, was schon Jesus sagte.“

„Und was hat es mit dem Teufel auf sich?“

Was will er nur immer mit der Hölle und dem Teufel, fragte sie sich.

Chaosta rührte ungeduldig in ihrem Kaffee herum. „Den Teufel erschaffen die Menschen sich selbst. Je weniger die Menschen Gott vertrauen und je weniger sie sich gegenseitig akzeptieren, umso mehr wächst die selbst erschaffene Macht des Teufels. Wer den anderen Menschen hasst, weil er Gott als intolerant ansieht, unterstützt den Teufel. Je mehr der Mensch den anderen Menschen liebt, weil er *er* selbst ist, umso schwächer wird der Teufel sein. So einfach ist das.“

Sie setzte sich aufrecht und legte den Löffel energisch auf die Untertasse.

Di Filipepi schwieg und schaute sie lange an. „Sie könnten in der Tat recht haben. Wir sind alle nur Teil eines sehr großen Ganzen.“ Und nach einer Pause: „Haben Gott und der Teufel schon einmal zusammengearbeitet?“

„Nein, niemals“, sagte Chaosta. Etwas überrascht über ihr heftigen Worte fügte sie hinzu: „Soweit ich jedenfalls die Literatur dazu gelesen habe.“

Beide waren still und hingen ihren Gedanken nach.

Plötzlich fragte di Filipepi: „Habe ich Sie vor einigen Stunden richtig verstanden: Sie planen tatsächlich, vielleicht die Große Pyramide zu besuchen?“

Sie war sich sicher, dass sie kein Wort darüber gesagt hatte. Sie wollte sich im Ägyptischen Museum lediglich über die Cheops-Pyramide informieren. Schließlich hatte Davidovits Nilschlamm in der Wolkenwand in Nordengland gefunden. Wenn nicht hier, wo dann sollten die Informationsfäden zusammenlaufen? Aber sie hatte ihm sicher nichts davon gesagt.

Irgendetwas war hier faul. War er vielleicht gar kein Wesen von der Erde, sondern jemand von Fortuna, so wie sie selbst, und hatte dann auch Fähigkeiten wie sie selbst? Gehörte er vielleicht sogar zu den dunklen Mächten von Fortuna? Diese waren sehr gewitzt, besonders die machtvollen. Nicht die auf den niederen Rängen. Aber die, die an vorderster Stelle standen, die, die diese Gruppe anführten. Sie waren Meister in der Verkleidung und Täuschung. Sie konnten sich so gut tarnen, dass niemand sie erkennen konnte.

Dumm, dass sie ihren Energiescanner nicht dabeihatte. Aber sie hatte bei der ersten Begegnung solch ein vertrauensvolles Gefühl und deswegen überhaupt nicht in Erwägung gezogen, dass es vielleicht beabsichtigt war. Dass sie getäuscht werden sollte.

Di Filipepi beugte sich leicht vornüber. Seine rechte Hand legte sich auf ihre und seine blauen Augen bekamen einen Schleier, als wolle er sie nicht in seine Seele schauen lassen. Seine Haut war heiß, als hätte er Fieber. Chaosta zog ihre Hand erschrocken zurück.

Ihr Kommunikationssystem meldete sich. Sie entschuldigte sich und ging hinaus. Ihr Assistent Jasper war dran: „Wir haben noch einmal alles gescannt und ein massives negatives Energiefeld in Berlin gefunden. Und zwar genau dort, wo du gerade bist.“

„Ich bin im Adlon." Ihr wurde ganz schwindelig. Ihr Gefühl hatte sie nicht getäuscht.

Mein Gott, war ich denn blind? Ich sitze mit der Materialisierung einer fremden Lebensform an einem Tisch und merke es nicht einmal.

Warum hatte er sie nicht vernichtet? War er wirklich diese fremde Intelligenz?

„Kannst du die Lage näher erkunden?", bat sie Jasper, „du kannst dich doch in Luft verwandeln." Alle Assistenten waren danach ausgesucht, welche Sonderfähigkeiten sie hatten. Viele Bewohner von Fortuna konnten sich in andere molekulare Zusammensetzungen verwandeln, in welche und wie gut, hing jedoch von ihrer Genetik ab. Es gab auch Fortunawesen, die konnten nichts oder fast gar nichts. Es war eine Laune der Natur.

Jasper schluckte.

„Das Beste ist, du verwandelst dich in einen Wind, wehst in das Restaurant und versuchst herauszufinden, was sich in seinem Gehirn so alles abspielt."

Sekunden später spürte sie einen leichten Windhauch in ihren Haaren. Als sie in das Restaurant zurückkam, saß di Filipepi schon vor einem Dessert. In einer aus Couverture geformten Blattform lagen Walderdbeeren in einer honiggelben Soße, mit Minzblättern garniert. Darüber war etwas Puderzucker gestreut.

Dieses scheinheilige, hinterhältige Monster, dachte Chaosta.

„Ich hatte noch einmal Lust auf etwas Süßes und habe Ihnen, ohne zu wissen, ob Sie es denn mögen, das Gleiche bestellt. Es gilt als Delikatesse des Hauses."

Die Kerze flackerte. Di Filipepi zuckte leicht mit den Augen, kräuselte auf einmal die Nase und sog tief Luft ein. Dann musste er kräftig niesen.

„Gesundheit", meinte Chaosta höflich. Sie ahnte, dass Jasper nun auf dem Weg in das Gehirn war.

„Irgendetwas muss hier in der Luft sein. Es kitzelt in meiner Nase."

„Um noch einmal auf unser Gespräch zurückzukommen, ja, ich habe vor, mir die Cheops-Pyramide anzusehen. Bis heute sind mir viele Dinge noch nicht ganz klar. Sie ist sehr aufwendig gebaut, aber warum in dieser Art und Weise?“

„Ja, man weiß nicht sehr viel. Ich vermute, dass sie eine Stätte der Energieproduktion war“, sagte di Filipepi und schaute sie erwartungsvoll an.

„Ja, die exakte Ausrichtung auf die vier Himmelsrichtungen könnte auf eine besondere Beziehung zur Sonne hinweisen“, sagte Chaosta. „Aber irgendein Geheimnis muss noch dahinter stecken. Ich werde das Gefühl nicht los, dass es eine besondere Art der Energieproduktion ist.“

Di Filipepi schwieg und sagte dann: „Ein Geheimnis?“

Er beugte sich mit seinem Oberkörper zu ihr rüber, die Augen wachsam geöffnet und wartete angespannt auf eine Antwort. Seine Nasenflügel zuckten, er richtete sich auf und nieste kräftig, noch kräftiger als beim ersten Mal. Jasper war wohl auf dem Rückweg. Jetzt musste sie sich so schnell wie möglich verabschieden, damit sie wusste, was di Filipepi im Schilde führte.

„Oh, es ist schon sehr spät“, sagte sie nach einem Blick auf die Uhr, „ich will mich noch mit einem Experten im Museum treffen.“

„Darf ich Sie begleiten?“

Als sie draußen auf der Straße in Richtung Potsdamer Platz liefen, zogen dichte Wolken auf und es wurde finster. Sie schauerte. Es war eine lautlose Dunkelheit, die sie auf einmal umgab. Di Filipepi blieb abrupt stehen, drehte sich zu ihr und fasste ihren Arm. Er stand so dicht vor ihr, dass sie seinen Atem spürte.

„Chaolina, vertrauen Sie mir?“

Sie konnte ihm die Frage nicht beantworten. Sie hatte das Gefühl, er wusste viel mehr, als er vorgab, zu wissen. Das schaffte nicht unbedingt Vertrauen. Di Filipepi hielt sie weiterhin fest.

„Wir haben viel mehr gemeinsam als Sie glauben.“

In diesem Augenblick kam die Sonne wieder durch die Wolken und das Dunkle verschwand. Sie gingen weiter, ohne dass ein weiteres Wort zwischen ihnen gewechselt wurde.

„Sie sind in großer Gefahr", sagte di Filipepi leise.

Sie wollte noch etwas sagen, da war er auch schon verschwunden. An seiner Stelle lag eine kleine Jasminblüte.

In diesem Augenblick kam ein leichter Wind auf und bevor Chaosta die Blüte aufheben konnte, hatte der Wind sie davongetragen wie ein gefallenes Blatt.

17. Kapitel

Eine Stunde später traf Chaosta im Museum auf Dr. Radu, einen Experten für altägyptische Pyramiden.

„Das hier ist von einem Herrn für Sie abgegeben worden. Er sagte, er hätte sich mit Ihnen über Atlantis unterhalten und dies hier würde Sie wahrscheinlich sehr interessieren."

Sie riss den Brief ungeduldig auf. Ganz oben auf lag die Fotografie von einer Tafel mit Mayaschriften und eine handschriftliche Übersetzung dazu: Bei einer verheerenden Katastrophe versank ein unbekanntes Land, wobei bei dieser Katastrophe 64 Millionen Menschen ums Leben gekommen sind.

Das war nichts Neues für sie. Er hatte die Mayaschrift sogar richtig übersetzt.

Als zweite Abbildung lag eine Zeichnung des Petersdoms von Rom mit anschließendem Petersplatz dabei, mit einer Kompassangabe in der rechten oberen Ecke.

Darunter stand: ‚Wer Augen hat zu sehen, der sehe.'

Dabei lag auch ein Artikel aus dem Magazin *The Science*. Sie las ihn schnell durch. Aufhänger war eine von Papst Klemens XI. geprägte Münze aus dem Jahre 1702; sie zeigte einen Sonnenstrahl, der durch eine schmale Öffnung in der römischen Kirche Santa Maria degli Angeli fiel. Diese knapp 45 Meter lange Bronzelinie diente als Gnomon, ein astronomisches Instrument, und war ein Bezugspunkt für mathematische und astronomische Berechnungen. Sie ermöglichte es, die Tag-und-Nacht-Gleiche abzulesen und damit den Termin des Osterfestes zu bestimmen.

Daneben waren ein paar weitere handschriftliche Notizen: *Wie wir sehen, war es im Mittelalter nicht unüblich, dass präzise nach Nord-Süd ausgerichtete Meridian-Linien in die Böden von europäischen Kathedralen der Renaissance eingelassen und im Dach der Kathedralen kleine Löcher gebohrt wurden, so dass ein schmaler Sonnenstrahl exakt auf diese Linien fallen konnte.*

Übrigens, dies war nicht nur im Mittelalter üblich.

Ich melde mich wieder bei Ihnen. Es grüßt Sie von ganzem Herzen Ihr Alessandro di Mariano di Filipepi

Diese Mittags-Linien waren für Chaosta ein weiterer Beweis dafür, dass die Kirchen hier auf dieser Erde immer ihre eigenen Interessen verfolgt hatten. Obwohl durch diese Linien ganz klar demonstriert wurde, dass sich die Erde nicht auf einer Kreisbahn um die Sonne bewegt, sondern auf einer elliptischen Bahn, hatte man zur gleichen Zeit die astronomischen Ansichten eines Johannes Kepler oder Nikolaus Kopernikus als „ketzerisch“ und „häretisch“ bezeichnet und sie mit Haft oder dem Tod bestraft.

Aber wozu schickt mir di Filipepi die Abbildung des Petersdoms in Rom, fragte sie sich?

Sie reichte die Abbildung Dr. Radu, ihrem Ägyptologen. Vielleicht wusste er mehr darüber.

Dr. Radu warf einen Blick auf die Abbildung und erklärte: „Sie müssen es als eine Art Opfergabe verstehen, die sich immer wiederholen lässt. Keine echte natürlich, sondern nur eine symbolische. Die Längsachse des Petersdoms in Rom zum Beispiel ist genau nach Ost-West auf den Punkt ausgerichtet, an dem die Sonne zum Zeitpunkt der Tag-und-Nacht-Gleichen aufgeht, also am 21.3. und am 21.9. Auf der Verlängerung der Achse zum Petersplatz hin steht der Obelisk aus Ägypten. An diesen Tagen kann die Sonne, falls sie scheinen sollte, über einen Einlass im Dach hereinkommen, entlang eines Korridors laufen und den Altar mit Licht überfluten.“

Opfergabe? Wem sollte etwas geopfert werden? Auf der einen Seite diese fremde Energie, die etwas mit der Pyramide zu tun haben könnte, auf der anderen Seite die Kirche mit diesem Lichtphänomen. Und dann dieser Obelisk aus Ägypten. Einen Zusammenhang konnte sie nicht erkennen.

Auf was wollte sie di Filipepi eigentlich aufmerksam machen? Chaosta wusste, dass die Obelisken früher, als sie noch in Ägypten standen, eine Goldspitze hatten. Wenn die Sonne aufging, traf ihr Licht, bevor es den Boden erreichte, zuerst die Spitze und es gab Sekunden vor dem

Sonnenaufgang einen Blitz. Ein Obelisk war somit die symbolische Wiedergabe der Sonnenstrahlen. Und sie standen traditionell östlich des Nils und die Pyramiden westlich davon. Aber was hatte dies zu bedeuten?

Als sie das Buch von David Davidson aus dem Jahre 1934 mit dem Titel *Die verborgene Wahrheit in Mythen und Ritualen* in die Hand nahm, fiel ihr sofort die Titelseite auf – eine Luftaufnahme der Pyramiden. Auffällig war, dass die Flächen der Großen Pyramide eingewölbt waren. Jede Seite hatte eine senkrecht von der Spitze zur Basis verlaufende Linie in der Mitte. Er schreibt darin, dass die fast 90 Zentimeter tiefe Vertiefung, die von unten nicht erkennbar ist, dazu dient, dass bestimmte Schattenflächen zu bestimmten Zeiten wie der Tag-und-Nacht-Gleichen zu sehen seien.

Jetzt plötzlich wusste Chaosta, was das Orakel mit dem Satz meinte: Der Ort des Bösen ist dort, wo Schatten und Zeiten eine Rolle spielen. Das Böse konnte nur in der Cheops-Pyramide sein.

Jetzt fiel ihr auch ein, dass sie schon einmal von einer Theorie gehört hatte, nach der von dieser Pyramide aus der elektrische Fluss angezapft werden könnte, der als Potential zwischen dem Erdboden und der Ionosphäre vorhanden ist.

Die Freisetzung von extrem hoher Energie aus der Ionosphäre würde eine Wettermanipulation erlauben, zum Beispiel durch Veränderung von Windmustern in der oberen Atmosphäre oder durch Veränderung solarer Absorptionsmuster. Das Potential war unvorstellbar groß, denn es wurde von den Sonnenwinden gespeist.

Hier in der Pyramide könnte der Beginn des elektrischen Pfades sein. Di Filipepi hatte sie auf die richtige Fährte geschickt. Aber warum, was bezweckte er damit und woher hatte er diese Kenntnis?

Sie mussten unbedingt dorthin!

Und so hatte Anne nicht viel Zeit, sich von der Vergiftung zu erholen.

Es war schon dunkel, als sie mit Chaosta, Jasper und Marcello die Cheops-Pyramide erreichte. Ein hochmoderner Gleiter, der senkrecht starten und fast lautlos fliegen konnte, hatte sie in kürzester Zeit dorthin gebracht.

„Eine Neuentwicklung, bei der wir etwas nachgeholfen haben. Geringe Umweltbelastung, eine neue Energieform. Na ja, ihr wisst ja, alles, was wir gerne haben“, sagte Chaosta, „und er ist extrem schnell, wie ihr gerade bemerkt habt!“

Der Mond stand wie eine hochgezogene Scheibe über dem Horizont zum Greifen nah, als würde er jeden Augenblick herunterfallen. Sein fahles Licht verwandelte die Landschaft in schemenhafte Schattenbilder. Immer wieder schoben sich Wolken davor und verdunkelten die Nacht.

„Es ist zu finster, um zu erkennen, wo der Eingang der Großen Pyramide ist. Wir brauchen Licht, damit wir die Karte lesen können“, sagte Chaosta zu Jasper. Dieser packte einen Miniaturstab aus seinem Rucksack, bog ihn durch und sofort war das gesamte Umfeld taghell erleuchtet.

In diesem Augenblick ertönte ein lautes Glucksen und Blubbern auf dem Boden. Der Sand presste dicke Blasen hervor, die sich aufblähten, platzten und wieder in sich zusammenfielen. Große, kleine - es wurden immer mehr.

Auf einmal wechselte die Farbe des Sandes in ein dunkles Grau. Wasser drang zwischen den Sandkörnern nach oben und in kurzer Zeit standen sie mitten in einem flachen See. Zuerst waren es nur die Sohlen, dann die Zehen, schließlich floss das Wasser um ihre Knöchel.

„Wo um alles in der Welt kam dieses Wasser her, mitten in einer Wüste, am Rande von Kairo?“, fragte Chaosta.

„Irgendjemand legt es wohl darauf an, dich vom Besuch der Pyramide abzubringen“, sagte Jasper.

Das Wasser stieg unaufhaltsam weiter und erreichte in kurzer Zeit ihre Waden. Der Mond spiegelte sich in der Wasseroberfläche. Es sah aus, als hätte sich eine Parallelwelt aufgetan, in die man nur einzutreten brauchte. Der tote Himmelskörper leuchtete, als sei er zu neuem Leben erwacht.

Anne schloss geblendet die Augen. Dann hielt sie die Hand wie einen Schirm an die Stirn und öffnete die Augen einen winzigen Spalt.

Die Oberfläche der Cheops-Pyramide erschien ihr auf einmal viel weißer, als sie sie aus einem Buch in Erinnerung hatte. Sie strahlte wie ein blank polierter Stein, dessen Spitze von einem geschliffenen Diamanten geschmückt war. Hatte nicht in dem Buch gestanden, dass der weiße Kalksandstein im Laufe der Jahrhunderte von den Leuten in den umliegenden Dörfern entwendet und zum Bau von eigenen Häusern verwendet worden war?

„Sonne, Wüstensturm und Wasser - irgendetwas stimmt hier nicht. Es passt einfach nicht zusammen“, sagte Marcello. Er hob einen Fuß. Keine sich kräuselnde Wasseroberfläche, kein platschendes Geräusch – nichts.

Jasper bückte sich. Ganz vorsichtig tätschelte er die spiegelnde Fläche. Doch er schien nichts zu spüren, denn er versuchte es gleich noch einmal.

„Hallo? Das kann doch nicht sein! Hier gibt es ja gar kein Wasser“, sagte Jasper und schaute sie mit großen Augen an.

Chaosta bückte sich ebenfalls. Sie klopfte zart den Sand, als wolle sie das Wasser aufspritzen lassen, zog dann aber die Hand zurück und erhob sich wieder.

„Er hat völlig recht. Alles ist nur eine Halluzination. Könntet ihr euch vorstellen, dass di Filipepi dahintersteckt? Aber wenn ja, warum?“, fragte Chaosta

„Ganz einfach. Wenn er mit dieser fremden Lebensform verbunden ist oder für sie arbeitet oder sogar sie selbst ist, könnte er davon ausgehen, dass sich das Geheimnis zu seiner Vernichtung in der Pyramide befindet“, erklärte Marcello.

„Quatsch, dann hätte er verhindert, dass wir überhaupt hierherkommen“, sagte Jasper, „und im Übrigen, ich habe in seinem Gehirn keine negativen Gedanken gegenüber unserer Ministerin Chaosta gefunden, ganz im Gegenteil.“

„Vielleicht hat er seine Gehirnaktivitäten so sehr unter Kontrolle, dass du es nicht mitbekommen hast. Vielleicht wusste er, dass du ihn ausspionieren solltest. Vielleicht will er uns hierherlocken, um uns zu vernichten oder um uns in die Arme seines Herrn zu treiben", sagte Marcello zu Jasper.

Anne schaute schweigend von einem zum anderen. *Wenn di Filipepi die Macht hatte, ihnen Wasser vorzugaukeln, war er ganz schön fähig*, dachte sie.

Chaosta verfolgte die Diskussion zwischen Jasper und Marcello aufmerksam. „Stopp, vielleicht, vielleicht. Das sind viel zu viele *Vielleichts*. Er muss doch wissen, dass wir uns von solchen Spielen nicht ernsthaft von unserem Vorhaben abbringen lassen, oder? Wasser als Halluzination oder echt. Was soll's", sagte Chaosta. „Und denkt daran, was uns Professor Schön und Professorin Haas mitgeteilt haben: Es könnte eine hoch intelligente Parallellebensform sein – das Innere der Natur, die Seele von allem, was nicht Mensch ist."

Chaosta hatte ihren Satz noch nicht zu Ende gebracht, als sich auf einmal bedrohliche Wolkenmassen auftürmten, als würde ein Ungetüm sie aufblasen. Sie wurden immer gewaltiger und berührten fast den Boden. Der Wind gewann an Kraft, begann zu schreien und zu toben, als würde sich das göttliche Strafgericht ankündigen.

Anne fühlte sich klein und hilflos. Sie wäre jetzt viel lieber zu Hause in ihrem Bett. Der Orkan peitschte den Sand in einer riesigen, tödlichen Wolke vor sich her, riss Steine hoch und ließ sie in kleinen Tornados kreisen.

Sie sah Jasper seinen Mund bewegen, konnte aber nur erahnen, was er meinte. „... Deckung ... finden ...", las sie von seinen Lippen ab.

Der Sturm trieb die Worte davon und ließ außer seinem eigenen Brüllen und Kreischen nichts mehr bestehen.

„Etwas weiter vorne muss die Ausgrabungsstätte der Behausungen der Pyramidenarbeiter sein. Wenn wir es bis dorthin schaffen, könnten wir Schutz in einem der Gräber suchen", schrie Chaosta dicht an Annes Ohr.

Der starke Wind zerrte an ihrem Körper und presste sie auf den Boden. Mit tief eingezogenem Kopf, tränenden Augen und Sand im Mund, den sie bei jeder kleinsten Bewegung der Kiefer spürte, kauerte sie tief unten. Die Steine am Boden rissen ihre Hände und Knie auf. Der grobkörnige Sand, den die Böe nach vorne peitschte, bohrte kleine Wunden in die ungeschützte Haut.

Sie kamen nur ganz langsam auf allen Vieren voran.

Endlich erreichten sie die ersten Häuser der Ausgrabungsstätte. Jasper stemmte sich gegen die Tür des ersten Hauses und warf sich dagegen. Der Wind ergriff sofort die Lücke und riss die Tür vollständig auf.

Sie schleppten sich in das Innere und Anne fiel ermattet auf den Boden.

„Wir müssen die Öffnung mit irgendetwas verbarrikadieren", schrie Marcello.

Chaosta und Jasper suchten verzweifelt in dem auf dem Boden verstreuten Bauschutt nach geeigneten Gegenständen. Ganz hinten in der letzten Ecke, halb versteckt unter Sand, entdeckten sie einen kräftigen Balken. Sie schleppten ihn durch den Raum und blockierten damit den Zugang. Er hielt.

Der Wind heulte in hellen, schrillen Tönen durch die Ritzen wie sich überschlagende Orgelpfeifen, verfing sich in den Löchern und Spalten. Das alte Holz der Balken knirschte und quietschte, als würde jemand versuchen, es mit Gewalt zu brechen.

Sie rückten dicht zusammen, um sich so besser gegen den Flugsand zu schützen, der durch einen der breiteren Spalten hereingefegt wurde.

Anne hatte ihre Jacke über den Kopf gezogen. Ihr Herz klopfte laut und schlug gegen ihr Brustbein. Diese Urgewalt ließ sie so erschauern, dass sie glaubte, ihr Herz höre jeden Augenblick vor Angst auf zu schlagen.

War es wirklich erst einige Tage her, dass sie in den ewig blauen Himmel zu Hause schaute, an dem kleine weiße Wolken trieben?

Der Sturm schwoll immer mehr an, die Wände des Hauses begannen zu schwanken und neigten sich gefährlich nach innen.

„Schaut euch nur die Pyramide an, sie fällt auseinander", schrie Jasper. Seine Augen waren starr auf einen

Spalt in dem alten Gemäuer gerichtet. Alle sprangen auf, um ebenfalls durch den Spalt zu schauen.

Stein für Stein der großen Pyramide löste sich und verschwand. Kein Hinabstürzen oder Hinabpoltern. Die Steine lösten sich in nichts auf, als wären sie niemals dagewesen. Der Sturm fuhr in die neu entstehenden Lücken, als wollte er helfen, dass das Ganze noch schneller vonstattenginge. Das, was übrig blieb, war ein armseliger Pyramidenstumpf, der nichts, aber auch gar nichts mehr mit dem monumentalen Prachtbau gemein hatte, den Anne vorher noch gesehen hatte.

Auf einmal wurde es still, ganz still. Nichts bewegte sich mehr, als hätte jemand den Zeiger einer Uhr angehalten. Kein Wind, kein Geräusch.

Dann, als würde jemand die Spieluhr wieder aufziehen, setzte der Sturm erneut ein. Stein für Stein kam zurück und nahm seinen alten Platz wieder ein. Keine Lücke blieb übrig. Als der letzte Stein sich einfügte, hörte die Spieluhr auf. Es wurde wieder still. Nur ein ganz leichtes Lüftchen strich zärtlich über Annes Gesicht.

„Ich habe das Gefühl, jemand hat einen Zeitsprung vorgenommen. Nur eine ganz mächtige Kraft kann das", sagte Chaosta, drehte sich um und klopfte sich den Staub von ihren Kleidern und aus ihren langen Haaren. „Ich schlage vor, wir schauen uns die Pyramide einmal aus der Nähe an."

In dem Augenblick piepste es in der Tasche von Chaosta. Nach langem Suchen holte sie ein kleines Gerät hervor und drückte auf einen Knopf.

„Signore di Filipepi lässt ausrichten, Ihr möchtet bitte die Angelegenheit, vor der Ihr steht, etwas genauer untersuchen", meldete sich die Zentrale.

„Welche Angelegenheit?", fragte Chaosta. „Woher weiß er, wo ich bin"?

„Er sagte, er sei in Gedanken bei Euch, und Ihr wüsstet schon, was er meint."

Da mischte sich Jasper ein: „Ich glaube, dass er etwas für Sie übrig hat. Er will Ihnen helfen. Nichts spricht dafür, dass er mit diesem Ungeheuer gemeinsame Sache macht."

Anne spürte, dass der Name di Filipepi bei Chaosta eine seltsame Reaktion hervorrief. Irgendwie wirkte sie betroffen. Als sie in Südnorwegen den großen Mann in dem bodenlangen schwarzen Mantel gesehen hatte, hatte sie sich ähnlich verhalten. Als gäbe es eine Verbindung zwischen den beiden.

„Was heißt `übrig haben´? Du meinst, er hat emotionales Interesse an mir?“, fragte Chaosta.

„Ja, ich glaube, wir sollen in der Pyramide etwas Spezielles finden, was er selbst nicht finden kann, warum auch immer, oder er will Ihnen etwas ganz Bestimmtes zeigen“, antwortete Jasper.

„Hört auf zu diskutieren! Wir sollten endlich in die Pyramide gehen und nicht noch länger hier herumstehen“, sagte Marcello. „Es bringt doch gar nichts, wenn wir spekulieren, was di Filipepi will oder nicht will. Tatsache ist, dass wir rein müssen. Anders kriegen wir nicht raus, ob diese Bestie hier ist oder nicht.“

„Er hat recht“, versicherte Jasper und war schon an der Tür, „lasst uns endlich zur Pyramide gehen!“

Anne folgte ihm.

Der künstlich geschaffene Eingang in der Westseite der Cheops-Pyramide war etwas erhöht; sie mussten mehrere Steinquader hochklettern, um zum Eingang zu kommen. Anne fühlte sich erschöpft und konnte kaum mit den anderen Schritt halten, die wie leichtfüßige Gämsen die Steine erklommen.

Chaosta scannte die Umgebung und den Eingang auf negative Energie ab. Nichts. Nicht das kleinste negative Atom konnte sie messen.

„Alles scheint sauber zu sein. Ich denke, wir können es wagen. Ich hoffe nicht, dass die Pyramide ihre Stabilität verloren hat.“

Sie stapften dicht hintereinander in den schmalen, schräg abwärts führenden Gang, Anne ging hinter Jasper.

„Gott, ist die Luft hier schlecht. Da ist ja jedes Sauerstoffatom schon rausgeatmet worden. Und glitschig ist es auch hier“, flüsterte Jasper, „vielleicht ist das der Schleim unseres Monstrums.“

„Quatsch, das ist die Feuchtigkeit der Besucher“, erwiderte Marcello, „hier tummeln sich jeden Tag viele Menschen und jeder schwitzt wie verrückt.“

Nach wenigen Metern zweigte ein jetzt aufwärts führender Gang ab. Er war schmal und so niedrig, dass sie sich bücken mussten. Die Luft wurde immer heißer. Trotz der schlechten Beleuchtung konnten sie die behauenen Steinquader gut erkennen. Sie saßen so eng auf- und nebeneinander, dass man nicht mal ein kleines Blatt Papier hätte dazwischenschieben können.

Nach dreißig Metern öffnete sich endlich der schmale Gang zu einem breiten Weg. Die Decke wich nach oben aus und verschwand in der Dunkelheit. Sie musste so hoch sein, dass Jaspers Leuchtstab die obersten Steine nicht erreichen konnte.

Anne war jetzt dicht hinter Jasper. „Ich wäre fast gestorben, so schlecht ist die Luft hier“, stöhnte sie.

„Soweit ich weiß, ist das hier die Große Galerie“, sagte Marcello und drängte vorwärts. „Wenn wir weitergehen, kommen wir am Ende zu einem waagerechten Gang, der dann direkt zur Grabkammer führt.“

Anne stolperte geschwächt hinter ihm her. Der Weg ging immer weiter aufwärts. Die Luft wurde noch stickiger und drückender. Einen Augenblick stehen bleiben, tief Luft holen. Dann weiter. Wieder stehen bleiben. Die Lunge brannte.

„Gleich wird es besser. Ab hier geht es in den Gang zur Grabkammer“, erklärte Chaosta, „als man das erste Mal in eurer Zeit wieder die Pyramide betrat, verschlossen drei Fallsteine aus Granit diesen Gang.“

Anne trottete weiter und folgte Chaosta. Sie horchte nach hinten. Vielleicht gab es einen Mechanismus, der den Gang wieder hinter ihnen verschloss, dachte sie. Vielleicht hatte man ihn bisher nur nicht entdeckt. Und vielleicht kämen sie dann nie mehr heraus. *Nur nicht daran denken, einfach nur weitergehen*, beruhigte sie sich.

Sie erreichten einen hohen Raum, der vollständig mit Rosengranit ausgekleidet war. Jaspers Leuchtstab warf gespenstische Muster an die Wände. Mittendrin an einer der

Wände stand der untere Teil eines Sarkophags. An der einen Seite fehlten große Bruchstücke des roséfarbenen Granits. Ein Deckel war nicht zu sehen.

„Ich will euch ja keine Angst machen, aber wir haben jetzt fast hundert Meter Pyramidenmaterial direkt über uns", flüsterte Jasper und zeigte auf mehrere gebrochene Platten in der Decke.

Anne begann auf einmal zu frösteln. Ein eisiger Hauch entströmte unerwartet den Wänden, als würde etwas nach ihr greifen wollen. Eisblumen krochen vom Boden die Wände hinauf, verzweigten sich, bildeten Brücken und bildeten schließlich einen weißen flauschigen Teppich. Die Wände glitzerten wie frisch gefallener Schnee in einer eisigen Winternacht.

Die Luft, die vor wenigen Sekunden noch drückend und schwül war, bildete beim Ausatmen kleine Fahnen vor Mund und Nase. Die Kälte drang unaufhaltsam in jede Zelle von Annes Körper ein wie ein Parasit.

Jaspers Scanner piepste laut, ein Ton, der von den Wänden zurückgeworfen wurde und immer heller und lauter wurde. „Ich glaube, wir sind nicht mehr allein. Der Ton wird immer höher, es nähert sich."

„Kannst du feststellen, ob es sich um die Bestie handelt?", fragte Chaosta.

„Könnte sein. Es könnte sich aber auch um ein Wesen dieser Pyramide handeln. Ich will mal sehen, ob ich etwas Material einfangen kann."

Jasper stellte ein Gerät auf, das aussah wie eine handtellergroße Wabe eines Bienenstockes. Dann gab er irgendwelche Daten ein und wartete. Nach kurzer Zeit leuchtete es auf und zeigte runde und eckige Zeichen auf dem Display.

„Ich bin mir nicht sicher, was es ist. Jedenfalls keine lebende Materie in unserem Sinne."

„Ist es gefährlich für uns?", fragte Chaosta.

Jasper wiegte den Kopf hin und her, als wüsste er nicht so recht, was er darauf antworten sollte.

„Kann ich euch nicht sagen."

Inzwischen war es so kalt, dass Anne kaum noch denken konnte. Sie fühlte sich wie eine Eissäule, die am Boden festgefroren war. Die Hände und Füße waren starr und gefühllos. Ihr ganzer Körper bibberte und sie konnte kaum noch die Lippen bewegen. Bei jedem Atemzug spürte sie die brennende Kälte in den letzten Winkeln ihrer Lunge.

„Lasst uns verschwinden, und das so schnell wie möglich", drängte Chaosta.

In diesem Augenblick durchdrang ein sphärischer Klang die Mauern der alten Pyramide, traurig und zart. Er wehte durch den Gang herein in die Grabkammer und verflog dann, als ziehe er sich wieder in die Wände zurück.

Ein eisiger Windhauch folgte. Er streifte ihren Körper und färbte ihre Wimpern und Haare weiß.

Plötzlich sahen sie Zeichen an der Wand, Buchstaben aus geschmolzenem Eis. Es waren Zeichen, die Anne noch nie gesehen hatte. Waren es Zeichen aus einer alten, vergangenen Zeit?

„Kann einer von euch diese Schriftzeichen lesen?", fragte Chaosta, „Jasper, du kennst dich doch aus mit alten Sprachen und Schriften. Für was hältst du das? Kannst du es lesen?"

Alle schauten ihn gebannt an und warteten auf seine Antwort. „Nun", sagte er und runzelte seine Stirn. „Mir kommt diese Schrift sehr bekannt vor. Ich glaube, sie ist aus derselben Zeit wie der Pyramidenbau."

„Gut, und was kannst du erkennen?", fragte Chaolina ungeduldig und schaute sich die Schriftzeichen ganz aus der Nähe an.

„Also, die ersten Zeichen heißen nichts anderes als: Seid gegrüßt, meine Freunde."

„Freunde, bist du dir da sicher?"

„Ja, ich bin mir ganz sicher, dass das hier Freunde heißt. Seid gegrüßt, meine Freunde, ich freue mich, euch wieder zu sehen."

„Wieso wiedersehen? Der kennt uns doch gar nicht."

„Und hier steht weiter: Ich habe alles so gemacht, wie ihr damals von mir verlangt habt. Ich, der letzte unseres Volkes, habe das Buch der Weisheit bewacht, so gut ich konnte. Ich glaube, so kann ich dieses Zeichen hier interpretieren. In der Pyramide ist eine strahlende Sonne gezeichnet und hier ist die Pyramide ohne Sonne. Und hier, ich glaube, das heißt …“ Er zögerte. „Nun, ich weiß nicht so recht.“

„Wir haben keine Zeit, lange nachzudenken. Was könnte es denn vielleicht sein? Hier, ich sehe eine große schwarze Scheibe. Ist das eine dunkle Sonne oder ein schwarzes Loch?“, fragte Chaosta.

Mehr und mehr verschwanden die Zeichen in dichtem Dunst. Es quoll durch den Gang herein, als hätte jemand eine Maschine mit künstlichem Nebel angeworfen. Die Nebelfetzen wiegten sich erst zart wie Gazeschleier in einem lauen Abendwind, dann peitschten sie umher, als wollten sie Pferde antreiben.

Anne glaubte, mittendrin schemenhaft ein Gesicht wahrzunehmen, dann war es aber schon wieder verschwunden. Sie drückte sich dicht an Marcello. Das Herz schlug ihr bis zum Hals. Ihre Beine schlotterten.

„Bei der Seele des Propheten. Was ist nur mit der heutigen Jugend los?“, hörte man etwas in dem Nebel flüstern. „Wo habt ihr bloß Lesen und Schreiben gelernt?“

Der Nebel verdichtete sich und plötzlich sah Anne ein zerrissenes Gewand, das von dünnen Schultern herabhing. Das Wesen hatte keinen Kopf. Aber irgendetwas sprach mit ihnen. Auf einmal formten sich Haare im Nebel, dunkle, zottige Haarsträhnen und dann, als würde ein Maler seinen Pinsel mit kräftigen Strichen führen, ein grimmiges, altes Gesicht. Tiefliegende leere Augen starrten sie an, Augen, die wohl schon lange keine Schönheit mehr gesehen hatten. Augen, denen man trostloses Warten und Hoffen ansah. Die Stimme, die aus seinem Mund kam, klang, als sei Resignation und Trauer das Einzige, was noch übriggeblieben war.

„Erschreckt nicht vor meinem Aussehen“, flüsterte er, „ich war ein Mensch wie ihr, aber lange vor eurer Zeit. Viele Jahrhunderte vor Christus. Damals war euer Volk schon auf der Erde, um uns zu helfen. Aber ihr seht ja, was aus meiner Gattung geworden ist. Es hat nichts genützt.

Sie haben sich immer bekriegt, keiner gönnte dem anderen etwas. Sie haben andere umgebracht und ihre Grausamkeiten immer weiter gesteigert. Nichts war ihnen heilig. Die Natur haben sie ausgesaugt und unterdrückt."

„Das hat sich leider bis heute nicht geändert", unterbrach ihn Chaosta. „Die Erde ist kurz vor dem Kollaps."

„Mitglieder eurer Regierung haben mir damals aufgetragen, diese Pyramide zu bewachen. Sie müssen es wohl geahnt haben. Sie gaben mir damals das Buch der Weisheit, damit die folgenden Generationen wissen, was zu tun ist. Ich war damals einer der Letzten meines Volkes. Sie nahmen mich mit in die Quelle der Regeneration, so dass ich länger leben konnte. Ich war mehrfach in der Quelle und meine Überlebenszeit reichte bis heute. Wir waren zwar hoch entwickelt, hatten aber einige dabei, die konnten nicht genug bekommen und verbündeten sich mit einem Ungeheuer, das mehr und mehr Besitz von uns nahm, als würden unsere Zellen ausgetauscht."

„Deswegen sind wir hier. Wir glauben, das Monster ist wiederaufgetaucht", sagte Jasper.

„Das Monster bestrahlte die Menschen mit Wellen, die sie leicht beeinflussbar machte. Das menschliche Gehirn reagierte auf diese Frequenzen und so ließen sie sich von ihm lenken. Wir waren gerade dabei, das zu erkennen. Da sandte uns diese Bestie den schleichenden Tod. Innerhalb von wenigen Wochen erkrankten wir alle und starben."

Sein blasses Gesicht sah Anne an. Er bleckte die Zähne und ging einen Schritt auf sie zu.

„Hast du einen braunen Fleck hinter deinem linken Ohr und einen unter deiner großen Zehe rechts", fragte er sie.

„Brauner Fleck hinter dem linken Ohr und einen unter der großen Zehe?", sagte Anne. „Wieso willst du das wissen?" Ja, sie hatte diese Flecken und Tonio hatte sich schon oft darüber lustig gemacht. Sie sei wohl schmutzig hinter den Ohren.

„In dem Buch der Weisheit steht, dass ein blondes Mädchen mit genau solchen Flecken uns retten wird. Es wird die Welt retten. Du bist der Anfang und das Ende“, sagte er zu ihr.

Anne spürte, wie sich etwas in ihr verkrampfte. Die Brust wurde ihr eng. Das Atmen fiel ihr schwer, wie damals in den Katakomben von Paris.

„Du musst den Tod verhindern. Sei mutig!“

Anne wurde schwindlig. Sie wich zurück, als hätte sich plötzlich vor ihr die Welt der Toten aufgetan.

„Ich bin mutig“, flüsterte sie.

„Alles begann mit der Anzapfung der himmlischen Energie. Es funktionierte gut, aber wir müssen damit etwas geweckt haben, das wir bis dahin nicht kannten: eine Lebensform, die sich angegriffen gefühlt hat und dann zurückschlug.“

„Was meint ihr mit zurückschlagen?“

„Es zeigten sich zerstörende, riesige Tsunamis am Atlantik, Erdbeben und Vulkanausbrüche, wodurch es zu einer mächtigen Völkerwanderung Richtung Osten kam. Große Aschewolken wanderten jahrelang um die Erde, die Menschen hungerten. Es kam zu Tausenden von Toten mit Auslöschung von ganzen Kulturen. Irgendwann beruhigten sich die Erde und die Natur wieder.“

„Auch dieses Mal scheint es ähnlich abzulaufen“, sagte Chaosta.

„Ist dieses fremde Wesen wieder mächtiger geworden?“, fragte die Gestalt, an Chaosta gewandt.

„Leider ja, deswegen sind wir hier. Es ist wiederaufgetaucht“, antwortete sie.

„Eure damaligen Regierungsmitglieder wussten, dass, wenn die Menschheit nicht lernen würde, mit der Natur in Einklang zu leben, würde es wieder zeigen. Deswegen haben sie mich beauftragt, hier zu wachen und euch bei dieser Aufgabe zu helfen.“

„Die Menschen haben nichts dazu gelernt. Sie zerstören die Natur mehr, als sie es je in der Vergangenheit getan haben. Ich weiß nicht, ob es sich noch lohnt, überhaupt hier auf der Erde tätig zu sein. Die Welt wäre besser ohne sie dran“, sagte Chaosta traurig.

„Wo ist das Buch des Wissens?“, fragte Jasper. Die Gestalt senkte den Kopf. Seine Stimme wurde leiser und seine Gestalt verlor ihre festen Konturen und war nur noch schemenhaft zu sehen wie durch Milchglas.

„Vor vielen Jahren versuchten Grabräuber, in die Pyramide zu kommen. Ich habe das Buch des Wissens versteckt. In letzter Zeit habe ich gespürt, dass meine Kräfte immer mehr nachlassen. Ich werde von Tag zu Tag schwächer. Wir

haben nicht mehr viel Zeit. Ihr werdet alle sterben, wenn ihr das Wesen nicht umstimmen könnt. Ihr müsst es davon überzeugen, dass man die Menschen doch noch auf einen guten Weg bringen kann.“

Er hatte den Satz noch nicht beendet, als seine Lichtgestalt immer durchsichtiger wurde. Sie sackte in sich zusammen und lag als feine, feenhafte Gestalt vor ihnen.

„Ich spüre, dass es bald vorbei ist. Meine Kraft ist bald am Ende. Wendet euch an Alessandro di Mariano di Filipepi. Er war hier. Er weiß, was zu tun ist“, sagte er mit brüchiger Stimme. Sie war fortwährend leiser geworden, bis sie fast nicht mehr zu hören war. Der Kopf des Pyramidengeistes fiel vornüber und mit einem leisen Stöhnen verflüchtigte sich die Gestalt.

Ein kleiner Windwirbel wehte den Staub auf. An der Wand glühte auf einmal das Symbol einer Pyramide - mit einem strahlenden Auge im Schlussstein.

18. Kapitel

Alles, was von dem letzten Überlebenden des ehemaligen Volkes übriggeblieben war, hatte ein plötzlich aufkommender Windzug davongeweht, und bald füllte wieder schwüle Luft jeden Winkel der Grabkammer aus.

„Was meinte der Geist mit Alessandro ...? Wie war der Name noch mal?“, fragte Anne.

Plötzlich schrie Jasper aufgeregt auf und deutete immer wieder auf sein Messgerät. „Wir müssen raus. Ich registriere Kaluza-Kleinteilchen, Quantenschaum, Splitter und Scherben von Raum und Zeit ... Jetzt messe ich ein Inflatonfeld mit enormer Anti-Schwerkraft. Es wächst rasant. Seht nur, seht nur! Die Energie des Inflatonfeldes zerfällt in normale Materie, in Elektronen, Quarks und Neutrinos, die Energie der Schwerkraft nimmt zu, die Materie dehnt sich immer weiter aus.“

Die Stimme von Jasper wurde immer schriller.

Ein tiefes Brummen durchdrang den Raum. Es startete kaum hörbar und wuchs sich in kurzer Zeit zu einem grauenhaften Bass aus. Kleine Steine lösten sich von der Decke und rieselten herab. Zunächst nur an einer Stelle, dann überall, wohin Anne auch schaute.

Die Steinquader erzitterten, vibrierten und lockerten sich mehr und mehr aus ihrer gegenseitigen Verankerung.

„Nichts wie raus hier!“, brüllte Chaosta.

Anne war wie gelähmt. Ihre Beine, starr und unbeweglich, versteinert. Der Boden begann zu schwingen, als würde jemand ungeheuer Großes unter der Pyramide anfangen zu tanzen. Unwillkürlich griff sie nach Marcello. Die Frequenz des Brummens stieg an, höher und höher, bis schließlich nur noch ein Tosen und Pfeifen die Ohren quälte.

Sofort kamen die Erinnerungen vom Vulkanausbruch wieder.

War es jetzt soweit? Anne drückte sich keuchend in eine Ecke der Grabkammer.

Lauf weg, sagte ihr Kopf. *Lauf, Anne, lauf schnell!* Doch, wohin sollte sie laufen? Sie war gefangen wie eine Maus in der Falle.

Da meldete sich die Zentrale bei Chaosta: „Frau Ministerin, wir haben die Information, dass sich direkt unter der Pyramide eine fremde Lebensform befindet. Sie muss riesig sein. Ihr müsst diesen Ort sofort verlassen. Sie scheint auf dem Weg zu euch zu sein. Was ist mit diesem Wesen, das eben noch da war?“

„Der Pyramidengeist? Der hat sich in Staub aufgelöst.“

„Könnt Ihr etwas von dem Pulver mitbringen? Aber macht schnell und seid vorsichtig! Es könnte gefährlich sein. Die Zeit wird knapp. Versucht, auf dem Weg der Entmaterialisierung zurückzukommen, falls die Dicke der Mauer es erlaubt.“

„Gefährlich“, stammelte Anne und schaute an sich hinunter. Sie sah überall Staub, Staub der Steinquader, Staub des Pyramidengeistes. Hektisch klopfte sie ihre Kleidung ab.

Jasper hielt sie energisch davon zurück.

Anne spürte blanke Angst und konnte nur noch wispern: „Bringt mich hier raus!“

Aber so einfach war das nicht. Sie hatten hundert Meter Steine über sich und Chaosta schien großen Zweifel zu haben, dass die Entmaterialisierung hier gelingen würde. Sie forderte die Zentrale auf, die Stelle zu finden, bei der die Mauer am dünnsten war. Nur dort hatten sie überhaupt eine Chance.

Anne hörte ihre Wut, ihren Ärger, als sie mit der Zentrale sprach. Sie vernahm, wie die Stimme im Kommunikator etwas von einem einzigen Weg sagte, den Luftschächten.

So stellten sie sich dicht zusammengedrängt vor die Öffnung des schmalen Schachtes nach außen.

Ein dicker Steinquader krachte in diesem Augenblick aus seiner Verankerung und sauste auf den Sarkophag. Mit lautem Donner zerbrachen die Wände und verwandelten den Rosengranit zu Mehl. Die Seitenwände der

Grabkammer wölbten sich nach innen, verloren ihre Form, als seien sie aus Gummi.

Anne spürte schon den Sog des Luftschachtes, die beginnende Entmaterialisierung.

In diesem Augenblick krochen Lichtpunkte aus dem Gang der großen Galerie in die Grabkammer, die sich zunehmend füllte.

Plötzlich eine grenzenlose weiße Umgebung. Ein weißes Rauschen. Es war hell, ohne dass man irgendeinen Gegenstand ausmachen konnte.

Obwohl Anne keinen Laut hörte, verstand sie doch die Worte. Es war, als würde jemand etwas in ihr Gehirn brennen.

„Wenn Ihr euch wie Opfer benehmt, werdet Ihr auch wie Opfer behandelt.“

19. Kapitel

Die Flucht aus der Pyramide war im letzten Augenblick gelungen. Die Zentrale hatte sie in die fünfte Dimension geschoben und damit waren sie raus aus der Gefahrenzone. Leider hatten sie nicht mehr nach dem Buch der Weisheit suchen können.

Zurück im Headquarter mussten Anne, Chaosta, Jasper und Marcello das Erlebnis erst einmal verarbeiten. Einige Sekunden länger in der Grabkammer der Pyramide und die Bestie hätte alle getötet. All ihre Instrumente hatten nicht erkannt, wie nah sie ihnen schon gewesen war.

„Das war knapp", sagte Marcello. Er lag völlig erschöpft auf einem der großen Sessel im Besprechungsraum. Seine Beine waren immer noch weich wie Pudding. Das Ganze war ein Alptraum. Seine roten Apfelbäckchen waren einem bleichen Gesichtston gewichen.

„Was wir da erlebt haben, macht mich ziemlich nervös", sagte Chaosta, „und wirft ernsthafte Fragen auf. Wieso weiß dieses Wesen immer, wo wir sind? Was hat es mit di Filipepi zu tun? Erst baut er die Pyramide vor unseren Augen auseinander und fügt dann die Steine wieder zusammen - wer weiß, warum. Dann wird er von dem Geist der Pyramide als Helfer in der Not angepriesen. Und dann dieses geheime Buch der Weisheit! Wieso weiß ich nichts davon? Hätten die Ältesten uns nicht warnen können? Dann hätten wir vielleicht rechtzeitig nach diesem geheimnisvollen Buch gesucht."

„Das Ganze war vor Tausenden von Jahren", sinnierte Jasper, „ich weiß nicht viel darüber, nur, dass es damals eine Epidemie mit vielen Toten gab. Man müsste, um Genaueres zu erfahren, in die Tiefe der Archive steigen."

„Das geheime Buch der Weisheit – ich vermute, es war die Sammlung aller Orakelaussagen, unsere Zukunft gewissermaßen", erwiderte Chaosta.

Anne hatte kein Wort von sich gegeben. Noch immer paralysiert von den Erlebnissen, kauerte sie auf einem

Hocker, die Beine hochgezogen und die Arme um die Knie geschlungen.

„Ich glaube, ich schaffe das nicht" flüsterte sie. Sie hatte viel von ihrem Selbstvertrauen eingebüßt.

Über eines war sich Chaosta jetzt im Klaren: Die fremde Macht steckte in und unter der Pyramide. Ihr Energiescanner zeigte, dass das Wesen kurz davor war, sich einen Weg zum Kernmagma zu bahnen. Von dort aus konnte es sich leicht über die ganze Erde ausbreiten.

Sie mussten den Durchbruch verhindern!

Chaosta wollte vom Ätna aus durch das Kernmagma zu der Stelle unter der Pyramide fahren, wo die Zentrale die Hauptenergiequelle ausgemacht hatte. Sie wollte sich die Situation genauer ansehen. Vielleicht würde sie vor Ort eine Möglichkeit finden, wie sie den Dämon würden besiegen können.

Anne sollte auch mit, was ihr gar nicht gefiel. Immer wieder tauchten die Bilder aus der Pyramide vor ihren Augen auf, die Ängste, die alle anderen Gefühle auslöschten. Sie war am Ende ihrer Kräfte. Aber eine innere Stimme sagte ihr: Du musst! Ohne dich hat die Erde keine Chance zu überleben. So nahm sie all ihren Mut zusammen. Sie musste ihr Wort halten, auch wenn sie von ihren Ängsten fast überwältigt wurde.

Skeptisch musterte Anne das kleine Gebilde, das wie ein U-Boot aussah und am Rand eines Kraters des Ätnas stand. Ihm sollte sie ihr Leben anvertrauen? Das U-Boot war kugelrund und voll mit leuchtenden Steinen besetzt, die in dem aschfahlen Licht leicht gelblich blitzten. Anne war sich nicht sicher, ob es an den Schwefelschwaden lag, die aus vielen Erdspalten hervorquollen, oder ob die Steine wirklich gelbe Diamanten waren.

„Unser Tarnhemd", sagte Chaosta, „damit können wir unsichtbar werden. Vielleicht brauchen wir das irgendwann mal da unten. Wir wissen nicht, was uns erwartet." Sie streckte die Hand aus, um Anne aufmunternd die Schulter zu tätscheln.

Schmale schwarze Streifen zuckten am Horizont. Es sah aus, als wollte sich dort etwas formieren. Sie verschwanden einer nach dem anderen und zurück blieb ein rötlicher Farbton, der auf- und abflaute wie das geheimnisvolle Polarlicht.

Der Hauptlavastrom des immer noch speienden Ätnas wälzte sich schwarz-rot ganz in der Nähe ins Tal. Hin und wieder regnete es Asche und kleine brennende Steine. Manchmal flammte ein noch übrig gebliebener vertrockneter Busch auf und verglomm dann wie ein ausgehendes Streichholz. Anne fragte sich, ob ihr Haus unbeschadet war oder ob es jetzt auch in Schutt und Asche lag.

„Lasst uns endlich starten. Es wird gleich sehr ungemütlich hier“, sagte Jasper. Kein Lächeln umspielte seinen Mund wie sonst. Seine Schultern hingen vornüber, als wäre er völlig erschöpft von einer schweren Last auf seinem Rücken. Sie sah, wie er tief Luft holte und sich dann aufrichtete, so, als wolle er sich selbst Mut machen.

In diesem Augenblick setzte ein hochfrequentes Geräusch ein, das immer lauter wurde und das Anne nur zu gut kannte. Es kam näher.

„Oh nein“, murmelte Marcello, „nicht schon wieder!“

Chaosta und Jasper kontrollierten gerade noch einmal die Außenhaut.

„Nichts wie rein in das Schiff, sonst sengen wir uns noch die Haare an“, sagte Chaosta mit fester Stimme und schob alle drei in das Boot.

Sie stiegen ein, indem sie einfach durch die Wand hindurchgingen. Es gab keine Tür oder eine ähnliche Vorrichtung, durch die man normalerweise einen Raum betreten würde. Anne spürte ein leichtes Kribbeln dabei, aber keinerlei Widerstand.

Im Boot selbst konnte Anne von dem, was sich außerhalb geräuschvoll abspielte, nichts mehr hören. Eine friedvolle Ruhe umgab sie.

„Seid ihr bereit?“, fragte Chaosta und hantierte an einem plötzlich auftauchenden Monitor. „Wir versenken uns jetzt punktgenau in den Schlund des Ätnas und versuchen dann, über den Schacht des aufsteigenden Magmas in die Tiefe des Erdmantels vorzudringen.“

„Und ich?“, fragte Anne leise, „seid ihr sicher, dass ich diese Hitze auch überstehe?“

„Nun ja“, sagte Jasper, „wir haben es bisher noch nicht ausprobiert. Du bist der erste Mensch aus deiner Welt in diesem Schiff. Aber eigentlich sollte die Isolierung auch dich schützen.“

„Jasper“, sagte Chaosta vorwurfsvoll, „du sollst Anne nicht auf den Arm nehmen. Das ist nicht der richtige Augenblick. Wenn die Isolierung hält, dann hält sie schließlich für uns alle. Mach dir keine Sorgen, Anne!“

Jasper hantierte schon an den wenigen Instrumenten. „Wenn alles gut geht, werden wir nach zwei Kilometern auf die erste obere Magmakammer stoßen. Die Schwierigkeit besteht darin, dass sie eine poröse, schwammartige Struktur hat, eher ein Netz aus magmagefüllten Gängen und nicht einfach ein schmelzgefüllter Hohlraum ist. Also, macht euch auf eine unruhige Fahrt gefasst. Wir werden die Umgebung genau beobachten können. Die Außenhaut ist von innen durchsichtig. Erschreckt euch also nicht, wenn wir mitten in der Lava sind.“

In diesem Augenblick quoll aus den Seitenwänden eine transparente, gelartige Masse hervor und umhüllte sie. Bevor Anne fragen konnte, ob sie auch Luft kriegen würde, bildete sich eine Blase um ihren Kopf, in der sie ihn frei bewegen und atmen konnte.

Und schon schwebten sie über dem Schlund des lavaspeienden Kraters, hochgehoben durch einen unsichtbaren Mechanismus, den Jasper am Monitor mit dem Joystick bediente, und blickten in die Glut der brodelnden Erde. Blasen aus flüssiger Lava wölbten sich hoch und zerplatzten. Kleine Tropfen davon fielen auf die Außenhaut ihres Schiffes.

Sie sanken langsam herab. Es gab einen Ruck, als sie in die Lava eintauchten. Rotes, glühendes Magma umfloss sie. Langsam glitten sie nach unten.

Anne spürte das heiße Pochen ihres Blutes in den Ohren. So musste es in einem prasselnden Ofen aussehen. Und trotzdem spürte sie nur eine angenehme Wärme. Steil ging es abwärts.

„Wir werden jetzt mehr Gewicht bekommen und dadurch schneller durch den Lavastrom nach unten sinken“, sagte Jasper. „Vorn haben wir einen Laserstrahl, der uns den Weg freischießt. Alles wird zu Brei gelasert und wir gleiten wie auf schmelzender Butter in die Tiefe.“ Er wirkte konzentriert und voll bei der Sache.

Die Monitore leuchteten im Dämmerlicht und ließen die Gesichter blass und krank aussehen. Draußen rauschte die Lava vorbei.

Plötzlich fing das Schiff an zu schlingern und zu trudeln. Eine heftige Erschütterung folgte. Aus der Tiefe des Vulkans wurden unzählige Brocken nach oben geschleudert. Der mächtige Strom erfasste ihr Schiff und trieb es nach oben. Ein Brocken, groß wie ein kleines Auto, wurde bei einer erneuten Geburtswehe des Vulkans gegen das Schiff geschleudert. Sie waberten in ihrem Gel hin und her. Jasper schoss die Brocken mit dem Laserstrahl auseinander und verwandelte sie in glühenden Pudding, durch den sie dann hindurchschwebten.

Es öffnete sich ein Tunnel schräg nach unten und sie folgten ihm über mehrere Stunden. Eine trügerische Ruhe breitete sich aus. Anne fielen immer wieder die Augen zu. Die heiße Lava umschloss sie wie dicker Sirup. Manchmal zogen kleinere glühende, blubbernde Gasblasen an ihnen vorbei. Die Farben wechselten von dunkel- über gelbrot bis hin zu hellem Orange. Kleinere, leuchtende Brocken jagten wie Sternschnuppen vorbei und verloren sich hinter ihnen.

Eine besonders große Gasblase ergriff sie und trug sie obenauf, als würden sie auf einem weichen Daunenkissen in die Luft gehoben werden.

Jäh wurden sie von dem Daunenkissen abgeworfen. Ein kreischendes, lang gezogenes Geräusch, so hoch und scharf, dass es in den Ohren wehtat, unterbrach die friedvolle Atmosphäre. Ein spitzer Felsvorsprung, an dem sie gerade vorbeirauschten, presste sich durch den geligen Kollisionsschutz, schabte an der Außenhaut. Ein Ruck, dann nichts mehr. Kein Vor und kein Zurück.

„Wir sitzen fest“, stellte Jasper fest, „der vorbeifließende Lavastrom presst uns immer stärker unter den Felsvorsprung.“

Sie checkten die Außenhaut und stellten eine tiefe Eindellung über eine Länge von fast zwei Metern fest. Sonst war das Schiff in Ordnung. Es schwebte unter dem Felsvorsprung wie ein Hund an einer zu kurzen Leine. Um sie herum wurde es dunkel und trübe.

„Ich schalte mal die Zusatz-Außenbeleuchtung ein“, informierte sie Jasper.

Die gleißenden Strahler ließen die Öffnung einer Höhle erkennen. Dahinter verlor sich der Blick in völliger Schwärze.

Die Kommandozentrale meldete sich: „Unsere Geräte melden, dass in den nächsten Minuten mit einer verstärkten Vulkantätigkeit gerechnet werden muss. Wo seid ihr gerade?“

„Wir schwimmen immer noch in dem Verbindungskanal des heißen, flüssigen Gesteins, dem Mantelplume, nach unten. Im Augenblick hält uns aber ein Felsvorsprung fest und die Strömung presst uns in eine Höhle“, antwortete Chaosta.

„Versucht so schnell, wie ihr könnt, durch den Mantelplume hindurchzufahren. Es ist zu riskant, wenn der Vulkan ausbricht. Es kann sein, dass wir da unten die Dimensionsverschiebung nicht so ohne weiteres vornehmen können.“

„Ay, ay, Sir“, sagte Chaosta.

So sah es also aus. Anne steckte in einem durchsichtigen Wackelpudding, weit entfernt von der Erdoberfläche.

„Wir könnten die Moleküle zusammenschieben, dann wären wir kleiner“, schlug Jasper vor. „Wir könnten dann besser an dem Felsvorsprung vorbei. Und da wir schrumpfen, würden wir auch relativ schwerer werden. Und damit auch schneller nach unten sinken.“

„Das einzige Problem wird sein, dass wir dann auch verletzbarer sind. Unser Kollisionsschutz ist nur bei der jetzigen Größe maximal“, entgegnete Chaosta.

„Welche andere Möglichkeit hätten wir denn noch? Wenn der nächste Ausbruch kurz bevorsteht, haben wir nicht mehr viel Zeit. Und unsere wunderbare Technologie, in eine andere Dimension zu verschwinden, geht hier unten auch nicht so besonders“, sagte Marcello. „Wir müssen erst durch das Magma hindurch. Ich bin auch dafür, dass wir uns verkleinern und es versuchen.“

Anne fühlte sich auf einmal sehr eingeschlossen und beengt. Sie konnte kaum einen klaren Gedanken fassen. Sie starrte auf die Schaltkonsole, die jedoch keine Antwort gab.

„Wenn wir in der Lage wären, in die Mitte einer dieser Gasblasen hineinzufahren, und zwar in unserer jetzigen Größe, und uns erst dann, wenn wir drin sind, zu verkleinern, dann könnten wir in der Blase nach unten fallen und hätten dadurch wieder einen Kollisionsschutz. Die Blasen können hier unten nicht platzen, sondern sich nur verformen“, erklärte Jasper.

Schon wieder kreischte es metallisch. Sie mussten allmählich raus aus der Höhle.

„Wir haben keine Zeit, uns über unseren Schutz Gedanken zu machen. Entweder in kleiner Form oder wir werden hier unten aufgeschlitzt“, betonte Chaosta.

Anne nickte, obwohl sie nur die Hälfte verstand. Sie hörte nur *aufschlitzen*. Panik stieg in ihr auf.

Jasper scannte den Tunnel in der Tiefe, um zu sehen, welche Blasen in nächster Nähe waren.

„Da, gleich kommt die Richtige“, vermeldete er.

Jasper berührte eine Stelle auf seiner Instrumententafel. Dann eine andere. Anne hörte, dass der Antrieb auf vollen Touren lief. Sie hielt den Atem an.

„Bei Gott, es bewegt sich nicht“, schrie Jasper.

„Das kann nicht sein“, unterbrach ihn Chaosta, „der gelige Kollisionsschutz ist so breit und flexibel, dass es unmöglich ist, dass uns die Felsen noch festhalten können.“

Das Schiff schaukelte immer wieder vor und zurück, aber es wurde wie von einer unsichtbaren Macht festgehalten.

In diesem Augenblick tönte ein Messgerät laut und alle Warnlampen leuchteten gleichzeitig. Als Anne in Richtung Höhlenausgang schaute, sah sie, wie kleine, leuchtende Punkte sich wie ein Schlauch den Weg aus der Höhle suchten. Ein singendes, fast zirpendes Geräusch, das mehr und mehr anschwoll, war zu hören. Der Schlauch krümmte sich, hob sich, als hätte er einen Kopf und wandte sich in ihre Richtung. Dann schwamm er auf sie zu. Ein zäher Brei wälzte sich aus der Höhle und erstarrte sofort.

Anne nahm eine kleine Bewegung wahr. Der Schlauch öffnete sich zu einem Schlund, der immer größer wurde, so als wollte er sie fressen. Kleine dünne Tentakel mit Saugnäpfen stülpten sich aus dem Schlauch und stießen mit unglaublicher Geschwindigkeit in ihre Richtung. Sekunden später bohrten sich vereinzelt Tentakel durch den gelhaltigen Kollisionsschutz. Anne erschrak und hob schützend die Arme vor das Gesicht.

Das war's, dachte sie.

„Verstärkt den Schutzschild gegen negative Energie", sagte Chaosta. „Wir scheinen Besuch zu kriegen."

„Ist es schon wieder das Monster?", rief Anne mit verzweifelter Stimme. Ihr Herz raste und ihr Magen krampfte sich zusammen. Bilder aus dem Flug in die Wolkenwand tauchten vor ihren Augen auf. Sie wünschte, sie könnte die Augen schließen und wieder öffnen und sie wäre zu Hause bei ihrer Mutter.

„Noch hat es uns nicht", sagte Jasper. Er verstärkte den Schutzschild, und die Leuchtpunkte der Tentakel wurden wieder aus der Gelschicht herausgepresst.

„Lange werden wir uns so nicht halten können. Wir müssen raus hier!"

„Geh auf Verkleinerungsstufe hundert und gib dann Vollgas nach vorne. Bevor dieses Wesen weiß, was los ist, sind wir schon weg und in einer Blase in die Tiefe verschwunden", sagte Chaosta.

Anne spürte nichts von der Verkleinerung, aber die unheimlichen Lichtpunkte waren auf einmal groß wie Gymnastikbälle. Der gierige Schlauch wand sich um das Schiff wie Lianen um einen Baum.

Chaosta zeigte mit ihrem Gelfinger auf einen der großen grünen Hebel: „Gib Superenergie auf die Außenhaut. Das wird diesen Teufel verglühen."

Jasper legte den Hebel um, der oberhalb seines Kopfes aus der Wand rausschaute. Die Umgebung des Schiffs begann zu glühen, als hätte jemand die Sonne in das Magma hineingezogen. Sie leuchtete so hell wie ein Stern kurz vor seinem Tod.

Anne musste an die fließende Uhr von Dali denken, als die Gymnastikbälle erst langsam an der Außenhaut herunterflossen, dann vom Schiff tropften und in der Lava verschwanden.

„Wir sind wieder frei", jauchzte Jasper und grinste.

Anne hatte ein mulmiges Gefühl. Überall flüssiges, kochend heißes Magma. Und sie mittendrin in einem winzigen U-Boot, das schon Gasblasen zum Schutz nutzen musste.

Bisher war alles gut gegangen. Sie hatten ihr Ziel aber noch lange nicht erreicht. Bis dahin konnte viel passieren.

„Noch hundert Kilometer bis zur möglichen Bruchstelle", meldete Jasper und deutete auf den Monitor. „Unser Messgerät für negative Energie zeigt einen Anstieg an. Die Energieblase unter der Cheops-Pyramide hat sich riesig ausgedehnt. Und die Kruste scheint dort wirklich extrem dünn zu sein. Sollte es Zugang zu einer der Magmastaukammern bekommen, dann ..."

Er sprach nicht weiter. Anne konnte aber seine weiße Nasenspitze sehen, die noch blutleerer war als sonst. Das bedeutete nichts Gutes.

„Lass mal sehen, wie die Mineralverteilung draußen aussieht. Dann wissen wir am besten, in welcher Höhe im Erdmantel wir gerade sind", sagte Chaosta und gab Zahlen auf einer Tastatur ein. „Überwiegend Olivin, Pyroxen und Granat. Das heißt, wir sind zurzeit im oberen Mantel. Wir müssen aufpassen, dass uns die Konvektionswalzen nicht nach oben zwischen die Erdplatten treiben."

In diesem Augenblick gab es einen kleinen Ruck und Anne hielt die Luft an.

„Alles in Ordnung. Wir sind wohl gerade durch die Mohorovicic-Diskontinuität gefahren, die Grenzfläche zwischen Erdkruste und Erdmantel, und sind jetzt in der Erdkruste“, erklärte Chaosta.

Anne war sehr still. Sie sehnte sich nach Sonne und nach frischer Luft. Draußen wurde das Material, in dem sie sich vorwärtsbewegten, immer zäher, so zäh wie dicker Honig, der im Kühlschrank stand. Der Schmelzlaser vorne am Bug schoss im Dauereinsatz.

Schon wieder piepste eines der Geräte.

„Teufel aber auch. Was ist das? Meine Geräte zeigen einen pilzförmigen Magmastrom. Er kommt aus großer Tiefe und steigt langsam an die Oberfläche“, sagte Marcello und schnaufte tief.

Chaosta beugte sich zu ihm hinunter. „Es sieht so aus, als wolle es direkt unter die Energieblase. Es weicht sogar etwas vom pfeilgeraden Weg nach oben ab.“

„Du hast recht“, sagte Jasper, „wenn es den richtigen Druck hat und direkt auf die Erdkruste kracht, dann wird es mitten hinein in die Energieblase des Dämons gleiten.“

„Und dann hätten wir die Katastrophe, die wir befürchten. Der Dämon hätte endlich den Zugang zur gesamten Welt“, rief Chaosta.

In den nächsten Sekunden wurden sie von den ersten Wellen durchgeschüttelt. Das Schiff bebte kräftig und sie schaukelten in ihrem Gel hin und her.

„Wie weit ist der Mantelplume noch entfernt?“, fragte Chaosta und hantierte hastig an einigen Geräten des Schiffes.

„Noch knapp achtzig Kilometer, aber er hat eine ungeheure Geschwindigkeit, viel, viel schneller als normal. Als würde er magnetisch nach oben gezogen“, antwortete Jasper.

„Wenn wir da reingeraten, werden wir mitgerissen und direkt in das Energiefeld getragen. Dann hat uns die Bestie auf dem Silbertablett. Wir müssen so schnell wie möglich ausweichen“, sagte Chaosta.

„Leichter gesagt als getan. Unser Schiff ist nicht auf solche Geschwindigkeiten ausgelegt, wie wir sie jetzt brauchen könnten“, wandte Jasper ein.

Auf dem Bildschirm konnte Anne sehen, wie sich das Magma näherte. Es kam direkt auf sie zu.

„Festhalten“, schrie Jasper. Der hochschnellende, riesige Mantelplume traf das Schiff mit voller Wucht.

Annes Körper wurde kräftig in die Gelmasse gedrückt. Sie spürte, wie sie von dem kochend heißen Magma hochgetragen wurden, als würden sie auf einer Wasserfontäne sitzen. Sie wartete auf den Aufprall an der Erdkruste, der jede Sekunde erfolgen musste.

Es folgte ein lauter, hässlicher, dumpfer Ton und ein anschließendes lautes Kreischen von Metall auf Stein. Dann war Stille.

„Alles in Ordnung?“, fragte Chaosta.

„Ich glaube ja“, antwortete Marcello, „ich werde noch einmal alles durchgehen, aber auf den ersten Blick scheint alles okay zu sein.“

„Das war knapp. Ich dachte schon, wir werden mitgerissen und in der Energieblase zerfetzt.“ Jasper war sichtlich erleichtert.

„Kannst du feststellen, ob sich die Energie schon in den Erdmantel ausbreitet?“, fragte Chaosta.

„Im Augenblick sieht es so aus, als würde sich das Energiefeld durch das Magma nicht verändert haben. Das Magma ist direkt nach Durchbruch der Erdkruste zur Seite gedrückt worden und rührt sich jetzt nicht mehr“, antwortete Jasper und stierte konzentriert und gebannt auf seinen Bildschirm.

Chaosta wollte unbedingt durch die Bruchstelle fahren und Proben entnehmen, obwohl es sehr gefährlich schien.

„Wenn es das ist, wofür ich es halte, ist es Selbstmord. Es wird unser Schiff zerstören“, wandte Marcello ein.

„Wir müssen aber dringend herausfinden, womit wir diese Lebensform vernichten können. Wenn die Cheops-Pyramide ihr Zugang ist, wovon ich ausgehe, könnten wir …“

In dem Augenblick meldete sich wieder die Zentrale und warnte vor großen Erdbebenaktivitäten.

„Es hat sich eine riesige Magmablase aus dem Erdmantel gelöst und ist mit immenser Geschwindigkeit auf die Erdkruste zugerast. Sie hat sie durchbrochen und liegt jetzt neben der Öffnung an der Seite“, antwortete Chaosta.

„Ich habe den Eindruck, dass diese dämonische Lebensform immer genau weiß, was wir tun. Denk doch mal an Paris oder an unsere jetzige Fahrt. Zufällig ist sie weg und zufällig ist sie da. Passend zu dem, was wir gerade tun“, konstatierte Marcello.

Sie wurden jäh von Jasper unterbrochen, der von tintenfischartigen Armen berichtete, die direkt auf das Schiff zukommen würden.

Alle starten gebannt auf den Bildschirm. Kleine fadenförmige Ausläufer der Substanz aus dem Raum unter der Pyramide schlängelten sich durch das heiße Magma. Erneut war dieses singende Geräusch zu hören. Das Ziel der Arme war ihr Schiff.

„Das ist der beste Zeitpunkt für unser Tarnhemd. Die Moleküle der Außenhülle können so ausgerichtet werden, dass sie ein undurchdringliches Reflexionsschild bilden und wir quasi einen Spiegel um uns herum haben. Damit können wir vielleicht unerkannt durch das Energiefeld kommen und nach oben zum Zugang gelangen“, schlug Marcello vor.

Schon wieder kam Jasper mit einer Hiobsbotschaft. Eine weitere Magmablase würde nach oben steigen, die so breit sei, dass ein Ausweichen unmöglich sei.

Marcello gab wieder Befehle über den Bordcomputer. Der nächste Plume stieg noch schneller auf als der erste. Das heiße, flüssige Magma raste in dicken Blasen nach oben, alles mit sich reißend, was sich ihm in den Weg stellte.

Sie glitten mit ihrem gepanzerten, unsichtbaren Schiff in den Sog hinein. Der Magmastrom ergriff sie und nahm sie mit auf seinem Weg nach oben. So mussten sich Astronauten fühlen, wenn man sie mit ihrer Rakete in das Weltall schoss.

Anne wurde stark in ihren Gelmantel gepresst. Die Wangen fingen an zu flattern und ihre Augen wurden nach innen gepresst.

Als sie fast die Erdoberfläche erreicht hatten, warf der Magmastrom sie mit einem riesigen Schwung heraus und im nächsten Augenblick schwebten sie sanft in einer gleißend hellen, glitzernden Atmosphäre dahin wie auf einem Luftkissen. Lauter flimmernde, kleine Punkte umgaben sie, glitten an ihrem Schiff vorbei, sammelten sich in kleinen Häufchen und glitten wieder auseinander.

„Ich bin gespannt, ob wir wirklich unantastbar und unsichtbar sind", sagte Jasper.

20. Kapitel

Alessandro di Mariano di Filipepi wachte aus einem unruhigen Schlaf auf. Bilder von Feuer und züngelnden Flammen hatten ihn geweckt. Er spürte Gefahr, aber nicht für sich selbst, sondern für Chaosta. Er sah sie durch Energie gleiten, um Felsen schweben, riesigen Brocken ausweichen und dann steckte sie fest. Ihr ärgster Feind schien sie in seinen Fängen fest zu umklammern.

Er war froh, dass er eine Art mentales Verbindungskabel zu ihr hatte. Sobald ihr Gefahr drohte, schossen ihm blitzartige Gedankenfetzen von ihr in den Kopf. Sie wusste nichts davon. Alle hatten eine Verbindung zu dem andern, denn ihr Ursprung war die Einheit. Die meisten hatten diese Verbindung jedoch gekappt und hatten sich dadurch etwas sehr Wertvolles genommen. Er hingegen hatte die Stufe erreicht, die Verbindungen zu anderen nach Belieben herstellen zu können.

Seine Verbindung zu ihr war besonders stark. Er hatte den bildhaften Kontakt, sie selbst spürte die Verbindung nur in einer Art Vertrautheit, wenn sie ihn sah, ohne zu wissen, woher diese kam. Seit er nicht mehr zu den Guten von Fortuna gehörte, war die Verbindung deutlich geschwächt. Manchmal fragte er sich, ob er die richtige Entscheidung getroffen hatte, als er sich auf die Seite des Bösen gestellt hatte.

Wo war sie? Er konnte nur leeren Raum wahrnehmen und trotzdem spürte er, dass sie mitten in der Gefahr war.

In diesem Augenblick meldete sich Monsieur Tableau bei ihm.

„Machen Sie Ihren Aktionsbildschirm an“, ordnete er an. „Die Spinne ist im Netz. Der Tag muss gefeiert werden. Die Einzige, die mir noch gefährlich werden konnte, hier auf dieser kleinen armseligen Welt - und jetzt, jetzt ist sie in meinen Fängen“, schrie er unbändig. Seine Stimme überschlug sich vor Erregung.

Di Filipepi aktivierte den Bildschirm und sah das Schiff in dem Energiefeld des Dämons. Wieso glaubte Monsieur Tableau, dass er sie in seinen Fängen hätte?

„Schaut euch doch diese Chaosta an. Bei der letzten Verknotung vor Tausenden von Jahren hatte einer ihrer Vorfahren Nachkommen mit einem von der Erde. Ich habe das damals sehr unterstützt. Und was glaubt Ihr, hat sie seitdem?“ Tableau feixte kindisch.

„Ich vermute, dass Ihr damit ein weiteres trojanisches Pferd geschaffen habt.“

Auf dem Bildschirm sah er Lichtpunkte, die sich um das Schiff sammelten und es umschlossen wie eine zweite Membran. Er hörte das Aufschreien von Jasper. Dann wurde es schwarz.

Sekundenlange Stille, dann ein noch stärkeres Aufschreien als zuvor, das an Steinsägen erinnerte, die nicht ausreichend mit Wasser gekühlt wurden.

„Was war das? Wer erlaubt sich hier, meine Verbindung zu kappen?“, rief Tableau aus. Der Geifer war förmlich zu spüren.

„Sie sind doch schlauer, als Ihr dachtet“, wandte di Filipepi ein und grinste.

21. Kapitel

Ihre Haut fühlte sich glitschig und feucht an, obwohl sie sich immer wieder abtrocknete. Chaosta war nach ihrer Rückkehr von der Reise unter die Erde halb betäubt vor Müdigkeit und konnte sich vor Schwäche kaum auf den Beinen halten.

Nur eine Minute ausruhen.

Sie legte sich auf ihr Bett und ließ ihre Gedanken fliegen.

Was sie gesehen hatten, war unbeschreiblich. Tausende von kleinen Lichtpunkten, zum Teil aufgereiht wie auf einer Schnur, waren hin und her geflogen. In der Tiefe hatte es geblitzt, als würde ein Gewitter aufziehen. Ihr Schiff hatte sich vorwärtsbewegt wie in einem endlosen Weltall. Erst dachten sie, dass sie einen Weltensprung gemacht haben könnten. Dann kam die jähe, beängstigende Erleuchtung – hier war das Zentrum des Dämons, seine Intelligenz, sein Gehirn.

Lichtpunkte, die aufleuchteten und in allen Farben fluoreszierten. Es erinnerte sie an das mehrfach vergrößerte Auge einer ganz gewöhnlichen irdischen Fliege. Dazwischen waren Blitze geschossen, gefolgt von einem Feuerwerk von Entladungen an den Kreuzungen der Wege, die die Lichtpunkte entlanggewandert waren.

Die Kraft dieser Energie war wahrscheinlich so groß wie alle Atomkraftwerke auf der Welt zusammen.

Angst breitete sich in ihr aus und bildete bald eine zweite Schicht um sie. Das Gefühl von Raum und Zeit verflog.

Chaosta öffnete langsam die Augen und versuchte, in die Realität zurückzufinden. Durch die zugezogenen Vorhänge kam gedämpftes Licht. Sie erblickte vor dem Fenster einen Schatten. Jemand räusperte sich leise. Chaosta war sofort hellwach. Es war di Filipepi, der mit übereinandergeschlagenen Beinen ganz entspannt dasaß und zu ihr herüberblickte. Der Mond schien silbern durch die Vorhänge und erleuchtete seinen Kopf von hinten, so dass es aussah, als trüge er einen Heiligenschein. Sein Gesicht lag im Schatten und sie nahm seine Gesichtszüge nur schemenhaft wahr.

Sie wollte aus dem Bett springen, doch ihr Körper gehorchte ihr nicht. Sie konnte nur daliegen und zu ihm hinübersehen.

„Was machen Sie hier? Wie kommen Sie hierher?“, fragte sie mit heiserer Stimme. Di Filipepi blieb ganz ruhig und schaute sie weiter an.

„Ich hatte schon fast wieder vergessen, wie schön Sie doch in Wirklichkeit sind“, sagte er sanft, und seine Stimme klang dabei dunkler als sonst. Er beugte sich etwas zu ihr herüber, wobei sein Gesicht von dem Lichtstrahl, der zwischen den Hälften des Vorhanges hindurch kam, von der Seite getroffen wurde. Er lächelte und schaute sie schelmisch an.

„Ich hoffe, ich habe Sie nicht geweckt. Auf der anderen Seite sind die Albträume, die Sie quälen, nicht gerade erfrischend für den Körper und für Ihre Seele.“

„Was wissen Sie denn schon von meiner Seele?“, spottete Chaosta. Endlich konnte sie sich wieder rühren. Sie richtete sich auf und griff instinktiv nach ihrer Jacke, die neben ihr auf dem Bett lag.

„Sagte ich nicht schon in Berlin, Sie sollten mir vertrauen?“ Er machte eine kleine Pause und sagte dann: „Jawa hat mir übrigens erlaubt, Sie zu sehen.“

„Sie kennen Jawa? Sind Sie einer von uns, von Fortuna?“

„Ja, was dachten Sie denn?“

„Hat er Ihnen auch erlaubt, einfach so in mein Zimmer zu kommen und mir beim Schlafen zuzusehen?“

„Nun, so genau habe ich nicht danach gefragt. Deswegen konnte er mir auch keine Antwort auf diese Frage geben. Auf alle Fälle hat er ein Treffen befürwortet.“ Er lächelte wieder.

Chaosta fragte sich, wie er in das Gebäude kommen konnte. Als hätte er ihre Gedanken gelesen, sagte di Filipepi: „Jawa und ich sind alte Freunde aus einer früheren

Zeit. Ich hatte ein Treffen mit ihm, hier in diesem Gebäude. Er hatte mich eingeladen."

„Jawa soll Sie eingeladen haben? Das kann nicht stimmen", erwiderte Chaosta und warf ihm einen skeptischen Blick zu. „Wir haben Negativenergie an Ihnen beim Scannen gefunden."

„Sie haben Negativenergie an mir gefunden?", fragte di Filipepi erstaunt und lehnte sich auf seinem Sessel ganz zurück. „Sagen Sie mir, wo und wann. Wie groß war die Menge, waren es nur Spuren oder waren es große Mengen?"

In der Ferne war ein dumpfes Donnergrollen zu hören. *Es kommt ein Gewitter,* dachte Chaosta. Die Luft war merklich stickiger geworden, so dass man sie hätte in Scheiben schneiden können.

Di Filipepi lauschte mit unbewegtem Gesicht, während Chaosta von ihrer gemeinsamen Begegnung im Adlon berichtete, und dass ihre Zentrale genau dort Negativenergie gemessen hätte. Dass sie Jasper in sein Gehirn geschickt hatte, erwähnte sie nicht. Das musste er nun wirklich nicht wissen.

Als sie mit ihrem Bericht am Ende war, schwieg di Filipepi eine Weile. „Ich kann mir denken, warum", sagte er schließlich nachdenklich. „Jawa und ich haben schon vor einigen Tagen über den Dämon gesprochen. Ich habe zwar nicht Ihre gute Gesinnung und bin in Ihren Augen eine Schlange, aber ein Selbstmörder bin ich nicht. Ich werde Ihnen, so gut ich kann, helfen."

„Sie haben mir immer noch nicht gesagt, woher Jawa und Sie sich kennen?"

„Das ist jetzt unwichtig. Später einmal - vielleicht", antwortete di Filipepi.

Er schaute sie wieder unverhohlen an. Chaosta fühlte sich nicht ganz wohl und zog die Jacke etwas fester um ihre Schultern.

„Der Dämon hat sie beeinflusst", sagte di Filipepi kurz. „Sie sind krank."

„Woher wissen sie von dieser Kreatur?"

„Auch wir haben seine Macht schon zu spüren bekommen."

„Was ist das für ein Organismus, der die Erde und Fortuna auslöschen will? Das ganze Universum kann dadurch ins Wanken kommen."

„Ich vermute, er kann vor Hass und Bösartigkeit die Wahrheit nicht mehr erkennen. Er hat vergessen, dass es in der guten alten Zeit, in der wir beide noch nicht existierten, nur eine Einheit gab, zu der auch er gehörte. Keiner weiß, was ihn in das Dämonendasein getrieben hat, warum er diese Sehnsucht nach Tod und Sterben hat."

„Aber jetzt gehört er nicht mehr dazu und wird die Welt ins Verderben stürzen, wenn wir nichts dagegen tun."

„Sie haben recht, wenn wir nichts dagegen tun. Aber deswegen bin ich ja hier."

„Sie wollen damit sagen, dass Sie uns helfen können?"

„Ich will damit sagen, dass ich einen Plan habe, der die Situation vielleicht ändern könnte", antwortete di Filipepi und grinste, als würde er die Schachfiguren schon hin und her schieben. „Alles ist doch nur ein Spiel, und der nächste Zug muss jetzt genau überlegt sein. Wenn man aber weiß, was der Gegenspieler spielen wird, ist es nicht mehr so schwer, den richtigen Zug zu machen. Darf ich Ihnen etwas zeigen?"

Di Filipepi stand auf und schaute sie erwartungsvoll an. „Kommen Sie!", sagte er.

Chaosta zog sich schnell einen Mantel über und folgte di Filipepi nach draußen vor das Regierungsgebäude. Es war eine sternenklare Nacht und das fahle Mondlicht spiegelte sich in den Fenstern des Gebäudes. Die prachtvollen Farben der Pflanzen waren einem traurigen Grau gewichen.

„Wie möchten Sie reisen? Ich kann ihnen ein elegantes schnelles Flugobjekt anbieten, ähnlich ihrem Schiff, in dem Sie im Erdinnern waren. Wir haben es mit der amerikanischen Regierung zusammen entwickelt. Natürlich nicht für diesen privaten Zweck, aber ich habe es mir kurzfristig ausgeborgt. Der Präsident war zwar ziemlich verblüfft, aber ohne mich geht bei ihm in seiner Regierung sowieso nichts. Wir können auch als Energielichtpunkt reisen. Um ehrlich zu sein, ich ziehe das Reisen in einem Fahrzeug vor. Das ist eleganter, und die Nacht ist viel zu schön, um sie ungenützt zu lassen", sagte di Filipepi.

Bevor Chaosta sich fragen konnte, woher er von ihrer Reise durch die Erde wusste, stand plötzlich eine Glaskugel auf dem Rasen vor dem Regierungsgebäude. Der Boden war silbern und leuchtete.

Eine große Klappe öffnete sich und Chaosta stieg ein.

„Wir reisen nach New York", sagte di Filipepi, als sie beide Platz genommen hatten. Er tippte auf einige Sensoren vor ihm und schon hob das Gefährt sacht ab und rauschte davon, vorbei an dunklen Häusern. Die Kugel schoss, immer schneller werdend, in die Höhe, mitten hinein in die Sternenpracht.

„Die Demut wächst, je mehr man sich von der Erde entfernt", sagte di Filipepi und lehnte sich bequem zurück. „Welch ein Geniestreich – ein Urknall und Bäng, ein Universum ist da. Sterne werden geboren und verschwinden wieder, Welten entstehen mit eigenen Regeln und eigener Geschichte. Es gibt kaum ein Jahrhundert, das uns nicht irgendwie besondere Probleme macht. Und jetzt diese Verknotung unserer Welt mit der Erde, wodurch diese mächtige dämonische Lebensform überhaupt auf die Erde wandern konnte."

„Nein, so scheint es nicht zu sein. Nicht die Verknotung war der Grund, sondern es muss irgendetwas anderes sein, was ihn aktiviert hat. Irgendetwas, was so störend war, dass es wach wurde."

„Wie soll ich das verstehen?", fragte di Filipepi.

Und Chaosta erinnerte an diese grässliche Katastrophenzeit 1250 vor der neuen Zählweise der Jahre. Damals gab es überall Krieg und auch damals eingreifende Wetterphänomene, die zu Hungerkatastrophen führten und die Menschheit fast auslöschten. Epidemien folgten. Nur durch massives Eingreifen der Regierung von Fortuna beruhigte sich die allgemeine Lage auf der Erde. In den folgenden Jahren reagierte diese dämonische Lebensform immer wieder auf das Verhalten der Menschen“, erklärte Chaosta.

„Glaubt Ihr, dass dieses Monster nur auftritt, wenn die Menschheit sich mies verhält?“

„Ich habe fast den Eindruck. Als wollte es das Gute auf der Erde verteidigen und das Böse rächen. Und in den letzten 100 Jahren ist es besonders schlimm auf der Erde geworden. Grausame Kriege in unendlich vielen Ländern, Zerstörung der letzten Ressourcen der Natur, Vermüllung der Erde und der Meere, brutales Vorgehen gegen Andersdenkende, Vernichtung von extrem vielen Arten. Die Menschen erzeugen den Dämon selbst. Dieses Monster scheint in Wirklichkeit das Spiegelbild der Menschheit zu sein: Je grausamer die Menschheit, um so grausamer geht das Monster vor. Es wird sie zerstören, wenn sie nicht innehalten. Schauen Sie doch mal diese seltsame Wetterveränderung im Norden von Europa an. Wir haben sie näher untersucht. Es gibt einen Zusammenhang zur Cheops-Pyramide, die gleichen Steine, die beim Bau der Pyramide verwendet wurden, haben wir auch in der Wolkenwand gefunden“, erklärte Chaosta.

„Interessant, aber auch sehr beunruhigend. Meint Ihr, das Wesen hätte diese Wetterveränderung hervorgerufen?“

„Das kann ich nicht sagen. Zumindest hat dieses Wesen es verschlimmert“.

Di Filipepi wurde ruhig und starrte sekundenlang in die Nacht, ohne weiter auf ihren Einwand einzugehen. Dann fragte er schließlich: „Ihr kennt Tableau?“

Natürlich kannte sie Tableau. „Er ist der scheußlichste und bösartigste Gefallene, den es jemals auf Fortuna gegeben hat“, antwortete Chaosta.

„Ich finde, es ist an der Zeit, sich näher mit Tableau zu befassen“, sagte di Filipepi.

In diesem Augenblick sahen sie in der Ferne am Horizont die ersten Hochhäuser von New York. Di Filipepi ging tiefer, machte einen kurzen Schwenk über das Meer und flog vom Wasser aus auf Manhattan zu. Die Stadt war trotz der späten Nachtstunde hell erleuchtet und bis zu ihnen, weit oben, war das laute Hupen der Autos auf den Straßen zu hören.

Da ergriff er plötzlich ihre Hand und sagte: „Wissen Sie eigentlich, wie viele Hochhäuser es auf der Welt gibt?“

Chaosta konnte ihm keine Antwort auf seine Frage geben und verstand auch den Hintergrund der Frage nicht.

„Wir haben herausgefunden, dass der Dämon in erster Linie mit atmosphärischen Neutrinos arbeitet, die durch die kosmische Strahlung beim Auftreffen auf die Atmosphäre entstehen. Diese Geisterteilchen besitzen kaum Masse und sind ohne elektrische Ladung, sie huschen durch alles hindurch. In den letzten Monaten haben wir mit unseren Glaziofonen festgestellt, dass sich die Neutrinos vermehrt haben. Und daraus könnte man folgern, dass sich die Macht dieses Dämons verstärkt hat und zwar massiv.“

Glaziofone, sind das nicht Spezialmikrofone, die normalerweise Gletscher belauschen, dachte Chaolina. *Was will er denn damit?*

„Vor vielen Jahrhunderten haben wir Sensorstränge in Bohrlöchern in der Antarktis versenkt, um die Neutrinos zu messen. Seitdem wir aber die neuen Neutrino-Detektoren haben, wissen wir besser über die Lage Bescheid.“

„Und was hat das jetzt mit den Hochhäusern zu tun?“, fragte Chaosta.

„Wir haben Glaziofone auf allen Hochhäusern mit Mobilantennen installiert, die wir in eisähnliche Kristalle eingeschlossen haben. Dadurch haben wir eine hundertfache Steigerung der Fähigkeit der Sensorstränge erreicht, natürlich unsichtbar für die Menschen dieser Erde. Und deswegen können wir die heutige Lage ziemlich gut einschätzen. Der Dämon ist zu einer riesigen Gefahr geworden.“

„Unsere Messungen der Wimps gehen in die gleiche Richtung. Auch wir glauben, dass dies mit einer Zunahme der Dämonenkraft zu tun haben könnte.“

„Die dunkle Materie, die wie ein unsichtbarer See ist, in dem die leuchtenden Sterne und Galaxien schwimmen, unerhört schwere Teilchen, die aufgrund ihrer Masse von der Schwerkraft großer Himmelskörper eingefangen werden und bis in deren Mitte trudeln, dorthin, wo die Nettoschwerkraft gleich Null ist. Wussten Sie, dass sich auch im Zentrum der Erde ein dichter Schwarm von Wimps angesammelt hat, der dort nahezu unbeeinflusst durch die normale Materie als unsichtbare Wolke schwebt?“, fragte er.

Chaosta war sehr erstaunt über sein Wissen. „Könnte es sein, dass der Dämon mit diesen Neutrinos lebensnotwendige Energie der Menschen mitnimmt und diese unter der Pyramide sammelt?“, fragte sie.

„Die Neutrinos gehen durch die Menschen hindurch, ohne dass sie es merken. Auffällig ist, dass die Menschen in den letzten Monaten anfälliger für Krankheiten geworden sind. Es gibt viel mehr Meldungen von Infektionserkrankungen als früher. Und jetzt diese auftretende Epidemie, die wir in ähnlicher Form schon vor vielen Jahrhunderten hatten. Wer weiß, was noch alles passiert.“

„Ich habe sogar den Eindruck, dass er an die Wimps im Zentrum der Erde will, warum auch immer“, sagte di Filipepi.

„Aber was hat das jetzt mit Ihrem Plan zu tun?“, fragte Chaosta.

Di Filipepi konnte gerade keine Antwort geben, da ihr Gefährt steil nach unten auf ein Hochhaus zuhielt. Chaosta glaubte, sich festhalten zu müssen, obwohl sich das Material des Sitzes fest an ihren Rücken schmiegte, als sei es angewachsen.

„Wir müssen an die Neutrinos kommen, bevor es der Dämon macht. Dazu könnten wir Diamanten nehmen, vorausgesetzt, die Diamanten sind lupenrein und in einer ganz bestimmten Art und Weise geschliffen. Schleifen könnten wir zwar in unserer Spezialwerkstatt, aber bisher haben wir noch nicht die erforderliche Menge an großen Diamanten gefunden, und mein Plan funktioniert leider nur, wenn an sehr vielen Stellen die Neutrinos eingefangen werden“, sagte di Filipepi, als sie wieder ruhiger dahinglitten.

„Auch wenn Sie die Diamanten finden, existiert immer noch der Dämon selbst unter Ägypten. Wer weiß, wie mächtig er inzwischen schon ist. Vor wenigen Stunden hatte er gerade Kontakt zum Erdmantel aufgenommen. Nein, es muss noch eine andere Möglichkeit geben."

„Erzählen Sie, was Sie dort gesehen haben?"

Sie beschrieb ihm die Energiefelder und Impulsleitungen, die sie gesehen hatten. „Alles spricht dafür, dass es sich um eine Lebensform handelt. Ob es der Dämon ist, wissen wir aber nicht."

„Sie haben gehirnähnliches Material entdeckt?"

„Ja, es sah zumindest so aus. Vielleicht eine Art Schaltzentrale. Mein Assistent hat Atome eingeholt und sie untersucht."

„Das heißt, Sie haben Nervenstränge und Weiterleitungen von Impulsen feststellen können?"

„Eindeutig. Man konnte Impulsentladungen sehen, wie wir es auch von menschlichen oder tierischen Gehirnen kennen, nur millionenfach riesenhafter. Es war faszinierend."

„Konntet Ihr erkennen, worin diese Nervenstränge oder Impulsleitungen eingebettet waren?"

„Es war nichts zu sehen. Vielleicht dienen ja die Neutrinos der Einbettung. Da sie relativ selten in Kontakt mit Material treten, könnten sie diese Funktion durchaus übernehmen . . . Vielleicht ist das überhaupt der Grund, warum die Neutrinos Energie mitnehmen. Die Schaltzentrale braucht wohl Energie zum Leben."

Di Filipepi überflog soeben die 5th Avenue und machte noch einen kleinen Schwenk über den Central Park. Als sie von Norden zurück in Richtung Trump Tower flogen, sichteten sie eine einzelne dunkle, dichte Wolke über einem der Hochhäuser.

„Oh, unser Freund scheint etwas gemerkt zu haben", sage di Filipepi.

„Unser Freund? Wen meinen Sie damit?"

„Unser Freund, Monsieur Tableau. Er wohnt über dem Trump Tower. Was halten Sie von einem kleinen Überraschungsbesuch?"

Die Wolke, die wie eine Mütze auf dem Hochhaus saß, verformte und verdunkelte sich. Blitze schossen heraus und dünne, fadenförmige Mini-Tornados schlängelten sich in ihre Richtung.

„Ganz ruhig. Er wird uns nichts tun, ich kenne ihn“, sagte di Filipepi und ging in den Sturzflug, um einem der schlangenförmigen Tornados auszuweichen. „Ich habe den Eindruck, er macht nur einfach ernst mit seinem Wunsch, Sie persönlich kennenzulernen.“

Chaosta fragte sich, wer di Filipepi war. Jawa vertraute ihm, und er hatte auch Kontakt zu Tableau.

Di Filipepi wollte das Geheimnis aber noch nicht lüften und schlug stattdessen einen Ausflug zur Cheops-Pyramide vor. Die Nacht sei klar und man könne das Wissen zusammenschmeißen, was Chaosta aber ablehnte.

22. Kapitel

Als sich die ersten Strahlen der Sonne durch den Spalt der Vorhänge schoben und Annes Nase kitzelten, war es noch früh am Morgen. Die letzten Stunden hatte sie fest geschlafen. Hin und wieder hatten sich Fetzen des Dämons in ihre Träume geschlichen, die aber vorbeiflogen wie flüchtige Wolken. Eine der silbrigen Wolken hatte sie ergriffen und davongetragen, hinein in ein Farbenspiel aus zarten Blautönen. Ein großes Glücksgefühl durchströmte sie und ließ sie schweben, weit oben, dort, wo es keine Grenzen gab. Ihr Herz war auf einmal frei von Angst. Sie wunderte sich etwas, dass sie sich nach diesen Erlebnissen so schnell wieder stark fühlte, hatte aber keine Zeit, darüber nachzudenken.

Anne hörte Schritte. Es klopfte an ihre Tür und gleich danach schaute Chaosta zu ihr herein.

„Du musst dich fertig machen. Wir treffen uns alle im Konferenzraum“, begrüßte Chaosta sie. „Hast du gut geschlafen?“

„Ja, wunderbar. Ich hatte das Gefühl, jemand trägt mich in den Himmel.“

Sie sprang auf und tanzte umher. „Ich fühle mich so gut auf einmal. Alle Müdigkeit ist weg, ich habe keine Angst mehr. Ich könnte alle umarmen.“

Sie zog sich an und folgte Chaosta in den Konferenzraum. Sie spürte, dass Chaosta sie immer wieder fragend von der Seite ansah, als hätte sie eine Kranke vor sich. Etwas Unerklärliches passierte mit ihr.

Als sie in den Konferenzraum traten, folgte ihnen Professorin Haas, die Ministerin für Biologisches Verhalten und Kommunikation. Anne konnte an ihren hochgezogenen Augenbrauen erkennen, es war ihr nicht recht, dass sie mitging.

Irgendetwas verursachte ihren Unwillen. Sie merkte wohl auch, dass etwas an Anne anders war. Anne musste sich wegdrehen, da Haas sie so intensiv musterte, dass sie sich plötzlich bis ins Mark getroffen fühlte. Augen, die tief in ihr Herz schauten und die Glückseligkeit der letzten Nacht erkennen konnten.

Als sie den Raum betraten, schauten alle zu Haas. Ein Flüstern verfolgte sie, als sie durch den Raum schritt. Die Sekretäre in den hintersten Reihen stellten sich auf die Zehenspitzen, um einen Blick von ihr zu erhaschen. Die kleinen, zarten Regierungsassistenten, die für Botengänge während der Konferenzen zuständig waren, drängten von draußen herein, um den Auftritt von ihr ja nicht zu verpassen.

Haas trug einen großen, eleganten schwarzen Hut und dazu ein enganliegendes weißes Etuikleid mit einer kleinen Jacke, die sie lässig über den Schultern hängen hatte und achtlos neben sich warf, nachdem sie sich auf den Stuhl gesetzt hatte. Sie saß sehr aufrecht und hatte die Arme entspannt auf die Armlehnen gelegt. Unter ihrem breitkrempigen Hut quollen ihre widerspenstigen blonden Locken hervor, die sie immer wieder mit einer kleinen Handbewegung unter den Hut steckte.

Präsident Jawa begrüßte sie und alle klatschten Beifall. „Lassen Sie uns heute Fakten zusammentragen. Wir sind mit der Erde in der fünften Dimension verknüpft worden und müssen alles dafür tun, dass wir uns wieder lösen können. Das heißt nicht, dass wir nicht mit Rat und Tat für die Erde zur Verfügung stehen, was wir in der Vergangenheit schon häufiger getan haben. Leider konnten wir nur wenig verändern. Die Menschen der Erde sind weit zurück mit ihrer Entwicklung. Sie führen immer noch Kriege untereinander, haben keine richtigen Werte. Die meisten glauben an einen bestrafenden Gott. Alles, was wir schon vor Tausenden von Jahren abgelegt haben.

Leider scheinen sich böse Mächte in der letzten Zeit über die Erde herzumachen. Es könnte auch unser Feind sein, der uns vor vielen, vielen Jahren schon einmal das Leben schwergemacht hat. Wir können noch nichts Abschließendes sagen. Ich werde zuerst unserer werten Ministerin für Katastrophen und Außergewöhnliche Unfälle das Wort erteilen“, eröffnete er die Konferenz.

Jawa setzte sich und machte eine auffordernde Handbewegung zu Chaosta, die rechts neben ihm saß. Chaosta erhob sich und trat in die Mitte. Sie erzählte von der Reise durch die Erde und endete mit der Beschreibung der gehirnähnlichen Masse direkt unterhalb der Pyramide.

„Die Energieansammlung, die wir unter der Cheops-Pyramide feststellen konnten und die sich in den letzten Wochen ungeheuer vergrößert hat, könnte eine ureigene Lebensform sein, die nur aus gehirnähnlicher Masse besteht. Einen Körper konnten wir bisher noch nicht ausmachen. Ich war dort und alle Detektoren wiesen das gleiche Ergebnis auf: Es ist ein Organismus."

Anne spürte ein Kribbeln unter ihrer Kopfhaut. Schon wieder wurde sie von guten Gefühlen überschwemmt. *Der Dämon wandelt sich zur größten Intelligenz, die jemals auf dieser Erde weilte*, dachte sie. Sahen sie denn nicht, wie anbetungswürdig dieses Wesen ist?

„Es scheint Teilenergien losschicken zu können, wie wir in Paris sehen konnten. Es scheint auch Teilenergie materialisieren zu können. Wir wissen leider noch nicht alle Einzelheiten. Auch dieses Mal war meine Lebensenergie nach der Rückkehr extrem geschwächt. Ich merke heute noch, dass der Dämon mich beeinflusst", fuhr Chaosta fort. „Eins muss ich noch hinzufügen. Es ist nicht ein Dämon im üblichen Sinne, der nur zerstören will, um der Zerstörung willen. Er scheint eine spezielle Aufgabe zu haben. Jedenfalls können wir dort unter der Erdoberfläche eine Zunahme der Neutrinos und Wimps feststellen.

Jawa sprach von der Seele der Natur, der mächtigsten Kraft im Universum, der Pflanzen, der Tiere – alles, was neben den Menschen auf der Erde existiert. „Und diese Macht ist die größte, die überhaupt im Universum existiert. Erde, Wasser und alle Lebewesen leben in einer symbiotischen Gegenseitigkeit, die nur bestehen bleiben kann, wenn sie auf seelischer Gemeinschaft beruht."

„Wenn die Menschen nicht erkennen, dass sie dazugehören, werden sie alles zerstören. Jemand, der vor seinen Augen eine Pflanze, einen Baum oder einen Strauch verdursten lässt, obwohl er dies verhindern könnte, sieht sich nicht innerhalb, sondern außerhalb der Gemeinschaft. Er ist blind gegenüber den Bedürfnissen der anderen Wesen, obwohl sie zu uns gehören. Die Menschen sägen sich den Ast ab, der sie selbst sind. Es herrscht eine Diktatur der Dummheit.

In der Vergangenheit kam mir schon oft der Gedanke, dass wir hier auf der Erde bisher nichts Positives erreicht haben. Die Dummheit und Brutalität nehmen immer mehr zu. Spätestens in einhundert Jahren werden es so viele Menschen sein, dass sie verhungern und verdursten werden. Ich bin der festen Meinung, dass die Menschen sich diesen Dämon selbst erschaffen haben. Je zerstörerischer und verachtenswerter die Menschheit, umso stärker der Dämon. Er übernimmt ihre negativen Energien und schlägt zurück“, unterstrich Chaosta seine Ausführungen.

Auf diese Rede folgte Totenstille, dann erhob sich Jawa. „Wie ich schon bei unserem letzten Treffen angeführt habe: Es muss auch etwas mit der verletzten Seele der gesamten Natur zu tun haben. Wir müssen einen Weg finden, um in Kontakt mit dieser Seele zu kommen. Denn dass eine Seele bösartig ist, ist ausgeschlossen.“

Ein Raunen ging durch die Reihen. Anne konnte jedes der geflüsterten Worte auf einmal verstehen. Schon vor einigen Stunden hatte sie sich über merkwürdige Laute gewundert, die anscheinend aus den Wänden kamen. Es hörte sich fast an wie Mäusegepiepse. *Warum nur wollen sie dieses Lebewesen vernichten*, fragte sich Anne. Alle ablehnenden Gefühle, die sie vorher hatte, waren verschwunden. *Das Wesen ist so stark und mächtig. Warum wollten sie es daran hindern, sich das gesamte Universum einzuverleiben? Es wird uns alle holen. Daran kann niemand etwas ändern, auch Chaosta nicht. Nein*, dachte Anne weiter. *Ich werde den Blutstropfen nicht hineinfallen lassen. Ich werde es verhindern, dass dieses wundersame Wesen vernichtet wird.*

Haas beugte sich zu Chaosta und flüsterte ihr etwas ins Ohr. Anne sah, wie Chaosta blass wurde. Ihre Augen weiteten sich und dann stieg eine leichte Röte in ihr Gesicht. Sie sah direkt zu Anne.

„Was ist mit dir“, fragte Chaosta und fasste Anne an den Schultern.

„Wieso, was soll sein?“, entgegnete sie gereizt.

„Du weißt, dass dieser Dämon für uns alle gefährlich ist. Auch für dich. Hast du vergessen, dass er dich töten wollte?“

Anne senkte ihre Stimme zu einem Wispern: „Das hast du mir erzählt. In Wirklichkeit liebt er mich.“

„Er wird dich und uns alle töten. Willst du das?“, flüsterte Chaosta zurück, „er liebt dich nicht, er benutzt dich. Er ist in dein Gehirn eingedrungen, wie er es auch bei mir gemacht hat. Denk daran, was er den Menschen schon angetan hat. Erinnere dich!“

Anne gefiel diese Antwort überhaupt nicht. Sie runzelte die Stirn, drehte sich weg und sagte mürrisch: „Du lügst mich an. Du willst nur die Mächtigste sein.“

In diesem Augenblick sprang Jasper auf. Er war ziemlich aufgeregt. „Ich bitte um Entschuldigung, ich möchte um das Wort bitten.

Jawa erteilte ihm das Wort, indem er ihn mit einer kleinen Handbewegung aufforderte aufzustehen.

„Wir hatten jemand mit Magnetit-Kristallen an Bord. Anne ist ein Mensch und die Menschen haben Magnetit-Kristalle in ihrem Gehirn. Jeder. Der Dämon könnte darüber alles mitgehört haben, was in ihrer Gegenwart gesprochen wurde. Ich wollte ...“

In diesem Augenblick spürte Anne eine Hand auf ihrer Schulter. Es war Chaosta.

„Jetzt weiß ich, was mit dir los ist“, raunte sie ihr zu. „Der Dämon gibt dir Signale über die Kristalle in deinem Gehirn.“

„Welche Kristalle?“, fragte Anne und strafte sie mit einem verächtlichen Blick. Eine Welle von Hass stieg in ihr auf. Das glückselige Gefühl, das sie nach dem Aufstehen hatte, war mit einem Schlag verschwunden. Wie eine Welle eiskalten Wassers überrollte sie dieser Hass. Sie fühlte, dass sie genau zuhören musste, um zu erfahren, was sie planten. Es war wie ein Zwang.

Sie sah, wie Bruzella aufstand und Jawa etwas ins Ohr flüsterte. Plötzlich hatte sie eine kleine goldene Kappe in der Hand und kam zu ihr herüber. Sie wollte sich umdrehen und nach draußen laufen, als Chaosta und Jasper sie von beiden Seiten an den Schultern fassten und festhielten.

„Der Dämon steuert dich, Anne. Über deine Magnetit-Kristalle. Du musst diese goldene Kappe aufsetzen. Dann kann er dich nicht mehr beeinflussen. Sie ist wie ein Faraday'scher Käfig."

Anne spürte, wie Bruzella ihr etwas über den Kopf stülpen wollte. Sie schlug nach ihr. Versuchte sie zu kratzen und sich aus der Umklammerung zu befreien. Beide stürzten und Anne riss Chaosta und Jasper zu Boden. Sie rollten über sie hinweg und lagen schließlich laut schnaufend neben ihr. Haas saß auf der Brust von Anne und zog ihr die goldene Kappe mit heftiger und entschlossener Bewegung über den Kopf.

Anne glaubte, er würde zerplatzen. Lauter Blitze sprangen hin und her. *Ich bin verloren*, dachte sie, während die Blitze ihren Kopf zu zerreißen schienen.

Greifbare Flammen, die sie in ihren Sog ziehen wollten. Wo ist Chaolina? Wo ist Jasper? Beide lächelten sie an, als wollten sie ihr sagen, du bist gut aufgehoben bei uns. Bleib bei uns. Geh nicht wieder zurück.

Salzige Tränen liefen ihr übers Gesicht. Als würde sich ein Eisenring öffnen, der seit langer Zeit ihr Herz gefoltert hatte. Das Wasser tropfte aus ihren Augen und mit jedem Tropfen kam ein Stück ihrer Freiheit zurück. Ein tiefes Gefühl des Friedens breitete sich in ihrem Körper aus. So, als sei sie nach Hause zurückgekommen.

„Geht's dir gut", fragte Chaosta und blickte sie prüfend an.

„Was war los?", fragte Anne und schaute zu den anderen, in der Hoffnung, dort die Antwort zu finden.

„Später. Hauptsache, du bist wieder bei uns. Und jetzt lass uns weiterarbeiten", antwortete Chaosta und Freud strich ihr über den Kopf.

Während des Handgemenges war es ruhig geworden im Konferenzraum. Jetzt gingen alle zurück auf ihren Platz. Anfangs wurde zwar noch getuschelt, aber dann wurde es wieder geschäftig wie immer.

„Nachdem wir Anne wieder bei uns haben, können wir hoffentlich weiterarbeiten“, sagte Jawa. „Wo waren wir stehen geblieben? Ach ja, bei den Magnetit-Kristallen. Ich werde Schön fragen, was es für uns bedeutet.“

Schön war ein gepflegter Mann, das gegelte dunkle Haar ordentlich gescheitelt. Er trug einen modernen, hellgrauen Anzug und dazu eine großgebundene Krawatte in einem leuchtenden Blau. Er schaute in die Runde, seinen Nasenkneifer ganz vorne auf der Spitze der Nase.

„Vergesst alles, was wir bisher über das Gehirn und den freien Willen wussten“, begann er seine Erklärungen, „mit Ausnahme der Grunderkenntnisse. Die Magnetit-Kristalle, die in den meisten Regionen des Gehirns vorhanden sind, vor allem in der schützenden Gehirnmembran, sind auch in den Kanälen vorhanden, die den Transport von Substanzen durch die Zellmembrane regulieren. Wenn diese Magnetit-Kristalle durch ein äußeres Magnetfeld unkontrolliert schwingen, dann hat dies immense Folgen für den Substanztransport. Jede Nervenfaser kann über die Enden seiner wellenförmigen Struktur magnetische Informationen senden oder empfangen. Sie besitzen ein natürliches eigenes Spannungsfeld und eine dazu gehörige magnetische Komponente.“

Jawa unterbrach ihn und wollte wissen, ob man damit die Menschen in einem Magnetfeld kontrollieren könnte.

„Ja, jede Informationsweitergabe läuft über Nervenzellen, die mit Substanzen versorgt werden müssen. Wenn jetzt der Transport verändert wird, wird auch die Informationsweitergabe und Informationsspeicherung geändert. Der Mensch verhält sich daraufhin anders. Das weiß man, das ist bewiesen.“

„Gibt es dann überhaupt noch einen freien Willen?“, unterbrach ihn Dr. Klein, der Minister für Astrologie.

„Um es kurz zu machen, es gibt bei den Menschen keinen freien Willen, es gibt nur eine praktische Freiheit.

Jegliches absichtsvolle Verhalten ist mit den Gesetzen der natürlichen Welt zu erklären. Der Mensch wird beherrscht von seinem Unterbewusstsein, seinen Trieben und seinen Genen. Und trotzdem fühlt der Mensch sich frei. Sein Wille ist von außen zu beeinflussen, indem man seine Gefühle, seine Hoffnungen und Ängste, die ihn im Laufe seines Lebens geprägt haben, verändert."

„Heißt das, dass der Dämon hier ansetzen könnte, um Einfluss zu gewinnen?", fragte Ministerin Diora.

„Ja, genau das heißt es. Die Menschen könnten manipuliert werden. Bei dieser tödlichen Erkrankung handelt es sich wahrscheinlich um einen Virus oder eine neue Form eines Bakteriums, das die Biochemie des Gehirns verändert. Normalerweise werden die Gefühle getrennt von den Sachgegebenheiten in Schubladen abgelegt und die passenden dann zusammen herausgezogen. Unter diesem Virus oder was es auch immer sein mag, werden anscheinend nicht mehr die passenden, sondern völlig unabhängige Schubladen voneinander herausgezogen. Es könnte eine totale Manipulation der Informationsverarbeitung im Jetzt und damit auch für die Vergangenheit sein."

Tumult kam auf. Alle sprachen durcheinander.

„Umgekehrt heißt das aber auch, dass wir in derselben Art und Weise den Dämon manipulieren können. Sofern wir einen Weg finden, seine Schubladen anders zuzuordnen", fuhr Schön fort.

Tausend Gedanken schwirrten Anne durch den Kopf und sie schlich sich während der Sitzung nach draußen. Die goldene Kappe, die sie immer noch auf dem Kopf hatte, drückte. Sie traute sich aber nicht, diese abzunehmen. Die Kappe sollte sie vor dem Dämon schützen. Seitdem sie sie trug, hatten sich ihre Gefühle verändert. Ihr Selbstvertrauen, was sie gerade noch vor wenigen Minuten hatte, war völlig verschwunden und sie fühlte sich wieder klein und unbedeutend, nichtssagend, verletzbar.

Als sie unsicher und ängstlich den Gang entlang ging, glaubte sie, jemanden um die Ecke huschen zu sehen. Auf der Treppe - leise klappernde Geräusche. Schnell lief sie hinterher, konnte jedoch niemanden sehen.

Als sie die Treppe hinaufstieg, knirschte es unter ihren Schuhen. Auf einer der obersten Stufen lag etwas Dunkles. Es sah aus wie ein zusammengerolltes Blatt. Anne faltete es behutsam mit dem Finger auseinander. Es war eine vertrocknete Jasminblüte.

Jemand tippte ihr von hinten auf die Schulter. Sie erschrak und drehte sich um.

Madame Fortunore stand hinter ihr. „Ist das nicht alles fürchterlich schlimm? Ein gehirnähnliches Gebilde, das die Menschen lenken könnte? Vielleicht gibt es ja auch unter uns jemanden, den es beeinflusst. Einen Maulwurf, von dem keiner was weiß, vielleicht sogar einen Schurken wie damals, vor vielen, vielen Jahren?“ Sie seufzte tief.

Hat nicht Chaolina ihr von einem Verräter erzählt, der vor vielen Jahren Mitglied der Regierung war, fragte sich Anne.

„Was wäre, wenn wirklich einer von denen, die nicht mehr in unseren Reihen weilen dürfen, einen von uns auf seine Seite gezogen hat, so wie damals? Ich sage dir, das Gespenst des Vertrauensbruchs taucht wieder aus den Tiefen des Verdrängten und Vergessenen auf und wird vor uns stehen, dämonisch grinsend. Jahrhundertelang war es in seinem Verlies eingesperrt und jetzt kriecht es wieder hervor.“

Fortunore schüttelte den Kopf, brummelte noch irgendetwas vor sich hin und ging weiter, ohne auf eine Antwort zu warten. Sie drehte sich aber nach wenigen Schritten nach ihr um und sagte: „Ich glaube, du kannst deine goldene Kappe abnehmen. Ich denke, es droht keine Gefahr mehr.“ Dann ging sie weiter.

Anne blieb noch einen Augenblick auf der Treppe stehen und schaute ihr hinterher. Die Kappe drückte immer noch und sie war froh, dass sie dieses unbequeme Ding endlich vom Kopf nehmen konnte. *Fortunore wird schon wissen, ob dies richtig ist,* beruhigte sie sich.

Etwas rieb sich plötzlich an ihren Beinen und schnurrte laut. Eine Katze schaute sie mit ihren großen bernsteingelben Augen intensiv an.

„Hallo", sagte Anne. „Du bist sicherlich Cleo. Ich habe schon von dir gehört."

Cleo blinzelte nur leicht mit ihren Augen. Anne bückte sich und streichelte sie. Dann trollte sich die Katze in Richtung Küche. Der Schwanz stand kerzengerade nach oben, mit einem kleinen Knick am Ende.

Schon wieder hatte Anne das Gefühl, beobachtet zu werden. Sie drehte sich um, konnte aber niemanden entdecken, aber das Gefühl blieb.

Als sie ihr Zimmer betrat, fiel ihr Blick sofort auf einen riesigen Schuhabdruck, der sich als Relief in dem dicken, weißen Teppichboden abgebildet hatte. Vorne, in der Spitze des Abdruckes, lag etwas Dunkles, Körniges. Sie bückte sich. Es waren kleine Gesteinsbrocken. Sie rieb sie nachdenklich zwischen den Fingern und sie zerfielen zu Staub.

In diesem Augenblick klopfte es und die Tür wurde geöffnet und Chaosta stand davor. Anne berichtete ihr sofort von dem ungebetenen Besucher mit den schmutzigen Schuhen.

Chaosta trat ein, ging zur Wand, die aussah, als wäre sie aus milchigem Glas und tippte mit dem Zeigefinger direkt darauf. „Dies hier wird uns zeigen, was sich in den letzten zwei Stunden hier abgespielt hat."

Die Farbe der Glaswand veränderte sich, als würde jemand Schokolade in heiße Milch schütten. Auf einmal sahen sie eine hoch gewachsene Gestalt mit einem dunklen Umhang und einer Kapuze, die das Gesicht völlig verdeckte. Für einen kurzen Augenblick drehte sie sich in ihre Richtung und sie sahen in schwarze Augen, die in weißen Seen ruhten. Der Rest des Gesichtes lag im Dunkeln. Dann zog die Gestalt die Kapuze noch weiter über das Gesicht, so dass nichts mehr auszumachen war. Sekunden später verließ der Eindringling ihr Zimmer, ohne irgendetwas angerührt zu haben.

Anne erzählte Chaosta auch von den Gesteinsbrocken auf der Treppe.

Chaosta drückte einen kleinen grauen Knopf an einem Schaltpult an der Wand. Ein junger Mann trat ein. Er gehörte zu den dienstbaren Geistern des Hauses, die sich um alles, was Sauberkeit und Ordnung betraf, kümmerten, war aber in Wirklichkeit ein hoch entwickelter Roboter. Alle Roboter trugen hellblaue Kleider und waren dadurch sofort für alle erkennbar.

„Hör zu, Maga 2“, sagte Chaosta, „ich habe soeben kleine Gesteinsbrocken auf der Glastreppe gefunden und auch hier im Zimmer von Anne waren Sandkörner.“

Maga 2 klappte seine Liddeckel bis zur Hälfte herunter, was ihn schuldbewusst aussehen ließ. Anne war sich nicht ganz sicher, ob diese Roboter auch Gefühle haben.

„Nein, du musst dich nicht entschuldigen. Du kannst ja nichts dafür. Finde heraus, ob es noch andere Stellen gibt, wo solche Sandkörner oder Gesteinsbröckchen auf dem Boden liegen und bring sie mir. Am besten getrennt nach den Fundstellen, damit ich im Labor feststellen lassen kann, ob es sich um dasselbe Material handelt und damit wir wissen, wo der Eindringling überall war.“

Der Roboter verschwand. Chaosta sah sich noch einmal das Bild des Fremden auf der Glaswand an. „Vielleicht haben wir etwas übersehen, was uns Aufschluss über seine Identität geben könnte.“

„Schau dir mal seine Socken an, ich habe beim Hinausgehen etwas aufblitzen sehen“, sagte Anne.

Chaosta ließ noch einmal die Passage auf dem Schirm erscheinen und vergrößerte das Bild. Und da sahen sie es, ein strahlendes Auge auf einer Pyramide.

Als der Roboter zurückkam, hatte er mehrere kleine Stoffsäckchen in der Hand, die er auf den Tisch legte. Chaosta öffnete alle Säckchen – in allen waren dunkelgraue bis schwarze Körner, die sich beim Reiben zu Staub verwandeln.

„Es könnte dunkle Tonerde oder Lava sein“, sagte Chaosta und verschloss die Säckchen wieder. „Ich werde sie ins Labor bringen. Dort können sie eine Spektralanalyse durchführen. Das wird uns weiterbringen. Und jetzt werden wir sehen, wo der Fremde überall war."

Sie tippte wiederum auf die Wand und es wurden mehrere Buttons sichtbar. Sie drückte auf den großen gelben. „Hier siehst du eine Übersicht unseres Gebäudes."

Dann drehte sie sich zu Maga 2 und befahl: „Zeig mal, wo du all deine Funde herhast."

Chaosta ließ eine Karte des Regierungsgebäudes an die Glaswand projizieren. „Jetzt können wir seinen Weg am besten verfolgen."

Maga 2 deutete auf alle Plätze, an denen er Material gefunden hatte. Der Eindringling hatte also eine der Hintertüren benutzt, dort hatte Maga 2 dicke Brocken gefunden. Auch vor dem Konferenzsaal gab es eine Fundstelle. Hatte er dort auf jemanden gewartet? War er dabei auf und ab gegangen? Dort sah es fast nach kleinen Laufstraßen aus. Dann fanden sich wieder Steine auf der Glastreppe zu Annes Zimmer und natürlich in ihrem Zimmer selbst.

„Er scheint ganz schön umher gewandert zu sein", stellte Anne fest.

„Ihm scheint es egal zu sein, ob man ihn entdeckt. Wer nicht einmal an seine schmutzigen Schuhe denkt, der muss sich sehr sicher sein, oder ...", flüsterte Chaosta.

Plötzlich wurde sie ganz blass.

„Nun schau dir diesen hinterhältigen Kerl an. Hieran bist du also interessiert", sagte sie.

23. Kapitel

Tief unter der Erde lagen die „Geheimen Kammern“. Es war die Datenbank der Privatsphäre jedes Regierungsmitgliedes von Fortuna und sie galt als absolut sicher.

Auch hier hatte Maga 2 Gesteinsmaterial gefunden.

„Jetzt weiß ich, was ihn interessiert. Die Geheimen Kammern“, sagte Chaosta und tippte auf der Karte auf die Fundstelle. „Vielleicht sucht derjenige nach Schwächen von uns.“

„Vielleicht ist es doch einer von euch?“, fragte Anne. „Wenn eure Geheimen Kammern nicht sicher sind, dann könnt ihr mich auch nicht beschützen, oder?“

Chaosta zögerte, bevor sie antwortete: „Du könntest recht haben. Wir glaubten uns so sicher wie nichts auf der Erde und jemand hat es sogar bis vor diese Kammern geschafft? Unglaublich!“

Und sie beschrieb, was es mit diesen Geheimen Kammern auf sich hatte. „Sie sind Hunderte von Metern unter der Oberfläche. So tief, dass man ganz lange mit einem Fahrstuhl fahren muss. Und sie sind so sicher, dass wir nie mit der Möglichkeit gerechnet haben, dass irgendjemand mal dorthin gelangen könnte, der nicht dazu befugt ist. Es gibt dort so eine Art Vergangenheitskasten. Da kannst du deine Hand hineinstecken und dann weißt du alles über dich selbst. Alles, was du vergessen hast oder vergessen solltest. Ich wollte aber bisher nicht.“

„Meinst du, der Fremde ist noch da?“, fragte Anne.

„Keine Ahnung. Wir sollten auf alle Fälle nachsehen.“

Der Eingang, der zu dem Fahrstuhl führte, lag versteckt in einer Säule in den untersten Gewölben des Headquarters. Sie gingen eine breite Wendeltreppe aus Sandstein nach unten, die in ein warmes Licht gehüllt war. Winzige, in den Boden eingelassene Lampen begrenzten die Stufen zur Wand. Die tragende Säule in der Mitte war über und über mit leuchtenden Rubinen übersät.

Ihre Tritte hallten dumpf als Echo wider, als sie Schritt für Schritt in die Tiefe stiegen. Die Stufen waren leicht ausgetreten, so, als hätten schon viele Füße den Weg nach unten gesucht. Zwischendurch gab es abgehende Hohlräume, deren Weite sich im Nichts verlor.

„Wir sind gleich da“, sagte Chaosta und drehte sich zu Anne um, die dicht hinter ihr lief.

Nach einem langen, nicht enden wollenden Weg öffnete sich ein kreisrunder Raum, von dem viele unübersichtliche Gänge abgingen. Sie folgten dem größten. Rechts und links wölbten sich menschenähnliche Gesichter aus dem Mauerwerk. Ihre Augen musterten sie aufmerksam und folgten ihnen, als sie an ihnen vorbeigingen.

„Hier wird alles minutiös überwacht. Jede Bewegung wird sofort an unsere Zentrale gemeldet. Ich wundere mich, dass es überhaupt keine Meldung über einen Eindringling gab. Sogar eine Ratte könnte hier nicht unbemerkt durchkommen“, sagte Chaosta.

„Ratten?“ Annes Augen suchten ängstlich die nähere Umgebung ab.

„Nein, hier gibt es keine Ratten. Ich meine nur, wenn es welche geben würde, dann wüssten wir auch das.“

Der Gang ging in die Tiefe der Erde wie ein Wurm, der sich mit seinen blinden Augen immer weiter ins Reich der Dunkelheit bohrt. Es nahm kein Ende.

Sie waren schon eine Weile unterwegs, als Chaosta vor einer der dicken Säulen stehen blieb. Sie war aus bläulichem Granit und blank poliert. In Höhe ihres Kopfes waren Schriftzeichen eingehauen, doch Anne konnte sie nicht lesen.

Chaosta legte die rechte Hand auf eines der Schriftzeichen. Die anderen Schriftzeichen begannen zu glühen, als hätte jemand Feuer darin angezündet. Chaosta bedeckte eines nach dem anderen mit ihrer linken und rechten Hand nach einem für Anne geheimnisvollen System. Dann blieb sie ruhig davor stehen und starrte auf zwei sich vergrößernde Punkte direkt in Augenhöhe.

Ein lautes Ächzen ertönte. Die Säule teilte sich und gab die Sicht auf einen verspiegelten kleinen Innenraum frei, der einem Fahrstuhl nicht unähnlich war. Gedämpftes Licht fiel nach außen auf den gelblichen Sandsteinboden.

Anne schaute hinein und erstarrte. Drei halbnackte leblose Personen mit weit von sich gestreckten Beinen auf dem Boden. Welch schrecklicher Anblick. Die Köpfe waren an die Rückwand gelehnt, die gebrochenen dunklen Augen erstaunt weit aufgerissen, die Arme hingen schlaff zu Boden.

Als der erste Schreck nachließ, stellte Anne fest, dass es gar nicht drei Personen waren. Es war nur eine einzige. Der Spiegel in dem Raum hatte den toten Körper vervielfacht.

Dann sah sie das blutverschmierte Loch in der sehr behaarten Brust und die rotschwarze Blutlache neben ihm. Auch auf dem Spiegel fanden sich blutige Schleifspuren von oben nach unten. Die Waffe musste ihn wohl im Stehen getroffen haben. Als ihm sein Leben genommen worden war, war sein Körper offenbar nach unten gerutscht wie ein nasser Sack.

Auch Chaosta hatte ihre roten Wangen verloren. Sie beugte sich zu dem Toten hinunter und fühlte seinen Puls am Hals. „Er ist tot, mausetot", sagte sie. „So, wie es aussieht, ist er ermordet worden."

In seiner linken Hand hielt er etwas fest. Es sah aus wie ein Fetzen Papier. Auch Chaosta hatte es bemerkt, zog es vorsichtig heraus und glättete es – eine blutverschmierte Ein-Dollar-Note.

„Schon wieder das allsehende Auge", stellte sie fest und deutete auf den Geldschein, auf dem Anne eine Pyramide und ein strahlendes Auge erkennen konnte.

„Weißt du, wer er ist?", fragte Anne.

„Er gehört zu uns. Nicht direkt zum Ministerium, sondern zur wissenschaftlichen Abteilung, glaube ich. Aber er ist einer von uns. Wollen doch mal sehen, ob er derjenige aus deinem Zimmer ist." Sie griff nach seinem rechten Hosenbein und zog es etwas nach oben. „Na sieh mal einer an. Auch hier: das Auge über einer Pyramide."

Trotz allen Blutes, das auch die Schuhe und Socken durchtränkte, war das „strahlende Auge" am Sockenrand gut zu erkennen.

Chaosta richtete sich wieder auf, tippte auf ihren Armreifen und sprach hinein: „Jasper, du wirst hier unten gebraucht, sofort“, wies sie ihren Mitarbeiter an.

Anne hätte gern gewusst, was sie jetzt dachte, aber Chaosta schwieg. Irgendetwas an dem Ermordeten hatte sie irritiert. Das konnte sie an ihrer Falte zwischen den Augen erkennen, die jetzt deutlich tiefer war als sonst. Und was hatte das strahlende Auge mit dem Fremdling zu tun, fragte sie sich.

Es dauerte nicht lange, dann hörten sie hallende Schritte im Gang, die sich näherten. Als Jasper eintraf, deutete Chaosta nur stumm mit dem Kopf in den Fahrstuhl.

Jasper erstarrte. Mit regungslosem Gesicht beugte er sich nieder und inspizierte die Leiche schweigend. Er tastete die Wunde ab und sah sich auch das strahlende Auge an. Seltsamerweise waren die Beine völlig haarlos.

„Und, was sagst du dazu?“, fragte Chaosta und schaute ihn an.

„Ein Gefallener. Augenscheinlich ermordet, wobei mir nicht klar ist, welche Waffe hier benutzt wurde. Eine normale Schusswaffe war das nicht. Hier!“ Er deutete auf das große Loch in der Brust. „Der versengte Rand der Wunde. Es muss sich um eine sehr energiereiche Waffe handeln. Sie reißt große lochähnliche Wunden in den Körper, ohne dass er in tausend Stücke zerlegt wird. Ein Laserstrahl mit diesem Strahlendurchmesser hätte aber den gesamten Fahrstuhl geschmolzen. Sowas kann es also nicht sein.“

Er richtete sich wieder auf. „Ein Gefallener, der auf dem schmalen Grat der Erkenntnis zur Seite des Bösen abgewichen ist. Aber einer, der sich noch nicht eindeutig entschieden hat, denn sonst würde er nicht nur Haare auf der Brust haben, sondern auch Haare an den Beinen.“

„Ich glaube, ich kenne ihn. Irgendeiner von der Wissenschaft, der früher hier arbeitete“, erklärte Chaosta. „Er liegt im Fahrstuhl und nicht vor dem Fahrstuhl, also muss ihn jemand von der Regierung bis hierher mitgenommen haben. Er selbst hätte die Tür in der Säule allein unmöglich öffnen können.“

Chaosta rollte den Leichnam auf die Seite und tastete seinen Rücken ab. Dabei lösten sich die Haare büschelweise und hinterließen klaffende brennendrote Flächen. Ein Stoffhaufen lag direkt neben der Leiche. Es sah nach einem gestreiften Hemd aus.

Anne spürte plötzlich ihren Magen. Er revoltierte. Ihr Mageninhalt bewegte sich stoßweise die Speiseröhre hoch. Sie wollte sich umdrehen, weglaufen, aber sie konnte nur dastehen und auf den Toten starren.

Chaosta untersuchte die Haarbüschel und die Wundflächen. „Na, da schau an. Es sieht so aus, als wäre ihm zum Zeitpunkt seines Todes einiges klar geworden. Ein Teil der Haare hat sich schon wieder gelöst. Das Böse hat wohl doch nicht gesiegt. Aber er hat mit seinem Leben für seine Fehlentscheidung bezahlt. Was mich wundert ist, dass wir nichts davon mitbekommen haben. Irgendjemand von uns muss doch seine Verwandlung bemerkt haben. Ein Maulwurf. Wer weiß, für wen er gearbeitet hat."

„Offenbar hatte er aber vor seinem Tod noch Zeit genug gehabt, um uns eine Mitteilung zu machen - diese Ein-Dollar-Note mit dem leuchtenden Auge auf der Pyramide. Das kann nur ein Hinweis sein. Es ist ein sehr altes Symbol und wird bei vielen Völkern mit dem Sonnengott gleichgesetzt. Es steht für Weisheit, Allgegenwart und Allwissenheit und galt schon in der uralten Zeit als Ausdruck für „göttliches Licht", dozierte Jasper.

„Hinweis ja, aber für was? Bei den alten Ägyptern war das Dreieck mit einem Auge ein Bild für den falkenköpfigen Himmelsgott Horus. Er stand für die Überwindung des Todes und die Wiedergeburt alles Untergegangenen."

Chaostas Blick fiel auf Anne und sie erschrak. Sie hatte völlig vergessen, dass sie immer noch draußen vor dem Fahrstuhl stand. Sie nahm sie in die Arme, drückte sie ganz fest an sich. „Komm, Jasper bringt dich jetzt auf dein Zimmer. Wir sehen uns später."

24. Kapitel

Was, wenn der Mörder noch im Headquarter war? Anne verschloss die Tür ihres Zimmers, legte sich auf ihr Bett und zog sich die Decke über den Kopf. Draußen vor der Tür im Flur hörte sie hastige Schritte. Stimmen schwollen an und verebbten wieder. Wie sollte sie die nächsten Stunden überstehen, wie sollte sie ihr Blut in die Quelle des Ewigen Lebens fallen lassen, wenn der Mörder noch auf freiem Fuß war?

Anne grub ihren Kopf tief in die Kissen. Sie wollte sich nicht mehr rühren, bis Chaosta wiederkam.

Es scharrte an ihrem Fenster und ein leises Miauen drang bis unter die Daunen. Sie wollte es erst gar nicht beachten, aber das Miauen und Kratzen wurde lauter und energischer. Es klang so fordernd, dass sie schließlich aufstand und zum Fenster ging.

Es war finster draußen, obwohl es erst spät am Nachmittag war. Dunkle Wolken bedeckten den Himmel und ließen der Sonne keine Möglichkeit hindurchzudringen. Sie ballten sich übereinander, als gäbe es irgendwo eine Quelle, die immer neue produzieren würde.

Cleo, die Hauskatze, stand vor dem Fenster und schaute sie an. Etwas an ihren Augen war anders als sonst. Sie leuchteten grün, kalt wie das tödliche Gift einer Schlange, nicht wie sonst, bernsteinfarben und beruhigend.

Anne hatte die Klinke der Tür zum Garten schon in der Hand, als sie plötzlich zögerte. Irgendetwas wollte sie davon abhalten.

Was soll schon sein, fragte sie sich dann aber und drückte die Klinke nach unten. Ein rauer Wind wehte herein und ließ sie zurückweichen. Eisige Kälte breitete sich aus, als hätte jemand die Tür zu einem Eiskeller geöffnet.

Sie rief nach der Katze, doch die war plötzlich verschwunden. Ein leises, klägliches Fiepen kam als Antwort - ein Tier in höchster Not. Bläuliches Licht drang unter einem Busch hervor - eine Erdspalte in eine andere Welt?

Anne folgte dem Fiepen. In diesem Augenblick verlosch der bläuliche Schein und völlige Finsternis umgab sie. Sie drehte sich zu dem Headquarter um, um wenigstens eine winzige Orientierung zu haben. Aber da war nichts. Das Gebäude war wie vom Erdboden verschluckt.

Die niedrige Temperatur machte ihre Glieder zu steifen, hölzernen Gebilden, die ihr fremd waren und ihr nicht mehr gehorchten. Ihre Ohren hörten das scharfe Geräusch des Windes.

Es knackte direkt hinter ihr. Sie fuhr herum. Aber da war nichts, außer einer tiefen, undurchdringlichen Nacht. Sie ging langsam rückwärts weiter. Alle ihre Sinne waren auf das konzentriert, was da in der Dunkelheit sein könnte. Sie horchte angestrengt hinein.

Dann ein Schleifen, ein Schlurfen. Sie spürte dünne, schlangenähnliche, nach ihr greifende Arme, die sie umfassten und erbarmungslos nach unten auf den Boden zogen. Sie stürzte rückwärts zwischen Sträucher, abgefangen vom weichen Gras. Ein Ast schnellte ihr ins Gesicht, sie schmeckte Blut. Aufkommende Todesangst nahm sie gefangen und ließ keinen vernünftigen Gedanken zu.

Benommen und atemlos blieb sie regungslos liegen. Aus Furcht entdeckt zu werden, traute sie sich nicht sich zu bewegen. Das schlurfende Geräusch, es kam näher.

Sie wollte sich hochstemmen, doch etwas hielt sie fest. Ihre Haut brannte, als hätte eine giftige Qualle sie gestreift. Der Knöchel schmerzte und pochte und sie fiel ermattet zurück. Das bläuliche Licht erschien wieder, es kroch aus den Sträuchern hervor und legte sich wie ein Tuch kalt und glitschig über ihre Füße. Langsam wanderte es nach oben.

Mit einem Ruck zog Anne ihre Beine an. Dann nahm sie alle Kraft zusammen und befreite sich aus dem Gestrüpp. Nur weg von diesem eiskalten Leichentuch. Sie kämpfte sich nach vorne, ohne zu wissen, was sie dort erwartete.

Immer wieder spürte sie die Äste wie Peitschen in ihrem Gesicht. Die Dornen griffen nach ihr und verhakten sich unerbittlich in ihren Kleidern. Sie schrie laut auf vor

Panik und Hilflosigkeit. Durch den Sturz hatte sie völlig die Orientierung verloren.

Es ging nur mühsam auf den Knien voran. Die Feuchtigkeit der Erde und der Pflanzen drangen in jede Faser ihrer Kleidung. Direkt vor ihr raschelte es. Ein großer schwarzer Käfer lief über ihre am Boden abgestützten Hände. Anne kroch weiter, müde und erschöpft von der gebückten Haltung, alles verschmiert von dem Matsch unter den Sträuchern. In diesem Augenblick packte sie etwas am Kragen und zog sie hoch.

„Was machst du hier?", fragte eine vertraute Stimme. Als sie endlich wagte, die Augen zu öffnen, blickte sie in die blauen Augen von Marcello.

„Was krauchst du denn hier draußen herum? Du siehst aus, als wärst du in einem Schweinestall gewesen. Komm rein, wir wissen nicht, ob du hier sicher bist."

Nie hätte Anne gedacht, dass sie sich so freuen würde, Marcello wiederzusehen. Er schleppte sie in ihr Zimmer, wo sie völlig erschöpft auf ihr Bett fiel.

„Du solltest lieber unter die Dusche, so schmutzig wie du bist. Was hast du überhaupt im Garten gemacht?"

Sie zitterte immer noch am ganzen Körper und konnte sich nur schwer beruhigen.

„Cleo stand draußen vor der Terrassentür, im Garten, und ich wollte sie reinlassen. Als ich aber die Tür aufmachte, war sie nicht mehr zu sehen. Ich konnte sie aber hören. Es klang jämmerlich." Und sie erzählte von dem bläulichen Licht, das ihr folgte.

„Bläuliches Licht, sagst du? Sah es so aus wie in dem gehirnähnlichen Gebilde unter der Pyramide?"

„Ja, genau so. Es war eiskalt und fühlte sich an wie Schleim. Grausig."

25. Kapitel

Nachdem Jasper und Anne weg waren, konnte sich Chaosta dem Toten in Ruhe widmen.

Da lag er vor ihr, der halbnackte Körper des Gefallenen. Mitten im Fahrstuhl.

Warum lag sein Hemd neben ihm? Hatte er es vor seinem Tod ausgezogen oder war es ihm ausgezogen worden?

Viele weitere Fragen tauchten auf und Chaosta suchte nach Antworten. Sie lehnte sich an die Fahrstuhlwand und schloss müde die Augen. *Wann wird das alles hier endlich vorbei sein. Wenn Anne es nicht schafft, ihren Blutstropfen in die Quelle fallen zu lassen - sind wir dann alle dem Untergang geweiht? Wer aus der Regierung könnte ein Interesse daran haben, uns aus dem Inneren heraus zu zerstören?*

Sie fühlte sich auf einmal völlig ausgebrannt und leer. Wenn sie niemandem mehr vertrauen konnte, welche Möglichkeiten hatte sie dann noch? Tiefe Traurigkeit und Mutlosigkeit breiteten sich langsam in ihr aus und sie begriff, dass die Hilfe von Fortuna auf dieser Welt bisher nichts erreicht hatte.

Chaosta hörte Schritte im Gang und atmete tief durch. Nur keine Schwäche zeigen. Sie musste Hoffnung ausstrahlen, dass alles gut werden würde.

Jasper kam zurück, in Begleitung von Jawa und Sangos. Beide beugten sich schweigend über den Körper und legten die Hand auf seine Herzgegend.

Mit einem Seufzer richtete sich Jawa wieder auf. „Wo sind wir gelandet“, fragte er, „dass wir uns schon gegenseitig umbringen?“

Sangos untersuchte die Haarbüschel. „Die kommen ganz klar von einem Gefallenen, aber sie lösen sich schon, als würde er ein neues Kleid bekommen“, äußerte er.

Chaosta nickte. „Schwarze, sich lösende Haare. Seine finstere Seele hat wohl im Angesicht des Todes nach Hause gefunden.“

„Es ist immer so“, erklärte Jawa, „Gott lässt uns niemals allein. Jeder von uns kommt in den Schoß des Himmels. Nur dort kann er die Konsequenzen seines vergangenen Handels erfahren.“ Er schaute lange auf den niedergestreckten Körper. „Wenn er Probleme hatte, warum hat er mich nicht zu Rate geziehen? Was hat er wohl für seine schändlichen Taten geboten bekommen?“

„Warum hat ihm jemand sein Hemd ausgezogen?“, fragte Jasper.

„Das kann ich dir noch nicht beantworten. Er hat der Dunkelheit geholfen, indem er sie in unser Haus ließ. Wer weiß, ob er nicht auch noch andere Geheimnisse verraten hat“, sagte Chaosta. „Ich denke, wir sollten den Geheimen Kammern einen Besuch abstatten.“

Sangos ergriff die Füße des Gefallenen und gemeinsam schleiften sie ihn aus dem Fahrstuhl. Dann erst stiegen sie ein.

Nach langer Fahrt schoben sich die großen Stahltüren lautlos auseinander und sie blickten in gähnende Dunkelheit. Mehrfach war unterwegs die Fahrt verlangsamt worden. Formlose Wesen mit kleinen dunklen Augen, weißer Haut und weißen Haaren tasteten ihre Finger ab und zogen sich dann schmatzend wieder zurück. Dann endlich leuchteten Fackeln auf und warfen lange Schatten. Vor ihnen lag ein großer runder Raum, nur schwach von seitlichen Lichtern erleuchtet. Unzählige Türen gingen ab.

Plötzlich ein klägliches Miauen. Im Kegel des hinausfallenden Lichtes trabte ihnen eine kleine schwarze Katze mit gesenktem Schwanz entgegen: Cleo. Sie lief schnurstracks auf Chaosta zu und rieb sich an ihren Beinen. Chaosta bückte sich und nahm die Katze auf den Arm. Ein lautes Schnurren war die Antwort.

Wer hat das Sicherheitssystem überlistet? Mit wem ist Cleo hineingekommen, fragte sich Chaosta.

Es knirschte leicht, als sie in den Vorraum traten, grauer, grobkörniger Sand. Sie hob etwas davon auf und packte es in ein Taschentuch. Eine Laboranalyse würde sie weiterbringen.

In diesem Augenblick roch Chaosta den Geruch von blühendem Jasmin, der jedes Mal ein unerklärliches Gefühl des Glücks, der Liebe und der Vertrautheit hervorrief.

Auf den ersten Blick sah es aus, als wären alle Türen unberührt und verschlossen. Dann sahen sie es. Eine der Türen lehnte nur an. Entschlossen ging Sangos darauf zu und öffnete sie ganz. Ein Raum voller verschlossener Fächer unterschiedlicher Größe. Ein Fach stand weit offen. Dahinter war vibrierendes Plasma zu erkennen.

Sie hörte, wie Sangos die Luft durch die Zähne zog. „Zufall ist das nicht", sagte er. „Ihr Fach, nur Ihr Fach, Ministerin, ist offen. Er suchte ganz gezielt nach Informationen aus Ihrem Leben. Wie zum Himmel kam er herein und wusste, welches Ihr Fach war."

Er ging zu einem der halb verdeckten Monitore und gab einige Zahlen ein. „Wollen doch mal sehen, was hier los war."

Zuerst war der Bildschirm grau, doch dann lichtete er sich schnell und zeigte eine Aufzeichnung des gewünschten zeitlichen Abschnittes: eine Gestalt mit schwarzer Kutte und ins Gesicht gezogener Kapuze, die im Vorraum stand.

Kurz danach war eine zweite Gestalt zu sehen, ebenfalls in schwarzer Kutte und mit Kapuze. Sie schien deutlich größer und wuchtiger zu sein. Sie verharrte an der Tür, als wolle sie beobachten, was in den Geheimen Kammern geschehen würde. Die erste Gestalt ging durch den Vorraum hindurch und verschwand ohne langes Zögern in dem Raum, in dem die genetischen Fingerabdrücke aller Regierungsmitglieder gespeichert waren. Sie konnten nur ihren Rücken sehen. Die zweite Gestalt folgte der ersten unbemerkt bis zur Tür. In diesem Augenblick fiel die Aufzeichnung aus. Es war nur noch ein Flackern zu sehen.

Plötzlich gingen alle Fackeln aus und ein markerschütterndes Schreien war zu hören, daneben ein tiefes, hämisches, lautes Lachen, das an den dunklen Mauern widerhallte und sich mehr und mehr verstärkte.

„Ihr werdet euer kleines Fräulein niemals so wiedersehen, wie ihr sie kennt. Sie ist jetzt in meiner Gewalt und ich habe ihre Moleküle so zusammengebaut, dass es Spaß macht, sie zu beobachten. Schmerz gibt dem Geist ein neues Gesicht", dröhnte die Stimme.

Chaosta erstarrte. Trotz aller Sicherheitsvorkehrungen hatte der Dämon es geschafft, Anne hier, im eigenen Regierungsgebäude, zu entführen. Wieviel Maulwürfe musste es geben, dass dies unbemerkt geschehen konnte? Auch Jawa erblasste, er musste sich an die Mauer lehnen, um seinem Körper den notwendigen Halt zu geben.

Und wieder war dieses durch und durch gehende, schrille Schreien voller Schrecken und voller Leid zu hören.

26. Kapitel

Als das Licht wieder aufflammte, war Chaosta schon auf dem Weg nach oben. Ohne zu klopfen stürmte sie in das Zimmer von Anne.

Doch es fehlte jede Spur von ihr. Eine dunkle Ahnung kam in Chaosta hoch. Sie musste unbedingt mit di Filipepi sprechen. Bei ihrem letzten Treffen hatte er ihr eine kleine blauschwarze Kugel geschenkt und gesagt: „Wenn Sie mich brauchen, dann reiben Sie einfach die Kugel."

Damals konnte sie sich nicht vorstellen, dass diese Situation jemals eintreten könnte. Aber jetzt war es soweit. Sie brauchte seine Hilfe, und zwar sofort. Sie holte die blauschwarze Kugel aus ihrer kleinen Umhängetasche und rieb sie vorsichtig. Nichts geschah! Sie rieb sie etwas fester und siehe da, das matte Schwarz hellte sich auf, als würde ein Vorhang zur Seite weichen, und sie konnte in der Kugel das vertraute Gesicht von di Filipepi erkennen.

„Hallo, meine Liebe. So schnell möchten Sie mich wiedersehen? Es ist ja nicht einmal einen Tag her, dass ich mit Ihnen nach New York reisen durfte. Gibt es irgendwelche Probleme?"

„Das kann man wohl sagen. Kann es sein, dass Sie in der Zwischenzeit noch einmal hier in unserem Headquarter waren?"

„Na ja ..."

„Hier sind ungeheuerliche Dinge passiert, und ich glaube, Sie waren daran beteiligt", unterbrach Chaosta ihn.

Di Filipepi schwieg einen Augenblick und starrte sie unverwandt aus der Kugel an.

„Was ist passiert? Was hat sich bei euch abgespielt?"

„Ein Mitarbeiter wurde ermordet. Er wurde mit einer uns unbekannten brutalen Waffe getötet. Sie brannte ein riesiges Loch in seinen Körper. Sie müssen dabei gewesen sein. Ich habe es gerochen."

„Was meinen Sie damit?"

„Als wir in die Geheimen Kammern kamen, hing ein Geruch von Jasmin in der Luft, wie damals in Berlin. Und auf der Treppe habe ich eine Jasminblüte gefunden. Das müssen Sie gewesen sein!"

„Hat der Ermordete versucht, in die Geheimen Kammern zu kommen?"

„Ja, wieso fragen Sie?"

Di Filipepi schwieg. Chaosta sah, wie sich eine steile Falte auf seiner Stirn bildete. Sein linkes Oberlid flackerte leicht. „Jemand legt es darauf an, mit Ihnen in Kontakt zu kommen, und derjenige war heute hier."

Chaosta seufzte. Die Einzigen, die ihr einfielen, die ein Interesse haben könnte, ihre Geheimnisse auszukundschaften, waren der Dämon und Tableau.

„Ich glaube, Sie sind auf dem richtigen Weg", sagte di Filipepi, als könnte er ihre Gedanken lesen. „Tableau ist überaus neugierig und äußerst bestrebt, Ihre Schwachpunkte zu finden. Sie erinnern sich? Er will Sie kennenlernen.

Tableau weiß, dass er nicht mehr so weitermachen kann. Der Dämon macht auch ihm Angst. Er muss mit Ihnen kooperieren. Er wäre nicht Tableau, wenn er so einfach anspaziert käme und Sie um Beistand bitten würde. So hat er versucht, etwas zu finden, was er gegen Sie einsetzen könnte. Aber keine Angst, er war immer unter meiner Beobachtung."

Wenn der eine di Filipepi, der andere Tableau war, wem gehörte dann die Stimme, die so grausig und gefährlich geklungen hat, fragte sich Chaosta. *Und wer hat den Mitarbeiter getötet?*

Sie hatte das Gefühl, in ein gedankliches Labyrinth zu geraten, aus dem sie keinen Ausweg wusste.

„Ich vermute auch, dass Cleo nicht Ihre Katze war, sondern eine Materialisierung Ihres Lieblingsfeindes Tableau".

„Und Sie, warum waren Sie dabei? Es stimmt doch, dass Sie dabei waren, oder?", fragte Chaosta und zog ihre rechte Augenbraue hoch.

„Ich war dabei, weil ich Tableau etwas unter Kontrolle halten muss. Besser ich weiß, was er macht. Deswegen bin ich ihm gefolgt, ohne dass er es gemerkt hat."

„Hat er auch den Mitarbeiter im Fahrstuhl getötet?"

„Warum sollte er einen Mitarbeiter von Ihnen töten? Auf gar keinen Fall."

„Wissen Sie, wer der Mörder ist? Haben Sie etwas gesehen?", fragte Chaosta.

„Nein, ich habe mit dem Mord nichts zu tun und ich weiß auch nicht, wer es war", sagte di Filipepi.

Chaosta dachte nach. Wenn er, Tableau, den Mitarbeiter nicht getötet hatte, musste noch jemand da gewesen sein. „Ich habe an den Socken des Ermordeten ein Emblem gesehen. Eine Pyramide mit einem Auge über der Spitze".

Sie sah, wie di Filipepi für einen kurzen Augenblick erschrocken die Augen aufriss.

„Ich sehe, es hat eine Bedeutung für Sie. Darf ich erfahren, was dahintersteckt?"

„Nun, zur gegebenen Zeit. Ich muss erst einige Nachforschungen dazu machen", wich di Filipepi aus.

„Und was ist jetzt mit Tableau?"

„Am besten fragen Sie ihn selbst. Ich habe uns schon angekündigt. In wenigen Minuten bin ich bei Ihnen. Ich warte vor dem Gebäude auf Sie."

Chaosta eilte nach draußen vor das Regierungsgebäude. Alles war wie immer. Die Sonne schien und die Blumen und Blüten der Sträucher zeigten sich in ihren leuchtenden Sommerfarben.

Auf einmal hörte sie ein lautes Dröhnen in der Luft. Es kam näher. Dann landete eine hubschrauberähnliche Maschine direkt vor dem Haus. Riesige Rotoren drehten sich über einer kleinen Kabine. Als sich die Kabinentür des Fluggerätes öffnete, sah sie di Filipepi, der ihr auffordernd zuwinkte.

„Schnell, kommen Sie hier herüber! Wir müssen uns beeilen. Wir werden erwartet."

Sie rannte über den Rasen. Eine kleine Treppe rollte geräuschlos aus der Kabine heraus und sie stieg ein.

Nachdem sich die Tür geschlossen hatte, schaute Chaosta sich erst einmal um. Di Filipepi saß in einem breiten Sessel und wies auf den neben ihm stehenden leeren Sessel.

„Machen Sie es sich bequem. Für ein Glas Champagner reicht es gerade noch."

Leise Musik war im Hintergrund zu hören.

„Es geht nach New York zu Monsieur Tableau. Bei unserem letzten Ausflug habe ich Ihnen sein Haus gezeigt. Nun, Sie konnten es nicht richtig sehen, da es von Wolken verdeckt war und Tableau auch äußerst schlechter Laune war. Dieses Mal wird es anders sein. Er wird sehr erfreut sein, Sie zu sehen."

Chaosta hatte gerade zweimal an ihrem Glas genippt, als sie sanft aufsetzten.

„Wir sind da."

Sie waren auf dem Dach eines Wolkenkratzers gelandet. Als sie ausstiegen, hielt sie ein Sicherheitsbeamter an.

„Sir, haben Sie eine Erlaubnis, hier zu landen? Dies ist ein Privatlandeplatz!" Er baute sich vor di Filipepi auf.

„Ist es das?", fragte di Filipepi und schaute dem Mann tief in die Augen.

„Sir, ich ...", stotterte der Mann. Er wurde ganz bleich, zitterte leicht, konnte aber dem Blick von di Filipepi nicht ausweichen.

„Ja, jetzt weiß ich, wer Sie sind. Natürlich, entschuldigen Sie bitte, dass ich Sie nach Ihrer Erlaubnis gefragt habe! Selbstverständlich können Sie jederzeit hier starten und landen."

„Schon gut", antwortete di Filipepi und strich sich eine Haarsträhne aus dem Gesicht. „Wenn Sie uns nicht mehr sehen, werden Sie uns auch schon wieder vergessen haben. Sie werden unsere Maschine nicht sehen und Sie werden vor der Tür sitzen, bis wir wieder da sind."

Als sich endlich die Tür zu Tableaus Reich öffnete, erwartete sie schon etwas aufgeregt eine rote Empfangsdame. Sie lief in kleinen Schritten auf sehr hohen Schuhen aufgeregt hin und her.

„Beeilen Sie sich, meine Herrschaften. Monsieur Tableau erwartet Sie schon ungeduldig. Er liebt es nicht, wenn man zu spät kommt.“

Als Chaosta auf die mit Holz vertäfelten und mit Schnitzereien geschmückten Wände der Eingangshalle blickte, öffneten sich die vergoldeten Blüten weit und streckten ihre Kelche aus der Wand heraus. Die Farne rollten sich auf, als wollten sie Chaosta genauer betrachten. Die Wand, die vorher eher dunkelgrünbraun war, wechselte zu einem leuchtenden Gelb und Weiß. Kleine, bunt gekleidete Figuren tanzten zwischen den Halmen und winkten ihr zu.

Welch interessante Technik, dachte Chaosta.

„Wir freuen uns euch zu sehen“, flüsterten sie. „Bist du gekommen, um uns endlich zu befreien? Wir sind hier in der Wand schon viele Jahre gefangen.“ Plötzlich hielten sie inne, als hörten sie irgendetwas. Dann stoben sie panikartig auseinander und verschwanden unter den goldenen Blättern.

In diesem Augenblick öffnete sich die große Tür zum Empfangsraum und Tableau kam ihnen mit weit ausgestreckten Armen entgegen, um das rechte Handgelenk eine Schlaufe mit einem Stock. Mit einem Schlag wechselte die Wand wieder in den ursprünglichen Zustand, dunkelgrün und leblos.

„Madame Ministerin, wären Sie nicht solch eine ausgemacht aparte Frau, hätte ich Sie schon längst in Schutt und Asche gelegt. Ich hasse es, wenn man zu spät zu meinen Einladungen kommt.“

Er klopfte mit seinem Stock fordernd auf den Boden. Es klang wie das dumpfe Klopfen von Hasenfüßen auf dickem Teppich.

„Mein Fehler war es nicht. Di Filipepi hat mich abgeholt“, gab Chaosta herausfordernd zurück.

Tableau schaute zu di Filipepi, der gelassen nickte. Tableau fixierte sie und sie konnte an keiner Regung seines Gesichtes ablesen, was er dachte.

Es war das erste Mal, dass Chaosta Tableau von Angesicht zu Angesicht traf. Irgendwie hatte sie ihn sich viel mächtiger vorgestellt, wesentlich imposanter. Sie wusste aber, dass Tableau mächtiger war denn je zuvor. Alle Fähigkeiten, die die Regierungsmitglieder hatten, hatte auch er zu seiner jederzeitigen Verfügung. Das, was ihn von den anderen unterschied, waren die fehlenden moralischen Grundsätze, Verständnis für Schwächen und die Fähigkeit zu lieben. Er war kalt, machthungrig und gewalttätig.

Er konnte aber auch liebenswert erscheinen, wenn er es wollte. Sagte man. Vor allem, wenn es um Frauen ging. Er konnte verführen, wo und wie auch immer er wollte, was sie sich kaum vorstellen konnte, so wie er aussah.

„Kommen Sie mit! Ich will Ihnen etwas zeigen." Er tänzelte jetzt auf dem dicken Teppich vor ihr her und veränderte beim Gehen seine Gestalt. Plötzlich war er Alessandro di Mariano di Filipepi. Er unterschied sich in nichts von dem echten di Filipepi.

„Sie haben keine Chance gegen mich", dröhnte er und lachte glucksend vor sich hin. „Wen oder was Sie auch sehen immer könnte ich das sein. Ich bin das Spiegelbild von all den Dingen, die Sie sehen wollen oder auch nicht. Sie werden nie sicher sein, ob Sie das Original vor sich haben. Ob Tier, Mensch, Sache, Wesen, was Sie wollen – ich könnte es sein. Ich bin das, was Sie sind, nur in der stärksten Ausführung und ohne die moralische Schaumbremse und das engelhafte Getue. Ich bin der Fluch der Zeit, die Wissenschaft ohne Skrupel, der Krieg ohne Regeln, der Tod in seiner schrecklichsten Form, die Hölle ohne Wiederkehr. Ich bin es mehrfach oder allein. Ich bin nicht zu fassen für Sie und diese vielen anderen Moralisten. Ich kann Sie in meiner Hand zerquetschen wie eine Mücke!"

Und während er sich aufblähte und immer heftiger umherstolzierte, veränderte sich sein gesamtes Refugium. Die Wände verloren ihre Form und wölbten sich nach außen und das Fensterglas verbog sich, als sei es aus biegsamem Kunststoff.

Chaosta versuchte, einen kühlen Kopf zu bewahren. Tableau war sicher sehr mächtig, aber irgendetwas konnte er jedenfalls nicht, egal aus welchen Gründen, sonst hätte er sie und die anderen Regierungsmitglieder doch schon längst in die Knie gezwungen.

„Ich dachte, Sie hätten mich eingeladen, um mit mir Tee zu trinken, oder haben Sie mich nur eingeladen, weil Sie ein Publikum für Ihr exzentrisches, aufgeblasenes Gehabe brauchen? Dann bin ich nämlich die Falsche." Sie drehte sich um und ging Richtung Tür.

Di Filipepi saß während der gesamten Vorstellung entspannt auf seinem Sessel und schaute sich das Geschehen amüsiert an. Bisher hatte er noch kein Wort dazu gesagt, sondern sich einen Cognac eingeschenkt, den er sichtlich genoss.

Chaosta sah gerade noch, wie Tableau sich in Napoleon verwandelte. Als er aber bemerkte, dass sie sich davon nicht beeindrucken ließ, hielt er kurz inne, die rechte Hand in seiner Uniformjacke am Oberbauch, schaute etwas verdutzt und verwandelte sich wieder in Tableau.

„Nein, nein, aber bleiben Sie doch bitte hier! Natürlich will ich sehr gerne Tee mit Ihnen trinken", säuselte er nun überaus charmant. „Es tut mir leid. Mein Temperament geht manchmal einfach mit mir durch. Setzen Sie sich doch mit mir hier aufs Sofa und lassen Sie uns den Ausblick genießen. Apropos Ausblick, wohin möchten Sie denn blicken? Ich lege Ihnen die ganze Welt zu Füßen. Wie wäre es mit Paris?"

Er schnipste mit den Fingern und vor den Fenstern zeigte sich das Leben auf den Champs-Elysées. Die Menschen spazierten die breite Straße rauf und runter, der Arc de Triomphe stand oben wie immer mitten im rotierenden Verkehrskarussell. „Alles, was Sie hier sehen, ist übrigens Jetztzeit!"

Chaosta war nicht übermäßig beeindruckt. Sogar die Menschen der Erde mit ihren Webcams konnten es bereits.

„Ich dachte, Sie wollten ernsthafte Dinge mit mir besprechen. Sowas kann ich im Internet sehen, wie und was ich will. Auch Paris in ziemlich mannigfaltiger Form. Sie waren doch nicht ohne Grund in unseren Geheimkammern und haben in meinen privaten Sachen gewühlt."

„Das hier sind keine Webcams. Ich produziere die Bilder dank meiner übermächtigen Fähigkeiten.“ Nach einer kleinen Pause, in der er sie spitzbübisch angrinste, flötete er: „Hat di Filipepi mich verraten?“, fragte er und drehte sich zu ihm herum.

„Nicht direkt, eigentlich hat meine Katze Sie verraten. Sie war im Vorraum der Geheimen Kammern. Jetzt aber, nachdem ich gesehen habe, dass die Verwandlung eine Ihrer Lieblingsbeschäftigungen zu sein scheint, bin ich überzeugt davon, dass Sie die Katze waren.“

Tableau kicherte und kratzte sich an seinen jetzt roten, wilden Haaren.

„Nettes Kätzchen übrigens ... es war ja eigentlich doch sehr schön am Fußende Ihres Bettes. Die ganze Nacht habe ich Sie angesehen und mir immer gedacht, dass es sehr schön wäre, wenn wir auf derselben Seite stünden.“

„Sie lagen am Fußende meines Bettes?“

„Es war übrigens nicht das erste Mal, dass wir uns so nah waren. Ich kann überall hin und überall sein, Sie wissen es doch inzwischen. Ich kenne eben keine Grenzen.“

Du wirst dich noch wundern, dachte Chaosta und schaute dabei fragend zu di Filipepi. *Wieso greift er eigentlich nicht ein? Und meine Frage will Tableau anscheinend auch nicht beantworten.*

„Erinnern Sie sich noch an Paris, an die Katakomben? Glauben Sie mir, ich war immer bei Ihnen und hatte alles im Griff. Ihnen konnte gar nichts passieren, ich stand schließlich auf Ihrer Seite.“

Chaosta zuckte zusammen. Jetzt noch, in Erinnerung an die damalige Situation, fühlte sie sich erschöpft und innerlich völlig erkaltet.

„Ich habe Ihnen aber damals etwas genommen, was Sie danach nie wiederbekommen haben.“

Wie recht er doch hat, dachte sie. *Ja, irgendwie fühle ich mich anders seitdem. Als hätte jemand mir das Licht ausgeblasen. Ich bin so schnell erschöpft. Was, zum Teufel, hat er mir angetan?*

„Kommen Sie, ich zeige es Ihnen." Er ergriff ihre Hand und trat mit ihr einfach so durch das Fenster in das soeben entstandene weiße Nichts.

„Wir sind jetzt in Ihren Vorstellungen", sagte er und ließ sie los. Alle Bilder waren plötzlich verschwunden, nur weiße Unendlichkeit umgab sie beide. Chaosta schwebte ohne Halt dahin, nicht wissend, wo unten und oben war. Sie begann zu fallen, drehte sich, taumelte und stürzte ins Bodenlose.

„Vertrauen Sie einfach Ihren ureigenen Vorstellungen", hörte sie die Worte von Tableau.

War es das, was er wollte? Sie sollte abstürzen in die Grenzenlosigkeit und für immer aus dem Hiersein verschwinden? ER WOLLTE SIE TÖTEN!

Plötzlich war er wieder neben ihr.

„Glauben Sie an sich, meine Beste. Leben Sie in Ihren eigenen Vorstellungen. Vertrauen Sie nur Ihren eigenen Fähigkeiten. Nur die Schwachköpfe leben in der Welt der anderen und nicht in ihrer eigenen."

Sie fiel immer noch, mal mit dem Kopf nach unten, mal mit dem Kopf nach oben. Vertraute sie sich selbst wirklich nicht mehr? Vielleicht hatte er Recht und es lag nur daran. Sie dachte an ihre Mutter, die sie immer in allem ermuntert hatte. Welche Mutter eigentlich, hatte sie denn überhaupt eine Mutter? Sie wusste es auf einmal nicht mehr. Aber da war jemand am Beginn ihrer Erinnerung. Etwas, das Wärme und Geborgenheit ausstrahlte, etwas, woran sie sich mit einem Gefühl der Dankbarkeit erinnerte. Dieses Etwas hatte ihr so viel Vertrauen in ihre eigenen Fähigkeiten eingeflößt, dass sie Ministerin der Regierung werden konnte.

Aus dem Nichts lösten sich vereinzelte Strukturen, bildeten Gegenstände, Bilder formten sich. Der Nebel lichtete sich und Paris lag vor ihr in all seiner Pracht. Plötzlich fühlte sie sich geborgen und sicher, als wäre es nie anders gewesen.

„Glauben Sie ja nicht, dass ich Ihnen ohne eine Gegenleistung Ihre Kraft wiedergeben werde", sagte Tableau, auf einmal wieder neben ihr. „Lassen Sie uns wieder nach New York gehen."

Und wieder schnipste Tableau mit dem Finger und sie waren zurück in seinem Reich, weit oberhalb des Trump Towers.

Di Filipepi erwartete sie schon und grinste, als er sie empfing.

„Tableau ist zwar teuflisch, aber weiß Gott nicht dumm. Was nützen ihm all seine Machtspielchen, wenn keiner von uns überlebt? Dieser Dämon, der schon vor vielen Jahren Fortuna fast zerstört hätte und plötzlich wiederaufgetaucht ist, wird diesen Planeten auffressen, und es wird danach nicht mehr so spaßig für ihn sein. Für uns natürlich auch nicht. Also hat er beschlossen, dass die unendliche Fehde vorerst einmal beendet wird, bis der Dämon ausgeschaltet ist. Er will mit Ihnen zusammenarbeiten, Chaolina. Was sagen Sie dazu?"

Chaosta war völlig sprachlos. Dieser Teufel wollte mit ihr zusammenarbeiten?

„Wo ist Anne? Bevor sie nicht wieder da ist, brauchen wir nicht weiterreden."

„Zerbrechen Sie sich darüber nicht den Kopf. Wenn Sie wieder zu Hause sind, wird auch Anne wieder da sein. Sie können froh sein, dass ich da war. Sonst wäre die Kleine nicht mehr am Leben. Ich kam gerade rechtzeitig, bevor sie gekidnappt werden konnte. Sie war schon fast völlig mit grünlichem Schleim überzogen", entgegnete Tableau.

„Auch wenn Sie Anne das Leben gerettet haben, was ich erst einmal überprüfen muss, muss ich wirklich gründlich über Ihr Angebot nachdenken. Schließlich sind Sie einer der größten Intriganten überhaupt. Kann es sein, dass Sie etwas mit der schwarzen Wetterfront im Norden von Europa zu tun haben?"

„Muss ich mich vor Ihnen rechtfertigen? Es gibt jetzt wichtigere Dinge. Ich bin so, wie ich bin. Basta!"

„Sie könnten doch daran denken, dass wir uns unbedingt wieder von der Erde lösen müssen. Keiner von uns sollte hier auf der Erde etwas ändern."

„Papperlapapp. Sie reden Unsinn, meine Beste. Was heißt wieder trennen? Sie meinen doch nicht im Ernst, dass wir so ohne weiteres von der Erde wieder loskommen. Denken Sie an das Orakel. Ich bin Geschäftsmann. Das Einzige, was mich interessiert, ist es, diesen Dämon auszuschalten, da er meine Geschäfte stört. Und was diese Wetterfront im Norden angeht, so möchte ich dazu im Augenblick keine Angaben machen. Das, was Sie wissen müssen, ist, dass ich mit diesem Dämon nicht unter einer Decke stecke."

Tableau hatte sich inzwischen gesetzt und trommelte mit den Fingern nervös auf einem der kleinen Beistelltische herum. „Nun gut. Diese Lebensform scheint es schon viel länger zu geben, als wir ursprünglich gedacht haben."

„Und was war in Paris? Wir haben doch Negativenergie des Wesens gefunden. Sie haben zugegeben, dass Sie in Paris waren und mir mein Selbstvertrauen in meine Fähigkeiten genommen haben. Also arbeiten Sie doch mit dem Dämon zusammen", bemerkte Chaosta scharf.

„Dadurch, dass ich oft auf den Fersen dieses Etwas gewesen war, um es zu vernichten, war ich auch in Paris und habe die Gelegenheit dabei genutzt, Sie etwas zu ärgern. Aber doch nur etwas, meine Liebe."

„Lassen Sie einfach diesen Quatsch. Ich fühlte mich leer und ausgebrannt."

„Das kam nicht von mir", sagte Tableau aufbrausend. „Ich habe Ihnen nur etwas Angst eingegeben, den Glauben an Ihre außerordentlichen Fähigkeiten etwas gemindert, nicht mehr. Erzählen Sie mir doch einmal genau, was nach dem Besuch in den Katakomben passiert ist."

Er war wieder ganz der selbstbewusste und neugierige Tableau wie zuvor. Er rutschte nach vorne auf die Kante des Sessels und wartete auf ihre Antwort.

Sie erzählte ihm von dem Negativplasma an ihren Schuhen, das sie überall in den Katakomben gefunden hatten.

„Negativplasma, sagen Sie? Nun ist mir vieles klar. Der Dämon scheint in der Lage zu sein sich zu vervielfältigen. Seine Zellen können sich trennen, bestimmte Aufgaben erfüllen und irgendwann wieder zu einem Ganzen zusammenfließen. Aber wie kommt es, dass er jahrelang unauffällig ist und dann wieder hervorkriecht und ungeheuer mächtig ist?“

„Es könnte etwas mit den Sonnenflecken zu tun haben“, sinnierte di Filipepi.

Chaosta schilderte ihre Reise durch den Erdmantel. „Das, was wir dort sahen und analysiert haben, war ähnlich einem Gehirn, mit Neuronen, Synapsen, mit der gesamten biochemischen Zusammensetzung, aus der normalerweise organisches Gehirnmaterial besteht. Dieses Wesen muss extrem intelligent sein. Und wenn das zutrifft, dass es die Menschen über die in allen menschlichen und tierischen Gehirnen vorkommenden Magnetit-Kristalle steuern kann, dann ist es bald vorbei mit dieser Welt.“

„Gehirnähnliches Material?“, fragte Tableau.

In diesem Augenblick erloschen plötzlich alle Lichter unter ihnen, New York City war in vollständige Dunkelheit gehüllt. Am Horizont tauchte ein rötlicher Schimmer auf, wie bei untergehender Sonne, der nach und nach zunehmend kräftiger wurde. Der Schimmer wurde zu einer gleißenden Glut, als würde man mitten in ein riesiges, züngelndes Feuer schauen. Es sah aus, als würde die Erde von einer unbarmherzigen Sonne geschluckt werden. Tableau erschrak, als wüsste er um die Bedeutung dieses Phänomens.

27. Kapitel

Nachdem Anne sich den Dreck des Gartenbodens und den grünlichen Schleim abgeduscht hatte, fiel sie in einen langen und tiefen Schlaf. Sie hatte das Gefühl, weit weg gewesen zu sein. Als sie aufwachte, saß Marcello immer noch neben ihrem Bett und beobachtete sie.

Irgendetwas irritierte sie. Seine Augen, die sonst warm und dunkelbraun waren, erschienen ihr blau, blau wie das Meer. Aber vielleicht war ja alles nur Einbildung.

„Ich glaube, du ziehst dich jetzt an. Oben ist eine Konferenz anberaumt worden. Da solltest du auch dabei sein."

Widerwillig raffte sie sich auf und folgte Marcello zum Konferenzraum. Als sie eintrafen, war der Raum fast bis auf den letzten Platz besetzt.

Wo war Chaosta?

Marcello drückte sie auf den freien Stuhl vor ihr und hielt den Finger auf den Mund, was heißen sollte, sie solle jetzt ganz still sein.

Anne hörte, wie Jawa mit schneidender Stimme sagte: „Bekanntermaßen kommen nur Mitglieder der Regierung in die Geheimen Kammern. Nach allem, was wir bisher wissen, war zur Zeit unserer Konferenz mindestens ein Fremder im Haus, der sich Zugang zu den Geheimen Kammern verschafft hat. Und was bedeutet das?"

Bei seiner Frage rumorte es um ihn herum, es wurde getuschelt oder unter sich geschaut.

„Das bedeutet, dass einer aus unserer Mitte mit dabei war, womöglich war er sogar die treibende Kraft bei dieser schändlichen Tat!"

Sein rundlicher, vorstehender Bauch vibrierte und sein Kehlkopf wanderte aufgeregt an seinem Hals auf und ab. Das Tuscheln und Wispern hatte jetzt aufgehört und war einer knisternden Stille gewichen. Die Minister schwiegen ebenfalls. Keiner schaute den anderen an.

Anne fühlte das Misstrauen in der Luft. Sie hoffte, Jawa würde bekanntgeben, dass alles nur ein Irrtum und keiner von ihnen beteiligt gewesen war.

Marcello stupste sie an und sagte: „Du musst jetzt aufstehen und berichten, was du im Garten erlebt hast. Es ist wichtig. Los, mach schon!"

Anne saß neben Madame Fortunore, die etwas derangiert aussah, so, als hätte sie vergessen, ihre Haare zu bürsten. Auch ihre Schuhe sahen nicht gerade gepflegt aus. Dicke Erdkrusten an den Rändern. Bevor sie darüber nachdenken konnte, spürte sie eine Hand auf ihrer Schulter. Es war Chaosta.

„Alles in Ordnung? Wo bist du gewesen", flüsterte sie.

„Ich war im Garten. Irgendetwas hat mich dort angegriffen", flüsterte sie zurück.

„Was machst du allein im Garten? Du weißt, wie gefährlich es im Augenblick ist!"

„Das sag mal eurer Katze. Die stand draußen und wollte unbedingt rein. Also musste ich raus und da wurde es plötzlich ganz dunkel und grüner Schleim fing an, über mich hinweg zu kriechen. Und dann kam Marcello und zog mich unter den Büschen hervor."

„Wo ist er?"

„Er war gerade noch hinter mir." Anne drehte sich suchend um, aber der Platz, an dem vor kurzer Zeit noch Marcello gestanden hatte, war leer.

„Das kann nicht sein. Ich habe ihn doch gerade draußen bei den anderen stehen sehen", sagte Chaosta. „Direkt hinter mir und er hat auch mit mir gesprochen. Er kann nicht hier bei dir gewesen sein."

Bevor Anne Chaosta weitere Details erzählen konnte, unterbrach sie Präsident Jawa. Er sei sich sicher, dass die Fremden nur an die Quelle der Stärke und der Regeneration wollten, um sie zu zerstören oder Alleinherrscher zu werden.

Anne wusste inzwischen genau, was diese Quelle für die Fortunabewohner bedeutete. Sie lag tief unter dem Regierungsgebäude und gab ihnen Gesundheit und Kraft. Die Menschen von Fortuna lebten dadurch sehr viel länger und wurden sehr selten krank. So entwickelten sie im Laufe ihrer Evolution außergewöhnliche Fähigkeiten, die von Generation zu Generation weitergegeben wurden.

„Wenn jemand diese Quelle endgültig zerstört, verlieren wir vollends unsere Stärke und werden wieder so schwach und angreifbar wie vor langer Zeit. Wir könnten uns nicht mehr verteidigen“, führte Jawa weiter aus.

Nach dieser Ansprache wurde es noch stiller in dem Raum des unendlichen Wissens. Madame Diora unterbrach die Grabesstille schließlich, stand auf und sagte: „Ich habe nichts zu verbergen und ich vermute, die anderen auch nicht. Ich schlage daher vor, dass wir einen Blick in die Vergangenheit werfen und uns den genauen zeitlichen Verlauf der letzten Besprechung über den großen Bildschirm ansehen. Wer war da, wie lange und wer ging wann hinaus?“

Ihr Vorschlag wurde sofort umgesetzt. Auf dem Bildschirm zeigte sich Fortunore, die als erste den Raum verließ. Kurz danach sie selbst, Anne. Danach Chaosta.

Alle schauten zu Fortunore. Sie errötete leicht, so dass ihr sonst blasses Gesicht einen fiebrigen Ausdruck bekam. Jawa fragte sie, was sie nach dem Verlassen gemacht hätte.

„Ich ...“, stotterte sie „ich kann zur jetzigen Zeit keine Antwort dazu geben. Aber ...“ Sie bekam plötzlich feuchte Augen und suchte nach einem Taschentuch. „Ihr müsst mir alle glauben, ich habe nichts getan. Lasst mir noch etwas Zeit und ich werde euch über alles aufklären.“

Sie saß auf ihrem Stuhl, zusammengesunken, den Kopf gebeugt und weinte so sehr, dass sich vor ihr ein kleiner See mit glitzernden Tränen bildete.

Anne sah, dass Chaosta sich neben Fortunore bückte und etwas aufhob. Ein Schatten huschte über ihr Gesicht. Mehr und mehr wuchs das Gefühl, dass sie bei den Bewohnern von Fortuna nicht in Sicherheit war. Erst die Geschichte im Garten, wo sie von einem unbekannten Wesen verfolgt wurde und nur mit Marcellos Hilfe wieder ins Haus kam, und jetzt war sogar eines der Mitglieder selbst in die ganze Sache verstrickt. Und Marcello war vielleicht gar nicht Marcello gewesen.

Wie kann ich die Zeit bis zur Nacht des 21. Juni nur überstehen, fragte sie sich. Ihr Blut musste in die Quelle tropfen und sie wieder zum Fließen bringen, sonst würden alle dem Verderben ausgeliefert sein.

Die Zweifel mehrten sich. Aber hatte sie überhaupt eine Alternative?

Nach dem Meeting stürmten alle hinaus. Anne fröstelte und zog mit beiden Händen die Strickjacke am Hals zusammen, als sie den Weg zu ihrem Zimmer einschlug. Ihre Schritte hallten an den Wänden. Ein eisiger Lufthauch entwich den Steinen. Sie wollte schneller gehen, aber ihre Beine waren auf einmal schwer wie Blei. Die Kälte verstärkte sich und nahm ihr das Gefühl in den Füßen und den Händen. Sie fühlten sich fremd an, als würden sie nicht mehr zu ihr gehören.

Wie gerne hätte sie sich jetzt hingelegt. Schritt für Schritt schleppte sie sich voran.

Der Boden glitzerte und glänzte. Es erinnerte sie an einen mit Eis überzogenen Fluss. Aber draußen sah sie die Sonne auf dem leuchtend grünen Rasen. Eigenartige durchsichtige weiße Blumen wuchsen auf der Glasscheibe, die ihre Ranken nach allen Seiten schickten.

Grünliches Licht erfüllte den Raum, dann versagten ihre Beine und sie sackte in sich zusammen.

28. Kapitel

Es war am späten Nachmittag desselben Tages, als der Präsident der Vereinigten Staaten von Amerika, Frank Ruppersville, im Oval Office an seinem mächtigen Schreibtisch saß und sich übermüdet mit der Hand durch die Haare strich. Sollte das bald zur Normalität werden, die Nacht mit Papieren statt mit meiner Frau zu verbringen, fragte er sich? Normalerweise hatte er sehr regelmäßige Arbeitsstunden, die sich höchstens durch besonders wichtige Staatsbesuche oder außerordentliche Ereignisse verlängerten.

Seit gestern gab es aber einen Umstand, der ihn zwang, sich mit den Staatsgeschäften deutlich intensiver auseinanderzusetzen. Es war diese leidige Epidemie, die sich mehr und mehr ausbreitete.

Das war aber nicht das Einzige, was ihn beunruhigte. Vor einer Stunde bekam er die Nachricht, dass die Temperatur im Mittelmeer vor Ägypten auf eine neue Rekordhöhe von 32 Grad gestiegen sei. Man hatte die hohen Temperaturen nicht nur in den flachen Gewässern gemessen, was aufgrund des langen Sommers noch zu verstehen gewesen wäre. Man hatte sie allerdings auch in den tieferen Bereichen gemessen. Nachts war das Meer in dicke Nebel eingehüllt. Fische wurden zu Hunderttausenden tot an den Strand gespült. Gerade braute sich ein subtropischer Wirbelsturm mit einer Windgeschwindigkeit von 120 km/h zusammen. Ungeheure Wassermassen gingen auf den griechischen Inseln nieder. In Alaska dagegen fielen die Temperaturen weit unter ihre Normalwerte.

Die CIA ging von einem unterirdischen Atomversuch aus, vielleicht könnte auch ein atomarer Anschlag auf die NATO-Länder dafür verantwortlich sein, diskutierten seine Generäle, obwohl keine seismologischen Veränderungen festgestellt worden waren. Er persönlich hatte jedoch eine ganz andere Vermutung.

Gestern war sein Freund - zumindest glaubte er, dass er sein Freund sei - Alessandro di Mariano di Filipepi zu ihm gekommen, wie schon viele Male vorher. Er erschauderte jetzt noch, wenn er an diesen Abend dachte.

Di Filipepi hatte ihm gesagt, er müsse seine Spielereien nun vorübergehend einstellen und sich endlich wichtigeren Dingen zuwenden. Die Welt sei in Gefahr, und wenn er nicht mit ihm an einem Strang ziehen würde, könnte er, Ruppersville, seine Präsidentschaft an den Nagel hängen, was ihm sicher nicht gefallen würde.

O Gott, welch schrecklicher Gedanke! Natürlich würde er alles tun, was in seiner Macht stünde. Als er aber dann hörte, worum es sich handelte, wurde ihm doch angst und bange: Eine fremde Lebensform breite sich in der Erdkruste aus, deren Intelligenz und Macht mit nichts zu vergleichen sei.

Das unermesslich große Energiefeld unter der ägyptischen Pyramide - es deckte sich mit den Erkenntnissen der CIA. Auch sie hatten herausgefunden, dass sich etwas Unvorstellbares unter der Pyramide abspielte - ein Energiefeld, das so groß war, dass es die gesamte Welt in den nächsten Jahrhunderten mit Strom versorgen könnte.

Es war eine Gefahr für seine Macht und für die Vereinigten Staaten. Sein Land musste sofort eingreifen.

Wie sollte sein Land dann noch Öl verkaufen, wenn solch eine große Energiequelle genützt werden könnte? Sie würden die Vormachtstellung verlieren und er womöglich seinen Präsidentenposten.

Das konnte er nicht zulassen. Wie sonst könnte er den Tag verbringen, wenn nicht mit Regieren?

Als er dann die schreckliche Neuigkeit erfuhr, das Meer erhitzte sich, kam ihm sofort der Gedanke, dass dies der erste Versuch einer Machtübernahme sein konnte. Denn wenn jemand das Meer mit irgendwelchen Energien aufheizen konnte, musste er sehr mächtig sein. Und dass die Temperatur des Meeres und dieses riesige Energiefeld zusammenhingen, lag seiner Meinung nach auf der Hand.

Jetzt war es wichtig, dass er klar denken konnte.

Auf einmal erfasste sein Blick einen weißen Umschlag ohne Anschrift auf seinem Schreibtisch. Er war sich sicher, dass dieser vor kurzer Zeit noch nicht da gelegen hatte. Er öffnete ihn vorsichtig. Darin war eine schwarze Feder. Er wusste sofort, was dies bedeutete. Di Filipepi wollte ihn unbedingt sprechen. Es war sein seit Jahren übliches Zeichen. Es musste wieder einmal sehr dringend sein.

Er war noch beim Betrachten der schwarzen Feder, als es klopfte und di Filipepi bereits hereinkam, nicht ohne lauten Protest der Sicherheitsleute, die vergebens versuchten, ihn festzuhalten.

„Meine Herren“, sagte di Filipepi und strich sich über die Ärmel seines vorbildlich sitzenden Anzugs, als wolle er einige Staubkörner entfernen. „Meine Herren, Sie sehen doch, dass der Präsident mich persönlich erwartet.“

Ruppersville winkte ihn mit müden und geröteten Augen herein.

„Nun lasst ihn schon herein“, sagte er zu seinen Sicherheitsbeamten. „Ich habe ihn erwartet, er wird mich sicher nicht gleich umbringen.“

„Vielleicht nicht ich, aber vielleicht jemand anderes“, sagte di Filipepi leise zum Präsidenten. „Sorgt dafür, dass wir jetzt ungestört bleiben.“

„Ich weiß, dass Ihre Leute ein riesiges Energiefeld unter der Cheops-Pyramide gefunden haben. Und ich weiß auch, dass dieses Energiefeld für die gesamte Welt eine Gefahr darstellt. Auch für die Amerikanischen Staaten. Aber anders, als Sie denken. Es ist keine Energie, die diese Welt nutzen kann. Sie ist extrem gefährlich für das Universum.“

„Sind Sie wirklich sicher, dass unser Land in Gefahr ist?“, wollte der Präsident wissen.

„Wenn es nur Amerika wäre, würde ich nicht solch einen Aufstand machen. Aber nun, die Tatsachen sehen leider anders aus. Es betrifft aktuell die ganze Welt und damit auch einen Teil meines Daseins, wenn auch nur einen ganz kleinen. Und das gefällt mir gar nicht. Ich werde Ihnen jetzt eine sehr wichtige Person vorstellen.“

Es klopfte erneut und der Präsident sah eine sehr attraktive, rothaarige Dame den Raum betreten. Das enganliegende Designerkostüm betonte ihre schlanke, äußerst wohlgeformte Figur. Sie schaute ihn mit einem leichten Lächeln erwartungsvoll an.

„Darf ich Ihnen Chaolina Chaosta, die Ministerin für Katastrophen und außergewöhnliche Ereignisse und Beraterin der europäischen Regierung, vorstellen, Mister President?“, sagte di Filipepi und wies mit einer Hand auf Chaosta.

Der Präsident war völlig verblüfft.

„Ministerin für was, bitte sehr? Katastrophen und Außergewöhnliche Ereignisse? Was soll das denn sein, bitte?“, fragte er sie mit einem leichten Anflug von Arroganz.

Di Filipepi gab ihm sogleich die Antwort: „Ministerin Chaosta ist eine sehr wichtige Persönlichkeit im Universum. Sie kann unsere und Ihre Rettung werden. Wir drei werden noch sehr gut zusammenarbeiten.“

„Na, übertreiben Sie da nicht ein bisschen? Welches Land ist denn so bedeutsam, dass es eine wichtige Persönlichkeit für das ganze Universum produzieren könnte? Wenn irgendein Land doch wohl von außergewöhnlicher Bedeutung ist, dann sind das sicher nur die Vereinigten Staaten von Amerika. Na gut, vielleicht noch Russland oder China.“

Chaosta hatte bisher noch nichts gesagt; jetzt ergriff sie das Wort: „Mister President. Seit vielen Jahren ist unsere Welt und eure Welt eine Einheit. Nicht, weil wir es so wollten, sondern eine Laune der Natur hat es so gewollt. Eure Welt ist so, wie unsere es vor vielen tausenden Jahren einmal war. Glücklicherweise haben wir uns weiterentwickelt. Sie und viele andere Staatsoberhäupter dagegen haben ihre Länder an den Rand des moralischen und ethischen Ruins getrieben. Die Welt ist so verletzlich geworden, dass schon eine kleine zusätzliche Änderung den Kollaps bringen könnte.“

Ruppersville fand ihre Ansprache ziemlich anmaßend und setzte ein energisches Gesicht auf. *Was bildete diese Person sich eigentlich ein? Wer ist sie, dass sie so mit mir redet*, fragte er sich und wurde zunehmend griesgrämiger.

„Waren Ihnen die Hurrikane in den letzten Wochen immer noch keine Warnung? Es wäre besser gewesen, doch einmal auf Ihre Wissenschaftler zu hören und nicht immer nur Ihren kurzzeitigen Profit im Auge zu behalten. Meine Regierung beobachtet Sie schon seit sehr geraumer Zeit“, fuhr Chaosta fort. „Sie haben die Wahl und Sie haben es jetzt in der Hand. Und damit meine ich wirklich: Jetzt, in diesem Augenblick!“

Präsident Ruppersville war wie vor den Kopf geschlagen. So hatte noch niemand jemals gewagt, mit ihm zu reden. Nicht einmal seine Gegner der anderen politischen Partei ließen sich zu so etwas hinreißen.

Er schluckte und versuchte mühsam, seine Fassung zu wahren. Eine gleichmäßige Röte stieg ihm langsam ins Gesicht. Di Filipepi nickte mit dem Kopf.

„Sie hat leider völlig recht, mon ami.“ Er lächelte äußerst charmant in Richtung Chaosta.

Der Präsident war noch immer damit beschäftigt, all die gehörten Anschuldigungen und angeblichen Tatsachen zu schlucken. Sein knochiger Kehlkopf wanderte hektisch auf und nieder und seine hervorquellenden Augen glotzten wie die einer australischen Riesenkröte. Dann hatte er sich wieder gefangen und ging sofort in Angriffsstellung über. Das war eine seiner überragenden Fähigkeiten, mit der er bislang sein politisches Überleben immer wieder souverän hatte sichern können.

„Es gibt kein Land, das über Amerika steht. Was ich nicht kenne, gibt es eben auch nicht.“

„Eine sehr kleine Welt, die Sie sich da zusammenreimen, wenn sie sich nur nach Ihrem eigenen Wissen richtet“, antwortete Chaosta sehr leise. „Vor Tausenden von Jahren waren wir genau wie ihr. Wir haben irgendwann erkannt, dass wir so nicht mehr lange existieren, da auch wir immer nach unseren Vorteilen gelebt haben. So blieb uns nichts andres übrig, als uns in eine völlig andere Richtung weiterzuentwickeln. Heute respektieren wir einander und haben dadurch Fähigkeiten erlangt, die Sie als paranormal bezeichnen würden. Unsere mentalen Fähigkeiten erlauben uns, die Welt so zu ändern, wie wir sie möchten, ohne dass irgendjemand damit in irgendeiner Weise verletzt wird. Ich meine: psychisch und physisch. Wir leiten unsere Welt in dieser Art und Weise seit vielen Jahrhunderten und zwar mit Erfolg. Seit eurer Entstehung begleiten wir euch, da unsere Branen sich immer wieder sehr nahe kommen und wir, die Menschen von Fortuna, dadurch die Dimensionen wechseln können. Und Sie sind wahrlich kein Ruhmesblatt für die Menschheit."

„Ich hätte gern einen Beweis dafür, dass Sie nicht lügen", sagte der Präsident.

„Nichts einfacher als das", antwortete di Filipepi. „Haben Sie sich denn nicht gewundert, dass wir so plötzlich vor der Tür standen, ohne Anmeldung, trotz all Ihrer ach so ausgeklügelten Sicherheitsschleusen?"

„Vielleicht. Aber das kann ja auch alles eine abgekartete Sache meiner politischen Gegner sein. Mumpitz, irgendwelche Finten oder Illusionen oder was weiß ich."

Plötzlich wurde Ruppersville von Chaosta am Kragen gepackt und spürte, wie es ihn hinweg trug. Er hörte noch, wie diese Chaosta di Filipepi zurief, dass man sich im eigenen Headquarter treffen würde, dann wurde es dunkel.

Als der amerikanische Präsident wieder zu sich kam, befand er sich in einem Raum, den er noch nie gesehen hatte. Die Menschen, die ihn betrachteten, muteten ihn ebenfalls ziemlich seltsam an. Die Einzigen, die er kannte, waren di Filipepi und seit kurzem diese - er fand keine Worte, Chaosta zu beschreiben - sogenannte Ministerin Chaolina Chaosta von einem Land, von dem er noch nie gehört hatte und dessen Namen seine Leute ihm bisher verschwiegen hatten.

Warum wohl?

Ein Ministerium, das besser war als seine amerikanischen Ministerien? Wer von seinen Abteilungen hatte nicht aufgepasst, als dieses Land gegründet wurde?

Chaosta stellte ihm nacheinander alle Anwesenden vor, was ihn noch mehr davon überzeugte, dass er dieses Land gar nicht kennen konnte, da es sich sicher um ein Überbleibsel einer völlig unbedeutenden Kultur handeln musste. Auf keinen Fall, so dachte er, konnten diese Leute Konflikte lösen, so wie er sie zu lösen hatte.

„Mister President", sagte der Anführer, der sich Präsident Jawa nannte. „Signore Alessandro di Mariano di Filipepi hat uns versichert, dass Sie ein Mann sind, der nicht nur die Geschicke eines wichtigen und bedeutenden Landes lenken würde, sondern der auch wüsste, wann es an der Zeit wäre, von seiner eigenen Politik abzuweichen, um einer noch größeren Sache zu dienen als seiner eigenen."

„Ja, so könnte man es sehen", antwortete Ruppersville, immer noch überzeugt davon, dass dies alles nur ein Traum sein konnte und dazu noch ein sehr schlechter.

„Dann werden Sie auch verstehen", fuhr Präsident Jawa fort, „dass wir Sie auserwählt haben, uns bei der Lösung eines riesigen Problems zu helfen."

Aha, dachte Ruppersville, vielleicht war die Kartoffelernte nicht gut genug oder irgendeine Ministerehefrau ist gerade nicht in der Lage, einen Stammhalter zu bekommen.

„Wer sind Sie überhaupt?", fragte Ruppersville. „Di Filipepi ist sicher ein guter, alter Freund von mir, der mir schon oft und erfolgreich Ratschläge gegeben hat. Aber ich glaube nicht, dass, bei allem Respekt, ich Ihnen bei Ihrer Art von Problemen helfen könnte. Ich meine, sollten Sie irgendwelche landwirtschaftlichen Probleme haben, stelle ich Ihnen sehr gerne einen meiner Berater zur Verfügung, aber ..."

„Nein, nein, es handelt sich auf gar keinen Fall um ein solches Problem. Mit solchen Dingen haben wir nur sehr indirekt zu tun. Das sind Probleme Ihres Planeten, aber nicht die von unserem."

„Nun, dann könnte ich Ihnen doch einen der vielen anderen Berater unserer diversen Ministerien zur Verfügung stellen."

„Sie verstehen mich immer noch nicht, Mister President. Wir sind auf einer Entwicklungsstufe, von der ihr nicht einmal wisst, dass man sich dorthin entwickeln kann. Wir lenken und leiten in Abstimmung mit dem Einzigen, dem Göttlichen, dem Schöpfer von Allem. Sie sind nur durch ihn an die Macht gekommen. Das haben Sie doch auch nach Ihrem Wahlsieg deutlich betont, dass Sie `dank Gottes Hilfe´ gesiegt haben. Oder war es etwa anders?“

„Nein, nein“, besann sich Ruppersville, „da will ich Ihnen nun auf gar keinen Fall widersprechen. Aber ... “

„Verstehen Sie mich bitte nicht falsch, wir glauben nicht, dass Sie besser sind als all die anderen. Wir greifen normalerweise auch gar nicht in die Geschicke Ihrer Welt ein. Bei der jetzigen KonstAnnetion müssen wir jedoch von diesem Grundsatz abweichen. Es gibt leider in der Tat eine dunkle Macht, einen unermesslich großen Dämon im Universum.“

Ruppersville glaubte sich in einen Science-Fiction-Film versetzt. Ein Dämon im Universum. Das würde allen wissenschaftlichen Erkenntnissen widersprechen. Schon an den Besuch von Aliens konnte er kaum glauben. Und jetzt sollte ein Dämon auf der Erde sein Unwesen treiben und womöglich die Amerikanischen Staaten bedrohen? Dies hier konnte nur ein Traum sein.

Aber Jawa fuhr mit seinen unwirklichen Erklärungen fort.

„Dieser Dämon zeigte sich zuerst in unserem Lebensraum, der auf einer völlig anderen Bran liegt als Ihrer. Ihre Welt liegt auf der benachbarten Drei-Bran und stößt mit der unsrigen immer wieder zusammen. In der Regel trennen sich unsere Systeme meist nach kurzer Zeit. Dieses Mal ist es aber anders. Aus unerklärlichen Gründen hängen wir weiter aneinander, nicht mehr als den Bruchteil eines Millimeters voneinander entfernt. Aufgrund unserer fortgeschrittenen Entwicklung können wir die Brane allerdings wechseln und damit zu eurer Welt gelangen. Leider kann das auch der Dämon, gegen den wir seit Tausenden von Jahren kämpfen. Und dieser Dämon scheint durch die Menschen selbst so stark geworden zu sein. Übersetzt heißt das, je schlechter und egoistischer die Menschheit, umso stärker wird der Dämon und damit umso gefährlicher für uns alle. Ist Ihnen nicht aufgefallen, dass sich die Naturkatastrophen in letzter Zeit vermehrt haben und alles viel extremer geworden ist? Der Herzschlag der Biosphäre ist fast nicht mehr zu hören, so schlecht geht es den Bäumen und den Bodentieren, aufgrund ihrer überall eingesetzten chemischen Keule. Oder denken Sie doch nur an die vielen Hurrikane. Kaum ist der eine vorbei, zeigt sich schon wieder der nächste. Haben Sie sich nicht schon einmal gefragt, was das alles zu bedeuten hat? Wir werden es Ihnen gerne noch einmal zeigen."

Und dann wurden Ruppersville die größten Naturkatastrophen der letzten Monate vorgeführt. Falsch, er erlebte sie mit. Ohne selbst nass zu werden, trotzte er hautnah Tsunamis, Hurrikane, versank im tiefsten Schnee oder steckte mitten drin in einer sintflutartigen Überschwemmung in einer Ebene. Dann wieder rasten Geröllawinen im Hochgebirge über ihn hinweg.

„Und haben Sie sich nicht schon einmal gefragt, an wie vielen Katastrophen Sie vielleicht mitschuldig sein könnten", fragte Jawa weiter.

Die Frage stand klirrend scharf im Raum, denn es war völlig still geworden im Konferenzraum. Alle Anwesenden drehten sich zu Ruppersville und starrten ihn an. Man hätte eine Stecknadel fallen hören können.

Ruppersville schaute betreten unter sich. *Woher wissen diese Leute von meinem Wetterprojekt*, fragte er sich. Man hat mir doch damals versichert, dass alles nur zu Testzwecken sei und keine großen Auswirkungen auf das Wetter der Welt haben würde.

Leider war das wohl nicht richtig gewesen. Die Wetteränderung war immens ausgefallen und er, Ruppersville, war schuld daran, dass sich Tausende von Menschen im Norden von Europa bedroht fühlten.

Aber hatte di Filipepi ihn nicht in seinen Überlegungen unterstützt? War er es nicht, der gemeint hatte, dass Amerika sich hier mal wieder positiv hervortun könnte? Im Nachhinein musste er sich sagen, war es ein Trugschluss.

Ruppersville hatte nach diesen Überlegungen nur kurz den Gedanken seiner völligen Unschuld, der allerdings sofort verflog, als er in die Augen von Präsident Jawa blickte.

Es war, als würde sich eine Tür öffnen, die ihn bisher von jeglichem Wissen und jeglichem Verständnis ausgesperrt hatte.

Auf einmal wusste er Bescheid. Er musste geblendet die Augen schließen und begann leise zu weinen. In diesem kurzen Moment sah er das Leid all derjenigen, für das er verantwortlich gewesen war. Alle Überheblichkeit, jegliches Machtgehabe verflog. Er erkannte die Zusammenhänge und nun saß er demütig auf seinem Sessel.

„Seien Sie willkommen bei uns, Mister President! Wir sind nicht dazu da zu richten, sondern nur, um Ihnen die Wahrheit zu zeigen. Der Dämon, die dunkle Macht, hat Gedanken, die nicht dem Wohl des anderen dienten, verstärkt. Er kann Ihnen zwar keine neuen Gedanken einpflanzen, aber er kann Ihnen die Vorbehalte, die Sie vielleicht bei einer Aktion noch hatten, nehmen und Sie frei davon machen. Er hat Sie über die Magnetit-Kristalle in Ihrem Gehirn beeinflusst. Der Dämon will Unruhe stiften.

Der Einfluss auf das Wetter war der wohl letzte Tropfen, um das Fass zum Überlaufen zu bringen. Die Natur bäumt sich auf und wehrt sich. Erde, Himmel, Wasser und Feuer werden so gewaltig, dass sie aus ihren von den Menschen auferlegten Fesseln ausbrechen und zurückschlagen. Das hier wird nur der Beginn sein. Die Meere erwärmen sich und werden bald gigantische Wolken erzeugen, die noch heftigere Hurrikane produzieren werden. Ausgedehnte klimatische Veränderungen werden eintreten mit dramatischen Folgen für die gesamte Erde.“

Plötzlich fiel Ruppersville die starke Wassererwärmung des Mittelmeeres auf: unerklärliche 32 Grad Celsius. Unglaublich! Wenn das wirklich wahr ist, was dieser agile alte Mann erzählte, dann konnte er sich plötzlich Vieles aus der kürzeren Vergangenheit erklären.

Das Beste wäre, seine Hilfe anzubieten. Nach all diesen Demonstrationen ihrer technologischen Überlegenheit verschwendete er keinen Gedanken mehr dran, dass es sich hierbei um eine rein landwirtschaftlich denkende Kultur handeln könnte.

Auch von der Epidemie wurde gesprochen, die Ruppersville schwere Probleme bereitete. Viele waren gestorben, hauptsächlich die Erwachsenen. Die Kinder blieben seltsamerweise verschont.

Die Regierungen hatten den Notstand ausgerufen, da man der vielen Kranken nicht mehr Herr geworden war.

Es war etwas Seltsames an dieser Krankheit, etwas, das seine Experten noch niemals zu Gesicht bekommen hatten. Sie tauchte plötzlich auf. Tausende starben kurz nach dem Eintreten der ersten Symptome. Jedes Medikament, das die Ärzte versuchten, versagte. Und dies war nicht nur in seinem Land so, sondern in allen Ländern. Vielleicht war der Dämon auch dafür verantwortlich?

„Und jetzt, Mister President, haben wir das hier", sagte Chaosta gerade und zeigte ihm einen Hurrikan, der sich mit rasender Geschwindigkeit drehte.

„So sieht es im Augenblick über dem Mittelmeer aus", führte sie aus. „Ein Hurrikan, so groß, wie es noch niemals einen auf der Erde gegeben hat. Das Außergewöhnliche daran ist, er dreht sich zwar, aber er bewegt sich nicht vorwärts."

Ruppersville wurde angst und bange. Er musste sich sofort mit di Filipepi und seinen für das Wetter zuständigen Fachleuten zusammensetzen. Sie mussten alles abbrechen, was sie im Norden bisher initiiert hatten. Ihm kam der vage Gedanke, dass er mit seinen ehrgeizigen Plänen vielleicht sogar dem Dämon Vorschub geleistet haben könnte. Aber dann verwarf er ihn wieder. Er konnte nicht schuld sein an dieser Misere. Und wenn, dann müsste man ihm dies erst einmal beweisen.

„Ich werde Sie mit allem unterstützen, was mir zur Verfügung steht", sagte er und dachte an Panzer, Raketen und natürlich Soldaten, das, was die Amerikanischen Staaten eben immer zur Konfliktlösung einsetzten. Er musste sofort zurück, um alles in die Wege zu leiten.

Isabel hatte jede Minute am Bett ihrer Schwester Margarita verbracht. Es hatte sich keine Besserung gezeigt. Die Atmung war immer tiefer und tiefer geworden und schließlich hörte das Herz auf zu schlagen. Margarita war tot.

Isabel öffnete das Fenster, damit die Seele hinausfliegen konnte, und saß dann noch sehr lange neben ihrer Schwester und hielt ihre Hand.

Mit Margarita war ein Teil ihrer Jugend gestorben. Sie hatte ihr bei allen schwierigen Lebenslagen zur Seite gestanden. Besonders als sie aus dem hohen Norden schwanger wieder zurückkam. Wenn Margarita nicht für sie da gewesen wäre, wer weiß, was dann geschehen wäre, so hilflos, wie sie damals gewesen war. Und jetzt war Margarita tot.

Sie musste es Anne sagen, die Margarita über alles liebte, aber sie wusste nicht wie. Chaosta meldete sich regelmäßig im Abstand von wenigen Tagen von sich aus, aber sie selbst konnte nur auf den Anruf warten.

Isabel stand auf und ging in den Garten hinaus. Vielleicht sollte sie damit noch etwas warten?

Margaritas Haus stand direkt an der Küste in einer Bucht, hoch oben an die Felsen geschmiegt. Von dort hatte man einen wunderbaren Blick auf das Meer und die tief unten liegenden Brandungswellen.

Isabel stutzte.

Das Meer – wo war das Meer? Stattdessen dunkler schlammiger Boden und kleinere, spitze Felsen über Hunderte von Metern.

Das konnte nicht sein, es musste etwas mit einer Luftspiegelung zu tun haben – eine Art von Täuschung. Das Meer hatte sich zurückgezogen. Sie ging bis vorne an den felsigen Abhang, um einen noch besseren Blick zu haben. Ganz weit draußen glaubte sie Wasser zu sehen.

Ein Geräusch drang an ihre Ohren, ein Geräusch so urgewaltig, dass sie dachte, die Erde würde aufbrechen. Es schwoll an und wurde immer stärker. Das Grollen kam vom Horizont und es hielt auf die Küste zu.

„O mein Gott, was ist das?"

Der Horizont verdunkelte sich und die Erde begann zu beben. Das Meer kam zurück. Eine senkrechte Wand aus tosendem, tiefdunklem Wasser näherte sich der sizilianischen Küste mit ungeheurer Geschwindigkeit. Sie explodierte an der Steilküste und riesige Gischtwolken schossen in den Himmel. Die vielen an den Hang geschmiegten Häuser und Gärten verschwanden in einer Sekunde in der erbarmungslosen Flut.

29. Kapitel

Die angespannte Stimmung im Konferenzraum war mit den Händen zu greifen.

Ruppersville versteht hoffentlich die Ernsthaftigkeit der Situation, dachte Chaosta. Er hatte in der Vergangenheit schon genug Unsinn gemacht. Das, was er heute erlebt hatte, sollte ihm eine Lehre sein. Di Filipepi hatte ihn in seine Welt zurückgebracht, wo er in Ruhe über alles nachdenken konnte.

Und jetzt kam noch dieser subtropische Wirbelsturm über dem Mittelmeer hinzu, ein Gebiet, in dem es bisher so gut wie keine Hurrikane gab. Ein außergewöhnliches Unwetter. Der Wind drehte sich, aber die Wolkenstruktur verblieb an derselben Stelle. Es saugte Unmenge von Wasser nach oben.

Kein Wunder, dass sich das Mittelmeer in den letzten Tagen so stark erhitzt hatte. Da waren die Voraussetzungen dafür geschaffen worden. Wo kam aber plötzlich der kalte Wind her, der erst dazu führt, dass solche heftigen Gewitterstürme entstehen?

Müller, der Minister für Klima und Umwelt, wollte die Spitze der Cheops-Pyramide mit reinem Gold überziehen, um das Tor zum Schöpfer aller Dinge zu öffnen, vorausgesetzt es würde stimmen, dass es das Auge Gottes darstellen sollte. *Aber ist er da nicht etwas zu gutgläubig? Warum sollte er, Gott, sich einmischen*, fragte sich Chaosta.

In der hintersten, letzten Ecke des Sitzungssaals war auf einmal ein klägliches Wimmern zu hören. Fortunore, bleich und mit aufgerissenen Augen, seufzte tief und begann dann leise zu sprechen. Ihre Stimme klang ängstlich und dünn.

„Bei der letzten Befragung habe ich geschwiegen, aber jetzt, da ich weiß, dass alles nur ein Trugschluss war. Ich möchte euch jetzt alles erzählen."

Es wurde still im Konferenzraum. Alle hingen an ihren Lippen.

„Ihr wisst doch, dass ich vor vielen, vielen Jahren einen Mann von der Erde kennenlernte."

Chaosta wusste es noch ganz genau. Fortunore wollte damals unbedingt den damaligen Präsidenten der Vereinigten Amerikanischen Staaten treffen. Warum auch immer. Keiner verstand es. Er war auch nicht weiter als die anderen Erdenbewohner in seiner persönlichen Entwicklung. Aber sie hatte es sich in den Kopf gesetzt. Also hatte sie sich eines Tages ins Weiße Haus geschlichen und war dabei dem Amtsinhaber endlich in die Arme gelaufen. Er war begeistert von ihr und lud sie ein. Und dann passierte, was niemals hätte passieren dürfen: Sie verliebte sich in ihn. Ob es auf Gegenseitigkeit beruhte, war nicht bekannt.

Fortunore, die natürlich wusste, was er an Frauen liebte, denn seine Eigenarten und Vorlieben hatte sie im Vorfeld ausgiebig studiert, präsentierte sich so, dass er gar nicht anders konnte.

Was dann folgte, war eine leidenschaftliche Affäre. Das Ganze fand durch den tragischen Unfalltod des Präsidenten allerdings ein ziemlich jähes Ende.

Seitdem hatte sie ihre ungezwungene Fröhlichkeit verloren und saß sehr oft abends vor dem Headquarter in der letzten Sonne und schaute zum Weißen Haus hinüber. Obwohl es schon viele Jahre her war, hatte sie ihn noch nicht vergessen.

„Vor einigen Tagen saß ich wieder einmal abends vor unserem Gebäude und lauschte den Abendgesängen der Vögel", erzählte sie. „Da kam ein Mann auf unser Gebäude zu, der mich, je näher er kam, sehr an Michael erinnerte. Er winkte zu mir herüber, obwohl er mich eigentlich gar nicht hätte sehen können. Als er dann direkt vor mir stand, blieb mir fast das Herz stehen. Er war es, Michael Brown!"

„Sie wollen damit sagen, dass Michael vor Ihnen stand?", fragte Diora, die Ministerin für Wissen und Wissenserhaltung. „Michael, Ihr damaliger Geliebter? Er soll doch tot sein."

„Ja, so wahr ich Felicitas Fortunore heiße. Dort stand Michael und lächelte mich an. Lebendig und gesund."

„Es kann nicht Michael gewesen sein“, brummte Müller, der sich wahrscheinlich nur ungern an diese Affäre erinnerte, da sie damals die Staatssicherheit gefährdet sahen.

„Inzwischen ist mir klar geworden, dass er es wohl nicht gewesen sein kann. Damals aber war ich sehr glücklich, als ich ihn wiedersah. Er wollte, dass ich ihn in unser Gebäude lasse und ich ...“

Schon wieder schluchzte sie und musste ihre Rede unterbrechen.

„Sie haben ihn hereingelassen, nicht wahr“, sagte Chaosta, „wenn man liebt, will man nichts wahrhaben, was die Harmonie stören könnte. Ich verstehe Sie sehr gut.“

„Ja, ich habe ihn hereingelassen. Er war sehr interessiert, alles in unserem Gebäude zu sehen. Ich konnte ihm natürlich nicht viel zeigen, das wäre doch aufgefallen.“

„Was wollte er denn sehen?“, fragte Präsident Jawa interessiert.

„Er wollte unbedingt wissen, wo die einzelnen Regierungsmitglieder ihre privaten Räume haben und ...“ Fortunore stockte.

„Madame Fortunore, gibt es irgendetwas, was wir unbedingt wissen sollten?“ fragte Präsident Jawa nun ernst. „Ich habe den Eindruck, Sie verheimlichen uns etwas sehr Wichtiges.“

Fortunore wand sich schon wieder in krampfartigen Weinanfällen. Es war klar, dass da noch mehr gewesen sein musste. „Er wollte unbedingt wissen, ob es wahr sei, dass wir sehr alt würden, ohne jegliche Krankheiten“, brachte sie dann kaum hörbar hervor.

Aber das schien Jawa nicht genug als Erklärung zu sein. „Das alleine wäre sicher noch nicht schlimm. Ich gewinne aber immer mehr den Eindruck, dass das noch nicht alles war“, sagte er.

Nach einer langen Pause, in der sich Fortunore kräftig die Nase schnäuzte, presste sie hervor: „Nein, er wollte Einzelheiten wissen. Er wollte genau wissen, was wir dafür tun.“

Müller, der während ihres Vortrags ganz unruhig geworden war, sprang wütend und aufgebracht auf und schrie sie an: „Madame Fortunore, ich wusste schon immer, dass Sie ein emotionales, unberechenbares Frauenzimmer sind. Dass Sie aber so dumm sein könnten, um auf solch einen alten Trick hereinzufallen, hätte ich niemals gedacht. Sie haben gegen alle Sicherheitsvorschriften verstoßen und unser Geheimnis verraten. Sie sind eine Verräterin!"

„Stopp", sagte Chaosta, „es war garantiert nicht Michael Brown. Michael Brown ist tot. Es gibt keine Auferstehung, auch kein Fortunabewohner konnte jemals nach seinem Tode wieder auferstehen. Gott macht selten etwas rückgängig ... Ich hoffe nicht, dass Sie ihm Einzelheiten erzählt haben. Oder doch?"

Fortunore machte sich noch kleiner, als sie schon war. „Das ist ja immer noch nicht das Schlimmste. Ich vermute inzwischen, es war lediglich eine geschickte Materialisierung des Dämons."

Alle Assistenten im Hintergrund schrien laut auf. Die Entdeckung einer tickenden Bombe hätte auch keine größere Aufregung verursachen können. Sie redeten alle gleichzeitig, so dass keiner von ihnen von dem anderen irgendetwas verstehen konnte.

Und Fortunore? Sie hatte die letzten Worte noch nicht ganz ausgesprochen, da fiel sie bewusstlos von ihrem Sessel, die Pupillen weit aufgerissen. Speichel tropfte ihr aus dem Mund und dunkle Flecken bildeten sich auf ihrer lavendelblauen Seidenbluse.

Dr. Sangos, Minister für Gesundheit und Wohlergehen, sprang sofort hinzu und fühlte ihren Puls. „Sehr schwach, holprig, jetzt ... jetzt setzt er total aus ... nein, jetzt kommt er wieder."

Er setzte ihr sofort den bioenergetischen Scanner auf die Brust, um einen Überblick zu bekommen.

„Es scheint der gleiche Zustand zu sein, den wir vor einigen Tagen bei Anne hatten. Ihre energetischen Lebensströme sind fast auf Nulllinie. Genau die gleiche Symptomatik."

Jasper scannte sie auf Negativenergie und fand Spuren davon am Hals, am Rücken und an den Armen. „So wie es aussieht, hat er sie umarmt und vielleicht sogar geküsst. Wir müssen sie so schnell wie möglich zur Entgiftung auf die Dekontaminationsstation bringen."

„Welches Interesse hat der Dämon an unserer Quelle der Regeneration? Es selbst scheint doch unsterblich zu sein", fragte Diora.

„Ich habe da so meine Vermutungen", sagte Präsident Jawa. „Der Dämon scheint eine Schwäche zu spüren, sonst würde er sich nicht nach neuen Energiequellen umsehen. Wir haben solch eine Energiequelle und das weiß er. Es wird versuchen, da heranzukommen."

30. Kapitel

Chaosta hatte an den Schuhen von Fortunore bei dem Meeting dicke, getrocknete Schlammreste gesehen und heimlich etwas davon mitnehmen können und untersuchen lassen. Das Ergebnis war wenig überraschend: Der Schlamm hatte denselben Ursprung wie die Probe aus Annes Zimmer.

Beide Male wies die Spektralanalyse das Nilgebiet als Ursprungsort auf.

Es kann also nicht stimmen, dass „Michael“ und Fortunore an diesem Abend nur vor und in dem Headquarter gewesen waren. Er muss sie wohl doch noch zu einem Ausflug überredet oder sie gar dazu gezwungen haben. Warum sonst war sie bei der Aussprache in Ohnmacht gefallen? *Entweder ist sie mitschuldig oder sie schämte sich so sehr, dass sie es nicht ertragen konnte*, dachte Chaosta.

Und nicht nur Nilschlamm wurde gefunden, sondern auch Kalkstein, und zwar Thura-Kalkstein, genau das Material, mit dem die Pyramiden erbaut worden waren. Sie musste unbedingt noch einmal mit ihr sprechen.

Fortunore war immer noch auf der Krankenstation, inzwischen jedoch wieder bei vollem Bewusstsein, aber schwach und apathisch. Trotzdem schien ihr Zustand sich deutlich gebessert zu haben.

Als Chaosta an ihr Bett trat, zuckte Fortunore zusammen, so, als hätte sie Angst vor ihr. Ihre Augen, die sonst immer strahlend und offen blickten, schauten trüb und verschattet durch die halb geschlossenen Lider, so als müsse sie sich vor starkem Lichteinfall schützen. Sie hielt nicht lange Blickkontakt, sondern fixierte eine Stelle irgendwo hinter ihr.

„Sind Sie in der Lage, mit mir zu sprechen?“, fragte Chaosta und beugte sich zu ihr vor.

„Es tut mir alles so leid, ich habe das doch nicht gewollt“, antwortete sie mit leiser Stimme, und schon wieder traten Tränen aus den halb geschlossenen Augen hervor.

Sie tat Chaosta leid. Liebe und Trauer machten blind. Nur so konnte sie verstehen, dass Fortunore nicht argwöhnisch geworden war. Sie musste herausfinden, wo sie überall mit ihrem Besucher gewesen war.

„Erst war mir das gar nicht aufgefallen. Aber einige Stunden später wollte ich meine Schuhe wegstellen, die ich an diesem Abend getragen hatte. Dabei fiel mir auf, dass sie voller Erde waren. Ich fand das etwas seltsam, weil ich mich nicht erinnern konnte, dass ich über schlammigen Boden gegangen war. Und jetzt, da mir klar ist, dass es wahrscheinlich nicht Michael war, kommen langsam auch andere Erinnerungen hoch. Ich dachte, ich hätte das geträumt, aber jetzt – ja, jetzt glaube ich, dass es gar kein Traum war."

„Erzählen Sie, wie sah dieser Traum aus?"

Und Fortunore erzählte von weitem Sternenhimmel, einem vollen Mond und von kühler Luft. Sie hatte auch ein schreiendes Kamel gehört.

Chaosta erschrak.

„Wir saßen auf einmal in einem Boot, aber nicht auf einem Fluss, sondern das Wasser war irgendwo in der Tiefe eines großen Gebäudes, nachdem ich viele Stufen mit ihm nach unten gegangen war. Das Boot fuhr von ganz alleine, niemand ruderte. Seltsam, es war gar nicht dunkel, obwohl wir keine Lichtquelle dabeihatten. Wir glitten dahin, Michael sagte kein Wort, was mich sehr wunderte. Früher hatte er dauernd geredet und mir alles Mögliche erzählt. An diesem Abend aber war er ganz still. Ich drehte mich einmal um während der Fahrt. Er hatte sich irgendwie verändert und sah jetzt so abweisend und kalt aus, nicht so wie sonst. Vielleicht war es aber nur dieses merkwürdige Licht, das uns umgab. Und dann, ja dann ... alles war so skurril."

„Wie meinen Sie das, alles war so skurril? Lassen Sie sich doch nicht jedes Wort aus der Nase ziehen!"

„Ich hatte mich gerade zu ihm rumgedreht und wollte ihn fragen, warum er nicht neben mir sitzt, da ... da fing das Wasser an, sich zu drehen wie ein riesiger Strudel. Mittendrin öffnete sich ein Trichter und wir fuhren an der

Außenwand dieses Trichters in die Tiefe, mitten in den Wassermassen. Das Wasser glänzte und reflektierte das Licht, als wäre es mit Tausenden von kleinen Diamanten durchsetzt. Ich wurde aber nicht einmal nass dabei. Es war, als würden wir in einer Glaskugel sitzen. Nach einer unendlich langen Zeit, ich glaube, ich war eingeschlafen, jedenfalls als ich aufwachte, war kein Wasser mehr zu sehen, wir schwebten. Michael sagte: `Hier wohne ich jetzt. Es ist vielleicht nicht so luftig wie Washington, aber dafür kann ich alles ganz so einrichten, wie ich es möchte. Ich wollte es dir einmal zeigen´."

„Dort wohnte Michael?", fragte Chaosta und ahnte schon, wo Fortunore gewesen war.

„Das sagte er zumindest. Ein Haus konnte ich jedoch nicht entdecken. Es sah eher aus, als würden wir durch Plasma schweben, mit vielen kleinen Lichtstraßen."

Fortunore sank völlig erschöpft auf das Kissen.

„Ich würde Ihnen gerne noch mehr erzählen, aber ab diesem Punkt weiß ich leider nichts mehr."

31. Kapitel

Chaosta war überzeugt davon, dass die Vergangenheit von Fortunore Hinweise über die Beweggründe dieses Michael und damit vielleicht des Dämons geben könnte. Vielleicht war Michael der Dämon oder er war jemand, der eine enge Beziehung zu ihm hatte, oder er war einfach nur materialisiertes Plasma.

Sie musste in die Kammern der Vergangenheit. Und Jawa musste mit. Nur mit ihm kam sie an die Geheimnisse, nur er konnte die Vergangenheit bis ins kleinste Detail noch einmal abspulen.

Als Chaosta, Jawa und Jasper vor der riesigen Stahltür tief unten in der Erde standen, hatte sie doch ein mulmiges Gefühl. Es würde gleich so sein so, als würde man mit einem Feldstecher in ein Schlafzimmer schauen, oder als würde man einem Gespräch lauschen, das nicht für fremde Ohren bestimmt war.

Sie legte ihre Hände auf den Scanner seitlich der Tür. Ein grünes Licht wanderte als Streifen von oben nach unten und las ihre Hände ab. Dann öffnete sich die Säule rechts neben der Tür und ein silberner Metallbügel fuhr heraus. Darauf legte sie ihr Kinn und öffnete ihre Augen weit. Ein künstliches Auge fuhr heraus und näherte sich ihrem Auge bis auf wenige Millimeter. Es fixierte sie einige Sekunden und fuhr dann wieder zurück.

Als alle drei diese Prozedur hinter sich gebracht hatten, schwang die Stahltür lautlos auf. Es öffnete sich eine weiße, glitzernde Unendlichkeit. Sie konnten sich nur über am Boden laufende, leuchtende Streifen orientieren, die durch wabernde Nebelfetzen oft so überdeckt waren, dass man sie manchmal nur erahnen konnte.

Jedes der Regierungsmitglieder hatte einen eigenen leuchtenden Streifen, der zur persönlichen Geheimen Kammer führte. Fortunore hatte natürlich Rot, die Farbe der Liebe.

Dann gab es noch die gemeinschaftliche Vergangenheit. Es gab Dinge, die so furchtbar waren, dass die

Regierung entschieden hatte, diese Dinge in einer Geheimen Kammer zu archivieren. Sie stammten aus der Zeit, als die Fortuna- Bewohner noch nicht den jetzigen Entwicklungsstand hatten. Damals herrschten noch Kriege auf Fortuna und sehr viel Gewalt und Brutalität.

Nur der Präsident höchstpersönlich hatte Zugang zu diesem Raum. Als sein Vorgänger, Präsident Christophorus, einmal einen Blick hineinwerfen musste, kam er als verändertes Wesen wieder heraus. Diese Ansammlung von Grausamkeiten und Brutalitäten hatte ihn aus der Bahn geworfen. Er bekam so hohes Fieber, dass sein Kopf glühte und mit Eiswürfeln gekühlt werden musste. Es dauerte wochenlang, bis er sich wieder erholt hatte.

Chaosta, Jasper und Jawa folgten dem roten Pfad und kamen nach wenigen Minuten zum nächsten Hindernis, einem undurchdringlichen, rötlich anmutenden, fluoreszierenden Energiefeld, ohne Anfang und scheinbar ohne Ende.

Chaosta warf eine Locke von Fortunore mitten hinein und plötzlich, als würde man einen beschlagenen Spiegel putzen, sahen sie durch Fortunores Augen deren Leben in klaren Bildern. Sie erkannten das Krankenzimmer, das Bett, das Fenster und das Weiße Haus in der Ferne. Und sie spürten die gleichen Gefühle wie Fortunore selbst.

Jawa gab die Information „Michael“ in ein Lesegerät ein, wischte das Hier und Jetzt mit einer Handbewegung weg und bewegte den erhobenen Arm nach links. Es wurde dunkel, dann wieder hell, immer schneller ging er nun in der Zeit zurück bis zur ersten Begegnung von Michael und Fortunore, zwanzig Jahre vor der jetzigen Zeit.

Sie hatte ihn beim Spaziergang im Garten beobachtet und sich sofort in ihn verliebt. Dann gab sie sich als junge Assistentin einer politischen Vereinigung aus und er nahm sie mit ins Weiße Haus. Keinem fiel irgendetwas auf, keiner fragte. Sein Wort genügte allen. Schon nach einer kurzen Zeit der heftigen Leidenschaft starb er leider auf unerklärliche Art und Weise.

Erst Jahre später, das war vor wenigen Tagen, sah sie ihn wieder, zumindest glaubte sie, dass er es wäre. Er verabredete sich mit ihr in ihrem Headquarter.

Beim Treffen trug er einen schwarzen Kapuzenmantel, was merkwürdig war, denn es entsprach überhaupt nicht seinem Stil, das wusste Chaosta. Trotzdem, Fortunore hegte keinen Verdacht und ließ ihn herein. Sie zeigte ihm alles, was er sehen wollte.

Wirklich alles, auch den Ort der Quelle, fragte sich Chaosta?

Sie konnte sehen, wie Fortunore ihm die privaten Räume von ihr, Chaosta, zeigte, wobei etwas Merkwürdiges passierte. Fortunore blieb an der Tür stehen und schaute beim Warten in einen Spiegel. Sie hätte eigentlich Michael in seinem schwarzen Kapuzenmantel als Spiegelbild sehen müssen. Der Spiegel zeigte aber nur die Spiegelung der Möbel.

Halt, jetzt war an der Tür hinter Fortunore ein Schatten zu sehen, der auf keinen Fall Michael sein konnte, der Statur nach zu urteilen, ein schlanker Mann, ebenfalls in einem schwarzen Kapuzenmantel.

Bemerkte Fortunore denn nicht, dass Michael kein Spiegelbild erzeugte? War Michael einfach nur Energie, vielleicht ein sehr gutes Hologramm?

Sie sahen sich die Bilderfrequenz noch einmal an. Nein, es war keine Täuschung. Dicht hinter Fortunore, aber ohne, dass sie es bemerkte, betrat eine zweite Gestalt den Raum.

Wen hatte Chaosta jedoch gesehen, als sie sich damals in ihren eigenen Räumen die zurückliegenden Stunden noch einmal angesehen hatte? Fortunore war es nicht gewesen. Demnach hatte sie hier nur den einen Teil der Vergangenheit gesehen. Fortunore war anscheinend erst danach mit dem geheimnisvollen Michael in ihr Zimmer gekommen.

Sie war sich sicher: Die Nilerde hatte Fortunore hinterlassen und sonst niemand. Sie war diejenige, die mit ihm an der Pyramide gewesen war und sie war auch diejenige, die in den Geheimen Kammern gewesen war. Deswegen kam der Eindringling so problemlos herein. Die Kammer hätte sich niemals für einen Fremden geöffnet. Michael existierte lediglich als reine Energiegestalt und wurde von den Scannern so nicht erkannt.

War sie auch die Mörderin des Mannes im Fahrstuhl? Nichts deutete darauf hin. Aber vielleicht war der Mörder nur gut getarnt?

32. Kapitel

Chaosta, Jawa und Jasper eilen die langen Gänge im Headquarter entlang, unter ihnen, nur getrennt durch einen gläsernen Boden, die Milchstraße. Heute hatte Chaosta keine Zeit, sich darüber zu freuen. Der Boden und die Wände waren an diesem Tag nicht kristallklar, sondern milchig und ließen nur einen verschwommenen Blick auf die Schönheiten des Universums zu. Sie hatte auch das Gefühl, dass es immer kälter wurde.

Als sie durch die Fenster in den Garten schaute, bemerkte sie kleine Eisblumen in den Ecken. *Eisblumen*, fragte sie sich? *Mitten im Sommer?*

Draußen im Garten sah sie das satte Gras des Rasens, die Blüten der Sträucher an dem Gebäude und die Blumen in den Beeten. Die letzte Helligkeit des lauen Sommerabends verlor sich in den Gewächsen, die lange Schatten warfen.

Es hatte sich nichts geändert und trotzdem wuchsen Eisblumen. Sie hastete weiter. Der Brunnen, in dem sich sonst kleine Tiere tummelten, war zugefroren, die Wasserfontäne zu Eis erstarrt.

Als sie in den Gang einbog, der zu Fortunores Zimmer führte, kamen ihr bereits Müller und Schön entgegen, beide mit Reif in den Haaren, die Nasen rot von der Kälte.

„Wir sind eingeschlossen“, rief Müller ihr entgegen, „unser gesamtes Gebäude ist von einer dicken Eisschicht umgeben. Wir können nicht mehr hinaus und niemand kann herein.“

Chaosta rannte an das nächstliegende Fenster. Eben noch hatte sie in den Garten blicken können, jetzt erblickte sie ihr verschwommenes Spiegelbild in einer glatten, undurchdringlichen Eisschicht. Sie lief zum nächsten Fenster. Wieder nur schimmerndes Eis. Sie versuchte das Fenster zu öffnen. Kleine Eisbrocken fielen ihr entgegen. Die gesamte Fensteröffnung, hartes Eis. Sie hämmerte dagegen, versuchte es zu brechen, jedoch ohne Erfolg.

Von allen Seiten kamen die anderen Regierungsmitglieder, bibbernd und frierend, herbeigeeilt. Inzwischen war klar, dass das gesamte Gebäude in Eis gehüllt war. Und nicht nur außen, auch die inneren Wände überzogen sich nach und nach mit einer dicken Eisschicht, ebenso die Türen und der Fußboden.

Ein Gefühl der Ohnmacht ergriff sie. Und plötzlich spürte sie wieder diese Unruhe, das Sich-gegenseitig-Anstarren, das Misstrauen, wie schon einmal, als der Begriff des Maulwurfs, des Verräters, erstmals in ihren Köpfen auftauchte.

„Als ich vor einigen Minuten am Krankenzimmer von Madame Fortunore vorbeiging, rutschte ich fast auf einer kleinen Wasserpfütze vor ihrer Tür aus", sagte Dr. Klein, der Minister für Astrologie. „Ich fand das zwar etwas ungewöhnlich, machte mir aber keine Gedanken. Wenn ich es mir aber recht überlege, war das wohl doch etwas sehr Ungewöhnliches."

Er erzählte, dass die anderen Türen schon von Reif überzogen waren, die Tür von Fortunore jedoch nicht.

Die ganze Gruppe eilte zu Fortunores Zimmer. Je näher man dem Krankenzimmer kam, umso feuchter wurden der Boden und die Wände. Als sie vor der dicken, dunklen Holztür des Zimmers standen, mussten sie feststellen, dass diese trocken war.

Präsident Jawa klopfte behutsam und wartete auf eine Antwort. Als nichts geschah, öffnete er die Tür.

Es war, als würde man diese zu einer anderen Welt aufstoßen: Eine wohlige, warme Temperatur schlug ihnen entgegen, durch die großen, bis auf den Boden reichenden Fenster schien helles Sonnenlicht herein und ließ den dicken weißen, flauschigen Teppich erstrahlen. Die mit SchAnneck überzogenen Möbel glänzten und funkelten. Mittendrin, mit Blick auf einen blumenüberladenen Garten in den schönsten Farben, stand ein Bett, auf dem Fortunore mit geschlossenen Augen ruhte, den Kopf leicht zu einer Seite geneigt, die Hände locker neben sich liegend.

Alle blieben erstaunt stehen und starrten sie an. Jedoch hinein wagte sich keiner. Also machte Jawa den Anfang und ging einen Schritt ins Zimmer. Er prallte gegen eine unsichtbare Wand und wurde hart zurückgeworfen. Dabei stieß er gegen Chaosta, die dicht hinter ihm war. Fast wären sie beide gestürzt.

Wer auch immer für diese Situation hier verantwortlich war, er schaffte für Fortunore eine Atmosphäre und eine Umgebung der Ruhe, Schönheit und Behaglichkeit.

„Madame Fortunore, lassen Sie uns hinein!“, rief Präsident Jawa und klopfte an die Zargen.

Fortunore öffnete ihre Augen und hob leicht den Kopf. Es schien, als hätte sie etwas wahrgenommen. Dann lehnte sie sich jedoch wieder zurück und schloss die Augen.

Chaosta winkte ihr zu und rief auch: „Madame Fortunore, wir sind es. Nun öffnen Sie uns doch!“

Irgendetwas drückte sich an das Bein von Chaosta. Sie blickte hinunter und sah ihre Katze Cleo, die leise miaute und sie mit ihren bernsteinfarbenen Augen anschaute.

„Ich kann jetzt nicht“, flüsterte ihr Chaosta zu. „Du musst dich mal selbst um dein Essen kümmern.“

Cleo blinzelte beleidigt und ging auf die Tür des Krankenzimmers zu. Als gäbe es kein Hindernis, stolzierte sie in das Zimmer hinein und lief über den weißen Teppich auf das Bett von Fortunore zu. Mit einem kleinen, eleganten Satz sprang sie auf das Bettende, trottete langsam und zögernd auf das Kopfende zu und beschnupperte die Haare von Fortunore. Diese drehte sich zu Cleo herum und wollte sie streicheln. Als ihre Hand leicht über das Fell glitt, sprang Cleo mit einem lauten Gekreische hoch, fauchte, zischte und knurrte und wich mit dickem, aufgeplustertem Schwanz zurück. Tief geduckt, den Schwanz fast auf dem Boden, die Ohren eng an den Kopf gepresst, trat sie den Rückzug Richtung Tür an. Cleo drückte sich zwischen den Beinen von Chaosta durch und rannte den Gang hinunter.

Als Chaosta ihren Blick wieder Fortunore zuwandte, nahm sie aus dem Augenwinkel, zwischen einer Kommode aus Teakholz mit goldenen Intarsien und der Wand, eine leichte Bewegung wahr. Sie verspürte einen zarten Windhauch. Der weiße Vorhang bauschte sich nach innen in den

Raum. Der Wind wurde stärker und blähte den Vorhang auf.

Fortunore bewegte sich unruhig, als würde sie etwas ahnen. Da teilte sich der Vorhang und die Gestalt von Michael betrat das Zimmer. Er ging direkt auf Fortunore zu.

Jawa klopfte noch einmal ganz laut und kräftig an die Zargen der Tür und rief ihren Namen. Da drehte sich Michael um, sah sie an und stieß tiefe, grollende Laute aus. Sein Gesicht wurde größer, immer größer. Die Gesichtszüge verschwammen und die Masse verformte sich zu einer riesigen, geifernden Fratze mit groben, tierähnlichen Zügen. Sein Grollen wurde stärker, als würde ein Raubtier jeden Augenblick zum Sprung ansetzen, um den Feind zu töten.

Plötzlich hielt er eine Weltkugel mit seiner wulstigen und immens behaarten Hand in die Höhe und zerdrückte sie laut lachend zwischen zwei Fingern. Das Lachen klang hohl, so als käme die Stimme aus einem tiefen Kellergewölbe.

Alle hatten bisher nur auf sein Gesicht geachtet. Jetzt zog Michael den anderen Arm hervor. Im ersten Augenblick konnte Chaosta nicht erkennen, was er in seinen Händen trug. Es sah aus, als wäre es so leicht wie eine Feder. Erst als Diora laut aufschrie, erkannte sie, was es war: Anne.

Wie eine leblose Puppe hing sie kopfüber. Seine Krallen waren um ihren Gürtel gewunden.

Ihre blonden Haare bedeckten ihr nach unten hängendes Gesicht, der schmale Körper überzogen mit einer dünnen Eisschicht.

Sein Lachen wurde immer stärker und jagte ihnen einen Schauer über den Rücken.

„Freunde, habt keine Angst und lasst Euch nicht von diesem Wesen hier erschrecken. Er wird uns nichts tun. Er will etwas von uns und dafür braucht er uns, sonst hätte er uns schon längst vernichtet“, sagte Jawa, der als erster seine Fassung wiedererlangt hatte.

Als hätte die Kreatur es verstanden, begann sie zu brüllen und zu schreien. Ihr Mund verformte sich zu hässlichen Grimassen. Gelbe Zähne, die nach innen gewölbt waren, wurden sichtbar. Speichel tropfte herab und verfärbte den weißen Teppich.

Leichtfüßigen Schrittes bewegte sich die Kreatur trotz ihrer Massigkeit zur Tür. Dann schob sie ihr Gesicht blitzschnell in die Türöffnung und spie in ihre Richtung. Tropfen dieser Brühe liefen an der unsichtbaren Wand nach unten.

Chaosta ergriff die Tür und schlug sie zu. Heftige Schläge prasselten auf die Tür und ließen sie erzittern und erbeben. Das Holz wölbte sich nach außen und formte die Abdrücke dieser schrecklichen Fratze, das riesige Maul weit aufgerissen. Man konnte die spitzen, langen, nach innen gewölbten Zähne deutlich im Holz erkennen. Sogar die Augen bildeten sich auf der Tür ab.

Nach einiger Zeit ließ die Kraft der Schläge nach, schließlich wurde es vollkommen still in Fortunores Krankenzimmer. Erschöpft standen sie alle im Gang und wagten nicht sich zu rühren.

„Wir sind verloren, er hat Anne in seiner Gewalt", flüsterte Jasper.

„Hört ihr es auch knirschen und krachen?", fragte Diora. „Ich glaube, das Eis gibt nach. Es wird gleich über unserem Kopf zusammenbrechen."

Wände und Fußböden waren inzwischen von einer dicken, stumpfen Eisschicht überzogen. Von den Decken ragten spitze Eiszapfen als undurchdringliche Hindernisse bis zum Boden.

Kleine Rinnsale flossen an den Wänden herab und bildeten pfützenartige Seen, die sofort wieder zufroren. Da es draußen sehr viel wärmer als drinnen war, schmolz die äußere Eisschicht. Das Wasser stürzte vom Dach herunter und ergoss sich von dort über sich bildende Ritzen in die unteren Stockwerke.

Das Eis gebärdete sich wie ein Lebewesen. Es quietschte, rieb sich und sang sein eigenes Lied wie die treibenden Eisberge am Südpol. Die Wände verschoben und verkeilten sich ineinander, als wäre alles in Bewegung.

„Es bleibt uns nur noch eine Möglichkeit, hier wieder rauszukommen“, sagte Jawa. „Wir müssen uns sofort zur Quelle der Regeneration durchschlagen und wieder neue Kraft tanken, soweit es uns überhaupt möglich ist. Die Quelle ist zwar schwach, aber etwas Kraft wird sie uns noch geben. Lasst uns ganz dicht zusammenrücken und uns gemeinsam als Einheit bewegen.“

Auf einmal hörten sie ein bis ins Knochenmark erschütterndes tiefes „Wumm“, das das Herz in Chaostas Brustkorb erzittern ließ und es gegen die Rückseite des Brustbeines drückte. Sie hörte etwas fallen. Es musste etwas sehr Schweres sein, denn das gesamte Gebäude bebte. Die Decke bog sich durch und riss. Dicke Eisplatten stürzten herab und zerbrachen in tausende kleine Eisstückchen.

„Wir müssen hier weg, bevor wir von herabfallenden Eisbrocken erschlagen werden“, schrie Chaosta und zerrte an der Jacke von Klein. „Das Haus wird gleich in Trümmern liegen!“

33. Kapitel

Sie waren in Sicherheit, vorerst. Die Quelle des ewigen Lebens entsprang tief unter der Erde, geschützt vor zusammenbrechenden Decken und Wänden und sicher vor bedrohlichen Eisplatten. Ihre Quelle, an der sie die Kraft tanken konnten.

Sie wussten, die Quelle würde nicht für alle reichen. So hatten sie beschlossen, dass die wichtigsten Männer und Frauen als Erstes hineingehen sollten und dann die anderen. Solange die Energie eben reichte.

Das Tor war ein großer gotischer Rundbogen, geformt aus lebendigem Material. Dicke, fleischige Schlingpflanzen wuchsen aus dem Boden. Sie rankten und verflochten sich ineinander und stützten sich gegenseitig mit ihren spitzen Dornen und Blütenköpfen, aus denen kleine, gnomenhafte Wesen mit weit aufgerissenen Mäulern herausschossen. Das gesamte Tor war durch Schlingpflanzen verschlossen.

Quellender Nebel kroch zwischen den Ranken hindurch und versperrte den Blick auf das, was dahinter war.

Jawa war der erste, der den Schritt auf die Tür zu machte. Er legte die rechte Hand in den Kelch einer der Blüten. Die Hand wurde sofort aufgesaugt und tief in ihre Mitte gezogen.

Die Verantwortung der letzten Stunden hatte ihn um Jahre altern lassen. Die Haare waren schütter geworden und sein sonst so stolzer und aufrechter Gang war gebeugt wie der eines Greises.

Die Schlingpflanzen wichen auseinander und mit letztem energischem Schritt trat er in den weißen Nebel und verschwand. Die Pflanzen drehten und wanden sich, trennten und verbanden sich wieder, um den Eingang so schnell wie möglich wieder zu verschließen.

Chaosta war als Nächste dran. Sie schob die Hand in den Kelch der weißen Blüte, die sich ihr auffordernd entgegenstreckte. Täuschte sie sich oder bildeten die winzigen Blütenstempel ein Gesicht, das sie anlächelte?

In der Tiefe des Kelches umfingen sie sacht kleine Händchen und zogen sie noch tiefer hinab. Warme Zungen berührten sie, Zähnchen knabberten leicht an ihr. Dann, mit Schwung, wurde ihre Hand wieder aus dem Kelch ausgespuckt, trocken und unverletzt, und die Ranken gaben den Weg frei.

Chaosta trat in den weißen Nebel, von dem sie sofort umhüllt wurde. Sie schwebte in einer Schwerelosigkeit, ohne Grenzen irgendeines Raumes. Bilder tauchten auf, glückliche Bilder aus alten Tagen, aus ihrer Kindheit, als sie das erste Mal alleine schwimmen konnte. Eine wohlige Behaglichkeit umfing sie. Sie schwebte dahin ohne ein Oben und ein Unten, wie der Fötus in dem Bauch einer Mutter, die eins ist mit ihrem Kind und sich darauf freut, dass es bald das Licht der Welt erblickt.

Alle Schubladen mit positiven Emotionen öffneten sich und ließen ihre gespeicherten Informationen heraus, so dass Chaosta wie in einem Bett voller tausendjähriger Erinnerungen lag. Als würde eine neue Sonne am höchsten Punkt des Himmels anfangen zu brennen, flammte warmes, sehr helles Licht auf. Das Licht vereinte sich mehr und mehr zu einem breiten Strahl, der Chaosta wie in einem Kanal erfasste.

Sie spürte, wie verbrauchte, mutierte Zellen abgestoßen und durch neue, unverbrauchte ersetzt wurden. Die Haut glättete sich, wurde praller und straffer, und ihr Körper richtete sich in wieder gewonnener Jugendlichkeit und frischer Energie auf.

Sie war völlig allein in der Quelle des Ewigen Lebens. Niemals sah sie einen anderen dort, jeder hatte seinen eigenen Ort.

Plötzlich zerriss ein dumpfes, berstendes Krachen die Stille ihrer Bilder. Hart fiel sie auf den Boden, der eben noch nicht da war, und spitze Eisbrocken bohrten sich in ihre nackte Haut. Sie blutete sofort an mehreren Stellen.

Wände tauchten aus dem Nichts auf. Wasser rann an ihnen herab in immer größeren Rinnsalen. Das kraftgebende Licht erlosch und ein tiefes, grollendes Lachen ertönte.

„Glaubst du, ich hätte euch gelassen, was euch Stärke und Gesundheit gibt?“, fragte die Stimme, die von überall aus den Wänden zu kommen schien, und lachte wieder tief und grollend. „Ich habe das Tor versperrt. Was du jetzt erlebst, ist nur eine Illusion. Eure Kraft und eure Gesundheit werden mehr und mehr schwinden, denn ich sauge ab jetzt auch die letzte Energie aus euch heraus. Ihr könnt mich nicht mehr aufhalten. Ich lasse alles über euch zusammenstürzen und ihr werdet für immer begraben werden. Und ich habe immer noch euer kleines Mädchen.“ Ein unendlich weit schallendes, irrsinniges Gelächter begleitete diese Sätze.

Ist es soweit, hat das Böse nun doch über das Gute gesiegt, fragte Chaosta sich.

Ihre Seele schrie auf vor Schmerzen und ihr nackter Körper krümmte sich im inzwischen eisigen Wasser. Scharfe Eisbrocken fielen auf sie und begruben sie unter sich. Sie konnte sich nicht mehr bewegen und keinen Laut mehr von sich geben.

‚Jetzt nicht aufgeben‘, sagte eine innere Stimme. ‚Wehre dich gegen deinen Schmerz, nur so hast du eine Chance weiterzuleben.‘

Wer war ihr Freund, wer konnte ihr helfen? Sie dachte mit aller Kraft an di Filipepi. Sie dachte an sein Gesicht, an seine Art, sie zum Lachen zu bringen, an seine warmen Blicke.

Die Kälte ließ ihren Herzschlag immer langsamer werden, ihr Herzmuskel zog sich nur noch hin und wieder in sich zusammen, um das Blut durch die Adern strömen zu lassen, und dann - blieb ihr Herz stehen.

Ein unheimliches Donnern ertönte in diesem Augenblick, als würde ein riesiger Vulkan Gesteinsbrocken und Schwefel ausspucken. Eine der Wände brach ein und da stand er, Alessandro di Mariano di Filipepi, drohend und breitbeinig mitten im Eisgeröll. Die bösartige, riesige Fratze ließ sofort von Chaosta ab und wandte sich di Filipepi zu.

„Bist du gekommen, um zuzusehen, wie deine kleine Freundin jetzt zu einem Nichts wird?“, fragte die Fratze und spuckte in Richtung Chaosta. „Wenn diese Regierung vernichtet ist, wird mir nichts mehr entgegentreten können. Ich werde alles in einem schwarzen Loch verschwinden lassen. Auch dich, mein Freund.“

Er machte eine kleine Pause und sagte dann: „Sag mir, warum hast du bloß die Seiten gewechselt? Du könntest bei diesem hübschen Spielchen doch mitmachen, wenn du es nur wolltest. Warum verteidigst du auf einmal diese niedrigen Wesen?“

„Ich war noch nie auf deiner Seite. Du bist völlig außen vor. Unser Anliegen ist nicht die Zerstörung. Gut, ich nutze das System zu meinem Vorteil, aber du, du bist das Übel des Universums, das die ganze Einheit zum Erliegen bringen will.“

„Es ist mir schon klar, warum du alles am Leben erhalten willst“, antwortete die Kreatur. „Ohne die Menschen hättest du doch gar keine Bedeutung mehr. Hier auf der Erde kannst du deine Spiele spielen, auf Fortuna wäre dir das nicht gestattet. Und dein Freund Tableau, der sich als Obermacher aufführt und seinen Spaß darin erschöpft, ein paar lächerliche Stürme und Gewitter zu produzieren. Es war eine gute Basis für mich. Hast du gesehen, was ich daraus im Norden gemacht habe? Zu so etwas seid Ihr doch überhaupt nicht fähig. Ich bin der Kern, ohne den es die Frucht nicht gibt. Ich bin das Böse! Ich bin millionenfach mehr als ihr alle!“

„Du bist nur eine faule Frucht, dem Verwesen nahe. Aber auch ein Kern braucht einen Boden, um zu gedeihen. Und den nimmst du dir, wenn du die Menschheit und ihren Planeten vernichtest und damit auch Fortuna.“

Währenddessen lösten sich immer mehr Eisbrocken aus der aufgebrochenen Decke und den Wänden und stürzten herab.

„Lass uns einen Deal machen und Mann gegen Mann kämpfen. Wenn du meinst, du seiest stärker als alles zusammen auf der Erde, wirst du dich gegen diesen Vorschlag sicher nicht wehren wollen“, schlug di Filipepi vor.

Wieder ertönte ein tiefes, grollendes Lachen der Kreatur. „Du rechnest dir doch nicht etwa eine ernsthafte Chance gegen mich aus, di Filipepi?“

Di Filipepi sah aus den Augenwinkeln, dass sich hinter der Kreatur Energieblitze zeigten, als würden abgeschnittene Stromkabel in der Luft hängen. Die Fratze konnte nur ein Hologramm sein, das Verbindung zur eigentlichen Kreatur hatte. Er musste versuchen, diese Verbindung zu kappen, dann hätte er zumindest die Möglichkeit, Chaosta doch noch zu retten.

Da fiel ihm das Energiesauggerät ein, ein Gerät, das sie vor vielen Jahren entwickelt hatten.

Es hatte die Form und die Größe eines herzförmigen Diamanten. Er hatte es immer in einer seiner Taschen. Man wusste ja nie, welchen Wesen man einmal begegnen würde. Einen Versuch war es auf alle Fälle wert. Es war gewiss besser als der direkte Kampf, bei dem man niemals so genau wusste, wer siegen würde.

Der Diamant lag bereits in der rechten Hand von di Filipepi und gab ein strahlendes Licht von sich.

„Ja, ich rechne mir sogar ziemlich große Chancen aus“, antwortete di Filipepi. „Du wirst es gleich sehen“, sagte er und richtete die rechte, geöffnete Hand mit dem herzförmigen Diamanten gegen die Kreatur.

Zuerst war ein leichter Wind zu spüren. Dann wanderten kleine Lichtpunkte in den Diamanten. Er fing an noch mehr zu strahlen, zu glitzern und zu funkeln, als sei er ein kleines Kraftwerk.

Jetzt schien die Kreatur etwas zu bemerken. Sie schrie auf, erst böse und ungeduldig, dann wie ein verletztes Reh, als hätte es Schmerzen.

Immer mehr Lichtpunkte wanderten in den Diamanten. Sie krochen aus der Kreatur heraus und flogen hinüber zu di Filipepi.

Plötzlich tauchte eine zweite Gestalt auf. Eine kleine Gestalt in schmutzigen, fleckigen Hosen, die leblos auf dem Boden lag. Di Filipepi erkannte Anne. Sofort stoppte er das Energiesauggerät.

Im gleichen Augenblick flogen die Lichtpunkte wieder aus dem Diamanten, als würden sie jetzt in die andere Richtung, zur Kreatur hin, gesaugt werden.

„Willst du, dass ich dieses kleine Mädchen töte?“, fragte die Fratze, die sich in der Zwischenzeit wieder formiert hatte.

„Bist du so schwach, dass du ein kleines Mädchen brauchst, um gegen mich zu bestehen?“, fragte di Filipepi zurück.

„Natürlich nicht. Aber ich weiß, wofür ihr sie braucht. Es ist purer Überlebenswille von euch“.

„Glaubst du? Hast du schon einmal darüber nachgedacht, dass es für das Gesamte von Bedeutung wäre?“

„Was habe ich mit dem Gesamten zu tun?“, fragte die Kreatur.

„Denk doch einmal nach. Was passiert, wenn du bei einem Haus eine der tragenden Säulen einfach abreißt?“

„Es wird zusammenfallen.“

„Also ...“

„Was heißt ‚also‘?“

„Probiere es aus, dann wirst du es sehen.“

Die Gestalt wurde unscharf. Das Gesicht verzerrte sich, wurde immer länglicher. Di Filipepi sah die Qual der Frage.

„Besser, wir haben ihre Energie und sie ist tot, als dass du sie hast“, sagte di Filipepi.

Er richtete das Energiesauggerät auf Anne. Als auch hier kleine Lichtpunkte im Hologramm auftauchten und anfingen zu wandern, schrie die Kreatur auf.

„Halt, lass es sein! Du hast gewonnen. Lass uns von Mann zu Mann den Kampf austragen. Du wirst von mir hören.“

Dann war es still. Die Kreatur war verschwunden.

Mit einem Sprung war di Filipepi bei Anne. Sie blutete aus mehreren Wunden. Ganz blass, fast weiß war sie. War sie tot? Di Filiplepi fühlte ihren Puls. Nichts. Sofort begann er mit einer Herzdruckmassage. Immer wieder machte er eine kurze Pause, tastete den Puls und setzte dann seine Massage fort.

Anne bewegte sich nicht.

Wie spät war es? Es musste gleich Mitternacht sein. Punkt zwölf musste ihr Blut in die Quelle fließen.

Plötzlich ein kleines Aufbäumen ihres Körpers, ein röchelnder Husten. Sie schlug die Augen auf. „Leg mich in die Quelle“, flüsterte Anne schwach. „Es ist gleich soweit, Mitternacht...“

Di Filipepi packte sie und trug sie mitten hinein in den Lichtstrahl der Regeneration, der kaum noch auszumachen war.

Das Blut sickerte weiter aus den vielen Wunden. Es rann herab, lief an ihrem Körper herunter und suchte sich auf dem Boden seinen Weg in die kleinsten Risse der Steine. Würde sie noch so lange leben, bis das Blut seinen Weg gefunden hatte? Wäre sie um Mitternacht tot, würde ihr Blut nichts mehr nützen. Er schaute auf die Uhr – sie zeigte fünf Minuten vor Zwölf.

Er hatte das Gefühl, dass das Blut immer schneller und stärker aus Annes Körper rann. Schnell zog er sein Hemd aus und riss es in Streifen. Damit versuchte er, die vielen Wunden zu verbinden. Er musste sie am Leben halten, sonst wäre alles verloren.

Anne stöhnte: „Es wird so dunkel auf einmal.“

„Du musst wach bleiben“, rief di Filipepi. Annes Augenlider flatterten, als sei sie kurz davor, wieder das Bewusstsein zu verlieren.

Plötzlich ließ ein Donnern die Quelle erbeben, ein tiefes Grollen und Gepfeife war zu hören. Ein Singen wie von Überlandleitungen kam immer näher und wurde lauter und lauter. Eine kräftige, dunkle Stimme erklang: „Es ist Mitternacht und das Orakel ist leider wahr geworden. Glaubt ja nicht, dass ihr gewonnen habt. Der Kampf aber geht weiter. Macht euch auf die nächste Runde gefasst.“

Die Stimme hatte die Wahrheit gesprochen. Sie hatten es geschafft. Anne hatte es geschafft. Ihr Blut war zur rechten Zeit um Punkt Mitternacht in die Quelle getropft und damit waren die Quelle und Fortuna gerettet. Zumindest vorerst.

Der Lichtstrahl der Quelle wurde von Sekunde zu Sekunde kräftiger. Bald glänzte er hell wie ein silberner Strahl.

Di Filipepi lief zurück zu Chaosta, die völlig bewegungslos und mit Schnee bedeckt auf dem kalten, eisigen Fußboden lag. Er hob sie auf und trug sie ebenfalls in den Strahl.

Nichts erinnerte an ihre ursprüngliche Stärke, so schwach und klein sah sie aus. Der Schnee schmolz langsam, lief in kleinen Rinnsalen an ihrem verwundeten, reglosen Körper herunter und bildete kleine Seen auf dem Boden.

Di Filipepi legte sie auf den Boden in den Strahl und kniete neben ihr. Er hob leicht ihren Kopf. Das Licht um sie herum wurde heller und wärmer und holte Chaosta von einer weit entfernten Welt zurück.

Ganz langsam versuchte sie, einzelne Glieder zu bewegen, die Knie zu beugen und zu strecken und den Kopf zur Seite zu drehen. Das Ewige Licht ließ ihren Körper erglühen.

Auch Anne kam langsam wieder zu Kräften.

„Findet ihr es nicht etwas zu kalt dort unten auf dem Boden“, sagte di Filipepi lächelnd und half beiden auf. „Es scheint, als könntet ihr eure Arbeit ohne mich einfach nicht mehr richtig zu Ende bringen.“

Draußen, vor der Tür zur Quelle der Regeneration, waren alle Minister versammelt, als sie heraustraten.

„Wir haben es geschafft“, sagte Jawa. „Die Quelle ist gerettet und damit sind wir gerettet.“

Hatte er wirklich recht? Würde es reichen, wenn sie das nächste Mal auf diesen Dämon treffen und di Filipepi nicht da sein würde?

Jawa war bereits voller Tatendrang und hatte nichts anderes im Sinn, als diesen Michael umgehend auszuschalten.

Er hob die Faust zum Sieg und marschierte in Richtung Krankenzimmer von Fortunore. Inzwischen hatte sich fast alles Eis aufgelöst und auf den Gängen und Treppen ergoss sich das Wasser im Schwall nach unten. Es suchte sich unerbittlich seinen Weg und riss alles mit, was sich ihm in den Weg stellte.

Als die Regierungsmannschaft vor dem Krankenzimmer von Fortunore ankam, imponierten noch immer die Eindrücke von Michaels Gesicht im Holz. Präsident Jawa lauschte kurz mit dem Ohr an der Tür und öffnete sie dann mit einem kräftigen Schwung.

Michael war immer noch im Zimmer. Er saß am Bett von Fortunore und hielt ihre Hand. Grünlicher Schleim lag wie eine Todesdecke über Fortunore.

Als die Tür ohrenbetäubend an die Wand knallte, sprang Michael auf und stürzte sich mit einem durch Mark und Bein gehenden Schrei auf den Eindringling.

Jawa, jetzt wieder bei vollen Kräften, streckte nur die rechte Faust nach ihm aus und Michael wurde zurückgeschleudert, ohne ihn überhaupt berührt zu haben. „Du bist nur Halluzination, nur in unseren Vorstellungen. Du kannst uns nichts anhaben. Wir hätten es gleich merken müssen. Unsere Katze Cleo ließ sich nicht von dir beeindrucken. Ich presse dich in ein kleines, handliches Päckchen und entsorge dich."

Er setzte mit der linken Faust nach, dann wieder mit der rechten. Nach wenigen Schlägen war aus Michael, dem einmal so attraktiven Geliebten von Fortunore, ein handliches Päckchen geworden, das Jawa anschließend in ein kleines, viereckiges Holzkästchen packte.

So wütend hatten sie ihren Präsidenten noch nie gesehen. Anschließend rieb er sich die Fäuste, lächelte und sagte: „Damit wollte ich nicht kundtun, dass körperliche Gewalt manchmal besser ist als das Wort, aber dieses abgrundtiefe, uneinsichtige Böse aus reiner Energie wollte uns zerstören und uns töten. Da ist auch physischer Einsatz schon mal gefragt."

„Das hier", und er zeigte auf das kleine, edle Holzkästchen, „das hier werden wir in der Geheimen Kammer von Madame Fortunore deponieren, als Erinnerungsstück. Und jetzt bleibt nur noch eines, was zu tun ist. Ab mit ihr in den Vergessenheitstherapieraum. Wenn die Erinnerung an ihre Liebe ausgelöscht sein wird, wird sie auch wieder die Alte werden, und wir sind wie vorher eine unbesiegbare Einheit.“

34. Kapitel

Obwohl das Headquarter immer noch bitterkalt war und ein frostiger Wind durch die Ritzen wehte, war die Laune besser als je zuvor. Der Dämon zwar war noch nicht besiegt und der Mörder lief immer noch frei herum. Aber sie waren durch die Quelle wieder gekräftigt und in der Lage, den Kampf wieder aufzunehmen.

Im Raum des unendlichen Wissens sah es fürchterlich aus. Das Holz der Tische war von der Feuchtigkeit aufgequollen und es stank durchdringend nach Moder.

Die Regierungsmitglieder standen beieinander und versuchten, das gerade Erlebte zu erfassen. Trotz aller Kälte und der durchdringenden Feuchtigkeit herrschte rege Konversation.

Müller, der Minister für Klima und Umwelt, roch etwas streng, da seine Krebse und Fische in seinem Anzug durch die Kälte leider getötet worden waren.

Bruzellas Pfauenschmuck hatte fast völlig seinen Glanz und seine Farbe verloren und auch ihr zartgelbes Kleid aus Rosenblättern sah aus, als hätte der Herbstwind sie kräftig durchgewirbelt.

Auch Annes Kleider waren noch feucht und klamm und sie bibberte vor Kälte. Sie hatte keine Ahnung von dem, was in den letzten Stunden passiert war. Das Letzte, an das sie sich erinnerte, war das grünliche Licht in ihrem Zimmer. Das Nächste, an das sie sich wieder erinnerte, war der belebende helle Strahl, der ihren Körper wärmte.

Ihre Gedanken wurden jäh von einem dröhnenden Geräusch unterbrochen. Bumm, Bumm. Das ganze Headquarter erzitterte. Bumm, Bumm.

Aufs Neue klopfte es, laut und durchdringend.

Jawa schickte einen der Assistenten zur Eingangstür. Der kam nach wenigen Augenblicken zurück.

„Monsieur Tableau und Monsieur di Filipepi stehen vor der Tür und bitten höflichst um Einlass“, meldete er.

Die Tür zum Raum des Unendlichen Wissens wurde mit Wucht aufgestoßen. Herein trat ein riesiger Mann mit wehendem schwarzem Umhang. Er schob den Assistenten beiseite und polterte in den Raum.

Dann blickte er grimmig umher und sagte auf dem Weg zu Jawa: „Hier bin ich.“ Er streckte ihm die Hand entgegen, wobei ihm ein gequältes Lächeln über das Gesicht huschte. „Es war keine einfache Entscheidung, aber ich glaube, es war die richtige.“

Zwei Schritte dahinter betrat di Filipepi den Raum, inzwischen im eleganten, nachtblauen Anzug mit pinkfarbenem Einstecktuch. Er blieb abwartend im Hintergrund und schaute suchend umher.

Großer Tumult entstand. Tableau und di Filipepi in ihrem Headquarter. Die Regierungsmitglieder und Assistenten waren völlig fassungslos und schockiert.

Jawa ergriff gerade die Hand von Tableau und schüttelte sie kräftig.

„Sie weiß nichts von mir und di Filipepi?“, fragte Tableau an Jawa gewandt, „hast du ihr nichts gesagt?“

„Nein, es war noch nicht der richtige Zeitpunkt“, entgegnete Jawa.

„Na, wenn das mal nicht falsch war,“ und dann zu Chaosta gewandt, „haben Sie sich nicht gefragt, warum di Filipepi immer da ist, wenn Sie in Schwierigkeiten stecken?“

Tableau klopfte ihr freundschaftlich auf die Schulter. Bei dieser Bewegung sprangen die vorne sitzenden Minister auf und wollten nach vorne stürmen.

„Ich werde es ihr selbst sagen“, sagte Jawa und schob Tableau etwas zur Seite. Präsident Jawa hob den Arm, und sofort kehrte Ruhe ein. „Freunde, ich weiß, was ihr jetzt denkt. Aber es ist jetzt nicht die Zeit, um dieser Polarität weiter zu frönen. Es geht um den Erhalt unserer beiden Welten und jeder, der etwas dazu beitragen kann, sollte gehört werden. Ich bin dafür, dass beide, Monsieur Tableau und Monsieur di Filipepi, hierbleiben. Sie sind sicher nicht gekommen, um irgendetwas zu stehlen oder um an die Quelle der Regeneration zu kommen. Denkt nur daran, dass di Filipepi unserer Ministerin schließlich und endlich auch das Leben gerettet hat. Und nicht nur ihr, sondern auch Anne, ohne die wir sowieso verloren gewesen wären.

Und was Tableau angeht, er ist nicht dumm und weiß, wann er nachgeben muss. Ich glaube nicht, dass einer von beiden auf der Seite der Dunklen Macht steht. Lasst uns abstimmen. Jeder, der ebenfalls dafür ist, dass sie verbleiben, hebe die Hand."

Nachdem Präsident Jawa seine Rede beendet hatte, war sekundenlang keine Bewegung und kein Laut zu hören.

Nach weiteren fünf Minuten, in denen ein Raunen und Tuscheln zu vernehmen war, hoben sich die ersten Hände.

Als alle Minister bis auf zwei Präsident Jawa zugestimmt hatten, meldete sich Chaosta. Sie hatte inzwischen alle Argumente abgewogen und war zu dem Schluss gekommen, dass es besser wäre, gemeinsam zu kämpfen.

„Fortuna hat jahrhundertelang einen Dämon beherbergt, der schon von vielen Regierungen vor uns bekämpft wurde. Es tut mir leid sagen zu müssen, dass alles bisher vergeblich war. Seitdem Fortuna und die Erde sich aber unglücklicherweise so nahegekommen sind, dass wir nur Millimeter voneinander entfernt und uns doch nicht sehen können, zumindest können es die Erdbewohner nicht, hat der Dämon plötzlich seinen Spaß auf genau dieser Erde entdeckt. Warum, weiß keiner so richtig. Wir vermuten, dass es die Menschen selbst waren, die die Macht dieses Monsters so erstarken ließ. Vielleicht glaubt er uns damit zu vernichten, indem er die Erde vernichtet. Womit er gar nicht so unrecht hätte. Wir werden jedoch auf gar keinen Fall kampflos aufgeben. Jetzt, wo wir wieder stark sind.

Was di Filipepi angeht, so hat er Anne und mir das Leben gerettet. Das sagt wohl mehr als genug. Ich werde ihm ewig dankbar dafür sein. Und was Tableau angeht: Di Filipepi bürgt für ihn und, nicht ganz zu vergessen, scheint ja wohl auch Jawa für ihn zu bürgen."

Chaosta wandte sich an Tableau und lächelte leicht, als sie ergänzte: „Wir können jetzt jede Hilfe gebrauchen."

Als Chaosta geendet hatte, gingen auch die letzten Arme nach oben und der Weg für Tableau und di Filipepi war frei.

Tableau öffnete seinen schwarzen Umhang, der innen mit schwarz-weiß gestreiftem Satin gefüttert war, und warf ihn lässig auf einen der freistehenden Stühle. Hoch aufgerichtet stand er nun da in seinem schwarzen Gehrock.

Er schaute sie alle lächelnd an, als hätten sie niemals erbitterte Kämpfe ausgetragen.

„Wenn ich gewusst hätte, dass eure Regierungsmannschaft aus so vielen schönen Frauen besteht, hätte ich euch schon wesentlich früher einmal beehrt", tönte er säuselnd.

Sein Blick wanderte umher und blieb schließlich an Chaosta haften.

„Geht es Ihnen wieder gut, Madame?", fragte er sie und verbeugte sich leicht, dabei mit dem linken Auge ihr zuzwinkernd. „Ich hörte von Ihrem kleinen Missgeschick und habe natürlich meinen alten Freund di Filipepi nach Kräften von meinem bescheidenen Refugium aus unterstützt."

In diesem Augenblick sprang Sangos, der Minister für Gesundheit und Wohlergehen, auf und sagte aufgeregt: „Ich bekomme gerade die Nachricht, dass Madame Fortunore auf dem Weg in den Konferenzraum ist. Sie soll schwer verletzt sein. Man hat versucht, sie aufzuhalten, aber sie hat alle abgewehrt."

Präsident Jawa sprang entsetzt auf.

„Ich vermutete unsere Ministerin im Raum der Vergessenheitstherapie. Wieso ist sie jetzt auf den Gängen unterwegs?", fragte er in die Runde.

In diesem Augenblick öffnete sich die Tür – etwas zögerlich, doch niemand trat ein. Zuerst sah man eine blutverschmierte Hand, die sich hilfesuchend hereinstreckte. Dann schwang die Tür ganz auf und Fortunore schleppte sich herein und sackte dann in der Türöffnung in sich zusammen. Alles war voller Blut. Das weiße, lange Kleid hing in Fetzen von ihrem zarten Körper, die blonden Haare waren dunkel durch das verkrustete Blut und bedeckten ihr Gesicht. In ihrem Rücken steckte noch ein langer Eiszapfen, rot verfärbt. Sie röchelte leise, unverständliche Worte.

Chaosta war sofort an ihrer Seite und beugte sich dicht über ihren Mund.

„Es tut mir so leid. Ich bin an allem schuld, ich habe ihn umgebracht und dafür müssen wir jetzt alle sterben".

Sie sahen sich fragend an. Wen wollte sie umgebracht haben? Sie war doch selbst schwer verletzt.

Fortunore flüsterte: „Ich habe ihn umgebracht."

„Wir müssen sie in die Quelle bringen", sagte Sangos. Er hatte inzwischen bereits sein Hemd ausgezogen und drückte es auf die Wunde am Rücken.

„Ich glaube, es ist zu spät", flüsterte Chaosta, „sie hat so viel Blut verloren, dass wir nicht mehr genug Zeit haben, um sie noch ins Licht zu bringen."

Tableau schaute interessiert zu ihnen herüber.

Weißer Nebel war plötzlich da. Er hüllte Fortunores geschundenen Körper ein, als wolle er ihn beschützen. Lichtfetzen schwirrten durch den Raum, als würde man am Nordpol stehen und die Polarlichter beobachten.

„Wer hat sie nur so schwer verletzt?", fragte Chaosta.

Fortunore versuchte sich aufzurichten und hielt sich am Arm von Chaosta fest und wisperte: „Ich kam gerade aus dem Vergessenheitsraum. Da war auf einmal ein Schatten mit einer großen Nase. Ein Stoß von hinten, brennender Schmerz. Als ich wieder zu mir kam, überall nur Blut. Mit letzter Kraft habe ich mich hier hochgeschleppt."

Die letzten Worte waren so leise, dass man kaum etwas verstehen konnte. Tableau machte einen Schritt nach vorn. „Was steht ihr hier herum und lasst sie sterben? The show must go on", rief er und marschierte energisch zu Fortunore hinüber. „Wenn ihr dieser Sache keinen Einhalt gebieten wollt, werde ich es tun, Energie ist schließlich Energie, ob von euch oder von mir kommend, das ist doch letztlich völlig gleich."

Tableau öffnete dabei seinen Mantel zu beiden Seiten, hob die Arme und rief die Worte:

„Großer Vater, nun erkenn' ich,
dass du Schöpfer bist der Welten!
Dich als meinen Herrscher nenn' ich,

denn Du lässest alle gelten". (Johann Wolfgang Goethe)

Die Erde fing an zu beben, ein tiefes Grollen ertönte - und dann war es auf einmal totenstill. Tableau stand noch immer mit erhobenen Armen da.

Da - ein Blitz schoss in den Körper von Fortunore und - sie wollten ihren Augen nicht trauen – die Blutung stoppte, die Wunden schlossen sich und Fortunore schlug die Augen auf.

Tableau hatte Fortunore den Weg zu neuem Leben freigemacht. Er war über seinen eigenen Schatten gesprungen und hatte sich nach vielen Jahren wieder an Gott gewendet, um Fortunore das Leben zu retten.

Es wäre ja wirklich eine schöne Geschichte gewesen: Das Böse rettet das Gute. Aber war es wirklich so? Tableau wusste es besser.

Flaubert, wie auch der ermordete Rossini, arbeiteten für ihn und di Filipei. Man hatte ihnen einen großen Aufstieg versprochen, wenn sie dabei helfen würden, das Gefüge der Regierung von Fortuna aus dem Gleichgewicht zu bringen. Sie sollten Schwächen aufdecken, die er dann gegen die Mitglieder benutzen konnte. War Flaubert wirklich so weit gegangen und hatte Fortunore ermorden wollen? Und wer hatte Rossini ermordet?

Minutenlang herrschte Schweigen. Alle starrten auf Fortunore und erwarteten endlich eine Antwort.

„Könnt ihr uns jetzt erzählen, was los war?", fragte Chaosta.

„Ich fühle mich etwas müde. Ehrlich gesagt, ist mir nicht besonders gut", sagte Fortunore und schloss wieder die Augen.

„Kommen Sie, setzen Sie sich erst einmal auf. Sie werden sich gleich besser fühlen."

Fortunore regte sich nicht. Gleichmäßiges Atmen war zu hören.

„Schlafen Sie?", fragte Chaolina.

„Nein", antwortete Fortunore. Ich denke nach und versuche, alles in meinem Kopf zu ordnen".

„Lassen Sie sich Zeit“, sagte Chaosta und setzte sich neben sie. Fortunore richtete sich gerade auf und stützte den Kopf auf ihren angezogenen Knien.

„Lassen Sie sich Zeit“, sagte Chaosta noch einmal und legte den Arm um sie.

„Nun, die Geschichte mit Michael war so schön“, begann sie leise. „Bis auf den Schluss. Als wir am Fahrstuhl zu den Geheimen Kammern standen, tauchte plötzlich dieser Wissenschaftler auf und wollte uns davon abhalten. Michael wurde so wütend, dass er ihm mit der Faust auf die Brust schlug. Es war schrecklich. Überall Blut. Er fiel gegen die Wand des Fahrstuhls und sackte langsam nach unten. Michael murmelte so etwas wie: Das wird Tableau davon abhalten, mir dauernd ins Handwerk zu pfuschen. In diesem Moment habe ich den Entschluss gefasst, dass ich nichts mehr mit ihm zu tun haben möchte.“ Fortunore lachte. Doch dann verzerrte sich ihr Gesicht und sie begann zu weinen. „Ich musste mit ihm in den Fahrstuhl steigen und nach unten fahren.“

Chaosta glaubte, ihren Ohren nicht zu trauen. Hatte dieser Michael wirklich auf Tableau angespielt?

„Monsieur Tableau, was könnte dieser Michael damit gemeint haben, Sie sollten ihm nicht ins Handwerk pfuschen? Könnte es sein, dass dieser Wissenschaftler mit Ihnen zusammenarbeitete?“, fragte Chaosta.

„Nein, um Gotteswillen, nein. Ich meine, ja, es war einer von unseren Ingenieuren, der ...“

Di Filipepi unterbrach ihn: „Es ist jetzt an der Zeit, dass wir mit offenen Karten spielen, Tableau. Rossini war einer unserer wichtigsten Ingenieure und arbeitete an einem geheimen Projekt auf der Erde: Die elektrische Aufladung der Ionosphäre durch einen riesigen Hochfrequenzstrahler. Damit haben wir auf der Erde das Wetter beeinflusst. Daher dieses extreme Tiefdruckgebiet im Norden mit seiner langanhaltenden, tiefen Dunkelheit und der Bruthitze im Süden. Leider mussten wir herausfinden, dass er inzwischen auch von dem Dämon beeinflusst worden war, über seine Magnetit-Kristalle im Gehirn. Sein Vater war ein

Erdbewohner und damit hatte auch er Magnetit-Kristalle im Gehirn."

„Und was hatte dieses Auge an seinem Fußknöchel zu bedeuten?", fragte Chaosta.

„Alle, die mit dem Dämon im Bund waren, bekamen ein Zeichen – das strahlende Auge über der Pyramide. Es war das Zeichen dieser Geheimorganisation. Es hat lange gedauert, bis ich den Zusammenhang herausgefunden habe", antwortete di Filipepi.

Da mischte sich Diora, die Ministerin für Wissen und Wissenserhaltung, in das Gespräch ein. Sie hatte bisher geschwiegen. Aber jetzt konnte man an ihren immer röter werden Wangen erkennen, dass sie etwas Wichtiges zu sagen hatte. „Könnt ihr euch noch an den Vortrag von Monsieur Noir erinnern? Er sagte, wenn man den Jetstream ändern würde, könnte man Tiefdruckgebiete dort entstehen lassen, wo man möchte. Und di Filipepi erzählte von dem leistungsstarken Hochfrequenzstrahler. Könnte es nicht sein, dass er mit diesem Hochfrequenzstrahler einen Riss in der Ionosphäre erzeugt hat?"

Chaosta hielt hörbar die Luft an. „Und durch diesen Riss ist der Dämon auf die Erde gelangt. Jetzt wird mir alles klar."

„Halt, das kann nicht sein", wandte di Filipepi ein. „Unsere Wissenschaftler haben immer betont, dass es dadurch keinen Riss geben kann, der quasi als Eintrittspforte für fremde Energien dienen könnte. Wir Fortunabewohner können doch auch zur Erde wechseln, also muss es auch die dunkle Macht, der Dämon aller Dämonen, können. Ich wehre mich gegen diese Schuldzuweisung. Aber ich gebe zu, dass wir unter Umständen auf diesem Gebiet noch eine Wissenslücke haben."

Chaosta war entsetzt über diese Aussage.

Wie kann man nur mit so viel Kaltschnäuzigkeit mit dieser Situation umgehen? Sie wurde zunehmend wütender, spürte, wie ihr Herz zu hämmern begann und sie schneller atmete. Ihre Beine drohten nachzugeben. Sie musste sich auf den nächstbesten Stuhl setzen. „Sie selbst haben dem Dämon den Weg zur Erde freigemacht“, sagte sie.

Auch di Filipepi verlor jetzt etwas von seinem Selbstbewusstsein, eine leichte Blässe überzog sein Gesicht, sein Kiefer war leicht herabgesunken und eine tiefe Falte bildete sich zwischen seinen Augenbrauen.

„Bewohner unseres Universums sind für diese hochgefährliche Situation verantwortlich“, stieß Chaosta hervor.

Präsident Jawa hatte sich bisher noch nicht in die Diskussion eingeschaltet. „Wir könnten Noir fragen, ob es theoretisch möglich ist. Ich glaube jedoch, dass der Riss viel zu klein war, um einen Dämon mit dieser Energie durchschlüpfen zu lassen. Er wird aufgrund der Fesselung der Erde seine Energien nach und nach auf die Erde gebracht haben. Es wäre uns sonst aufgefallen. Wir beobachten die Transporttunnel und erfassen alles, was von einem zum anderen Planet wechselt. Haben wir nicht in Paris festgestellt, dass der Dämon sich in viele kleine Energietropfen umwandeln kann? Das ist die Erklärung. Er lief quasi unter dem Radarschirm. Im Übrigen ist jetzt nicht der Augenblick der Schuldzuweisungen, sondern der Augenblick der Taten!“

„Das erklärt aber noch nicht die vielen Naturkatastrophen in den letzten Monaten“, sagte di Filipepi. „Was hat zu den vielen Vulkanausbrüchen, den Erdbeben, den Tsunamis usw. geführt?“

„Wir haben eine Theorie dazu“, antwortete Jawa. „Die von euch ausgelösten Wetterveränderungen haben das Ganze nur beschleunigt. Die Erde ist dabei, sich endgültig gegen all die Verletzungen und Zerstörungen zu wehren. Die Natur nimmt es nicht mehr hin, dass sie wie `Dinge´ behandelt wird. Entweder die Menschheit ändert sich oder sie wird endgültig selbst zerstört. Es bleibt ihr kaum noch Zeit. Und ehrlich gesagt, ich kann es gut verstehen. Wir haben Jahrhunderte gebraucht, um dieses Prinzip endlich zu verstehen. Aber die Menschen sind bisher beratungsresistent. Sie nehmen nichts von uns an.“

Eine traurige Stille breitete sich aus. Keiner sagte ein Wort. Es vergingen endlose Minuten, bis sich einer wagte, ein Wort zu sagen.

„Nun,“ begann di Filipepi, wir müssen uns etwas einfallen lassen. Es kann nicht sein, dass es keine Hoffnung für die Menschheit gibt. Sie hat doch auch ihre guten Seiten. Vielleicht hilft uns dabei mein Plan. Es ist jetzt notwendig, dass wir unsere Kräfte bündeln. Deswegen wollen wir mit euch zusammen versuchen, die alte Ordnung wiederherzustellen. Lasst es mich erklären. Um es gleich auf einen Punkt zu bringen: Diamanten werden unsere Rettung sein!“

35. Kapitel

Der Präsident der Vereinigten Staaten von Amerika, Eugene Ruppersville, brauchte einige Minuten, um sich nach dem Besuch von di Filipepi zu erholen. Nach der großen Aufregung mit dieser eigenartigen Ministerin Fortunore war er ohne große Verabschiedung zurückgebracht worden. So wusste er nicht, welches Drama sich inzwischen dort abspielte.

Es werden also Vorschläge von mir erwartet, dachte er. Wie immer sollten die USA wieder einmal für die übrige Welt die Eisen aus dem Feuer holen. In diesem Fall würde ein Sieg noch nicht einmal von der Öffentlichkeit bemerkt werden, oder könnte man sich vorstellen, dass er sich als Präsident vor die Kameras stellen und sagen würde: ‚Meine Damen und Herren, die Vereinigten Amerikanischen Staaten haben soeben die dunkle Macht, den uns unbekannten Dämon, besiegt?'

Wohl kaum. Und trotzdem muss ich helfen, sinnierte er weiter, ich weiß nur noch nicht, wie ich es am Ende meinem Parlament verkaufen könnte.

Am besten wäre, die Pyramide zunächst militärisch abzusichern und rund um das Gebäude Stellung zu beziehen. Damit ließe sich „das Wesen" sicher einschüchtern. Militärische Machtdemonstrationen waren immer gut. Da die Pyramide nicht auf amerikanischem Boden stand, sondern auf ägyptischem, könnte es etwas kompliziert werden. Auf der anderen Seite gehörte Ägypten fast schon zur Nato, was die Sachlage wiederum vereinfachte. Wenn die CIA ihm geheime Informationen zuspielen könnte, dass in der Cheops-Pyramide chemische Waffen von Terroristen lagerten - schließlich gab es dort noch viele unentdeckte Kammern -, dann hätte er sicher einen triftigen Grund, seine sofortige Unterstützung nicht nur anzubieten, sondern auch gleich umzusetzen.

Er würde hundert Panzer anbieten, tausend Soldaten und Raketensysteme, die die ganze Pyramide in Schutt und Asche legen könnten. Wenn der ägyptische Präsident erfahren würde, dass dort ein Anschlag geplant wäre, der auch sein Land beträfe, gäbe es sicherlich eine sofortige Zusammenarbeit - unter seiner Führung natürlich.

Ruppersville malte sich diesen Schachzug in allen Farben aus und freute sich schon, dass er die Planspiele leiten würde.

Am besten, man würde ein geheimes Dossier finden, die Namen der Finder und Überbringer müssten natürlich, wie so oft, leider geheim bleiben.

In den nächsten Stunden war Ruppersville damit beschäftigt, die Entscheidungsträger um sich zu sammeln und die Grundlage für die Invasion zu legen. Es wurden Unterlagen vorgelegt, die Hinweise für ein immenses Waffenlager mit chemischen und biologischen Substanzen offenlegten. Labore und Lager sollten sich in der Pyramide befinden, in bisher unentdeckten Gängen und Kammern. Täuschend echte Sonaraufnahmen, von seinen Spezialisten an den Computern kreiert, zeigten Hohlräume von einer Größe, in denen der Eiffelturm leicht Platz hätte finden können.

Nicht nur die Generäle und Berater ließen sich in den nächsten Tagen davon überzeugen, sondern auch die ägyptische Regierung, die natürlich sofort über alles informiert wurde. Die Kugel war angestoßen, kam ins Rollen und war schnell auf einer schiefen Ebene. Sie rollte ohne Unterlass in die Tiefe, alles umstoßend, was sich ihr in den Weg stellte.

Di Filipepi hatte an etwas ganz anderes gedacht, als er ihn um geeignete Vorschläge gebeten hatte. Aber sollte er ruhig diesen Vorschlag ausarbeiten. Sein Militär wäre der Käse in der Mausefalle.

Der Dämon würde kommen und sich zeigen.

Gleichzeitig verfolgte er selbst einen Plan, der die außergewöhnlichen und außerordentlichen Fähigkeiten von allen voll beanspruchte.

Zur selben Zeit, als Ruppersville in den folgenden Wochen die Vorbereitungen für das Projekt Cheops-Pyramide traf, fiel den Wärtern und Touristenführern auf, dass es in der Pyramide zunehmend kälter wurde. Auch außerhalb der Pyramide, bis zu einem Kilometer im Umkreis, nahm die Temperatur ab. Die Höchsttemperaturen fielen pro Tag um mehrere Grad. Mitten in Nasret Es-Sammaan, dem Dorf neben den Pyramiden, war es jedoch so heiß wie immer im Hochsommer. Näherte man sich dem unsichtbaren Kreis um die Pyramiden, wurde man das Gefühl nicht los, einen riesigen Eisblock vor sich zu haben. Es gab wieder einmal keine wissenschaftliche Erklärung für dieses Naturereignis.

In diesen Tagen gab es einige weitere Besonderheiten. In allen Dörfern und Städten der Welt bekam jeder Bewohner ein kleines Kästchen als Geschenk, in dem ein Brief lag mit folgendem Inhalt:

„Der Staat hat Sie für eine besondere Ehrung auserwählt und dankt Ihnen für Ihre Mitarbeit in den letzten Jahren. Als Anerkennung möchte er Ihnen einen kleinen Diamanten zukommen lassen. Wir würden uns glücklich schätzen, wenn Sie ihn möglichst oft und gerne tragen."

Dabei, auf rotem Samt gebettet, lag ein kleiner Brillant, 0,125 Karat, mit einer dünnen Kette, die man am Hals tragen konnte.

In jeder Zeitung war dieser Anhänger abgebildet, weswegen der Träger sich sicher sein konnte, dass er, wenn er ihn dann tragen würde, auch als solcher erkannt werden würde. Wer etwas auf sich hielt, trug ihn, denn damit konnte dezent, aber auffällig genug, von der eigenen Wichtigkeit im Staat berichtet werden. Niemand wusste, dass alle einen Diamanten erhalten hatten.

Auch der Präsident der USA erfuhr von dieser Geschichte. Viele seiner Parteigenossen riefen ihn an, um zu fragen, was er sich dabei wieder gedacht hätte, oder um ihn zu beglückwünschen. Er musste leider zugeben, natürlich nicht öffentlich, dass dies nicht seine Idee gewesen war, und noch viel schlimmer, er noch nicht einmal wusste, wer dafür verantwortlich zeichnete.

Die Empfänger waren jedoch begeistert und trugen die Diamanten immer, schließlich war es eine hervorragende Auszeichnung.

36. Kapitel

Di Filipepi hatte es wieder einmal gewusst. Wenn diese Diamanten vielleicht auch keine Dämonentöter waren, so waren sie doch in der Lage, aufgrund ihres Schliffs negative Energie aufzunehmen. Die Bewohner der Erde bekamen die Diamanten alle an ein- und demselben Tag. Dies war der erste Teil seines Planes, verbunden mit einer ungeheuren Leistung der zehn größten Logistik-Unternehmen der Erde. Der zweite Teil entstand aus einer Erfahrung und der daraus abgeleiteten Erkenntnis.

Die Lagebesprechung zur Vernichtung der Kreatur fand am frühen Morgen im Sitzungssaal des Headquarters statt, vier Wochen nach der Rettung der Quelle.

Es war kurz vor Sonnenaufgang. Alle waren anwesend: die Minister und Sekretäre, die Assistenten und die Assistenten der Assistenten. Nur die Roboter hatten keinen Zutritt, da heikle Themen besprochen wurden. Sie waren bekannt für ihre Geschwätzigkeit. Wenn auch nur ein Fetzen von dem Gesagten nach draußen gedrungen wäre, hätte es ihren Plan vereiteln können.

Doch es blieb nicht bei dieser Zusammensetzung der Personen. Als die Sonne aufging, meldete der Türassistent di Filipepi und Tableau, dieses Mal in praktischer Arbeitskleidung. Als die dicke, satinierte Glastür aufschwang, duckten sich die darin eingravierten Blumen und Gräser. Aber alles blieb ruhig, kein Feuer, kein Gewitter und kein Sturm. Die beiden Gäste grüßten staatsmännisch und wurden an die Seite von Präsident Jawa gebeten.

Dieser ergriff das Wort: „Liebe Freunde! Heute ist ein wichtiger Tag. Wir werden gemeinsam den Plan besprechen, der uns endgültig von dieser Kreatur befreien wird. Fortuna und jetzt auch die Erde haben schon lange genug unter ihr gelitten und es ist nicht zu erwarten, dass diese Kreatur sich besinnen wird. Um nicht in ihrem Schlund unterzugehen, müssen wir sie zerstören. Die ersten Schritte dazu haben wir schon getan. Die rechte Hand von Professor Schön, Minister für Informationserfassung und

-weitergabe, Professorin Ragos, hat mit di Filipepi zusammen die Idee mit den Diamanten entwickelt. Aber am besten gebe ich das Wort an sie persönlich."

Ragos war absolute Spezialistin auf dem Gebiet der Informationstheorie. Fremde, die sie nicht kannten, unterschätzten sie gerne. Sie war die Ministerin, die nach der Beschreibung der Daily News, einer der wichtigsten Zeitungen auf Fortuna, am schlechtesten gekleidet war. Nichts passte zusammen. Sie trug eine graue, sehr enge Hose. Darüber ein Oberteil, das eher an einen verloren gegangenen Sack denn an ein Kleidungsstück erinnerte. Dazu schwarze Stiefeletten, die beim Laufen leise quietschten. Ihre Haare waren kurz und streng geschnitten und zeigten ein Blond, was eher nach einer verdorrten Wiese aussah. Aber sie war witzig, humorvoll und höchst kreativ. Als sie sprach, blitzten ihre blauen Augen.

„Werte Anwesenden! Es war mir eine Freude, mit di Filipepi zusammenzuarbeiten. Er und Tableau werden ohne unsere Hilfe die Auswirkungen ihres absurden Planes, das Wetter zur Einschüchterung der Menschen zu verwenden, nicht wiedergutmachen können. Inzwischen hat es sich leider bestätigt, dass der Dämon den durch die beiden erzeugten Riss in der Ionosphäre genutzt hat, um mit dem Rest seiner notwendigen Energien zur Welt der Menschen zu wechseln. Und damit nicht genug. Das hat endgültig dazu geführt, dass die Erde sich gegen die Zerstörung durch die Menschen mit aller Macht wehrt. Nichtsdestotrotz brauchen wir die Fähigkeit von Tableau und die Filipepi, das Böse einzuschätzen und dessen Verhaltensweisen vorhersagen zu können.

Grundlage für unseren Plan mit den Diamanten war folgende Überlegung: Informationen sind Energien, die gebündelt, gefaltet, weitergeleitet, verändert, aber nie vernichtet werden können. Wenn wir in der Lage sind, diese Energien an einem Ort so zu speichern, dass sie keine Möglichkeit mehr haben, dass irgendjemand oder irgendetwas darauf zugreifen kann, dann haben wir damit den Stecker aus der Steckdose gezogen. Sehr viele Menschen haben einen Diamanten bekommen und tragen ihn nun schon seit geraumer Zeit. Damit haben wir ihre gesamte negative Energie eingefangen und konserviert. Di Filipepi wird Ihnen jetzt sagen, wie der andere Teil des Planes aussieht.“

Sie setzte sich, wobei ihre viel zu enge Hose mit einem Knall an den Knien nachgab.

Jetzt war di Filipepi dran. Als er aufstand und nach vorne ging, reckten sich alle Hälse derjenigen, die in den hinteren Reihen standen. Es gab schon kleine Gerüchte, dass da irgendetwas zwischen Chaosta und ihm laufen würde. Es musste ein interessanter Mann sein, wenn sich ihre Ministerin für ihn erwärmen konnte, sagten manche. Also, wenn man ihn sich so richtig betrachtete, war er wirklich ein gutaussehender, athletisch und männlicher wirkender Mann. Endlich eine Affäre im Headquarter, über die es sich lohnen würde, ein Schwätzchen zu halten.

Als er mit dem Vortrag seines Planes begann, fühlten sich alle etwas unwohl. Sie rutschten auf ihren Stühlen hin und her und beobachteten ihn. Er, der bisher nicht zu den Guten gezählt hatte, sondern zu den Abtrünnigen, und stets seine ganz eigenen Pläne verwirklicht hatte, wollte ihnen jetzt auf einmal erklären, wie es geht?

Ist er klüger als wir, fragten sie sich. Sie hatten bisher immer gewusst, wie es weitergeht oder was zu tun war. Jetzt aber hatten sie keine Lösung für das größte Problem seit vielen Jahrhunderten.

Dann aber wich die Lähmung von ihnen. Je mehr sie von dem Plan erfuhren, umso mehr mussten sie feststellen, dass es ein Plan war, der nur gemeinsam auszuführen war. Der Sieg konnte nur gemeinsam errungen werden. Nach und nach wich das Misstrauen einem Gefühl des Miteinanders.

„Folgende Tatsachen bestehen: Die Kreatur haust in einem ländlichen Gebiet, das wir als sehr heiß bezeichnen. Sie breitet sich in der Erde in einer Tiefe aus, in der es noch heißer ist. Man könnte daraus schlussfolgern, dass sie diese Art von Temperatur vorzieht. Und jetzt kommt es: Die Temperatur im damals vereisten Headquarter war bis auf minus 20 Grad heruntergegangen. Als die Kreatur auftauchte, war das Gebäude schon wieder dabei aufzutauen. Die Kreatur hat zwar die Ministerin Chaosta in einen Kälteschock versetzt, war selbst aber außerhalb, dort, wo es wenigstens um 1 Grad plus war.

Aus all dem Gesagten schließe ich, dass es bei sehr niedrigen Temperaturen irgendwelche Schwierigkeiten hat. Vielleicht funktioniert das Denken dann nicht mehr so gut. Nehmen wir doch einmal den Winterschlaf der Tiere: Bei niedriger Temperatur werden die Gehirntätigkeit wie auch die gesamten anderen körperlichen Tätigkeiten fast vollständig eingestellt, was zwar zum Überleben führt, aber auch dazu, dass, wenn die Tiere aufwachen, sie vieles von dem, was vorher war, schlicht und einfach vergessen haben."

„Dem kann ich nur zustimmen", sagte Bruzella, die Ministerin für Tiere, deren zartes, gelbes Kleid noch immer etwas derangiert war nach dem eisigen Erlebnis. „Die Tiere können extreme Minustemperaturen aushalten, ohne dass ihre Zellen zerstört werden. Hin und wieder steigt die Körpertemperatur und damit auch die Temperatur des Gehirns, wahrscheinlich genau aus diesem Grund, damit eben nicht alles vergessen wird."

„Wenn man jetzt aber ein winziges Teil eines solch tief gefrorenen Körpers zerstört, dann würde man damit den Tod des gesamten Körpers verursachen", fuhr di Filipepi fort.

„Ah, ich weiß, worauf Sie hinauswollen, di Filipepi", schaltete sich Tableau ein. „Sie sind mir ja ein ganz Schlauer. Deswegen also die gefrostete Pyramide."

„Diese Idee, die sich dahinter verbirgt, ist faszinierend und brillant", sagte Chaosta zu di Filipepi. „Ihr wollt die Kreatur tiefgefrieren, um sie vergessen zu lassen."

„Nicht nur das. Die Senkung der Temperatur in und um die Pyramide war der erste Teil des Planes, der auch vorzüglich umgesetzt wurde. Dadurch, dass die menschliche Energie der Kreatur nun aufgrund der absorbierenden Diamanten nicht mehr zur Verfügung steht, kommt sie bei frostigen Temperaturen in eine Art Notlage."

„Ich vermute nur, dass das alleine noch nicht ausreichen wird“, brummelte Klein.

„Das sehe ich genauso. Wir müssen hinein und einen Teil der Zellen zerstören. Damit zerstören wir auch den Rest der Kreatur. Die Temperatur muss nur tief genug sein. Zuerst wird sie viel Energie aufgrund dieser niedrigen Temperatur verbrauchen, bis es dann seine Tätigkeit vollständig abschalten wird. Von außen bekommt es jedenfalls keinen Energienachschub. Die Diamanten haben bis dahin ihre Tätigkeit getan.“

„Wer sagt denn, dass es seine Tätigkeit einstellen wird?“, fragte Müller. „Es könnte doch einfach im Erdkern verschwinden.“

Sein wasserblauer Anzug war an diesem Tag etwas dunkler in der Farbe als üblich. Auch roch es neben ihm immer noch etwas streng nach altem Fisch, so dass die Assistenten einen kleinen Bogen um ihn machten. Er war wohl noch nicht dazu gekommen, die kleinen Fische und Krebse auszutauschen, die ihm während der Zeit des Eises im Headquarter in seinem Anzug gestorben waren.

„Nein, nein, ich bin ganz sicher, dass die Kreatur bleiben wird“, wandte di Filipepi ein. „Der Präsident von Amerika hat seine gesamte militärische Kraft um die Pyramide auffahren lassen. Zuerst wollte ich ihn davon abbringen, aber dann ging mir Folgendes durch den Kopf ...“

„Ich muss Sie leider unterbrechen, Monsieur Di Filipepi“, sagte Chaosta, „der Präsident soll alles auffahren, wozu er in der Lage ist. Die Kreatur wird darin ein gefundenes Fressen sehen. Gerade das Militär - eine bessere Aufforderung, um Energie nachzutanken, gibt es nicht. Sie weiß ja nichts von den Diamanten. Dann sind wir ganz sicher, dass die Kreatur direkt unter der Pyramide bleiben wird und wir könnten mit einem Schlag beziehungsweise mit einem Kälteschock genau die Situation erzielen, die wir brauchen.“

„Genau so sehe ich es auch. Ich wollte sowieso noch einmal bei Präsident Ruppersville vorbeischauen. Ich halte es auch für gut, wenn auf allen Hochhäusern in den Amerikanischen Staaten Diamanten auf dem Dach lagern.

Das würde noch mehr Energie speichern. Ruppersville könnte das als das moderne Kreuz der Zivilisation verkaufen."

„Und wenn dann die Temperatur tief genug ist, werden Chaosta und ich uns direkt in das immer noch unter der Pyramide vorhandene Anti-Heat-Reflexionsschiff materialisieren und versuchen, die Kreatur zu zerstören."

Präsident Jawa hatte sich bisher noch nicht eingeschaltet. Dies hier waren fachspezifische Probleme, die seine Minister besser lösen konnten. So hatte er sich dann in seinem bequemen Sessel etwas zurückgelehnt und war dabei eingeschlafen.

Manchmal war ein leises Schnarchen zu hören, wobei sein Schnurrbart leicht zitterte und sein Kinn noch etwas tiefer fiel. Alles ging seinen Gang.

Ministerin Fortunore meldete sich zu Wort. Nachdem sie völlig genesen war, durfte sie auch wieder an den Sitzungen teilnehmen. „Ich möchte gerne mit dabei sein, wenn die Kreatur zerstört wird. Ich könnte dabei gute Hilfe leisten. Wenn die Kreatur mitbekommt, dass ich auch im Schiff bin, wird sie sicher versuchen, Kontakt aufzunehmen."

Nun war Präsident Jawa wieder völlig wach. Er wackelte nachdenklich mit seinem Kopf hin und her, als wisse er noch nicht, was er davon halten solle. Aber dann schien ein Gedanke ihm die Entscheidung abzunehmen: „Madame Fortunore, Sie haben uns durch ihre Affäre sehr in Schwierigkeiten gebracht. So sehr, dass wir dadurch beinahe vernichtet worden wären. Ihnen selbst wird es sicherlich wieder besser gehen, wenn Sie etwas für die Gemeinschaft einbringen können. Unter diesen Überlegungen halte ich es für eine sehr gute Idee. Sie sind sozusagen das Kaninchen in der Fuchsfalle. Wenn Sie sich körperlich in guter Verfassung fühlen, haben Sie meine Erlaubnis hierzu."

37. Kapitel

Der letzte Teil des Planes zur Vernichtung des Dämons wurde umgesetzt. Es sollte in Ägypten geschehen.

Der Tag war wieder einer von den ganz besonders heißen Sommertagen in Oberägypten. Das Thermometer erreichte die 45-Grad-Marke. Bei dieser Hitze konnte niemand arbeiten, es sei denn, er wäre im Schatten. So dösten die Anwohner des angrenzenden Dorfes unter einem kühlen Dach oder hinter verschlossenen Jalousien im Haus. Nur die Esel und Pferde mussten unverständlicherweise draußen in der brüllenden Hitze ihren Nachmittag verbringen. Es ging kein Lüftchen.

Nachts waren die Bewohner mehrfach durch Motoren geweckt worden. Es war nichts zu sehen in der Dunkelheit. Nur aufheulender Lärm, der kein Ende nehmen wollte. Erst am Morgen sahen sie, dass Hunderte von Panzern um die Pyramide Stellung bezogen hatten.

Und es hatte immer noch nicht aufgehört. Panzer um Panzer reihten sich um dieses monumentale Gebäude, die schussbereiten Kanonen auf die Pyramide gerichtet.

Die ersten standen in hundert Metern Entfernung. Dazwischen liefen Menschen in Schutzanzügen geschäftig herum. Keiner der Zuschauenden konnte sich einen rechten Reim darauf machen.

War die Armee dort etwa der Meinung, dass die Theorie, bei der Pyramide handele es sich lediglich um den Landeplatz von Außerirdischen, doch Hand und Fuß hätte, fragten sie sich? An einen terroristischen Anschlag oder an die Möglichkeit, dass Terroristen die Pyramide als Waffenlager benutzen könnten, dachte die Bevölkerung jedenfalls nicht.

Etwas weiter, außerhalb des Kreises, hatten schwere Raketengeschütze Stellung bezogen. Hubschrauber kreisten dicht über der Ansammlung von Macht. Leutnants schrien Befehle und Soldaten gingen im äußeren Ring auf und ab.

Und dann, gegen Abend, wurde es auf einmal ganz still. Nichts und niemand bewegte sich mehr in dem Kreis. Das Schreien war verstummt, nur noch gedämpfte Geräusche waren zu hören.

Alle schauten gebannt auf das alte Bauwerk, das weiß glänzte, fast wie in alten Zeiten, dieses Mal aber nicht aufgrund des Thura-Kalksteins, sondern aufgrund des eisigen Überzugs. Die nächtliche Feuchtigkeit hatte sich als dicke, frostige Verkleidung auf den Steinblöcken niedergeschlagen und füllte die Stufen mehr und mehr aus, so dass sie schon fast gar nicht mehr als solche auszumachen waren.

Die Kälte kroch wie unsichtbare Milben in die Schutzanzüge und in die sommerlichen Uniformen der Soldaten. Die nur mit leichten Lederhandschuhen bekleideten Hände an den Gewehren froren und wurden starr und unbeweglich. Keiner wusste so recht, wer der Feind sein würde, und so warteten sie angespannt auf das, was da kommen würde.

General Haci und General Miller, die im sicheren hinteren Bereich hinter der Kampflinie stationiert waren, werteten die Situation als Angriffsversuch der Terroristen, die mit einer bisher noch unbekannten Waffe diesen Temperatursturz erzeugt hatten - wobei Miller an das Waffenprojekt in Alaska dachte -, und gaben den Befehl, bei Sonnenaufgang die Raketen abzuschießen, mit nur einem Ziel: Cheops-Pyramide.

Das Geschehen wurde von den Regierungsmitgliedern im Raum des Unendlichen Wissens zeitgleich verfolgt. Auch Anne war dabei. Alle waren bereit für den letzten Teil des Planes.

Chaosta, di Filipepi und Fortunore materialisierten sich in Gelform in das immer noch vorhandene, umhertreibende Anti-Heat-Reflexionsschiff, das inzwischen von Neuronen fest umschlungen war. Kleine, punktförmige Ausstülpungen der Nervenendigungen hatten sich an der Außenhaut festgesaugt und versperrten den Blick nach außen.

„Wir müssen erst einmal versuchen, uns von diesem Neuronengestrüpp zu befreien“, sagte Chaosta. „Jetzt schaut euch doch einmal dieses Ungetüm von Kreatur an. Wenn die Menge an Gehirnmasse zur Intelligenz proportional ist, ist diese Kreatur ganz immens intelligent.“

„Lasst uns mal eine kleine Reise durch das Gehirn machen. Vielleicht können wir die Grundstruktur erkennen. Sehen wir zu, dass wir einen Bereich finden, wo das Gehirn besonders verletzbar ist.“

Fortunore hielt sich ganz im Hintergrund. Jetzt war sie mittendrin und musste beweisen, wie ernst es ihr mit der Wiedergutmachung war.

Chaosta und di Filipepi machten sich in der Zwischenzeit an die Arbeit. Kleine, rund geformte Werkzeuge befreiten sie rasch von dem Neuronengestrüpp und machten ihnen den Weg frei. Langsam und äußerst vorsichtig ließen sie sich durch die Gehirnmasse treiben. Mal tauchten sie durch schmale Kanäle in blutgefäßähnliche Gebilde, dann drückten sie sich wieder an neuronenähnlichen Ansammlungen vorbei.

„So wie es aussieht, hat die Temperatur die Impulse deutlich verlangsamt“, sagte Chaosta. „Als wir vor einigen Wochen da waren, wirkte das Ganze wie ein heftiges Gewitter. Überall blitzte es, die elektrischen Impulse bewegten sich in einer irren Geschwindigkeit. Jetzt aber ...“ Chaosta deutete mit ihrem spitzen Gelfinger nach vorne. „Da, schaut mal. Dort ist alles erstarrt. Um die Nervenleitungen herum haben sich Eiskristalle gebildet. Je weiter wir in die Randbezirke kommen, umso langsamer wird alles.“

„Die vielen kleinen, dünnen Leitungen hier scheinen eine Art Gefäßsystem zur Versorgung zu sein und jeder Lichtpunkt die Energie eines Menschen. Was hat eure Ministerin Bruzella gesagt? Die Verletzung des Gesamtgefüges führt automatisch zum Kälteschock und damit zum Tod dieser Kreatur. Lasst uns also die Greifer ausfahren und ihm die kleinen Arme abzupfen“, äußerte di Filipepi, sichtlich erfreut über das, was er vorhatte.

Während ihres Gesprächs hatten sich bereits viele tausend Lichtpunkte um ihr Anti-Heat-Reflexionsschiff versammelt. Sie formten eine Art Fratze, die Chaosta an das schlimmste Ereignis ihres Lebens erinnerte, an ihre letzten Sekunden vor ihrem Ende, als sie, zu Eis gefroren, mit Schnee bedeckt, dieser Kreatur absolut hilflos ausgeliefert war. Die wulstigen Lippen bildeten Laute, es sah aus, als würde ein aufgeblasener Goldfisch unter Wasser blubbern. Die Fratze kam ganz dicht an ihr Schiff und formte sich immer deutlicher zu einem grausamen Gesicht.

Sogar Augen waren auf einmal zu sehen, die stechend in das Innere des Schiffes schauten. Als die Kreatur Fortunore entdeckte, verengten sie sich zu Schlitzen und der Mund verzog sich zu einem Lächeln. Obwohl kein Laut zu hören war, verstanden sie die Worte: „Ich freue mich, dass wir wieder zusammen sind. Bist du gekommen, um immer bei mir zu bleiben?“

„Die Temperatur muss noch weiter absinken“, erklärte Chaosta. Ein Blick auf den Außentemperaturfühler verriet ihnen, dass außen Minustemperaturen von 25 Grad herrschten, weiter fallend. Das Lächeln der Fratze erstarrte zunehmend, die Oberfläche bekam Sprünge und die Augen zerfielen in viele kleine Teile. Ganz langsam riss das Wesen das Maul noch einmal weit auf, als wollte es das gesamte Schiff in sich aufnehmen.

Di Filipepi hatte schon den Greifer ausgefahren und einen der Nervenstränge umfasst. Bevor die Kreatur sie einsaugen konnte, kniff die Zange zu. „Arrivederci, mein Freund, du hast dich selbst ins Spiel gebracht. Jetzt gehst du zurück, wo du hergekommen bist, nämlich ins Nichts. In deine Träume. Oder zu deinem Schöpfer, der ja auch der unsere ist. Am Ende sind wir doch alle nur Brüder und Schwestern und lieben uns alle, oder?“

Sofort bildeten die Enden der durchtrennten Nervenstränge eine Art Schleim und schützten damit die Öffnungen. Er lief sofort zusammen und bildete eine Brücke, so dass die Impulse wieder fließen konnten. Di Filipepi kniff erneut und wiederum regenerierte sich das Gewebe vor seinen Augen in wenigen Sekunden.

„Damit kommen wir nicht weiter. Das ist ja wie der Kampf gegen die Arme der Hydra von Lerna. Kaum hast du einen abgeschlagen, kommt schon der Nächste rausgewachsen“, sagte di Filipepi.

„Wir werden die Temperatur noch mehr absenken müssen. Irgendwann wird das ganze Gewebe nur noch aus Kristallen bestehen. Wenn du dann reinkneifst, muss es brechen“, wandte Chaosta ein.

Die Temperatur sank stetig weiter. Die Impulsblitze wurden immer weniger und die kleinen Lichtpunkte, die in den Nervenverbindungen hin und her gesaust waren, standen jetzt still. Ihr Licht wurde zunehmend schwächer und verlosch schließlich zur Gänze. In diesem Augenblick rollte ein Donner in der Tiefe und eine riesige Blase von undefinierbarem, waberndem Material kam wie eine Flutwelle nach oben und drängte ihr Schiff abrupt zur Seite.

„Das war das letzte Aufbäumen einer in die Enge getriebenen Kreatur. Sie ahnt, dass ihr Tod bevorsteht“, sagte di Filipepi.

Die Kreatur verharrte einen Augenblick, ein riesiges schreiendes Maul bildend, das Leid und Qual ausdrückte. Sie versuchte, nach oben an die Erdoberfläche in die Wärme zu kommen. Di Filipepi feuerte eine Druckwelle ab und der getroffene Teil zerfiel in tausende kleine Eiskristalle.

Die schwer bewaffneten Armeen von Ägypten und den Amerikanischen Staaten an der Erdoberfläche vernahmen zuerst ein Zittern und Vibrieren. Die Erde wackelte niederfrequent wie ein Wassertropfen auf einer heißen Herdplatte, ein tiefes Grollen kam näher, langsam in ein wütendes Brüllen übergehend. Dann brach direkt neben der Großen Pyramide die Erde auf, so, als würde sich ein überdimensionierter Maulwurf nach oben an das Licht graben.

Mit einem schrecklichen Getöse bäumte sich die verletzte Kreatur noch einmal auf und schwebte einer riesigen, schwarzen Gewitterwolke gleich über dem Gelände. Sie verformte sich zu Tausenden von einzelnen menschlichen Gesichtern, deren gefangene Leiber ineinander verflochten waren. Jetzt wurde klar, was es mit diesem unterirdischen Raum auf sich hatte: Es war der Speicherort von vielen menschlichen Seelen, die der Dämon dort gefangen gehalten hatte.

Das war der Augenblick, in dem di Filipepi noch einmal die Zange zum Todesstoß ansetzte. Als das Gefüge nicht mehr in Harmonie war, zerplatzte das Wesen endlich in seine Bestandteile.

Der unheimliche, mächtige Dämon war tot!

Die frei gewordenen Seelen verharrten einen Augenblick und stiegen dann langsam auf zum Himmel, der nach kurzer Zeit aussah, als wäre er übersät mit Sternschnuppen, nur flogen sie nicht Richtung Erde, sondern nahmen die entgegengesetzte Richtung. Sie stiegen auf gen Himmel, sichtbar für alle Zuschauer als kleine Lichtpunkte.

In diesem Augenblick gaben die Generäle den Befehl zum totalen Angriff. Jeder dort stehende Panzer und jedes Raketengeschütz feuerte seine tödlichen Schüsse nun in Richtung Pyramide.

Darauf hatte Tableau nur gewartet. Er stand breitbeinig auf der Spitze der Pyramide und freute sich auf das, was automatisch immer kam, wenn das Militär sich einmischte. Das war die Art von Spielen, die ihm besonders am Herzen lagen. Denn mit Waffen jeglicher Art ließ sich viel Geld verdienen. Nur stand er dieses Mal nicht auf der Seite des Zerstörers und des Nutznießers, sondern auf der anderen Seite. Mit einem kräftigen Fingerschnipp und einer kreisförmigen Handbewegung hielt er die Raketen in einer Entfernung von 100 Metern vor der Pyramide an und ließ sie dort positioniert. Als würden sie in einer Gelatineschicht stecken. Manche wackelten noch leicht mit ihrem Hinterteil.

„Gott, wie ich dieses Gefechtsgetümmel liebe. Kommt nur her, ihr süßen kleinen Geschosse“, rief er. Es fiel ihm wirklich schwer, die Raketen nicht zur Detonation bringen zu lassen, aber nun ja, er hatte sich schließlich für heute einmal der großen gemeinsamen Idee untergeordnet. Vielleicht ein andermal. Erst, nachdem auch jeder der Soldaten und Generäle dieses ungeheure Szenario in seiner wahren Bedeutung erfasst hatte, ließ er sie entschärft ganz langsam zu Boden gleiten.

Wirklich alle?

Er wäre nicht Tableau gewesen, wenn er nicht wenigstens einige der zerstörerischen Raketen anders gelenkt hätte. Sie machten einen engen Bogen um die Pyramide und flogen Richtung Abschuss zurück, wo sie sich in sicherer Entfernung zu den Soldaten tief in den Erdboden eingruben. Als sie detonierten, wurde so viel Sand und Geröll aufgewirbelt, dass das gesamte militärische Equipment danach unter einer dicken Sandschicht begraben lag und unbrauchbar war.

Die Erfahrung zeigte wieder einmal, dass keiner bei einem militärischen Angriff sicher war und dass es sich nicht lohnte, mit Waffen gegen andere vorzugehen. Die ausgeübte Gewalt konnte sich jederzeit gegen den Angreifer selbst richten.

Als die Kreatur durch die ausgetrocknete Erde der ägyptischen Wüste brach, registrierten die Wissenschaftler im Headquarter die Abkapselung einer winzigen, kleinen Energieblase. Sie trennte sich von der Hauptblase wie ein sich teilendes Plasmodium, quetschte sich durch die Öffnung, die die letzte Magmaeruption aufgerissen hatte, und trieb dann in die Tiefe, unbehelligt von aller aufsteigenden Lava, die um sie herum floss, als hätte sie eine ansteckende Krankheit. Sie verschwand alsdann in der Unendlichkeit der Erde, verjüngt und klein.

War es die Geburt eines Kindes, das die Mutter im Todeskampf als letzte Überlebenschance der Art gebar, ein Todeskampf, der zwar heftig, aber letztlich erfolglos sein würde? Diese kleine Kugel, kaum sichtbar, ähnelte eher einem Fehler in der Technik, einem Artefakt. Bevor man es richtig diagnostizieren konnte, war sie auch schon abgetaucht, als hätte es sie niemals gegeben, niemals.

38. Kapitel

Die Flutwelle, die nicht nur das Mittelmeer betraf, sondern auch den Atlantik und die anderen Meere, flachte in dem Augenblick ab, als die Kreatur starb. Und als sie schließlich am Festland anlandete, war sie dort nicht mehr höher als die Wellen eines stärkeren Sturms.

Im Norden lösten sich die Dunkelheit und der Nebel auf und die Menschen sahen die Sonne wieder.

Im Süden begann es seit langem zu regnen. Der Regen wusch den Staub fort und brachte Frische und Kühle.

Die Epidemie verschwand von heute auf morgen.

Der Plan war gelungen, die Kreatur war besiegt, dachte man zumindest. Und es gab auch keinen Anhaltspunkt dafür, dass es anders sein sollte. Niemand hatte sich weiter um dieses kleine Ereignis der Sequestrierung unter der Pyramide gekümmert. Alles war wieder in Harmonie, mit der üblichen, zeitweise auftretenden Verschiebung zu der guten oder bösen Seite hin, obwohl immer noch nicht alle Fragen der Vergangenheit geklärt waren. Der Angreifer von Fortunore, der sie fast ermordet hatte, war immer noch auf freiem Fuß.

Etwas aber hatte dieser Sommer bewirkt. Alle wichtigen Kräfte der Erde trafen sich erstmalig zu einem großen Sommerfest.

Für zwölf Uhr Mitternacht lud Präsident Jawa alle wichtigen Persönlichkeiten des näheren Universums ein, darunter natürlich auch Tableau, di Filipepi und - der Präsident der Vereinigten Staaten von Amerika. Dieses Mal samt seiner Ehefrau und natürlich Anne und ihre Familie, die Retterin der Welten. Endlich hatte sie ihre Mutter wieder. Nach ihrer heldenhaften Tat war sie wieder heimgekehrt, zusammen mit Chaosta und Marcello. Es musste schließlich erst einmal alles erklärt werden. Und auch Svenson war eingeladen. Und so sah er das erste Mal seine inzwischen fast erwachsen gewordene Tochter.

Das Fest wurde auf dem Rasen vor dem Weißen Haus ausgerichtet, auf Fortuna natürlich, so dass Ruppersville die gute alte Erde immer vor sich hatte.

Glühwürmchen saßen zu Tausenden auf den Ästen jedes Baumes und beleuchteten die Szenerie. Große, lange Tafeln wurden aufgebaut, auf denen feinste hellgelbe Tischdecken aus Damast lagen. Bequeme schmale, mit Hussen überzogene Stühle boten Komfort für die lange Nacht. Es wurden die köstlichsten vegetarischen Speisen gereicht. Auch für das Ehepaar Ruppersville, sonst eher als Fleischliebhaber bekannt, gab es diesmal keine Ausnahmen. Und sie genossen es sichtlich. Ruppersville hatte sich schon den dritten Teller aufgehäuft.

In dieser Nacht war der Mond so voll und nah, dass er den Eindruck eines riesigen Lampions erweckte. Leise Musik kam aus den Büschen und Stauden, die sich behutsam im Takt wiegten.

Als alle am Tisch saßen, stand Präsident Jawa auf und klopfte mit einem Löffel an sein Glas: „Ich freue mich, dass wir die Erde gemeinsam von diesen erbarmungslosen Fesseln befreien konnten. Alle haben dazu beigetragen, deswegen auch meinen Dank vorerst an alle. Ich komme noch zu jedem einzelnen von Ihnen“, begann er seine Ansprache, „mein besonderes Augenmerk richtet sich zu Beginn jedoch auf unseren Ehrengast, der es fertigbrachte, mit großem Mut zwei Welten zu retten. Ohne Anne wären wir heute alle tot, denn ohne die Kraft unserer Quelle hätten wir den Dämon niemals besiegt“.

Ein großes Getöse mit Klatschen und Klopfen setzte ein. Anne stand auf. Chaosta ging auf sie zu und umarmte sie fest.

„Du allein warst unsere Rettung“, sagte sie, „das kleine Mädchen, das in kurzer Zeit erwachsen wurde. Wenn du nicht so tapfer gewesen wärst, würde deine Welt jetzt im Chaos versinken. Diese wunderschöne Welt wäre nach und nach zu Sklaven von diesem Dämon geworden. Und das hätte auf Dauer dazu geführt, dass die Natur mit aller Macht versucht hätte, die Menschen aus dem Weg zu räumen. Sie hätte nicht zugelassen, dass ihr weiter nur egoistisch, gierig und maßlos gehandelt hättet. Und auch wir hätten starke Probleme. Wir sind dir alle zu großem Dank verpflichtet.

Ich hoffe, dass du jetzt weißt, wie sensibel die Natur ist. Sie ist so mächtig und so stark, dass sie die Menschheit jederzeit auslöschen kann. Versuche alles, um diese Erkenntnis an deine Freunde in deiner Welt weiterzugeben. Vielleicht werdet ihr die Generation werden, die endlich die Natur achtet und respektiert. Sag ihnen, dass sie achtsam mit allen Lebewesen umgehen müssen, sonst wird es irgendwann keinen von euch Menschen mehr geben. Geht auf die Straße und fordert von den Regierenden Gehör. Es ist eure Zukunft!"

Nun zeigte sich, dass Anne einen großen Schritt in ihrem Leben gemacht hatte. „Ich schwöre euch allen hier", erwiderte sie mit vor Aufregung geröteten Wangen, „dass ich alles dafür tun werde. Ich bin zwar noch fast ein Kind, aber ich habe erkannt, wie wichtig es ist, Mut zu beweisen, wenn man für etwas brennt. Du hast recht, Chaolina, wir sind die Zukunft!"

Wieder klatschten die Gäste Beifall, andere klopften zustimmend. „Hoch Anne, ein dreifaches Hoch!"

Und Jawa fuhr fort: „Ich hatte in den letzten Jahren zunehmend das Gefühl, dass es sich nicht lohnen würde, für euch uneinsichtige Menschen Hilfestellung zu geben. Aber dein Verhalten, Anne, dein großer Mut und dein großer Einsatz, haben mich davon überzeugt, dass ihr auch eure guten Seiten habt." Dann wendete er sich Ruppersville zu. „Wir haben auch einen weiteren wichtigen Gast, der es fertigbrachte, seine Einstellung zu unserer Welt zu ändern und sich unserer großen Idee anzuschließen. Meine lieben Freunde, begrüßt bitte den Präsidenten der Vereinigten Staaten von Amerika!"

Präsident Ruppersville blickte verlegen zu Boden.

„Ich habe doch recht, Mister President, dass wir ab jetzt auf Sie zählen können", insistierte Jawa. „Wir werden Sie in Ihrem Bemühen, diese Welt positiv zu verändern, in allem unterstützen. Sie werden kein egoistisches und kriegerisches Verhalten mehr zeigen und Sie werden Ihre

Amtskollegen in den anderen Staaten von Ihrer und unserer Idee überzeugen. Kann ich mich darauf verlassen?“

Ruppersville wurde immer kleiner in seinem Sessel. Er konnte doch jetzt in diesem Augenblick, in dem der Himmel auf ihn schaute, nicht zugeben, dass er nicht ganz ohne Eigennutz gehandelt hatte.

Als hätte Jawa seine Gedanken gelesen: „Sie können jederzeit wieder aussteigen“, fuhr er fort, „rechnen Sie aber dann damit, dass weder di Filipepi noch wir uns weiter in Freundschaft um Sie kümmern werden. Und sollten Sie dann für eine weitere Amtsperiode gewählt werden, werden Ihnen die Worte `So wahr mir Gott helfe´ so leicht nicht mehr über die Lippen kommen.“

Ruppersville nickte mit dem Kopf und blinzelte di Filipepi zu.

„Und jetzt lasst uns tanzen und den schönen Abend genießen“, schloss Jawa seine Rede.

Im Hintergrund ertönten die ersten Klänge eines Liedes, das alle kannten: What a wonderful world.

Dieser wunderschöne Song sprach allen aus dem Herzen und vielen liefen Tränen der Ergriffenheit über die Wangen, denn beinahe wäre diese wunderschöne, majestätische Welt für immer verloren gewesen.

Es war ein Text, der Schauer der Freude hervorrief. Sie fassten sich an den Händen und sangen zusammen und auch die Gäste waren von Herzen dabei.

Endlich konnte getanzt werden. Di Filipepi sprang sofort auf und forderte Chaosta zum Tanz auf. Die Musik klang erst leise und sanft, wurde dann zunehmend rhythmischer und mündete in leidenschaftlichen, wilden Klängen.

Di Filipepi umfasste Chaosta an der Taille, drehte sie erst leicht und zart auf dem hölzernen Untergrund, um sie, je schneller die Musik wurde, immer enger und fester an sich zu ziehen. Dann wurde es ruhiger und beide wiegten sich langsam im Takt.

„Hast du eigentlich je in den Kasten deiner persönlichen Vergangenheit geschaut?“, flüsterte er. Er schaute ihr dabei unverwandt in die Augen. Sie schüttelte den Kopf. Nein, sie hatte es bisher nicht gewagt.

„Hast du nicht ganz viel Nähe und Vertrautheit gespürt, wenn du mich angesehen hast?“, fragte er sie.

Chaosta fühlte sich bei dieser Frage wie benommen. „Ja, vom ersten Augenblick hatte ich das Gefühl, ich würde dich schon seit Jahrtausenden kennen, und dann immer dieser Geruch nach Jasmin. Er erinnert mich an etwas sehr Glückliches, was ich aber nicht fassen konnte. Jedes Mal, wenn ich es rieche, durchströmt es mich ganz warm.“

„Mir geht es genauso“, wisperte er ihr leise ins Haar. „Du bist eine faszinierende und betörende Frau, Chaolina. Ich liebe es, mit dir zusammen zu sein.“

Chaosta durchströmte es heiß und kalt, sie begann leicht zu zittern. Di Filipepie hob sanft ihr Kinn und lächelte sie an. Ein Hauch von Jasmin war plötzlich wieder in der Luft. Beide blieben stehen.

„Hättest du etwas dagegen einzuwenden, wenn ich dich jetzt küssen würde? Ich meine, ich habe dir ja schließlich das Leben gerettet.“

„Ich dachte es mir, dass du eine Gegenleistung erwarten würdest“, murmelte Chaosta lächelnd und schloss die Augen.

Als seine Lippen ihre zärtlich und liebevoll berührten, hatte sie auf einmal das Gefühl, angekommen zu sein.

Es war eine wunderschöne Nacht. Als Anne endlich in ihr Bett sank, wusste sie, dass jetzt endlich alles gut werden würde. Sie würde mit ihrer Familie nach Hause gehen und vielleicht würden endlich ihre Mutter und ihr Vater wieder zusammenkommen.

Als Chaosta in den frühen Morgenstunden in ihr Zimmer kam, wusste sie, dass dies der Anfang einer neuen Periode ihres Lebens sein würde.

Als Präsident Ruppersville wieder ins Weiße Haus kam, wusste auch er, dass ab jetzt seine Amtszeit anders verlaufen würde.

Tableau hingegen konnte schon wieder nicht ganz von seinen alten Gewohnheiten ablassen.

So kehrte bald Ruhe ein im Universum. Alles ging seinen Gang.

Die Ministerin für Katastrophen und Außergewöhnliche Ereignisse, Chaolina Chaosta, schwelgte in Lebensfreude und Lebenslust und beschäftigte sich mit ihrer Arbeit im Alltäglichen.

Die Zukunft versprach schön zu werden. War es ein Trugschluss?

Literaturangaben:
1. Walt & Leigh Richmond: Das verschollene Jahrtausend, Michaels Verlag 1998
2. Hrsg. Ulrich Heerd: Das Haarp Projekt, über Mobilfunk zur Strahlenwaffe, über Wetterveränderung zur Bewußtseinskontrolle, Michaels Verlag 2003
3. Temple, Richmond: Die Kristall Sonne, eine verlorengegangene Technologie des Altertums wiederentdeckt. Kopp Verlag 2004